-- FEV '04

Les orangers de Jaffa

DU MÊME AUTEUR

Vietnam sanglant, Stock, 1968.

Les Trublions, Stock, 1968.

Albanie : sentinelle de Staline, Seuil, 1979.

Histoires vécues, L'Archipel, 1993.

Madame l'Étoile, Flammarion, 1997.

La Frontière des fous, Flammarion, 1998.

Le Chant du Farou, Alzieu, 2000.

Chaman, Presses de la cité, 2002.

Jean BERTOLINO

Les orangers de Jaffa

PRESSES
DE LA
RENAISSANCE

Ouvrage réalisé
sous la direction éditoriale d'Alain NOËL

Si vous souhaitez être tenu(e)
au courant de nos publications,
envoyez vos nom et adresse, en citant ce livre,
aux Éditions des Presses de la Renaissance,
12, avenue d'Italie, 75013 Paris.
Et, pour le Canada,
à VUP Services Canada Inc.,
1050, bd René-Lévesque Est,
Bureau 100,
H2L 2L6 Montréal, Québec.

Consultez notre site Internet :
www.presses-renaissance.fr

ISBN 2.85616.940.6

à Joséfa,
à ma mère.

Avant-propos

Dans les années 1970, période où se situe le roman, la résistance palestinienne était d'inspiration franchement laïque. Les groupes qui débordaient l'OLP, et menaient des activités qu'on pourrait qualifier d'extrémistes, se réclamaient presque tous du marxisme. Détournements d'avions, prises d'otages, pose de bombes, sans oublier les incursions de commandos de combats, à partir de la Jordanie ou de la Syrie, en Israël ou dans les territoires occupés.

La montée de l'intégrisme musulman n'avait pas encore eu lieu mais l'avènement de la république islamique d'Iran en 1979 va encourager son éclosion parmi les populations les plus défavorisées du Moyen-Orient, notamment la communauté chiite libanaise, que des pasdarans envoyés par Khomeyni vont activement encadrer.

En 1982, Israël envahit le Liban. Le général Ariel Sharon, déjà lui, laissa s'accomplir sous le regard de Tsahal le massacre de Sabra et de Chatila[1] par une milice chrétienne.

---

1. Camps palestiniens de Beyrouth datant du premier exode né du conflit israélo-arabe de 1948. Le massacre perpétré le 16 septembre 1982 fit un millier de morts sans distinction d'âge ni de sexe. Une horreur !

7

La force d'interposition franco-américaine envoyée pour séparer les belligérants subit, en 1983 et 1984, l'impact meurtrier de camions conduits par des kamikazes chiites libanais. Une innovation dont le résultat dépassa les espérances des instigateurs. Pour un seul martyr, des centaines de morts.

Avec presque un tiers de chrétiens parmi les fedayin, les dirigeants palestiniens, soucieux de cohésion, n'étaient pas tentés par l'intolérance religieuse et les excès qu'elle soustend. L'effondrement du mur de Berlin vit hélas s'effondrer les illusions de ceux qui croyaient encore, et ils étaient nombreux, à un monde meilleur à l'Est.

La fin de la bipolarité et l'échec de toutes les tentatives de paix, dû aux activistes des deux camps – assassinat de Sadate par des frères musulmans égyptiens, et plus tard assassinat de Rabin par un suppôt du sionisme extrême –, furent la source de désenchantements mis à profit par les fanatiques, auparavant très minoritaires dans leur rang. Le Hamas fut la réplique palestinienne et sunnite du Hezbollah chiite libanais. L'action kamikaze devint peu à peu un idéal suprême.

Avoir vingt ans aujourd'hui à Gaza, Ramallah, Naplouse, Jenine, ou dans un quelconque endroit des territoires occupés, c'est plus qu'un handicap, c'est le sentiment de n'avoir dans son pays, sur sa propre terre, aucune perspective d'avenir et d'être confronté à une seule alternative : l'expatriation ou la soumission. Soumission au couvre-feu, aux fouilles, aux bulldozers qui peuvent à tout moment venir détruire votre maison, aux tanks qui risquent de surgir à l'improviste et de mitrailler la rue, votre rue, aux soldats de Tsahal qui font irruption chez vous, armes braquées, à la colonisation illicite de votre sol.

Mon histoire se passe avant, quand les fedayin palestiniens, dans leur grande majorité, croyaient en la justice des hommes.

À l'époque des *Orangers de Jaffa*, ils ne se suicidaient pas pour leur cause, pensaient que tôt ou tard celle-ci triompherait et se nourrissaient d'espoir. Mon roman les révèle tels qu'ils étaient alors, quand j'ai partagé durant presque une année, dans une de leurs bases secrètes au bord de Jourdain, leur vie spartiate, leurs idéaux, leurs rêves.

Jean Bertolino

PREMIÈRE PARTIE

Chapitre premier

L'été, à l'heure de la sieste qu'il ne pouvait faire, tant la chaleur à l'intérieur de la baraque était suffocante, Yasser, le grand-père de Yussuf, s'asseyait sur le pas de la porte et, avec un bâton, dessinait sur le sable la maison de Jaffa, tout en la décrivant à son petit-fils alors âgé de quatre ans, sur le ton d'un conte de fées.

Au début, c'était une petite bicoque aux murs chaulés, entourée d'un jardinet fleuri et flanquée d'un figuier, mais, encouragé par les harcèlements quotidiens de Yussuf qui, en le tirant par sa djellaba, lui demandait : « Grand-père, grand-père, raconte-moi la maison de Jaffa ! », le vieil homme avait laissé libre cours à son imagination. Chaque jour, la demeure s'enrichissait d'une pièce supplémentaire. Le jardin se mua en champ, puis en domaine. Quand le grand-père mourut, la maison familiale ressemblait étrangement à la résidence du gros Hussein Bey, son ancien maître, qui avait possédé, tout à proximité de Jaffa, une plantation d'orangers.

Le père de Yussuf, ayant aussi travaillé comme gagé chez le notable palestinien, n'osa pas rectifier l'histoire du grand-père, peut-être pour ne pas décevoir son fils, et peut-être aussi parce qu'il ne lui était pas déplaisant, à lui non plus, le déraciné, qui vivait de charité et louait ses bras à la journée aux paysans cisjordaniens de Jéricho, de s'imaginer dans la peau rose et replète d'Hussein Bey, drapé dans la soie la plus fine, nourri d'agneau tendre et de laitages, de se voir la nuit dormir dans de profonds coussins et marcher, à son réveil, les pieds chaussés de babouches sur des tapis de Perse.

L'hiver, quand la bise glacée gémissait sur les tôles de la baraque gluante de boue, quand, pour résister au froid, Yussuf et ses sœurs se blottissaient sous les couvertures contre leurs parents et que le courant d'air faisait vaciller la chandelle, le père évoquait pour tous la maison de Jaffa, avec ses murs épais, ses pièces ensoleillées et chaudes, sa façade assaillie de vignes grimpantes, ses larges fenêtres s'ouvrant sur les vertes orangeraies tavelées d'une multitude de fruits ronds et jaunes comme des pièces d'or et, plus loin, sur la mer. Yussuf, émerveillé, s'endormait en rêvant qu'il était le général d'une armée d'orangers alignés au carré, comme à la parade.

L'été, lorsque le khamsin, ce vent brûlant qui vient des déserts d'Arabie, soulevait dans le camp des gerbes de sable, séchait la gorge et brûlait les yeux de Yussuf qui haletait sur sa paillasse, son père lui parlait de la brise marine qui, à la même époque, faisait frémir la ramure des orangers, de la fraîcheur de la grande terrasse aux balustres renflés, où la nuit il faisait bon dormir, des massifs d'hibiscus et de bougainvillées, taches pourpres et violettes sur les pergolas des allées, du chèvrefeuille qui s'affolait en broussailles touffues sur les clôtures et dont l'arôme se mêlait aux senteurs de thym, de laurier et de romarin montant du jardin.

Peu à peu, la respiration de Yussuf s'apaisait, et il s'endormait avec, sur les lèvres, le sourire béat de l'enfance. Plus tard, il parla rarement de la maison de Jaffa à ses camarades de classe. C'était un secret de famille, un havre pour les jours mornes, son refuge, qu'il pouvait effacer et recréer à sa guise. Vers sa quatorzième année, il s'isolait souvent sur les collines blanchâtres et pelées qui surplombent Jéricho et là, il se blessait les yeux à contempler l'éclat adamantin de la mer Morte à demi dissoute dans les brumes de chaleur. Mais au-delà de l'éternelle stérilité de cette mer entourée de blocs de sel pétrifiés, au-delà de ce paysage de planète morte, son regard intérieur découvrait un port tumultueux, de riches vergers et, juchée sur le plus haut promontoire, dominant à la fois la ville et ses remparts, la mer et la campagne : la maison, grande bâtisse en pierre de taille jaune, entourée d'arbres et de fleurs.

Il restait ainsi immobile jusqu'au coucher du soleil, jusqu'à ce que la fraîcheur l'arrache à son rêve. Alors seulement il redécouvrait les pentes arides, les éminences pelées de la vallée la plus basse du monde. L'aveuglante lumière du jour s'était dissipée. Les reliefs, tout à l'heure écrasés, blanchis, fondus comme du métal en fusion, se détachaient maintenant à perte de vue.

Au nord, dans l'énorme faille qui, des millénaires auparavant, avait écarté la surface de la terre, le Jourdain, obombré par les falaises qui bordent son lit, sinuait au milieu des jardins et des champs.

Au sud, la vallée s'évasait, et le fleuve devenait opale, puis rose. Rose aussi était la mer Morte, qui l'accueillait à la fin de son parcours, rose comme une plaque de marbre poli ; roses les boursouflures de sel, les monticules de rocaille, les parois de calcaire. Une brume violine nimbait les pauvres remparts de la vieille Jéricho et les baraques du camp.

Yussuf se tournait alors vers la Palestine, face au soleil qui atteignait l'horizon. Les collines se succédaient à l'infini, brasillaient, rutilaient comme des vagues de feu. Un à un, les rougeoiements s'estompaient, chassés par les ombres bleuâtres du crépuscule. Les villes au loin s'allumaient. Yussuf voyait luire dans la nuit tombante Bira, Jérusalem et, à peine perceptible, Ramallah, comme égarée dans le scintillement des étoiles. Il s'efforçait de voir plus loin encore, mais les lumières de Jaffa étaient inaccessibles.

Partout où il posait son regard, jaillissaient en lui des évocations héritées de la nuit des temps. Là, dans cette déchirure comme faite par les mains de Dieu et où, à trois cents mètres au-dessous du niveau des océans, coule le fleuve biblique, il imaginait des hordes chaotiques déferlant sur la Palestine fertile, terme d'un long voyage.

Chaque pierre, chaque ruine de cette terre avait été le témoin de clameurs de guerre, de massacres, de viols, de destructions, et aussi de ferveur vibrante, de prière, de paroles éternelles, gravées à jamais dans le cœur des hommes. C'était l'histoire de son pays que Yussuf revivait. Il arrivait au camp très tard dans la soirée et n'entrait dans la baraque familiale qu'après avoir ôté ses chaussures.

*

Du jour où il prit l'habitude de méditer en solitaire, Yussuf voulut aller au-delà des récits de son grand-père Yasser, au-delà de la maison de Jaffa, comme s'il avait cherché à s'enraciner le plus profondément possible dans

16

ses origines. Il contraignit son père à de prodigieux efforts de mémoire.

Insensiblement, Kamal et Yussuf oubliaient leur présent misérable, pour s'évader dans un passé qui n'était pas toujours réjouissant, mais qui leur apportait la consolation de posséder, comme les autres hommes, un point d'attache, un lieu précis où tous ceux de leur sang qui les avaient précédés avaient vu le jour, et où, tôt ou tard, eux-mêmes ou leurs descendants retourneraient pour labourer et féconder la terre ancestrale.

Jéricho... Ils étaient des milliers à vivre dans cette succession de gourbis qui s'étalaient sur les sables brûlants de l'été et les bourbiers de l'hiver. Ils étaient des milliers à attendre... attendre... car le camp de Jéricho n'était pas une agglomération plantée dans la terre. On n'était pas, on ne pouvait être « de Jéricho ». Jéricho n'était qu'un transit qui se prolongeait, un conglomérat de Palestiniens, issus de toute part et dont les familles avaient elles-mêmes éclaté et se trouvaient dispersées dans les camps du Liban, de Jordanie ou d'Égypte. Les oncles et les cousins de Yussuf vivaient soit dans la bande de Gaza, soit à Irbid, et il n'y avait à Jéricho que le frère cadet de son père, Ismail al Kutub, et sa famille.

On ne crée pas une communauté avec les débris épars de centaines d'autres sans une volonté collective d'osmose et d'enracinement. Or, la transplantation dans les camps ne « prenait » pas. En fuyant leur bourg, leur hameau, leur ville, les Palestiniens avaient emporté avec eux, comme une motte de terre amalgamée autour des racines d'un arbre, leur passé. C'était de lui qu'ils tiraient leur sève. À chaque naissance, ils s'empressaient de le répandre sur leur progéniture pour qu'elle aussi y puise sa substance.

17

Et ce passé réel enfantait une multitude de passés imaginés.

À Jéricho, on regardait d'abord du côté de son minaret ou de son clocher. Il y avait les Jaffiotes, les Nazaréens, ceux de Jérusalem ou de Haïfa. Et, dans chacun de ces groupes, des sous-groupes, issus des hameaux, des bourgs. Non. Jéricho ne pouvait être une communauté paysanne ou urbaine. C'était une mosaïque de régions, de districts. C'était la Palestine, larvaire, miniaturisée, le fragment d'une nation arrachée de son sol qui se reconstituait dans l'abstrait, avec tous ses particularismes, pour ne pas s'éteindre. Lorsqu'on demandait à Yussuf « D'où es-tu ? », il répondait immanquablement « de Jaffa ».

*

Jéricho... l'école... une tente hissée sur un promontoire, près des barbelés. Le vent, en s'y engouffrant, fait claquer ses pans en rafales.

Rajid Ali parle, parle, parle... Rajid Ali, le maître. Grand, voûté, tout en os, avec une petite tête acérée fichée sur un cou maigre, des yeux fiévreux et une bouche qui s'ouvre sur des chicots noirâtres.

— Les Juifs... Les Juifs ne sont que des ladres, des impudiques. Leurs femmes ne se cachent pas le visage... Elles se promènent les jambes nues. Vous verrez, vous ver-rez ! L'heure de la revanche viendra... Nous les massacre-rons... Nous les jetterons à la mer... Car nous sommes les plus forts ! Nous sommes un grand peuple, une belle race... Et eux, des déchets, des rebuts que l'Occident colonialiste nous a légués en héritage... Maudits Anglais ! Maudits Français ! Maudits Russes ! Maudits chrét...

Il s'arrête net.

18

— Je n'oublie pas, reprend-il doucereux, qu'il y a des chrétiens parmi nous... Mais ce sont avant tout des Arabes ! des frères de race ! Les Européens sont des colonialistes... Tout est leur faute...

Et voici Rajid Ali épinglant trois cartes contre un rabat de la tente. L'une montre la Palestine en 1900, la deuxième en 1936 et la troisième en 1947. Pour symboliser les changements intervenus dans le peuplement du pays, le cartographe a dessiné de petits bustes d'Arabes et de Juifs, dont le nombre varie selon les cartes. Il y a évidemment fort peu de bustes juifs en 1900 et énormément en 1947. Mais ce n'est pas cet accroissement massif qui retient l'attention de Yussuf. Pour qu'Israël existe, il a bien fallu que les Juifs y viennent. Non, ce qui le frappe, c'est la manière dont les bustes ont été dessinés. Les Arabes sont de face, keffié rejetée fièrement sur le côté, chevelure bouclée, regard droit et franc, nez rectiligne, mâchoire carrée, épaules larges. Les Juifs sont de profil. Cheveux noirs collés sur le crâne, front oblique, nez crochu, menton veule.

Et Yussuf, qui pense comme la plupart de ses camarades que les Juifs venus d'Europe sont plutôt grands et blonds, ne peut s'empêcher de faire remarquer au maître cette contradiction.

— Heu... Oui, mais tous ne sont pas blonds, tu sais... Et puis les Juifs d'Orient, qu'en fais-tu ? Eux, ils sont bruns, et ils ont de grands nez !

Yussuf fixe machinalement le nez du maître, qui ressemble à s'y méprendre à celui des petits bustes juifs.

— La haine, la haine seule nous conduira à la victoire ! postillonne Rajid Ali. Je hais les Juifs. Et nous les haïssons tous ! Mort aux Juifs !

— Mort aux Juifs ! Mort aux Juifs ! scandent les écoliers.

19

— Mort aux Juifs ! Mort aux Juifs ! scande avec eux Yussuf.

*

... Une Mercedes noire... deux Mercedes noires... Des hommes gros en descendent. Hakim, le mokhtar, s'incline, baise la main du plus ventru : Ahmed Choukeiri, le chef de l'Organisation de libération de la Palestine. Hôtes et invités pénètrent sous une tente où ont été préparées des agapes. Kifteh, kubbeh, shawarma, dolmas, riz ! Ils mangent, dévorent, s'empiffrent... Ils rient, ils plaisantent. La graisse reluit sur leurs mains et sur leur menton. Des rots fusent. « Hamdullillah ! » Les serveurs apportent aiguières et cuvettes. Les convives font leurs ablutions, se lèvent, lourds, repus, et vont s'affaler sur des poufs et des coussins au fond de la tente. Des plateaux remplis de loukoums tournoient dans les airs. Les tasses, les soucoupes tintinnabulent. Ils boivent, ils palabrent... et leurs voix lointaines ronronnent comme de gros bourdons.

Pendant ce temps, les écoliers attendent, debout au pied de l'estrade en bois où vont être prononcés les discours. Yussuf a des crampes terribles dans les jambes. Il voudrait bouger, marcher un peu. C'est impossible. Rajid Ali surveille. Il a mis son beau costume noir et il flotte dedans. Tout le monde est propre, lavé, épouillé. La mère de Yussuf a passé la nuit à nettoyer et repriser le pantalon et la chemise de son fils. Le mokhtar a fait distribuer des sandales en caoutchouc à tous les élèves du camp. Elles sont là, alignées sagement par ordre de grandeur.

Tout à coup, les odeurs ! Elles s'insinuent, stagnent... Une morsure perfore l'estomac de Yussuf. La salive emplit

sa bouche. Ses yeux brillent... kifteh... kubbeh... dolmas... shawarma... Tout tourne, l'estrade, les baraques,
Rajid Ali...

Applaudissements. Brouhaha. Vivats.

Ahmed Choukeiri s'approche entre une haie de
fedayin bien nourris qui portent des cartouchières sur leur
torse bombé et des mitraillettes à la hanche. Une dizaine
de notables au visage fleuri entourent le chef. Des étuis de
revolver, collés contre leur énorme derrière, dépassent
de leur complet-veston sombre.

Les réfugiés accourent, saluent, s'inclinent. Les femmes
poussent des yu-yus en lançant des pétales de roses.

— Attention ! prévient Rajid Ali, en tirant sur sa veste
et en recentrant le nœud de sa cravate. Allez-y !

— Vive ! Vive Ahmed Choukeiri ! Vive notre chef
vénéré ! Vive la Palestine invincible !

— Palestine, terre de nos ancêêêtres !

— Palestine, terre de nos amououours...

Et Yussuf crie... Et Yussuf chante avec ses camarades...

Ahmed Choukeiri écoute tout attendri. Il n'a pu bou-
tonner complètement son gilet ni fermer sa veste et sa
chemise plaquée se tend comme l'enveloppe d'un ballon.

— Mes petits... Mes chers petits... Mes braves Lionceaux ! s'exclame-t-il, paterne, en passant dans les rangs
et en tapotant les joues.

— Mes frères, déclame le mokhtar, notre bien-aimé leader, Ahmed Choukeiri, a daigné venir nous rendre visite,
à nous, les réfugiés de Jéricho... Le voici...

Allégresse ! Délire !

— Vive Ahmed Choukeiri ! Vive notre chef bien-
aimé !

— Yu-yu-yu-yu-yu-yu-yu-yu...

— Mes frères ! Chers compatriotes...

21

Le public se tait… Les cous se tendent, les visages se font attentifs.
— L'heure de la victoire approche…
Jaillissement des mots qui déferlent en flots dévastateurs. Une à une, les villes d'Israël sont submergées, englouties sous les flammes, entraînées jusqu'à la mer.
Et Yussuf, subjugué, écoute…
La face joviale d'Ahmed Choukeiri est cramoisie. Ses yeux lancent des éclairs, et sa bouche ouverte comme l'orifice d'un volcan gronde, éructe, tonitrue…
Et Yussuf, médusé, voit…
Se voit… Il est couvert de poussière, effrayant, épouvantable ! Il court en brandissant un couteau sanglant. Il court dans les rues de Jaffa, et devant lui les Juifs détalent, se jettent dans les eaux bleues de la rade qui, lentement, se referment sur eux. Ils hurlent, ils implorent, mais la mer qui s'engouffre dans leur bouche les bâillonne à jamais. Leur tête disparaît. Ne restent que leurs bras, des milliers de bras et de mains qui cherchent où s'accrocher, qui se crispent sur d'imaginaires filins… Quelques remous encore… C'est fini ! Jaffa est libre ! … LIBRE…

*

C'est la guerre…
— Les Juifs arrivent ! Les Juifs arrivent !
Exode.
Une bombe a coupé en deux le pont Allenby…
Yussuf s'accroche à la main de son père, qui, lui, s'accroche à la corde tendue entre les deux rives du Jourdain. Sa mère, ses deux sœurs, son oncle et sa tante, ses cousins… tous s'agrippent au filin de l'espoir car, derrière

22

eux, c'est l'apocalypse... car, derrière eux, tout est rouge et noir... Tout brûle.

De l'autre côté, des policiers jordaniens dissèquent la chenille humaine qui n'en finit pas d'avancer.

— Là-bas, derrière le poste, des camions vous attendent... Vous, à droite ! Vous, là, à gauche ! ... Allons, mon oncle, presse-toi !

— Les chars ! Les chars ! Ils sont là !

— Allons, du calme ! Pas de panique ! Ils ne passeront pas le Jourdain.

— Capitaine Mordechaï Yahuda.

— Colonel Ibrahim Majaj.

— J'ai appris par radio qu'un cessez-le-feu vient d'être convenu entre nos deux armées.

— Exact, capitaine.

— Permettez que je prenne position.

— Faites, je vous en prie. Cette rive, pour l'instant, est à vous... Pour l'instant...

— Nous verrons cela plus tard. Mes respects, colonel ! Clac. Garde-à-vous. Salut.

— Oui, nous verrons... Mes respects, capitaine. Clac. Garde-à-vous. Salut.

La Cisjordanie, dernier lambeau de Palestine, qu'Abdallah, roi de Transjordanie, avait en 1948 greffée sur son royaume, venait de rendre l'âme.

Des camions roulent, soulevant des trombes de sable. Le vent gerce les lèvres de Yussuf qui tousse...

Kamal a rabattu les deux pans de sa keffié sur son nez et sa bouche, et il a l'air d'un bédouin. Le désarroi fissure sa figure tannée, fait cligner ses lourdes paupières et battre les deux grosses veines violettes des tempes.

Des cahots. Encore des cahots. Et aussi cette maudite poussière. Et ce halètement poussif de moteur harassé.

— Où allons-nous, mon père ?

— Dans un autre camp, mon fils.

Chapitre II

Baqa'a. Un camp plus grand, plus grouillant, plus déprimant que tous les autres réunis, qui s'étire comme une plaie, une escarre au pied d'un djebel proche d'Amman. Baqa'a. Fournaise d'août, pluie d'octobre, neige de décembre, boue de février... Et cette bise glacée qui fait grincer la tôle des casemates. Le vent gémit, siffle, cingle, fouaille, comme des milliers de petites verges... Et les femmes, nu-pieds, glapissent devant le local de l'UNRWA[1] en brandissant leurs gamelles. Elles font la queue. Elles attendent depuis des heures et elles n'en peuvent plus. Elles ne sentent plus leurs jambes, violacées par le froid, enfoncées dans la gadoue jusqu'au mollet. Près d'elles, les gosses braillent, mains crispées sur les écuelles vides. Et le fonctionnaire qui se fait désirer ! Elles s'énervent, frappent avec leurs ustensiles contre la baraque de tôle.

Une porte s'ouvre. C'est la ruée.

— J'étais la première.

— Non, c'était moi.

---

1. United Nations Relief and Works Agency for Palestine Refugees in the Near East.

25

— Tu mens, fille de truie. J'étais là bien avant le lever du soleil !

— Tais-toi, fille de chienne !

— Quoi, fille de chienne ! Tiens, attrape !

Pif. Paf. La rixe s'étend comme un incendie et transforme brusquement toutes ces femmes épuisées en harpies qui griffent, assènent des horions et poussent des cris stridents.

Plusieurs hommes s'arrêtent et regardent interloqués ce combat insolite. Bientôt se forme un attroupement. Mais personne ne veut se mêler de cette querelle de « femelles ». Seul le préposé de l'UNRWA, à demi accroupi derrière son comptoir, essaye, d'une voix craintive, d'apaiser les esprits.

— Allons, femmes, calmez-vous... Il y en aura pour tout le monde !

— Tu dis ça. Hier, je n'ai rien eu. Les stocks étaient épuisés. On veut nous faire crever ! Voilà tout !

— Mais non, mais non !

Doong ! Une marmite, en se cabossant sur son crâne, vient de lui fermer la bouche, et il gît, les bras en croix, sur ses sacs de riz, le petit fonctionnaire ! Au bout de la queue, on se bat encore, mais à l'entrée de la baraque, les hostilités ont cessé. C'est la curée. Les femmes remplissent leurs gamelles et leur tablier à ras bord puis se précipitent dehors.

— Les chiennes ! Elles pillent ! Elles pillent ! Arrêtez-les !

L'affrontement redouble de violence. Cramponnées les unes aux autres, les mères luttent, cognent avec leurs poings et leurs gamelles, lacèrent les chairs qu'elles saisissent de leurs ongles, se crêpent furieusement le chignon, s'affaissent, se redressent, ahanent, se déplacent lourdement

26

ou tourbillonnent, comme des danseuses inséparables, étroitement enlacées. Leurs corps agglutinés forment une hydre à cent pattes et cinquante têtes chevelues, couverte de griffures et de sang.

Des casques à pointe traversent la foule des badauds.

— Police. Écartez-vous ! Écartez-vous !

De grosses matraques fendent l'air.

L'hydre vaincue s'est brisée en cinquante morceaux.

Les hommes, encore sous l'effet de la surprise, viennent ramasser leurs épouses assommées.

— La distribution est terminée pour aujourd'hui, lance d'une voix de fausset le petit fonctionnaire, frottant d'une main son occiput et fermant de l'autre la porte du dépôt.

Faim. Faim, pour les quarante mille réfugiés du camp de Baqa'a... Faim qui rend les mères forcenées, les pères moroses, et qui débilite les enfants. Elle tord le ventre de Yussuf, gisant sur une paillasse crasseuse qui sent la sueur rance et l'urine. Pas de lait. Pas de viande.

La mère de Yussuf, un œil clos par une horrible ecchymose violâtre, se lamente en regardant son fils.

— Allah tout-puissant ! Viens-nous en aide ! Que vais-je lui donner à manger ? Ce petit se meurt !

— Silence, femme, tonne Kamal. Et cesse donc de geindre. Demain, je partirai pour Amman. J'irai travailler, je te ferai parvenir l'argent... et tâche de me le sauver. Il doit vivre !

*

Le soleil se levait. Un soleil fantastiquement beau, énorme, tout orangé, qui projetait sur les camps palestiniens des rayons chauds et vivifiants. La boue peu à peu se desséchait, se craquelait, se pulvérisait sous les pas.

C'était le printemps. Et les plantes sauvages poussaient comme du pelage sur les croupes jusqu'alors dénudées.

Ahmed Choukeiri avait disparu... Choukeiri était politiquement mort. Il fumait son narghilé quelque part au Liban, dans le jardin de sa confortable résidence.

Rajid Ali n'était plus... La guerre s'était faite la complice de l'acrimonie qui lui rongeait le foie comme un cancer. Il avait succombé pendant l'exode. Certains prétendaient l'avoir vu brandir son poing en direction des Mirage qui tournoyaient dans le ciel. Il aurait alors fait un grand bond dans les airs et se serait affaissé, en essayant de retenir de ses deux mains ses intestins qui glissaient de son ventre comme des couleuvres.

Yussuf, lui, était bien vivant. Sa maladie, comme l'hiver, avait été vaincue par la vigueur du printemps. Un sang neuf coulait dans ses veines et, comme une sève roborative, avait dissous en lui les humeurs qui le minaient.

Où étaient les terres bourbeuses et stériles ? Les vents et les crachins ? Il venait de gravir la plus haute des éminences qui dominaient Baqa'a. Des myriades de coquelicots avaient fleuri, à perte de vue, sur les vallonnements où l'armoise, l'astragale, la lavande, l'origan, le chardon et les avoines folles, plantes possessives, s'étaient taillé leur fief. À ses pieds, le camp brillait au milieu des champs verts marquetés de taches pourpres. Le soleil se reflétait sur chacun des toits de tôle, et c'étaient dix, cent sphères incandescentes qui scintillaient devant les yeux de Yussuf.

Il courut longtemps, escalada des coteaux, enjamba des ruisselets. Le camp était maintenant loin derrière lui, oublié, perdu.

Il crut entendre une musique, avança vers elle, léger, aérien, s'élevant à chaque pas au-dessus de la terre, se

28

posant doucement, rebondissant comme une plume empor-tée par le vent.

— Mais qu'as-tu donc, jeune loup, à te dépenser de la sorte ?

Yussuf s'arrêta. Assis sur un tertre de rocaille, un vieux berger, drapé dans une gandourah noire, l'observait amusé. Il tenait une flûte dans sa main.

— Tu as soif ? Viens chez moi te désaltérer.

Il suivit le vieil homme et vit émerger au-dessus de la prairie une masure cachée dans un repli de terrain. Tout autour, de petites chèvres noires et des moutons à la queue lourde comme de grosses quenouilles broutaient l'herbe nouvelle. La lumière oblique du matin formait un nimbe doré sur leur échine.

— Ils en profitent. Dans trois mois, ici, ce sera le désert, dit le berger. Mes pauvres bêtes renifleront la terre, gri-gnoteront des épines, et elles seront maigres à faire pitié. Pour l'instant, grâce à Dieu, elles sont heureuses.

La maison, vétuste, bâtie sur un terre-plein envahi d'euphorbes, n'était qu'un agglomérat précaire de boue séchée et de pierres. Des filaments de saxifrages pendaient le long de ses lézardes.

De la souche d'un figuier à demi incrusté dans la base du mur, près de la porte d'entrée, s'évasaient des branches dont le feuillage égayait la façade.

« Une maison ! Une vraie maison, construite sur du roc ! » Une poésie de Tawfiq az Sayad, que Yussuf avait apprise pendant sa maladie, lui vint à l'esprit…

Sur un olivier,
dans la cour de ma maison,
je graverai mon histoire
et les volets de mon drame

et mes soupirs,
sur mon jardin
et les tombes de mes morts...
Je graverai le numéro
de chaque arpent spolié de notre terre,
l'emplacement de mon village,
ses limites,
les maisons dynamitées,
mes arbres déracinés,
chaque petite fleur écrasée,
les noms de ceux qui ont pris plaisir
à détraquer mes nerfs et mon souffle.

Le vieillard s'approcha du puits, poussa la plaque de fer qui le recouvrait, fit glisser dans l'orifice un seau en caoutchouc, le remonta et le tendit à Yussuf qui le porta à ses lèvres. Une colonne de glace descendit dans son corps. Il se redressa brusquement, le souffle coupé.

— Doucement, doucement, tu es encore tout échauffé. Asperge-toi plutôt le visage et les bras et viens prendre un bon thé. Rien de tel pour chasser la soif !

La porte grinça. Yussuf entra dans la pièce, heurta un chaudron qui roula sur le sol en résonnant comme un gong.

— Par ici, petit.

Il distingua des formes fuligineuses qui, progressivement, s'éclaircirent et devinrent des objets précis. Le jour s'infiltrait en faisceaux par deux minuscules lucarnes, se reflétait sur le cuivre d'une marmite, inscrivait sur le sol en terre battue deux rectangles jaunes, irradiait les particules en suspension dans l'air.

De grosses bêtes décapitées et ventrues étaient attachées à des chevalets par les quatre moignons qui leur servaient jadis de pattes. Le berger, occupé à actionner la pompe d'un réchaud à pétrole, tourna la tête et dit en souriant à Yussuf :

— Tu te demandes ce que c'est, n'est-ce pas ? Ce sont des barattes. Ces peaux ont été évidées et recousues. Chaque jour, on les remplit de crème et on les balance pendant des heures... C'est ainsi que le beurre se fait.

Une haute marche, traversant toute la largeur de la maison, la séparait en deux. C'était dans la partie surélevée, où se trouvait Yussuf, que dormait et travaillait le vieillard en compagnie de ces étranges barattes, qui ressemblaient à des corps de suppliciés, et des marmites, chaudrons, casseroles, réchauds qui s'entassaient dans les angles ou encombraient les étagères. L'autre partie servait de remise. Sur son aire recouverte de caillebotis humides s'égouttaient les fromages. Il y en avait partout : des petits, ronds et plats, bien alignés sur des claies d'osier au-dessus de deux tréteaux. D'énormes, entourés de drap blanc, pendant comme de lourdes poires aux solives. Des cylindriques, recouverts d'une mousse verdâtre, en rangs d'oignons sur une planche. Des cubiques, lisses et brillants comme des blocs de marbre. Quelques-uns, coulés dans des boyaux de mouton, avaient pris la forme de saucisses ou de boudins. D'autres, saupoudrés d'herbes odorantes finement hachées, macéraient dans de grands plateaux. Une moiteur aigrelette stagnait.

— Ça t'étonne tout cela, dit le vieux, en tendant à Yussuf un petit verre rempli de thé ambré et fumant. Le fromage, c'est comme la musique. Il faut avoir le don pour ça.

— Mais, grand-père, comment faites-vous pour les fabriquer et garder en même temps votre troupeau ?

— Tu sais, ma famille n'est pas loin. Le hameau est là-bas, juste de l'autre côté de la butte. Tous les jours, les femmes viennent faire la traite et baratter.

Yussuf, discrètement, observa son hôte. Sa barbe, toute blanche, était annelée comme la laine de ses moutons. Un nez puissant et busqué carénait durement son visage, s'opposait à ses yeux sombres au regard étrange : non pas qu'il fût perçant, il ne pénétrait pas, il absorbait. Une grande ride transversale marquait le départ de son front. Tout le reste était caché par la keffié que maintenait l'âkal noir.

Les ombres s'allongèrent. Le berger sortit, s'aspergea les yeux, les tempes et les bras, gagna le monticule où Yussuf l'avait rencontré. Se tournant vers La Mecque, il s'agenouilla, joignit les mains en repliant les pouces sur ses paumes et lut, dans les pages du livre immatériel qu'il paraissait tenir ouvert devant lui, la prière du soir. Sa silhouette s'inclinait lentement dans les herbes, se relevait, s'effaçait... animée par le rigoureux mécanisme des prosternations rituelles.

Ses dévotions terminées, le vieillard se redressa et dit d'une voix haute, en appuyant sur chaque syllabe, comme pour en souligner l'évidence :

— Allah Akbar !

Et après lui, Yussuf répéta avec force : Allah est grand !

*

Fadel al Mokhtar aurait pu exercer une fonction beaucoup plus importante que celle de simple instituteur dans un camp palestinien : conseiller de cabinet, diplomate, professeur d'université...

C'était un type mince, nerveusement musclé, brun, bouclé, avec des yeux verts et de noires moustaches aux pointes relevées à l'ancienne. Son père, autrefois épicier jaffiote aisé, était devenu à Amman un détaillant en tissus relativement prospère. Les économies du premier négoce ayant fait fleurir le second, Fadel al Mokhtar avait eu une enfance dorlotée, dans un confort bourgeois étanche qui l'avait laissé longtemps ignorant des conditions d'existence des réfugiés palestiniens infortunés.

De sa prime enfance à Jaffa, il ne conservait que de banales réminiscences. Nettement plus précis, parce que plus fréquemment revécu, était le souvenir de la fuite de 1948 : une marche folle, terrifiante, dans une nuit pleine de vacarme et de lueurs ; un embarquement clandestin sur un boutre chahuté par les vagues ; le froid du large, des claquements de dents, la faim, les pleurs, et la peur de mourir. Attente dans un camp d'hébergement libanais, et enfin le départ en autobus pour Amman.

Là, le père reprit ses affaires et, peu de temps après, fit bâtir une villa laide et prétentieuse sur le djebel Lwebdeh, un quartier résidentiel, où la jeunesse de Fadel continua de se dérouler paisiblement. Il fréquenta les établissements scolaires les plus réputés, des établissements privés et fort coûteux.

À dix-huit ans, il obtint du gouvernement britannique une bourse pour étudier en Angleterre. Il était, alors, disposé à tout tenter pour acquérir puissance et notoriété, et considérait comme normal le sort des misérables, notamment celui des Palestiniens relégués dans les camps. Fadel ne se sentait absolument rien en commun avec eux. Dès l'enfance, on lui avait appris à vouer une fidélité éternelle au trône hachémite qui était le plus sûr garant de l'ordre, et ce ne fut pas un réfugié qui s'envola pour Londres, mais un respectueux sujet du royaume, doté d'un passeport jordanien et d'un confortable viatique dans son portefeuille.

L'Angleterre qui l'accueillait le fit penser à l'antichambre de l'enfer, avec ses banlieues ouvrières lugubres et le mouvement servile des multitudes uniformes qui s'ébranlaient aux mêmes heures, comme un troupeau de drogués, se croisaient, se coudoyaient, dans une totale indifférence.

Il s'inscrivit simultanément en philosophie et en sciences économiques, décidé à suivre de front ces deux programmes. Avec sa bourse et la pension que lui octroyait son père, il trouva sans difficulté un studio dans un immeuble chic de Chelsea.

Ce fut après un cours d'économie politique que Deborah l'aborda et le convia à venir assister à un meeting organisé en faveur du peuple palestinien. Il accompagna la jeune fille, rencontra parmi l'assistance des étudiants jordaniens et palestiniens qui n'avaient évidemment rien de commun avec ceux qui gravitaient autour de l'ambassade. Ici, tous étaient violemment hostiles au roi, prônaient la lutte politique à outrance contre lui et la poursuite de la lutte armée contre Israël.

Il se lia d'amitié avec plusieurs d'entre eux et revit très souvent Deborah, qui préparait également une licence d'économie politique. Elle l'invita aux réunions de sa cellule communiste. Il lut Saint-Simon, Owen, Fourier, Proudhon, Marx et Engels, qui faisaient partie de son programme à l'université, étudia une seconde fois *Le Capital* et se plongea dans les œuvres de Lénine. À la longue, il finit par se prendre au jeu, par militer sérieusement et intervint de plus en plus souvent dans les meetings.

Son père, informé de ses activités, menaça de lui couper les vivres s'il n'y mettait fin immédiatement. Et comme ses objurgations ne furent suivies d'aucun effet, les mandats cessèrent d'arriver à Londres. Fadel dut quitter son studio de Chelsea et emménagea dans un garni crasseux de Paddington. Il n'en fut pas autrement affecté.

Il vécut ainsi, de garni en garni, cinq années d'étude et de passion militante, réussit sa licence avec mention, se prépara à rédiger une thèse sur l'apport de la pensée arabe dans la philosophie occidentale : une tentative ardue de ramener l'égocentrisme culturel européen à une juste proportion des choses. Il venait de terminer ses recherches quand la guerre éclata entre Arabes et Israéliens, et se conclut en six jours, sur le résultat que l'on sait.

Avec une gravité presque solennelle, Deborah lui dit :

— Tu dois rentrer, Fadel.

— Marions-nous d'abord, et viens avec moi.

— Non, Fadel, ma place est ici, sur mon terrain de lutte. La tienne est là-bas, en Jordanie, sur ton terrain de lutte.

Deux mois plus tard, après avoir soutenu sa thèse, il retournait en Jordanie, non par la ligne directe qui l'eût fait repérer dès sa descente d'avion, mais par Beyrouth, où il prit l'autobus pour Amman.

Sa première visite fut pour sa famille. On l'accueillit comme l'enfant prodigue qui rentre au bercail après s'être longtemps dissipé, c'est-à-dire avec des excès d'égards, de jovialité et de gentillesse. Son père affecta d'oublier la rupture de leurs relations épistolaires et l'arrêt de son aide financière.

— Alors, ces examens, mon grand ?

— J'ai deux licences et un doctorat.

— Tu n'as pas chômé. Je te félicite. Avec tous ces titres, tu vas pouvoir postuler une fonction élevée. À quoi penses-tu, au juste ?

— Père, ce que je vais vous dire mettra un terme à notre petite réunion de famille. J'entre dans la résistance.

— Quoi ? Ce n'est...

— Ne vous énervez pas ainsi, dit Fadel, qui se leva de son fauteuil et alla prendre sa valise dans le hall d'entrée.

Il se retourna :

— Vous risqueriez d'attraper une crise cardiaque. Oui, j'entre dans la résistance et, qui plus est, dans une organisation d'extrême gauche.

Fadel se défila, sans claquer la porte, satisfait d'avoir pu rompre sans trop de casse de vieux liens encombrants.

Une semaine après son retour, le docteur en philosophie Fadel al Mokhtar prenait, sous le nom d'Abu Mansur, ses fonctions d'instituteur dans le camp de réfugiés palestiniens de Baqa'a.

*

Des spirales de fumée bleuâtre s'effilochaient dans l'air torride. Le maître fumait sans arrêt, allumait une cigarette avec le mégot de la précédente, marchait entre les rangées d'élèves, en énonçant le texte d'une dictée. Yussuf, assis à côté de son cousin Zaïd, avait le regard rivé sur le sol pierreux qui occupait autour de lui l'espace compris entre les pans relevés de la tente.

Tout était calciné. Seuls le pauvre myrte et le gras épineux avaient résisté à l'incendie de l'été.

Le visage de Hassan al Qassim apparut fugitivement devant les yeux de Yussuf. Il n'avait pas eu le courage de retourner le voir, d'aller, une fois encore, troubler sa quiète solitude, mais son cœur débordait toujours de reconnaissance pour le berger qui, peut-être, en cet instant, jouait de la flûte et regardait, avec commisération, ses moutons efflanqués.

Ce n'était pourtant pas l'envie qui lui manquait de fuir cette tente étouffante, d'aller s'asseoir dans la pénombre de la petite masure, pleine du bruit sourd et intermittent des laitages qui gargouillaient, suintaient, s'égouttaient sur les caillebotis de la remise.

Hélas ! Yussuf savait bien que jamais il ne le reverrait. Sa vie était maintenant ici, dans ce camp, dans cette école, dans cette classe.

> *Chaque année, je dirai à mon fils : nous reviendrons, sois-en sûr, mon fils, nous reviendrons dans notre pays...*

— Yussuf al Kutub, pourquoi n'écris-tu pas ?
— Oh ! Pardon, maître... Il fait si chaud !
— La chaleur est la même pour tous, Yussuf. Reprenons...

> *Nous imprégnerons notre âme de son air et de son sol. Nous irons jusqu'à l'orangeraie...*
> *Nous sentirons le sable et l'eau sur notre corps...*
> *Nous dormirons à l'ombre du premier arbre...*

Dormir... dormir... La vue de Yussuf se brouilla. La terre gorgée d'eau exhalait une suave fraîcheur.

> *Nous nous inclinerons devant la première tombe de martyr que nous rencontrerons...*

Des pierres, un hérissement infini de pierres dansa devant les yeux assoupis de Yussuf. Et le soleil impitoyable embrasait ces extrusions qui avaient poussé comme des verrues sur les jardins de Palestine.

> *Te rappelles-tu Jaffa et les délices de sa côte ?...*

Jaffa ! Yussuf dressa la tête. Sa page était à moitié blanche. Il jeta un regard oblique sur le cahier de Zaïd et s'efforça furtivement de combler les lacunes laissées par sa torpeur. Impitoyablement, la voix du maître poursuivait. Piégé comme le lièvre de la fable, Yussuf ne parvenait plus à rattraper son retard.

La moiteur d'étuve qui régnait sous la tente faisait jaillir la sueur de son front. Elle tombait goutte à goutte sur sa feuille.

La bille de son stylo dérapa, se grippa, libéra d'un coup des caillots outremer visqueux qui s'épandirent comme un raz de marée sur les auréoles humides.

Nous chanterons les hymnes du retour triomphant et vengeur.

— Point final... Auteur : An Nachachibi. Yussuf, veux-tu relire s'il te plaît ?

Catastrophe ! Il venait à peine d'atteindre Jaffa.

Ch... Chaque année, je dirai à mon fils...

Peu à peu, il prit de l'assurance. Tout était clair dans ce texte, parfaitement clair. Il se vit à côté de son père, Kamal, cheminer sur les routes de Palestine vers une nouvelle vie qui commençait là.

Sur cette place de village, sur le minaret de cette mosquée, dans ce champ bien-aimé, contre ce mur solitaire, près des vestiges de cette clôture chancelante ou de l'emplacement de cette maison détruite. La voilà notre vie. Là, chaque grain de sable nous l'enseigne. Te rappelles-tu Jaffa et les délices de la côte ?...

— Très bien, Yussuf ! À toi, Zaïd, poursuis.
Ouf ! Sauvé de la honte !

Haïfa et sa fière colline, Beitsheam, ses moissons et ses vergers, Nazareth et les cloches des chrétiens, Saint-Jean-d'Acre, sa citadelle et les souvenirs d'Al Djazzar, d'Ibrahim Pacha, de Bonaparte, les rues de Jérusalem, Tibériade et sa rive pacifique, bercée de vagues dorées, Madjal et ce qui reste de mes proches sur sa terre...

— Parfait, Zaïd. À toi, Naïm.

*Je verrai la haine dans les yeux de mon fils et de vos fils. Je serai témoin de leur vengeance... Je les veux sans pitié ni merci. Je veux qu'ils effacent la catastrophe de 48 dans le sang de ceux qui les empêchent de rentrer dans leur pays.
La patrie est chère, mais la vengeance est plus chère encore. Nous entrerons dans les tanières de Tel-Aviv à coups de hache et de fusil, avec nos mains, nos ongles et nos dents, en entonnant les chants de Qibiyn, de Deir Yassin et de Nassir ed Din. Nous chanterons les hymnes du retour triomphant et vengeur. An Nachachibi.*

Comme du temps de Rajid Ali, Yussuf était prêt à crier « Mort aux Juifs ». Les trois mots, déjà expulsés de sa gorge par la haine qui l'étreignait, se bousculaient sur ses lèvres.
Mais pourquoi cet air ambigu sur le visage du maître ?
— Que de fougue, Naïm, que de fougue ! Ce n'est qu'une dictée... Une simple dictée. Nachachibi, l'auteur

39

de ces lignes, ne vit pas dans un camp comme vous, comme moi. Il appartient à l'une des grandes familles de Jérusalem. La première partie de son texte est très belle. Il faut porter la Palestine en soi, ne jamais l'oublier. Toutefois, ce n'est pas en rêvant d'hécatombe, de vengeance et de massacres qu'on l'enfantera. « Les Juifs à la mer, la revanche... » Vous avez vu ce que ça a donné. Je vais vous faire bondir : les Juifs ne sont pas mes ennemis ni les vôtres. Notre ennemi réel, c'est le sionisme. C'est contre lui qu'il faut lutter, c'est lui qu'il faut détruire et, alors, Israël s'écroulera.

Dix mois passèrent.

Chapitre III

Yussuf, étendu tout habillé sur sa paillasse, ne bougeait pas. Ses yeux étaient rivés sur la tôle ondulée qui recouvrait le toit de la casemate familiale. Yussuf al Kutub, envahi par un engourdissement grandissant, écoutait le mot qui retentissait à intervalles réguliers et tournait dans sa tête, comme le cri d'appel de sentinelles en faction sur les bastions d'un fortin : « sionisme... sionisme... sionisme... »

Bientôt, Yussuf n'eut conscience que d'un vague bourdonnement. Sa mère et ses deux sœurs, accroupies, récuraient avec de la cendre marmites et plateaux, en chuchotant. Leurs silhouettes fantomatiques, enveloppées de voiles, se profilaient dans le halo de la lampe à pétrole. Son père, qui venait d'arriver d'Amman avec la paie de la semaine, ronflait à ses côtés, mais Yussuf ne voyait ni n'entendait plus rien.

Il a quitté son corps qui gît recroquevillé sur la paillasse... et il marche, d'un pas ferme, vers sa destinée qui le place devant un choix sans appel.

Il chemine sur une route toute droite, qui traverse un sol sans végétation, sans eau, sans hommes, une incommensurable étendue de boue desséchée, fendillée en myriades de trapèzes, de triangles, de polygones, emboîtés les uns dans les autres comme des fragments de mosaïque. Enfant, il avait vu danser sur l'horizon dénudé un perpétuel mirage. Il s'était résolument dirigé vers lui, persuadé qu'il l'atteindrait un jour. Les années s'étaient écoulées, dures, amères. L'horizon, sans cesse, avait reculé. Le mirage s'était brouillé chaque jour un peu plus. Il avait disparu complètement dans les fumées et les fracas d'un séisme.

Fourbu, découragé, Yussuf continue de marcher. D'un pas chancelant, automate au ressort détendu, il avance sur cette route poudreuse qui se dérobe, tel un tapis roulant pris à contresens.

Voici qu'une forme tremble sur la ligne inaccessible du destin. Est-il arrivé au terme de son voyage ? Cette humble masure, ombragée par les branches d'un vieux figuier et entourée de moutons gras que garde un placide berger, n'est-ce pas ce qu'il cherche depuis toujours ?

Non, la route ne fait que passer. Elle se prolonge bien au-delà et va se dissoudre dans les lointains brumeux. Mon Dieu, est-ce loin encore ?...

« Non. Il suffit de franchir ces quelques collines, là-bas. Va, hâte-toi. »

Pourquoi ces baraques, ce foisonnement de baraques comme une flottille perdue dans un océan de poussière agitée par le vent ? Est-ce ici le terminus ?

« Fou que tu es, file. Ne regarde pas les sourires complices, les gestes amicaux que ces gens t'adressent du pas de leur porte. Refuse le café amer et parfumé de l'accueil. Ici, c'est l'enfer. Avance ! Avance ! »

Yussuf poursuit son chemin, et voilà que devant lui un aigle surgit dans un ciel couvert de nuages, un aigle noir qui a la tête d'Ahmed Choukeiri. Il vole au-dessus de gnomes qui fuient en agitant les bras. Le rapace plonge et les ignobles créatures gonflent, deviennent de terrifiants géants. L'oiseau royal, épouvanté, bat des ailes. Il vire et disparaît en poussant des croassements...

Les nuées s'écartent et dévoilent sous une voûte immense une porte ouvragée comme celles des mosquées médiévales. Au-dessus du porche, une épigraphe clignote : « Organisation de Libération de la Palestine. » Trois lettres se détachent des autres : O... L... P...

Yussuf frappe. L'un des vantaux de la porte s'entrouvre et son maître, en uniforme, tenant une mitraillette, lui prend la main.

— Marhaba ! Bienvenue parmi nous !

Tous deux pénètrent dans une grande nef envahie par un public dense. Chatoient les keffiés à damiers rouges ou noirs. Étincellent les Kalachnikov, les Katiouchka, les Grinof. Cohue exaltée, d'où montent des chants martiaux qui font trembler dangereusement les colonnes et le dôme de l'édifice, à la fois imposant et fragile. Au-dessus des têtes frémit un hérissement de calicots, d'étendards et de drapeaux aux couleurs de la Palestine. Chacun veut dire son mot, personne ne s'entend. Un sourd brouhaha confond les voix.

Bientôt le vacarme enveloppe l'assistance guerrière qui gesticule ou tire des rafales en l'air. Yussuf se bouche les oreilles, serre les dents, se plie en deux.

— Assez ! Assez !

Est-ce bien ici la fin de sa longue marche, dans cette tour de Babel, ce pandémonium dont le camp de Baqa'a n'était en fait que l'antichambre ? Son maître a disparu. Il le cherche longuement au milieu des attroupements vociférants. Découragé, il se précipite vers la porte pour fuir cet antre démentiel et aller retrouver le silence étale du dehors. Mais les deux battants sont maintenant soudés l'un à l'autre, comme est scellé le destin de Yussuf. Il secoue furieusement la porte qui ne bouge pas, cherche une autre issue. Les corps agglutinés dressent devant lui une barrière infranchissable.

Le tumulte s'atténue.

— Abu Amar ! C'est Abu Amar !

Un homme monte sur le podium. Yussuf croit le connaître. Sa silhouette lui est familière. Sa keffié au pan gauche replié sur l'âkal, ses lunettes fumées, le crin dru de ses joues toujours mal rasées, la moustache d'où émergent deux lèvres roses et grasses, et cette manie de surgir à l'improviste, théâtralement, quand on l'attend le moins, dans son uniforme de fedayin qui recouvre des épaules tombantes et une légère pointe de bedon.

C'est lui. Yussuf le reconnaît. S'il était rasé, peigné, en civil, Arafat ne serait qu'un Palestinien comme les autres, un Arabe moyen, de taille moyenne, de corpulence moyenne. Quelqu'un de très proche. Tous savent qui il est, d'où il vient. Il appartient lui aussi à la race maudite.

Fils de réfugié, il a passé son enfance dans un camp, à Gaza, sur cette étroite frange côtière collée au flanc d'Israël, près de compagnons qui, comme lui, rêvaient de se laver un jour de l'humiliation subie par leurs pères.

Ils sont là, ces durs, ces purs, solides, dans la force de l'âge, dûment pourvus de diplômes d'ingénieur obtenus au Caire, entourés d'amis influents qu'ils se sont faits dans les pays arabes où ils ont, auparavant, exercé leur métier. Les voici, déterminés à prendre en main la destinée de Yussuf et des milliers, des centaines de milliers de Palestiniens qui les acclament : Kamal Nasser, porte-parole de l'OLP, Salah Khalaf, dit Abu Ayad, Mohammed Yussef al

44

Nadjar, dit Abu Yussef, Khaled al Hassan, Khalil al Wazir, Mamduh Sidam, Kamal Adwan, et d'autres...

La voix d'Arafat roule au-dessus de l'assistance.

— Unité entre nous, patriotes palestiniens, pour mener à bien la libération de notre terre. Et quand celle-ci sera accomplie, nous créerons un État laïc, démocratique et progressiste où Juifs, chrétiens et musulmans coexisteront dans la paix. Vive le combat héroïque des patriotes palestiniens ! Vive la victoire ! À bas le sionisme !

Crac ! La déflagration des applaudissements vient de fendre le mur derrière Arafat. Une route apparaît, droite, asphaltée. Tout au bout, un écusson de couleur vive est posé sur la cimaise rose du couchant que dessine un long cirrhus s'étirant à la lisière du ciel. À l'intérieur : les armoiries. Deux bras, face à face, tiennent chacun dans leur poing une mitraillette. Les canons des deux armes croisées inscrivent sur la Palestine le V de la victoire. Dans leur prolongement, cependant, les crosses forment l'X de l'inconnue. Entre elles, une grenade quadrillée brille comme la carapace d'un coléoptère et, juste au-dessous, dans un cœur transpercé par la pointe de l'écusson, un exergue se déploie en guirlande phosphorescente : « FATAH — FATAH »

Yasser Arafat, dit Abu Amar, montre l'horizon rayonnant, brandit une liasse de billets de banque et s'écrie :

— Allons, dépêchons... dépêchons... Trois dinars par mois pour aller combattre le sionisme. Trois dinars, nourri, logé, habillé. Qui dit mieux ?

Un flot humain s'engouffre dans la brèche, avec ses tenues de combat, ses armes, et s'étire sur la voie pleine d'espérance comme un long scolopendre vert tacheté de rouge et de noir.

45

Yussuf esquisse un pas. Un de plus, et il sera emporté par les remous de la bousculade.

« Attention, Yussuf ! Attends encore un peu. Réfléchis et regarde plutôt à gauche ! »

Sur un autre podium, d'autres chefs haranguent une assistance plus clairsemée et il les reconnaît aussi. Même origine, même allure que les précédents, mais eux ne viennent ni du Caire, ni de Koweit, ni d'Arabie Saoudite, seulement de Damas, où ils comptent de solides amitiés. Il y a là Zuhair Muhsine, Dafi Djamani, Yussef al Burdji, Ahmed Alhihabi et Mahmud al Muyita. Des gens sérieux, convaincus, qui parlent deux ou trois langues et qui ont une vision magistrale de la révolution.

Que dit Dafi Djamani ?

Il dit, en martelant ses phrases et son pupitre :

— Les masses laborieuses et leur avant-garde révolutionnaire incarnent la lutte palestinienne, qu'elles ne sauraient trahir. Il nous faut purger le mouvement palestinien des éléments au passé douteux, unir nos actions de guérilla et porter ainsi des coups funestes au sionisme... À bas le sionisme !

— Oui ! Oui ! hurle l'auditoire.

... Sionisme... sionisme... sionisme...

Sur ce, Dafi Djamani et ses camarades se dressent, s'emparent des massues entassées au pied de leur estrade et abattent à grands coups le mur qui se trouve derrière eux.

— Trois dinars, trois dinars par mois pour aller créer une Palestine qui sera la tête de proue de la grande révolution socialiste arabe ! Trois dinars ! Pressons, pressons ! Trois dinars et des vêtements neufs !

Yussuf voit soudain dans un golfe de la voûte céleste s'étaler toute l'Arabie, de la Mauritanie à l'Hadramaout. Elle est illuminée par un flambeau qui a les contours de la Palestine. Un éclair zèbre la carte immense et un mot incandescent apparaît : « SAIKA », « La Foudre ».

« Oh ! » fait la foule restante, en se précipitant sur le chemin des promesses.

« Oh ! » fait Yussuf, prêt à bondir vers l'enivrant symbole.

Trop tard. Des nuages surgissent de toute part et recouvrent complètement l'Arabie.

— C'est fini pour aujourd'hui, dit Dafi Djamani. Demain, peut-être, si le temps le permet, nous reprendrons le recrutement.

Dépité, Yussuf regarde un peu plus à gauche. Troisième podium. Contre le mur, des gonfanons écarlates, des affiches et des portraits géants entourent le drapeau palestinien. Il y a un Russe aux pommettes et aux yeux de Kalmouk, coiffé d'une casquette, qui lève son poing au-dessus d'une marée humaine. Un Chinois, au visage replet et hiératique comme une effigie du Bouddha, qui observe méditativement Yussuf. Un Latin, barbu et chevelu, debout au sommet d'un pic conquis, qui tend d'un geste décidé un fusil à ceux qui le regardent. Lénine, Mao Tsé-toung, Che Guevara. Par-devant, une dizaine d'hommes accoudés à des tables. Yussuf n'est pas étonné de les connaître, eux aussi. Il dévisage George Habbache, Vaida Elhadad, Nayef Hawatmeh, Ahmed Alyamani, Salah Rafat, Bilal al Hassan. Une particularité sur ce podium. Les chefs véritables ne sont pas musulmans mais chrétiens de rites divers.

— Comment rassembler les Palestiniens, comment faire la révolution, demande George Habbache, si l'on ne détruit pas en premier lieu ce qui nous divise ? Tous, nous sommes issus du même creuset. C'est par la religion que la bourgeoisie nous a toujours enchaînés. Pour briser nos liens et remporter la victoire contre Israël et le sionisme, il n'y a qu'une seule et authentique voie, le marxisme révolutionnaire.

« Sionisme »... « marxisme »... « sionisme »... « marxission... isme »...

Les mots tournent comme des mèches d'acier dans l'esprit surchauffé de Yussuf qui, en écoutant le tribun athée, se sent atteint dans le tréfonds de son âme pieuse. George Habbache n'est pas tendre. Sa voix incisive taille dans les sentiments mis à vif de son auditoire. Il est médecin. Il connaît la chirurgie. Pour guérir le mal, un seul remède : extirper la tumeur qui en est la cause. Et c'est douloureux, car il opère sans anesthésie, pour que ses patients sachent bien ce qu'il est en train de leur faire.

À l'entendre, on croit qu'il porte en lui un chaos longtemps réprimé qu'il extériorise avec la fougue d'un homme libéré de toutes les contraintes psychologiques. À chaque phrase, le tranchant de sa main droite fend l'air comme un sabre.

Tout s'écroule à ses pieds : les dogmes, les empires, les monarchies, emportés par le souffle purificateur de la révolution prolétarienne.

— Chez nous, gronde-t-il, on mène de pair le combat social, le combat national et le combat politique.

Et, parodiant Lénine qui, derrière lui, paraît tout à coup l'observer d'un œil inquiet et vouloir lui assener son poing sur la tête, il ajoute :

— Chez nous, tout combattant est un politique et tout politique est un combattant.

Yussuf ne se sent pas choqué. Jamais il ne désavouera Habbache. Jamais. N'est-il pas, comme lui, un fils de la honte ? Il ressent même une secrète admiration pour cet extrémiste à la mâchoire de fauve et à l'abondante crinière grisonnante, qui partage la vie des réfugiés dans les camps, suit le même entraînement que ses militants, mange la même frugale nourriture.

— La lutte doit être menée non seulement en Israël mais ici même, en Jordanie, et partout dans le monde où il se trouve des cibles israéliennes et sionistes. Nous frapperons le régime rétrograde de Hussein. Nous ferons de Amman notre Hanoï palestinienne !

Là-bas, à droite, Arafat recrute toujours, en répétant, comme un camelot de foire, son antienne tentante :

— Trois dinars, pour aller combattre le sionisme ! Trois dinars par mois, nourri, logé, habillé !

Le public de Habbache dresse l'oreille, écoute, se donne des coups de coude :

— Eh là, tu as entendu ? Trois dinars...

L'attroupement se disperse. Plusieurs personnes marchent déjà vers le podium du Fatah. La voix du docteur cingle leur nuque comme une lanière :

— Hep ! Là-bas, ne vous sauvez pas avant de savoir !

Yussuf tourne la tête. Au milieu de l'édifice déjà passablement ébranlé, Habbache, debout, entouré de son état-major, brandit deux bâtons de dynamite aux mèches allumées.

— Couchez-vous ! ordonne-t-il.

— Tu es complètement fou, lui crie Arafat, tu vas nous faire tous sauter.

— Couchez-vous ! Vite, répète Habbache.

La multitude reflue en désordre vers la porte d'entrée qui refuse obstinément de s'ouvrir.

— Pas de panique ! Pas de panique ! Ce n'est qu'une démonstration, dit le docteur qui, aussitôt, lance ses explosifs contre le mur de son podium déserté et se jette à plat ventre.

L'instinct de conservation, comme un rouleau compresseur, aplatit la foule contre le sol, en fait un immense tapis qui couvre complètement les dalles de la nef. La coupole, soufflée, disparaît dans les airs. Mao Tsétoung, Guevara, Lénine, les calicots, les drapeaux rouges, tout est désintégré, haché menu. Le mur de gauche n'est plus qu'un amas informe de rocs déchiquetés. À sa place, un champignon pommelé et noir monte à la rencontre des nuages.

George Habbache se présente dans la poussière qui stagne sur les décombres, les jambes écartées, les deux mains sur les hanches.

— Regardez !

À travers les fumées, Yussuf entrevoit une sente et, au loin, un pic qui s'élance dans l'espace. Sur le sommet luit un miroir rond comme un astre.

— Bien sûr, ce n'est pas facile d'y arriver, s'exclame Habbache, mais de là-haut nous pouvons surveiller le monde entier et frapper nos ennemis où bon nous semble. Admirez, admirez donc !

Il y a dans le miroir une volumineuse Palestine et, près d'elle, une sphère falote qui rappelle la Terre. Une flèche pourpre jaillit, frôle la sphère et s'enfonce profondément dans la Palestine. Trop profondément, peut-être, car le miroir explose sous les yeux époustouflés de Yussuf qui voit, avant qu'il ne s'effrite, les millions d'éclats composer dans le ciel : « Front populaire de libération de la Palestine. »

— C'est bien l'homme qu'il nous faut, murmure un badaud. Il est terrible. Les sionistes ne lui résisteront pas !

50

— Mais non, objecte son vis-à-vis. Ce type-là va briser toute la maison et dresser le monde entier contre nous.

— Juste, approuve un troisième. Ce qu'il nous faut, c'est quelqu'un qui rassure le bourgeois. Un Arafat, par exemple.

— Non, interrompt un quatrième. Dafi Djamani est l'homme de la situation. Il a la Syrie derrière lui, et la Syrie est le seul pays qui nous aide vraiment.

— Non, non, Arafat !

— Imbécile, Habbache seul fera triompher la révolution !

— Silen... ce, silence ! hurle le chef du FPLP. On ne s'entend plus ici.

Et désignant du doigt l'inaccessible cime flottant sur les nuées, il déclare :

— Ici, les salaires sont bas, mais l'idéal élevé. Deux dinars, allons, deux dinars par mois pour aller pourchasser le sionisme partout dans le monde et abattre les régimes arabes réactionnaires. Deux dinars et les habits. Du plastic, du TNT, de la nitroglycérine, des grenades à volonté.

Déjà, une colonne s'étire sur la piste du FPLP quand, tout à coup, Nayef Hawatmeh s'écarte de Habbache :

— Je ne suis pas d'accord. Que fait-on des masses exploitées d'Israël ? On les oublie. On les raye. C'est une erreur, une monstrueuse erreur !

— Le peuple exploité d'Israël est entièrement soumis au sionisme, réplique Habbache. Il ne peut en rien servir notre révolution !

— Déviation ! Déviation ! Dans le marxisme-léninisme, le prolétariat doit être le fer de lance de la révolution, et quand Marx ou Lénine parlaient du prolétariat, ils pensaient à tous les prolétaires du monde. En Palestine, il y a deux prolétariats : le palestinien et le juif. La révolution dans la région ne pourra se faire sans les deux... Il est de notre devoir d'internationalistes prolétariens de prendre contact avec l'extrême gauche israélienne.

— Ridicule ! Elle est insignifiante.

— Les contradictions qui existent en Israël la feront grandir.

— Tu n'es qu'un gauchiste idéaliste et infantile, lâche Habbache, dédaigneux.

— Et toi, un petit-bourgeois chauvin, rétorque Hawatmeh, en s'écartant de son ancien compagnon.

— Nayef a raison ! affirment Salah Rafat et Bilal al Hassan, qui viennent rejoindre le dissident.

Les trois hommes sortent de leurs serviettes de cuir noir des portraits de Lénine, de Mao Tsé-toung. Pas de Guevara. L'explosion a définitivement réexpédié son image dans les limbes des glorieux martyrs d'où Habbache l'avait tirée. Nayef Hawatmeh et Salah Rafat déroulent l'effigie des deux grands coryphées du marxisme sur les dalles, posent aux quatre coins des morceaux de gravats pour les maintenir bien à plat, pendant que Bilal al Hassan tire de sa poche un mouchoir rouge tout fripé qu'il attache au canon de sa Kalachnikov. Et, comme il est le moins timide des trois, il agite le drapeau ainsi obtenu et appelle la foule qui, prudemment, s'est éloignée de ce secteur mouvementé :

— Allons, approchez, approchez ! Vous devez tout connaître avant de choisir votre voie !

Juste à côté, Habbache s'emporte :

— Pas à gauche, l'infantilisme ne mène à rien ! Pas à droite, ce sont des petits-bourgeois ! Ici... ici... Deux dinars par mois pour suivre la ligne véritable de la révolution.

Arafat, voyant qu'une partie de « son » public risque de lui échapper, fait de la surenchère :

— Trois dinars et demi ! Qui dit mieux ?

— Voici ce que nous vous offrons, s'écrie d'une voix puissante Bilal al Hassan, en montrant l'espace clair laissé derrière lui par le mur abattu.

Yussuf, sa curiosité aiguisée, s'avance avec quelques personnes.

Plus de Palestine dans l'allégorie qui apparaît au-dessus de la dernière route, mais une arabesque de lettres pourpres formant une rosace auréolée par un soleil qui ensanglante le ponant. Yussuf décrypte le titre si artistement dessiné : « Front démocratique populaire de libération de la Palestine. »

Lequel choisir, entre Arafat, Dafi Djamani, Habbache, Hawatmeh ? Il tourne en rond dans la nef, tourne au point d'en avoir la nausée.

Les stands autour de lui se multiplient. À droite, à gauche, au centre, partout de nouveaux arrivants installent des tréteaux, accrochent derrière eux de nouvelles banderoles, de nouveaux sigles, montrent de nouvelles routes.

À droite du Fatah, le docteur Issan al Saratawi, un cardiologue palestinien émigré aux États-Unis jusqu'à la guerre des Six Jours, invite les gens à rejoindre son « Comité d'action de libération de la Palestine ».

Près de lui, Bahdjat Abd al Amine fait de la réclame pour ses « Forces populaires de libération », résidus de l'armée qu'Ahmed Choukeiri avait formée dans la bande de Gaza.

Dans le petit espace qui reste entre les tréteaux de Bahdjat Abd al Amine et le grand podium d'Arafat, Ahmed Zaarur, un Jordanien, ancien officier de l'armée hachémite, vient installer sa table et déployer l'emblème de son « Organisation de la Palestine arabe ».

À gauche du Fatah et à droite de la Saïka, le docteur Zaïd Hidar invite le public à rejoindre son « Front arabe de libération », pro-iraquien.

La distance qui séparait la Saïka du FPLP vient d'être comblée par le « Front de lutte populaire » de Bahdjat Abu Ghrabia et par le FPLP (Commandement général) d'Ahmed Djabril, un Palestinien, ancien officier de l'armée syrienne, qui vient lui aussi de rompre avec Habbache sur des questions d'ordre opérationnel.

Les allégories, les symboles s'épanouissent dans toutes les directions.

— Oh, ici, regardez la belle sphère !

— Et là, ce glaive étincelant !

Qui l'emportera, dans cet affrontement héraldique ?

Yussuf s'est assis contre un pilastre qui soutient à lui seul deux arches dont les extrémités, privées de support, pendent miraculeusement dans le vide. Saisi d'une lassitude soudaine, il se passe la main devant les yeux et il reste ainsi, sans bouger, un long moment. Les instants qu'il vient de vivre l'ont épuisé. Qu'a-t-on fait du siège de la révolution ? Un caravansérail, un vulgaire caravansérail. Pauvre Palestine ! Il lui manquait un prophète, elle en trouve dix, quinze, vingt. Et il n'y en a pas un pour se dresser au-dessus de la cohue et dire :

— Cessons ces bavardages stériles ! Unissons-nous et combattons ensemble le véritable ennemi : Israël !

Non, tout se fait bassement, à ras de terre. On dissèque et on vend la révolution en morceaux.

L'affluence progressivement diminue, absorbée par les différents chemins qui s'évasent autour de l'édifice délabré. Voici Yussuf seul au milieu des grandes dalles disjointes, seul à écouter monter les enchères. Tous lui parlent en même temps et il ne perçoit qu'un salmigondis de sons indéchiffrables.

— La paix ! réclame-t-il, ulcéré, en se dressant d'un bond. Je veux qu'on me laisse tranquille !

— C'est un ennemi de la cause !

— Un réactionnaire !

— Un agent sioniste !

— Il faut l'éliminer !

Il se sent saisi à bras-le-corps et entraîné irrésistiblement vers la gauche.

— Ne le touchez pas ! Il est pour nous, crie son ravisseur.

Il va se débattre, griffer, mordre, quand il découvre le visage de celui qui l'étreint. C'est son maître qui réapparaît pour l'épilogue et l'emmène vers Nayef Hawatmeh.

— Tu arrives bien tard, mais tu es venu…

Yussuf est décontenancé. Voilà qu'on l'accueille comme si, depuis toujours, on l'avait attendu.

— Si tu avais mieux regardé tout à l'heure, tu aurais vu qu'ici nous ne te proposions pas de salaire. Nous n'avons pas d'argent. Notre route est longue, pleine d'obstacles. Nous sommes l'avant-garde, Yussuf. C'est une position difficile, mais captivante !

Nayef parle calmement, en baissant la tête, comme s'il était accablé sous le poids de ses méditations. Ses grosses mains de bûcheron se croisent, craquent, se nouent. Sa voix paisible exclut toute emphase, et aucun emportement ne franchit le seuil de sa bouche.

Tous les concurrents sont partis. Yussuf suit son maître, Fadel al Mokhtar, dit Abu Mansur, qui, depuis le début, l'orientait dans cette direction. Depuis… oui, depuis la fameuse dictée tirée d'un texte d'An Nachachibi. C'est là que tout a commencé, qu'il a été lentement guidé vers ce maelström onirique d'où il émerge sidéré, comme un malade qui se retrouve vivant après un long coma.

« Marxisme. » Ce mot lui paraissait naguère tout aussi effroyable que « sionisme » et résonnait dans ses oreilles comme une obscénité. Les marxistes, son père ne les aimait pas :

— Ce sont des profanateurs, des incroyants ! Aucun Arabe ne peut être marxiste. C'est la négation de notre race !

Et voici que par un étrange cheminement, Yussuf est en train de devenir ce profanateur, cet incroyant tant honni, en train de se tailler dans les grandes lettres rouges de ce vilain mot des vêtements sur mesure.

Comment en est-il arrivé là ?

... Les apartés, après la classe, où le maître, cette fois, allait au fond des choses, faisait lire aux quelques élèves qui ne se dérobaient pas des textes sibyllins, qu'il commentait ensuite avec eux, les quittait sur d'épineuses questions auxquelles il ne répondait que le lendemain soir, creusait, labourait dans leur pensée. Yussuf, poussé par une curiosité insatiable, exigeait des explications, des faits, des exemples.

Le défrichage terminé, le maître sema à petites doses dans la cervelle encore obscure de son élève les meilleures graines de sa philosophie, et le carcan qui emprisonnait les idées de Yussuf se fissura lentement.

Un jour, après les examens qu'il a réussis :

— Voilà, mon rôle de maître d'école est terminé, annonça Abu Mansur. Bientôt je partirai comme instructeur dans une base...

— Tu es fou, Yussuf ! Tu ne vas pas y aller. C'est un rouge, tu le sais... Viens avec moi au Fatah, lui dit Zaïd, son cousin, d'une voix horrifiée...

— Wallah-billah ! Il a raison, le Zaïd, au Fatah, seulement au Fatah ! Je t'interdis d'aller ailleurs, gronde Kamal, le bras levé, prêt à s'abattre durement sur la joue de son fils.

Le rêve qui a conduit Yussuf dans le chimérique sanctuaire de la révolution, au cœur de ses arcanes tumultueux, prend fin, définitivement.

Chapitre IV

Yussuf s'étira, frotta ses yeux afin d'en chasser la glu qui les recouvrait. Un frémissement parcourait le camp, devenu une pépinière de fedayin. Aujourd'hui, c'était la récolte. Le maître de Yussuf, Abu Mansur, en buvant son thé, trouvait ce matin la réalité moins noire qu'il ne se l'était jusqu'alors imaginée. La résistance, toute fragmentée qu'elle fût, existait, croissait, donnait de beaux fruits, même s'ils n'étaient pas tous de la même espèce. Ce qui comptait avant tout, c'était la qualité du produit, et ces centaines de jeunes qui allaient, tout à l'heure, partir pour leurs bases d'entraînement respectives n'auraient rien de commun avec les anciens résistants, bouffis de graisse et de vanité.

Le bruit des pas sur le sable, le ronflement des moteurs de camions, le cliquetis des armes submergeaient les sanglots des femmes.

Déjà, les nombreux GMC flambant neufs du Fatah étaient bondés de garçons excités qui brandissaient haut leurs mitraillettes. Parmi eux, il y avait Zaïd, que son père regardait partir avec une expression d'intense fierté.

Yussuf, chez lui, rassemblait quelques hardes dans un baluchon douteux, devant Kamal, enfermé dans un mutisme hostile, sa mère, secouée de hoquets, et ses sœurs qui s'efforçaient de la consoler.

Comme il les aimait en cet instant, ces deux filles qui lui adressaient à la dérobée des sourires d'encouragement. Elles étaient femmes depuis longtemps déjà, bien qu'elles n'eussent que dix-huit et seize ans.

Normalement, elles auraient dû être mariées depuis au moins deux ou trois ans, et mères de famille... Normalement ! Mais plus rien n'était normal dans la vie des Al Kutub. La guerre des Six Jours, l'exode, la réinstallation à Baqa'a avaient tout bouleversé. Fatima et Zoreh n'avaient-elles pas osé tenir tête à Kamal, qui, selon la coutume, avait décidé de leur trouver à chacune un époux à sa convenance ?

En dévisageant ses sœurs, Yussuf avait brusquement l'impression de les découvrir. Avant, il ne s'était jamais vraiment soucié d'elles et avait accepté leur tendresse comme un dû. Il était le seul garçon et, comme tel, le centre de l'univers familial. Ce qu'il y avait de meilleur dans leur indigence était pour lui. Dès leur plus jeune âge, les deux filles avaient été dressées à servir le père et le fils et à se contenter des restes, dressées à obéir aux ordres, à accomplir les corvées, à vivre dans l'effacement et la soumission.

Comment en étaient-elles venues à contester les décisions paternelles ? Le premier incident avait éclaté à Jéricho, juste avant l'exode. Kamal avait, pour Zoreh, jeté son dévolu sur le fils aîné du fermier qui l'employait. Un bon parti, en somme ! La jeune fille refusa toute nourriture pendant plus de dix jours et se serait laissée, sans doute, mourir de faim si le père, poussé par les supplications et les pleurs de la mère, ne lui avait promis d'abandonner son projet. Cependant, cet acte d'insubordination avait profondément outragé Kamal.

— Mais, père, ce n'est pas la peine de nous envoyer à l'école si c'est pour nous traiter ensuite comme des arriérées !

À l'époque, Yussuf avait jugé l'attitude de ses sœurs scandaleuse.

Ce matin, en revanche, plus rien ne lui échappait. Pauvre Kamal ! C'étaient des siècles de tradition qui se lézardaient devant ses yeux incrédules, et les coups n'auraient pas colmaté les brèches. Il se doutait bien que Zoreh et Fatima n'étaient pas pleinement responsables, que c'était un signe des temps. On ne pouvait à la fois faire instruire ses filles et maintenir ancré en elles l'esprit de soumission. Apprendre à lire, c'est apprendre à deviner le mot que forme un assemblage précis de lettres. C'est aussi apprendre le sens de ce mot, puis le sens de la phrase que composent les mots, puis la signification des textes que constituent les phrases mises bout à bout. Et l'on n'arrête pas le mécanisme qui entraîne celui qui sait lire vers la prise de conscience de sa condition.

Yussuf s'étonna de ne pas s'être senti concerné jusqu'alors par cette histoire qui, pourtant, avait marqué, il s'en rendait compte, un tournant décisif dans les rapports familiaux.

Il avait été bien trop gâté, dorloté, pour s'intéresser à ses sœurs qui, à côté de lui, tout à côté, avaient mené un combat courageux.

Oui, dès Jéricho, elles avaient porté un coup funeste à l'omnipotence paternelle. Certes, ce n'était pas un chambardement. Elles ne s'étaient jamais véritablement rebellées et avaient continué de servir Kamal comme par le passé, avec la même déférence. Elles avaient seulement réussi à lui faire admettre qu'elles décideraient elles-mêmes de leur destin, et c'était déjà énorme. Quelle leçon d'humilité pour Yussuf, qui tirait une certaine fierté du courage dont il pensait faire preuve en acceptant de suivre son maître et d'entrer dans le Front démocratique, malgré l'opposition de son père.

Un jour viendrait, il en était persuadé, où des femmes comme Zoreh et Fatima — et pourquoi pas elles ? — exigeraient leur participation au combat et rallieraient, nombreuses, les bases avancées. Il maudit son orgueil de mâle, fruit de toute une éducation qui, jusqu'à cet instant même, avait coupé les communications entre lui et ses sœurs. Maintenant, il était trop tard pour leur parler.

Déjà, il portait son baluchon sur son dos, s'approchait de sa mère qui le serra à l'étouffer, qui lui souleva la tête et dessina avec ses doigts des signes cabalistiques sur son front, qui réclama une protection toute particulière à Allah pour ce fils égaré, et qui pleurait, pleurait, pleurait, comme une intarissable fontaine. Pauvre maman !

Déjà, il passait devant Kamal, qui arborait un visage impassible. Yussuf savait bien que, derrière cette attitude, il n'y avait que souffrance.

Oui, Kamal souffrait. Pourquoi, mon Dieu, pourquoi ce garçon unique, l'héritier du nom, en qui il avait placé toutes ses espérances, s'écartait-il lui aussi du droit chemin ? Pourquoi n'entendait-il plus la voix de son père ? Que de rêves merveilleux avaient-ils naguère partagés, et comme il l'écoutait alors, le petit Yussuf, quand il lui racontait, en l'embellissant un peu pour qu'elle ne soit pas trop triste, l'histoire de ses proches aïeux, et la sienne aussi. Que de fugues dans le temps ils avaient faites ensemble !

Il avait fallu que Yussuf se distinguât des autres. Pourquoi donc ce serpent n'avait-il pas fait comme Zaïd, son cousin ? Pourquoi n'avait-il pas rejoint le Fatah, « la voie juste, la voie de l'honneur, celle qui ne néglige rien du passé, tout en étant résolument tournée vers l'avenir » ?

« C'est ma faute », s'accusait Kamal, qui, horrifié, pensait que ce soir, demain peut-être, les gens le montreraient du doigt, en disant : « Mais oui, vous savez, c'est Kamal al Kutub, le père du marxiste. »

« Le père du marxiste ! » Lui, un croyant !

Et Yussuf qui partait sans daigner le saluer, sans lui adresser le moindre regard, avec cette frimousse obstinée qui, jadis, l'amusait tant. Il voulait ne pas bouger, rester impénétrable, mais ce fut plus fort que lui. Il s'approcha de la porte en regrettant déjà sa colère de la veille et suivit des yeux la mince silhouette qui s'éloignait sur la piste du camp.

— Yussuf ! Attends, attends !

Yussuf se retourna et le vit tendre ses bras vers lui.

— Père... Père...

— Qu'Allah te protège !

Sur le seuil, trois formes noires.

Yussuf résista à la tentation de revenir sur ses pas. Il sentait sur sa nuque peser le regard de Kamal.

Un croisement et là-bas, à cent mètres de la barrière du camp, le vieux Ford tout cabossé du Front attendait.

— Alors, Yussuf, tu te dépêches ? Il ne manque plus que toi, cria Abu Mansur, debout sur le marchepied, près du chauffeur.

*

Les autres camions étaient déjà loin. Plusieurs avaient pris la route de Salt, d'autres celle de Petra. Celui dans lequel se trouvait Yussuf roulait vers Irbid.

— Encore un, en voilà encore un ! criaient deux gamins assis au milieu de leurs chèvres.

— C'est peut-être le dernier !

C'était en effet le dernier et, derrière lui, Baqa'a privé de ses adolescents sombrait dans la torpide somnolence de l'été. Le camion transportait vingt-cinq garçons qui sifflaient, riaient ou contemplaient les monotones boursouflures défilant autour d'eux égayées de loin en loin par l'arabesque d'une emblavure se faufilant entre les pierres, l'ombre d'un jujubier, la gorge ravinée d'un oued fleuri de lauriers-roses, la lente glissade d'un troupeau sur une pente ou les bivouacs des bergers transhumants.

Yussuf plissa les paupières. La rocaille, la terre et le sable mêlés des collines scintillaient au soleil et réverbéraient violemment la clarté du jour. Des bouffées de chaleur s'élevaient du sol et desséchaient ses lèvres, malgré le courant d'air tiède provoqué par la marche du vieux Ford qui gravissait péniblement les côtes et brinquebalait à chaque descente.

Il abaissa sa keffié sur son front, ramena les deux pans en passe-montagne sur sa figure et noua leurs extrémités contre sa nuque... la keffié du fedayin, à damiers rouges, qu'Abu Mansur venait de leur remettre à tous, en disant :

— Tout à l'heure, à la base, vous toucherez les Pataugas, la tenue de combat et la Kalachnikov...

Du sommet d'un promontoire, l'oued Zarka se dévoila en contrebas, succession de flaques glauques reliées entre elles par de minces filets d'eau qui zigzaguaient entre des rocs.

Un pont l'enjambait, et la route pénétrait dans une vallée plantée de saules, de peupliers, d'eucalyptus, de cyprès, de grenadiers, d'acacias, quadrillée d'enclos touffus et de prés d'un vert si tendre qu'ils retenaient le regard. Des eaux de roche, captées par des canaux, dévalaient les déclivités et bruissaient, ruisselaient, ondoyaient entre les jardins qui, à droite de la route, s'écartaient brusquement

64

pour laisser découvrir une bourgade agglutinée sur un socle granitique, au pied d'une falaise.

— Djerash ! Djerash ! La ville romaine, dit Abu Mansur en sortant sa tête de la cabine et en indiquant du doigt la direction opposée au village.

Les recrues se retournèrent et découvrirent, dans l'incurvation d'un vallonnement, un prodigieux chaos de pierres d'où émergeaient de-ci de-là des chapiteaux, des frontispices, des vasques, un théâtre et, le long des remparts éboulés, les vestiges de quatre portes triomphales s'ouvrant aux quatre points cardinaux.

Un peu plus loin, des vieux se laissaient bercer par le murmure d'une source près d'une auberge en torchis et d'un grand sycomore. Attablés, ils buvaient leur café et jouaient au jacquet. Des fellahs proposaient d'une voix rugueuse des raisins, des pastèques et des graines grillées aux automobilistes et routiers qui faisaient une halte passagère dans ce morceau de paradis terrestre à l'orée des maquis incendiés. Le chauffeur stoppa.

Les jeunes coururent vers la source, plongèrent leur tête dans l'eau claire, burent, s'aspergèrent les bras, puis le camion repartit.

*

Irbid s'étalait au loin sur un riche plateau de terre ocre et lançait au-dessus de ses terrasses des minarets chapeautés de tourelles qui ressemblaient aux vigies d'un vaisseau. Derrière elle, un djebel gris : rivage escarpé où venait se mourir le lac frissonnant des blés mûrissants.

La ville s'était muée en une cité difforme. Les recrues en prirent vaguement conscience en découvrant les camps de réfugiés qui l'enserraient comme une gangue et les avenues sur lesquelles se côtoyaient avec plus ou moins d'animosité les polices et les troupes des deux nations qui la peuplaient. Il y avait les policiers officiels, chargés d'assurer l'ordre et de régler la circulation dans le royaume, qui redressaient d'une main leur casque prussien pour regarder passer le Ford du Front. Puis les policiers de l'armée jordanienne, qui patrouillaient sur les trottoirs, casquette britannique, fusil à l'épaule, matraque en main, pas cadencé, comme des automates au mécanisme parfait et au visage inexpressif. Et enfin les policiers de l'OLP, constitués d'éléments issus des différents mouvements palestiniens. Ils portaient des casquettes cubaines, des tenues camouflées, des brassards rouges, étaient chaussés de rangers et se déplaçaient en laissant pendre négligemment leur mitraillette à la hanche.

Mais où étaient donc les civils ? De temps en temps, les recrues en apercevaient un, qui faisait comme une tache claire dans le miroitement des uniformes. Les civils étaient dans les cafés, les boutiques, sur les marchés, aux champs ou chez eux. Rarement dans la rue.

Depuis quelques mois, les rues d'Irbid appartenaient aux fedayin, à cette floraison de fedayin de toutes obédiences qui submergeaient les îlots kaki des troupes régulières de leur flot vert, et qui riaient, chahutaient, faisaient claquer les culasses de leurs armes, se donnaient des bourrades, sous l'œil faussement indifférent de quelques bédouins hachémites — aristocrates de l'armée — et des troupiers jordaniens, piétaille robuste de paysans sédentaires.

Parfois crépitait une rafale ou retentissait un coup de feu. Personne, apparemment, ne s'en préoccupait. Parfois aussi éclatait une échauffourée entre fedayin et soldats, et aussitôt, comme une rivière qu'un embâcle fait déborder de son lit, se formait un attroupement tumultueux. Mais les patrouilles respectives arrivaient au pas de course, écartaient les curieux, séparaient les antagonistes. Les chefs se saluaient d'un geste rigide, puis embarquaient sans aménité les responsables présumés de l'altercation, et le lent écoulement des uniformes reprenait son débit régulier.

Irbid était une ville malade. Avant la guerre des Six Jours, elle ne souffrait que d'hypertrophie, car les Palestiniens des camps acceptaient les lois et la juridiction jordaniennes. Depuis que les Organisations de résistance avaient décidé de créer une administration parallèle, leur propre police et leur propre armée, c'était comme une sœur siamoise qui poussait à son flanc, une sœur siamoise indocile qui voulait à tout prix se tourner vers Jérusalem, alors que le regard d'Irbid était, et devait être, fixé sur Amman. Bien sûr, contrainte à cette perpétuelle contrariété, sa colère couvait.

De cela, les recrues ne tenaient compte. L'exubérante assurance des fedayin, qui monopolisaient les rues, les convainquait au contraire du sérieux de la résistance.

« Les bédouins réactionnaires du roi Hussein n'ont qu'à bien se tenir ! » pensaient certains.

Et, pour le moment, c'était ce qu'ils faisaient...

*

Le Ford s'arrêta sur un terrain vague, à côté d'une dizaine d'autres camions en stationnement près d'une villa entourée de bidons d'essence, de carcasses de véhicules, de débris de moteurs, et prolongée par un hangar où des mécaniciens couverts de graisse, noirs des pieds à la tête, s'affairaient sur une carrosserie de GMC.

— C'est notre QG régional, dit Abu Mansur. Vous pouvez entrer. Les camarades vous feront du thé.

Un groupe de fedayin sortit de la villa et vint souhaiter la bienvenue aux arrivants.

— Ahlan ! Ahlan ! Kifallah ! D'où venez-vous ? demanda l'un d'eux à Yussuf.

— De Baqa'a.

— Ah, bien. Vous ne serez pas seuls. On a déjà rempli deux camions de recrues à Irbid. Nous en attendons deux qui doivent arriver demain du Liban.

— Allons, venez, les théières sont sur le feu.

Dans le hangar, l'un des mécanos râlait :

— Impossible de lui foutre le moteur du Berliet, à ce putain de GMC. Essayons celui du Molotova.

Sur la terrasse de la villa, quatre fedayin, près d'une batterie antiaérienne recouverte d'une housse, jouaient aux cartes. En détaillant de plus près le terrain, on en découvrait plusieurs autres, dissimulées dans les excavations, sous des filets verts.

— Pourquoi donc ces batteries ?

— La chasse israélienne, mon vieux. Elle ne nous fout jamais la paix. Hier, les Mirage ont essayé d'avoir le QG du Fatah. Avant-hier, celui de la Saïka. Aucun n'a été touché. Ce sont les civils qui ont tout pris. Six maisons de rasées, cinq morts, dont un gosse. Un de ces jours, ce sera pour nous. Alors, nous leur ferons une petite réception.

Yussuf ne s'attendait pas à se trouver si vite confronté à la réalité de la guerre. Il pensait qu'Irbid, avec ses dizaines de milliers de civils, femmes et enfants surtout, était une ville intouchable.

Il s'assit sur une couverture, dans un dortoir à l'intérieur de la villa, but le thé en compagnie d'une trentaine de garçons de son âge et écouta, mêlés à la voix d'Abu Mansur qui, dans une pièce voisine, plaisantait avec Abu Aqil, le chef de secteur, les propos de Jawad, fedayin depuis huit mois seulement, qui paraissait déjà plein d'expérience.

— Salâm. À bientôt, camarades.

— Oui, à bientôt. Salâm !

Les recrues remontèrent à l'arrière du vieux Ford et Yassim, le chauffeur, tira sur le démarreur. Le moteur toussota mais refusa de partir. Yassim insista, et la batterie commença à s'épuiser.

Il sortit de la cabine en poussant d'énormes jurons et appela les mécaniciens du hangar, qui accoururent avec leur caisse à outils et soulevèrent le capot.

— Ce sont tes bougies, dit le chef mécanicien. Elles sont foutues. Je vais te les changer. Assad ! Apporte des bougies... Et l'huile, tu l'as regardée ?

— Non.

— Il faut toujours surveiller l'huile. Tiens, tu n'en as presque plus. Dix kilomètres comme ça, et tu aurais coulé une bielle. Assad, va chercher de l'huile... Et l'eau ?

— Ben... fit Yassim en se grattant pensivement le menton.

— Ah, tous pareils, ces chauffeurs ! Ça roule, ça roule, sans souci de la mécanique. Tiens, regarde le radiateur. Il est à moitié vide. Vingt kilomètres encore, et pouf ! plus de joint de culasse ! Si un jour tu as les sionistes aux fesses tu seras dans de beaux draps... parce qu'ils l'entretiennent, eux, leur matériel ! Assad, de l'eau !

Au bout de dix minutes d'affairement, le Ford tournait comme une horloge.

— Et n'oublie pas : huile, eau et double débrayage... Wallah-billah, tes pneus ! Tu as vu tes pneus ?

— Heu, fit Yassim, de plus en plus confus.

— Je n'en ai pas pour l'instant, mais si vous arrivez sans crever à la base, vous aurez de la chance. Inch Allah. Évite quand même les ornières et les pierres trop saillantes. Salâm !

— Salâm ! À bientôt...

— Bonne chance !

Abu Mansur sauta dans la cabine. Les fedayin et les recrues se saluèrent de la main. Et le vieux Ford, sans tarder, attaqua d'un ronron allègre les pentes du djebel.

— Il est terrible, ce mécano, s'exclama Yassim.

— Seyid ? dit Abu Mansur. Tu parles ! C'est le meilleur du Front. Avec trois camions au rebut, il te fabrique un véhicule presque neuf.

— Incroyable ! s'étonna le chauffeur, d'un ton émerveillé, tout en fixant attentivement la route qui longeait de caillouteux glacis parsemés de champs d'orge et de petites plantations de figuiers ou d'oliviers encloses par d'épais murets de pierre.

Yussuf, qui, précédemment, s'était tenu un peu à l'écart des autres recrues pour découvrir sans distraction des paysages encore inconnus, participait maintenant aux conversations des vingt-quatre garçons de Baqa'a.

Pendant des mois, ils avaient dû se serrer les coudes, former ensemble un bloc résolu, pour résister aux faciles et exaspérantes tentations du milieu ambiant. Il y avait, parmi eux, cinq camarades de classe — trois d'origine musulmane : Sami, Mahmud, Hanna, et deux d'origine chrétienne : Boutros, Kayser — qui étaient pour Yussuf plus que des amis, presque des frères, plus proches de lui, en tout cas, que ne l'avait été, ces derniers mois, son cousin Zaïd.

— Un gars m'a dit qu'à l'entraînement on nous faisait bouffer des serpents !

— Pas possible !

— Si, si, des serpents et des grenouilles. Au cas où, plus tard, nous serions bloqués de l'autre côté du Jourdain, sans nourriture.

— Des serpents, des grenouilles... Pouah ! C'est dégueulasse !

Au bout d'une demi-heure, le Ford déboucha sur un plateau qui, par sa forme saugrenue, rappelait vaguement la bouche de quelque carnassier préhistorique béant à la surface de la terre. C'était un alignement presque parallèle de failles, que séparaient des crêtes de roc, pareilles à des dents géantes, sur lesquelles s'étiraient des hameaux qui, témérairement, surplombaient les précipices.

Le camion laissa Koufr Assad à droite, quitta la grand-route qui n'allait pas tarder à descendre vers le Jourdain, pénétra dans Samma, village assoupi sur le faîte ensoleillé d'un ravin aux pentes couvertes de nopals, s'engagea sur une piste qui franchissait sans détours plusieurs hauteurs, frôla l'une des déchirures qui zébraient le plateau, et poursuivit, sans pitié pour les amortisseurs, sa progression en montagnes russes. Encore une faille. C'était la bonne. Yassim gara le Ford sous le feuillage d'un chêne vert, à côté de deux barils d'eau attachés au tronc de l'arbre, et coupa le contact.

*

— Voici Abu Raïd, le commandant de la base, dit Abu Mansur, en saluant un homme âgé de trente-cinq ans environ, d'allure sportive, coiffé d'un béret rouge de parachutiste et vêtu d'une tenue léopard.

Il avait les cheveux bruns, un nez droit et mince, des moustaches incurvées au-dessus d'une bouche légèrement de travers. Ses larges mâchoires se raccordaient sur un menton carré et ses yeux presque sans paupières, aux prunelles très noires, lui donnaient un regard excessivement perçant.

— Vous verrez, il fera de vous de vrais combattants, promit Abu Mansur, et moi de bons militants, du moins je l'espère !

Yussuf était un peu déçu. « C'est cela la base ! » se disait-il en observant la pente qui commençait à ses pieds. Elle se terminait cent mètres en contrebas dans un val étroit tapissé de gravier gris, bosselé de roches abrasées. Celui-ci s'allongeait entre deux talus rayés de strates sédimentaires, piquetés de buissons chétifs. Une sorte de corridor obscur déchirait à trois cents mètres en face l'extrémité de la faille qui s'élevait à hauteur d'yeux.

Pas le moindre filet d'eau, pas le moindre suintement pour indiquer que ce lieu était le lit d'un oued tari. Tout était sec, si sec même que la terre de la piste se désagrégeait sous les pas ou s'élevait en gerbes tourbillonnantes au moindre courant d'air. Et pourtant, il y avait au fond du ravin, dans le val, plusieurs dépôts alluvionnaires qui avaient permis à quatre autres chênes verts de ne pas rester des buissons comme leurs voisins malchanceux, éclos sur la rocaille, mais de devenir de très beaux arbres sous lesquels quatre groupes de fedayin, assis autour de leurs moniteurs, lisaient à haute voix. Derrière eux se succédaient les différents obstacles d'une aire d'entraînement.

Bien plus tard, à la fin de l'automne, des djebels du plateau au sol imbibé, Yussuf la verrait, cette eau erratique, qui s'était taillé dans le roc un passage jusqu'au Jourdain. Il la verrait s'écouler en milliers d'artérioles qui se rassembleraient pour former des ruisseaux, lesquels, eux-mêmes, dans ce ravin, deviendraient un torrent qui s'engouffrerait en grondant dans la brèche.

Pour l'instant, la base vivait sur l'eau tiède des barils, puisée à Samma, six kilomètres aller et retour, par deux corvées quotidiennes qui la transportaient à dos de mulet dans des outres en peau de chèvre.

— Un ! Deux ! Un ! Deux ! ... Gauche ! Gauche ! Plus haut les genoux !

— Tu as vu ? questionna Boutros.

— Oui, je n'y comprends rien !

Une colonne de fedayin, juste au-dessous d'eux, venait de surgir de terre.

— Ça vous épate ? dit Abu Raïd. Cela prouve que nos caches sont bonnes. Venez.

Les recrues suivirent sur la pente escarpée le chef de base, qui sauta de rocher en rocher et disparut soudain à leurs yeux.

— Ça alors !

— Incroyable !

Mahmud contourna deux blocs de pierre en appui l'un contre l'autre et découvrit juste en dessous un orifice noir de la hauteur d'un homme.

— Il y a un passage !

Tous s'y précipitèrent et débouchèrent sous une voûte éclairée par des falots accrochés aux saillies des parois. Le sol était tapissé de couvertures. Au fond de la grotte, sur un ressaut naturel qui faisait office d'étagère, étaient disposés livres et paquetages. À gauche, dans la partie la plus sombre, des corps allongés.

— Ce sont des anciens, dit Abu Raïd. Ils arrivent de Shunê, l'une de nos bases avancées au bord du Jourdain...

Il marqua un temps et poursuivit :

— Au moindre bruit d'avion, foncez dans les grottes, ou plongez près d'un arbuste et ne bougez plus. Si les Israéliens nous repèrent, ils auront vite fait de nous

73

envoyer du napalm ou un commando héliporté surprise. Alors, prudence ! Allez toucher vos armes et vos tenues.

Le cadre de la nouvelle vie de Yussuf : cette faille, avec ses cavernes, dont quatre servaient de dortoir, une de cuisine, une d'entrepôt et de dispensaire. Six mois allaient s'écouler dans cet univers clos.

DEUXIÈME PARTIE

Chapitre V

Abu Mansur avait apporté une tente spacieuse qu'Abu Raïd lui fit dresser à côté de la sienne, sous un olivier rabougri et solitaire dominant le flanc droit de la faille, d'où l'on pouvait, d'un seul regard, embrasser toute la base, du chêne qui bordait la piste de Samma jusqu'à la paroi opposée, fendue par la brèche.

— Ce n'est pas que je tienne à t'imposer ma proximité, mais il est bon que les gars nous sentent proches l'un de l'autre. Nous n'en serons que plus efficaces !

Abu Mansur expliqua à Yussuf et ses amis, comme ils l'aidaient à emménager, qu'il préférait loger seul pour mieux travailler, et ne cherchait en aucune façon à se distinguer d'eux. Il mentait peut-être un peu, n'osant pas avouer que, bourgeoisement, il détestait la promiscuité, mais la vue de ses malles bourrées de livres et de manuscrits en imposa. On le crut, d'autant que rien dans son comportement ne vint par la suite démentir ses dires. Il veillait chaque nuit jusqu'à des heures tardives, rédigeait de nombreux articles pour les publications du Front ou diverses revues étrangères d'extrême gauche et, en plus, notait au jour le jour les réflexions que lui inspiraient ses nouvelles occupations, avec la certitude d'amasser les éléments d'un ouvrage qui se matérialiserait plus tard.

Rituellement, avant de se mettre à écrire, pour exciter ses facultés de concentration, il sortait un jeu d'échecs portatif, acheté à Londres, exécutait deux ou trois manœuvres dans un camp et dans l'autre, puis suspendait la partie jusqu'au lendemain.

Cet échiquier exerça sur Abu Raïd, quand il le découvrit, un effet assez surprenant. Cela se passa quelques jours après l'arrivée sur la base d'Abu Mansur et des recrues de Baqa'a, aux environs de vingt et une heures.

Le « commandant » — tel était le surnom d'Abu Raïd —, méfiant à l'égard de son voisin « intellectuel », qui, en tant que cadre politique, serait son adjoint pendant six mois, décida de lui faire une visite imprévue, dans l'intention de mettre les choses au clair et de définir une bonne fois leurs tâches respectives.

— Hum, hum…

— Qui est là ?

— Abu Raïd.

— Entre, rafiq.

Il écarta les rabats de la tente. Ses yeux se portèrent sur le jeu et il eut cette expression un peu émue de l'homme mûr qui contemple ses vingt ans dans le miroir embué de sa mémoire. Il s'assit sans rien dire à la place du joueur absent, expédia la partie en dix-huit coups, annonça : « Échec et mat » et, brusquement, redevint lui-même.

— Tu es un rude adversaire, releva Abu Mansur, admiratif.

— Bah, grommela Abu Raïd, qui esquissa de la main un geste de dépréciation.

— Pas de fausse modestie, camarade. En dix-huit coups, contre moi, il faut le faire. J'ai toujours eu la réputation d'être un joueur honorable.

— Ah oui ? fit Abu Raïd, intéressé.

— Pas mal, pas mal, ton jeu avec les cavaliers !

Abu Raïd se dérida.

— Efficace, hein ? Avec cette technique, j'ai battu plus d'un colonel instructeur à l'Académie militaire.

Il se tut, soucieux de ne pas trop se livrer, et balança entre le désir de poursuivre la conversation et celui d'y mettre fin par une foucade quelconque.

— Un bon joueur d'échecs est forcément un bon stratège, souligna Abu Mansur.

L'hermétisme derrière lequel se retranchait Abu Raïd tomba d'un coup. Rapidement, le commandant disposa les pions sur leurs cases respectives et, d'une voix enthousiaste, commenta, tout en manœuvrant :

— J'agis sur l'échiquier comme sur le terrain. J'envoie les fous aux premières lignes. Ce sont les unités de choc, mes troupes d'assaut, que je couvre avec mes tanks — les tours — et mon aviation — la reine. Le roi, je le dissimule, je l'embusque entre mes cavaliers, dans le sillage des blindés. Prends bien soin des cavaliers. Ce sont les pions maîtres, les pions du guet-apens, ceux qui te tombent dessus sans crier gare, qui s'infiltrent et qui s'esquivent le mieux, parce qu'ils ont une progression illogique, que la moindre distraction fait oublier.

— Exact, approuva Abu Mansur.

Le sourire s'effaça de la bouche d'Abu Raïd.

— On a dû te dire que j'avais un sale caractère.

Pendant plusieurs secondes, il scruta Abu Mansur sans parler, puis il expliqua :

— Dis-toi bien que je n'aspire à rien d'autre qu'à faire de nos recrues d'authentiques combattants, capables d'endurer les pires fatigues, de vaincre les pires difficultés. Cela ne s'obtient pas tout seul. Je dois user de fermeté, pas de tendresse, et ne tolérer aucun laisser-aller. Le beau rôle te revient. Les gars rechercheront auprès de toi ce qu'ils ne pourront trouver auprès de moi, l'ami, le conseiller, peut-être le complice. Ils ne se gêneront pas pour m'accabler de reproches. Montre-toi habile et fais-leur comprendre que j'agis dans leur intérêt, pas dans le mien.

Ensemble, ils convinrent d'une revanche aux échecs pour le lendemain à la même heure, poursuivirent le sur-lendemain un jeu resté inachevé. Et les parties se succé-dèrent, créant entre les deux hommes une sympathie réciproque qui contribua au bon déroulement du stage.

Sur le vif, un soir : ils sont assis l'un en face de l'autre, jambes repliées, tête penchée sur l'échiquier disposé entre leurs genoux. Un souffle d'air agite les rabats de la tente et de la faille monte un bourdonnement de voix, que recouvre par instants le son tumescent de canons éloignés. Abu Raïd se gratte le menton et l'on entend le râpement de ses ongles sur le poil.

Trois plis soucieux zèbrent le front d'Abu Mansur, qui mordille nerveusement sa moustache en croc. Il avance la main, se ravise, quête un indice sur le visage de son adver-saire, saisit sa tour, la déplace lentement, presque aussitôt revient en arrière et la lâche. Ses sens viennent d'être mis en alerte, mais il ne sait pas exactement par quoi. Peut-être une lueur, pas même une lueur, une luisance dans l'œil apparemment distrait d'Abu Raïd. La lampe tempête pla-cée près de l'échiquier éclaire la scène par en dessous. Abu Mansur a le sentiment d'être aussi dérisoire qu'une souris coincée dans sa tanière par un gros matou assoupi devant l'orifice.

— Tu n'y es plus, résonne soudain la voix d'Abu Raïd.

Abu Mansur dresse la tête, se masse les tempes et propose en bâillant :

— Si l'on faisait une pause thé ?

— Va pour la pause thé, rafiq, opine Abu Raïd.

Son hôte se retourne, attrape sur l'une de ses malles deux verres, ainsi qu'une grosse bouteille isotherme et fait le service. Les deux hommes savourent le liquide sucré au goût légèrement amer. Abu Mansur farfouille dans l'une des poches de son uniforme, en sort un paquet froissé de cigarettes anglaises, en allume une et exhale un jet de fumée dont il observe la désintégration.

— Je me demande si notre violence à nous, Arabes — violence purement théorique qui ne se concrétise guère sur les champs de bataille —, n'est pas au fond l'expression d'une certaine forme de pacifisme, le pacifisme agressé, inquiet, d'un peuple qui se sent mal dans ce monde, spécule-t-il doucement, comme s'il se parlait à lui-même.

— Nous, des pacifiques ? s'étonne Abu Raïd. Notre histoire tendrait plutôt à prouver le contraire.

— Notre histoire... notre histoire... nous n'avons que ce mot à la bouche, riposte Abu Mansur. Justement, c'est elle qui est la principale cause de tous nos déboires.

Il tire coup sur coup trois bouffées rapides sur sa cigarette.

— C'est cette époque-ci que nous devons regarder. Pris chacun séparément, nous ne sommes pas inférieurs aux Israéliens. J'inclinerais même à croire qu'individuellement, nous avons plus de courage. Seulement eux sont une excrétion de l'Occident. Ils ont de la discipline, de la méthode, grâce au sionisme des ramifications solides dans le monde entier, l'appui décisif des États-Unis, et aussi cette disponibilité qu'ils ont acquise en coupant les amarres psychologiques qui les enchaînaient à leur passé véritable.

— Cela ne m'explique en rien notre prétendu pacifisme, l'interrompt avec impatience Abu Raïd, qui n'a pas le goût des exposés didactiques.

— Attends, laisse-moi finir, dit Abu Mansur un peu sèchement.

Il s'excuse aussitôt par un sourire. D'innombrables pensées l'assaillent en même temps. Il voudrait pouvoir les approfondir toutes, argumenter avec plus de rigueur, ne pas se livrer à une synthèse hâtive, mais il est entraîné par le rythme de la conversation qu'il a suscitée.

— Notre réveil a été trop brutal. Les grandes puissances nous ont sortis d'un sommeil hibernal de cinq cents années à coups de canon et nous ont fait entrer dans leur siècle à coups de pied au cul. Ce n'est pas une opération qu'on apprécie d'instinct, surtout lorsque c'est la réalité qui fait figure de mauvais cauchemar.

— Justement, tu viens toi-même d'y faire allusion, nous n'avons pas de quoi être bien disposés, intervient Abu Raïd. L'amertume et les ressentiments qui découlent de l'oppression n'ont rien à voir avec le pacifisme !

— Je parle de pacifisme collectif, précise Abu Mansur. Le bellicisme d'une nation ne résulte pas de la somme de ses agressivités individuelles.

Il fait une pause, puis extrapole :

— Le bellicisme d'une nation résulte de l'idéologie qui sévit dans sa classe dirigeante. Et la classe dirigeante arabe a un ventre bien trop gros pour se montrer vindicative. Elle aime trop bouffer, trop boire, trop paresser pour tenter la moindre aventure. Du haut en bas de l'échelle, on se bat en paroles, et l'on rêve d'Humayun, Omar, Saladin, au lieu d'apprendre à manœuvrer correctement nos avions supersoniques ou nos chars d'assaut.

— Bien dit, goguenarde Abu Raïd.

Abu Mansur ne relève pas la pointe.

— Le seul reproche que l'on peut, objectivement, nous faire est celui de crédulité, une crédulité qui a encouragé toutes les impostures. Imposture, cette indépendance que faisaient miroiter les Alliés aux Arabes dès 1914, en échange de leur révolte contre l'Empire ottoman. Imposture, les accords secrets Sykes-Picot, en 1916. Imposture, la déclaration Balfour, une année plus tard, promettant aux Juifs un foyer national sur notre terre. Imposture, l'imposition du mandat sur la Palestine, à la fin de la Première Guerre, malgré les succès militaires arabes contre les Turcs. Imposture, les vingt-huit années de gestion coloniale de la Grande-Bretagne, fondée sur ses intérêts du moment, qui permirent la naissance d'Israël et firent de la Palestine une poudrière. Les sionistes avaient toutes les chances de réussir dans leur entreprise, laquelle, si elle se déroulait aujourd'hui, apparaîtrait totalement insensée et d'avance vouée à l'échec.

— Parce que la Palestine émancipée du colonialisme serait un état indépendant reconnu par l'ONU ? demande Abu Raïd.

— En partie pour cela, en partie parce que les guerres d'indépendance ont complètement déprécié le concept colonialiste dans la mentalité occidentale et contraint les États industrialisés à reconsidérer leur position dans le monde, sous l'angle moins compromettant, mais tout aussi profitable, de l'économie. L'impérialisme, plus astucieux que le colonialisme et respectueux des susceptibilités nationales, aime à se dissimuler derrière des gouvernements et des armées stipendiées qui ont charge de protéger ses intérêts. Si l'entreprise sioniste avait lieu aujourd'hui, elle dérangerait les grandes puissances et, de plus, ne serait pas populaire, tandis que naguère, à côté de notre société agraire, figée dans le temps, les immigrants juifs obéissaient à des lois qui avaient fait leurs preuves : organisation dans l'espace, coordination, planification, prospective. C'était le mouvement contre le statisme, le pragmatisme contre le fatalisme, la technologie contre l'empirisme, et surtout une manière de démocratie moderne contre un féodalisme archaïque. Que pouvions-nous alors leur opposer, sinon une résistance d'écorchés vifs, qui voient avec horreur se développer dans leur propre pays l'embryon d'un État moderne occidental revêtant, pour se justifier aux yeux du monde, l'apparence d'une résurrection historique ?

— En 1948, nous avons failli gagner, lui rappelle Abu Raïd, et si Glubb Pacha n'avait pas freiné la Légion arabe, Israël n'aurait peut-être jamais vu le jour.

— Précisément. Nous étions fragmentés, face à un bloc homogène qui avait promu dans ses zones d'implantation une économie de rendement et, d'ores et déjà, nettement établi sa suprématie technique et organisationnelle. Tu oublies la rencontre discrète entre Golda Meir et le roi Abdallah, leur *modus vivendi*. J'imagine très bien leur dialogue : celui de deux épiciers de souk guignant la même affaire.

Son regard se porte sur Abu Raïd qui s'est étendu sur le côté, accoudé au sol, et a calé sa tête au creux de sa main gauche. Il tient dans l'autre main son verre vide, qu'il tourne entre ses doigts. Des papillons nocturnes voltigent dans la lumière. Abu Mansur installe brièvement le décor :

— À ma droite, Abdallah, roi de Transjordanie. À ma gauche, Golda Meir, déléguée des sionistes. Au milieu, un plateau à thé en argent de Damas, et sur le pas de la porte des gardes en grande tenue, des Circassiens, des bédouins, qui échangent des propos bénins avec les gardes du corps en vulgaire treillis de la visiteuse juive.

Abu Mansur toussote et commence à singer la scène :

— Alors, Sire, on se la partage, cette Palestine, gentiment, ou dois-je me mettre d'accord avec les Syriens, les Égyptiens, peut-être ?

— Non, non, minallah, ne fais pas cela. Les Anglais ne m'ont déjà pas gâté en ne me laissant qu'un bout de désert. Il me faut une partie de la Palestine. Allez, on partage. Que veux-tu au juste ?

— Tout ça, dit Golda en faisant courir son doigt sur une carte qu'elle vient de déplier.

— Bismillah, tu as la dent longue, ma sœur. Et la mer, l'accès à la mer ?

— Tu as déjà Akaba, Sire.

— Akaba, Akaba ! Quel détour, ma sœur, pour arriver jusqu'à la Méditerranée !

— À prendre ou à laisser. Les Syriens n'en demandent pas tant.

— Et Jérusalem ?

— Inch Allah.

— Tu ne veux pas me laisser la Vieille Ville, dis ?

— J'ai dit « inch Allah ».

— Alors je me battrai pour Jérusalem.

— D'accord, Sire, mais seulement pour la Vieille Ville. Sinon, je ne retiens ni les Syriens, ni les Égyptiens. Et ils ont la dent longue, sais-tu. Et puis, gare aux Anglais. Ils tiennent à ce que tout ça se termine à l'amiable, entre nous deux.

— D'accord, ma sœur, d'accord. Tu as ma parole.

— Que la paix soit sur toi, Sire. Shalom.

— Aleikum salâm, ma sœur !

Abu Raïd éclate de rire et, plus il rit, plus la drôlerie de l'histoire le frappe. Il se plie en deux, se désopile complètement, contamine Abu Mansur, qui se laisse emporter à son tour par le roulement fou de son rire. Tout à coup, Abu Raïd se redresse.

— Kos rabbek... le sort de la Palestine. Ça fait drôle de penser que cela a très bien pu se dérouler comme tu viens de le raconter.

— N'est-ce pas ? D'un côté des milliers de Juifs, de l'autre des millions d'Arabes. Mais des milliers de Juifs conséquents, qui réfléchissent, qui prévoient, qui supputent et savent tirer parti de nos divisions.

Comme s'il présentait à Abu Mansur un cadeau surprise, Abu Raïd déploie brusquement la main :

— Les Israéliens ont gagné trois guerres, et ils gagneront certainement la prochaine. Mais le temps travaille pour nous. Chaque défaite que nous subissons est un enseignement. Un jour, nous finirons par ouvrir très grands les yeux. Actuellement, des experts russes préparent les soldats égyptiens à la guerre de matériel. Ce n'est pas très sorcier. Ensuite, il nous suffira de dégoter un bon stratège et alors, gare !

Abu Mansur agite un index en signe de désapprobation.

— Le crois-tu ? Allons, les gouvernements arabes et israélien ne sont que des pions dans les mains des deux supergrands, qui jouent, comme nous en ce moment, une partie d'échecs : un mat ici, un mat là. À quand la revanche, mon cher ?

Il fait claquer l'ongle de son pouce entre ses dents.

— Jamais, entends-tu, jamais les Soviétiques et les Américains ne laisseront leurs protégés respectifs remporter une victoire totale. Et au fond j'aime mieux ça. Avec les régimes pourris que nous avons, nous risquerions nous aussi de devenir des bourreaux, en cas de victoire.

— Et le programme de l'OLP, qu'en fais-tu ?

— Devant les armées arabes victorieuses, il ne vaudra pas tripette. Non, il n'existe qu'une solution correcte : une révolution concertée des peuples arabes et israélien, dans le cadre de la région, contre leurs classes dirigeantes qui les abusent.

— Je sais. C'est la grande idée de Nayef, répond Abu Raïd.

Il voudrait dire à Abu Mansur qu'avant de penser à la révolution les communistes des diverses tendances florissant dans l'extrême gauche palestinienne feraient bien de s'entendre, s'ils ne voulaient pas voir leurs efforts contrecarrés, au grand profit de la réaction. Il sait qu'il entamerait là avec le jeune philosophe marxiste un débat qui risquerait de n'en plus finir, et il se borne à cette réserve :

— Nous risquons de l'attendre longtemps, très longtemps, cette fameuse révolution.

— Jusqu'au jour où les masses adhéreront aux idées révolutionnaires, affirme Abu Mansur d'un ton passionné. Pour cela, une simple conjoncture suffit.

— Inch Allah, soupire Abu Raïd, en écartant les bras.

D'un air très maître d'école, Abu Mansur le corrige :

— Non, rafiq, inch Lénine !

Rire des deux hommes qui se replongent dans leur jeu.

*

Les séances d'autocritique avaient lieu chaque après-midi, lors des cours d'instruction politique, sous l'un des chênes qui se trouvaient dans le val ou quelque part à proximité des grottes. Ceux qui en éprouvaient le besoin se levaient et déballaient devant leurs camarades tout ce qu'il y avait de trouble ou de malsain en eux.

— C'était, affirmait Abu Mansur, la purge la plus efficace contre l'individualisme et les tares petites-bourgeoises.

Mais comment Yussuf eût-il osé avouer qu'à l'heure du crépuscule il avait envie de prier lorsque, assis au pied du chêne dominant la faille, il assistait à la transformation de la montagne palestinienne qui, doucement, cessait d'être ce voile poussiéreux suspendu dans le lointain pour devenir une muraille bleuâtre, toute dentelée de créneaux rougeoyants ?

— Sami, Mahmud, Boutros, Hanna, Kayser, à quoi joue-t-on, ce soir ? Aux cartes, ou à se battre ?

— À se battre !

Impossible de parler, même à eux, ses meilleurs amis. Ils auraient trouvé cela ridicule !

Et comment confesser, sans paraître obscène, les appétits charnels qu'inconsciemment, par sa seule présence, l'infirmière avait fait éclore en lui ?

En apprenant qu'il y avait une femme sur la base, il fut plutôt agréablement surpris. « Déjà une, pensa-t-il. Ce n'est qu'un début. Il en viendra d'autres. »

Il eût aimé l'aborder. Les anciens en parlaient avec enthousiasme.

— Elle est formidable, disait d'elle Mirzuk, un Noir descendant d'esclaves, moniteur de close-combat.

Yussuf l'apercevait quotidiennement, à l'heure des repas qu'elle prenait en compagnie d'Abu Raïd et d'Abu Mansur, un peu à l'écart des élèves, groupés par sections sous les arbres. De temps en temps elle participait aux exercices de tir, et il s'amusait beaucoup à la voir plisser

88

les yeux et esquisser une grimace chaque fois qu'elle pressait sur la détente de son arme.

L'idée germa en lui d'aller dans la caverne-entrepôt-infirmerie où elle vivait seule, parmi les stocks de munitions et de médicaments.

— Ah, c'est toi. Que veux-tu ?

Elle était assise sur un lit de camp qu'éclairait un falot placé sur une caisse de munitions transformée en bibliothèque. D'autres caisses vides empilées les unes sur les autres formaient deux cloisons qui isolaient l'endroit où elle se trouvait du reste de la grotte. Un espace avait été laissé près de la paroi rocheuse pour permettre d'accéder à l'intérieur. C'était là que se trouvait Yussuf.

Il n'osait pas entrer. Tout était propre et bien rangé dans ce réduit qui, à ses yeux, faisait figure de pièce confortable. Une couverture recouvrait le sol. Les murs étaient tapissés d'affiches et de citations, les livres soigneusement rangés et, juste au-dessus du lit, trônaient les photos de famille. Il y avait Abu Aqil qui, pendant la pose, s'était affublé d'un air parfaitement ridicule. Son port de tête impérial, la fixité de son regard, sa keffié flottant au vent composaient une grotesque caricature de guerrier qui ne rappelait que de très loin l'homme simple et souriant que Yussuf avait entrevu à Irbid. Juste à côté, Latifah, entourée de tous ses frères et sœurs en tenue de combat, notamment le benjamin, qui paraissait n'avoir guère plus de quatorze ans. Sur un autre cliché, un maigre vieillard se tenait droit comme un i entre deux femmes boulottes qui baissaient les yeux.

— As-tu de l'aspirine ? J'ai mal à la tête.

— Bien sûr... Et l'entraînement, ça va ?

— Oui, fit-il en gardant les yeux fixés sur les photographies, pour dissimuler son intimidation.

Elle se leva, tira tout à côté de lui un drap bleu disposé en rideau contre la plus grande des cloisons où, dans les caisses composant une sorte de placard à plusieurs casiers, étaient rangés médicaments et instruments.

— Attends, je vais te donner un verre d'eau… Elles t'intéressent, ces photos ? C'est toute ma famille, dit-elle en s'emparant d'une cruche en terre cuite et d'un quart métallique. Bois… Là-haut, c'est mon père, avec ses deux femmes. C'était à Gaza, en 66. Il serait fou de rage s'il vivait encore. Tu te rends compte, sa fille, au milieu de cent cinquante fedayin ! Celle de gauche, c'est ma mère. L'autre, c'est la mère d'Abu Aqil. Elle vit à Irbid. Chaque fois que je descends, je vais la voir.

Yussuf ne bougeait toujours pas. Pourquoi, mais pourquoi donc était-il venu ? En se déplaçant dans cet espace exigu, elle remuait des odeurs si troublantes qu'il en était comme étourdi. Dans son corps se déchaînaient des élans forcenés qu'il s'acharnait à réprimer, et les remous de ce combat créaient en lui une sensation de vertige.

— Là, c'est moi, avec toute ma famille, il y a un mois à peine… Mais ne fais pas cette tête-là, tu es tout pâle.

— C'est que…

— Ouais, j'ai compris. As-tu des sœurs ?

« Des sœurs ? » Le souvenir de Fatima et de Zoreh passa dans son esprit : image de deux visages obstinés malgré leur douceur.

— Oui… deux.

— Eh bien, dorénavant tu en auras trois. Je suis ta sœur. C'est ainsi, seulement ainsi, que tu dois me considérer, et tu peux compter sur mon amitié. Comment t'appelles-tu ? D'où es-tu ?

Yussuf répondit avec hésitation. Elle l'interrogea à nouveau sur son passé et il se mit à parler. Plus il parlait, plus il éprouvait de gratitude à l'égard de Latifah qui, tout en l'écoutant, alluma un réchaud à alcool et prépara du thé. Il n'avait pas le souvenir de s'être encore livré à ce point, même à Abu Mansur. Sa propre volubilité le surprenait mais il ne pouvait la contenir. Il était comme une cruche trop pleine qui vient de se fendre sous la pression du liquide qu'elle contient et, constatant que ce qu'il disait était apprécié par Latifah attentive, il s'abandonnait sans réserve à ce déversement.

Après son enfance à Jéricho, la guerre, l'école, Abu Mansur, sa famille, le nom d'Allah arriva sur ses lèvres, cet Allah vivace qui s'obstinait à ne pas crever malgré ses déicides quotidiens.

Enfin, il se tut, un peu étourdi et agréablement allégé.

— Tiens, bois, dit-elle en lui tendant un quart de thé fumant.

Elle réfléchit.

— Ma famille était aussi de la région de Jaffa. Nous avons fui comme tout le monde, en 1948, pour Gaza. Comme toi, j'ai passé ma jeunesse dans une baraque de tôle. Comme toi, je croyais en Dieu, et peut-être y croirais-je encore si, en 1967, un obus n'avait déchiqueté mes parents qui se trouvaient ce jour-là chez des amis habitant près d'un cantonnement de l'armée égyptienne. Je me suis dit qu'Allah, s'il avait existé, n'aurait pas toléré cela.

Elle était de Jaffa, comme lui. Peut-être avait-elle rêvé des mêmes lieux. Peut-être avait-elle vu les mêmes orangeraies, la même maison. Oui, elle était bien sa sœur.

Il rejoignit ses camarades.

Plus tard, au lieu de se coucher, il vint sous le chêne et s'assit. Les pas des sentinelles faisaient crisser le gravier. La lune entamée apparut, semblable à un poisson dans la vague mouvante d'un nuage. Elle avança au milieu des étoiles, imperceptiblement mais sans prendre une seconde de retard, vers le ponctuel mirage de l'aube.

... Yussuf ouvrit les yeux. Les premiers rayons du soleil qui s'était levé derrière lui avaient jauni les montagnes de Palestine. Il s'étira, se redressa, et malgré son manque de sommeil se trouva étonnamment alerte, comme si quelque chose de pesant l'avait quitté... non, plus exactement comme s'il venait de briser une amarre qui l'obligeait à rester à quai.

Chapitre VI

Abu Raïd, le commandant de la base, aimait les serpents. Un ou deux, au moins, se promenaient en permanence sur lui.

Le voici justement, comme à l'accoutumée, devant ses élèves silencieux qui, n'étant pas encore habitués à ses bizarreries, montraient des visages éberlués.

Le cou et les bras entourés de cobras vivants, les deux mains dans le dos, le torse bombé, il marchait et disait :

— Les moniteurs, depuis un mois, vous ont initiés à la technique du « frapper et fuir ». Vous savez que tout notre entraînement répond à cette question : comment franchir le Jourdain et, une fois en territoire occupé, comment agir et survivre ? Or, s'il vous arrivait d'être bloqués de l'autre côté de la vallée, la nature ne vous offrirait que des serpents et des crapauds en abondance. Alors...

— Ça y est, chuchota Hanna, le jour de la dégustation est venu !

Abu Raïd excellait en toutes les matières et n'exigeait jamais d'autrui ce que lui-même ne pouvait faire. Seulement, étant de loin le meilleur en tir, parcours du combattant, escalade, grimper à la corde, close-combat, il exigeait beaucoup, notamment la frugalité et le laconisme qu'il pratiquait lui-même, comme une ascèse, sans négliger pour autant son apparence extérieure. Sa tenue de combat était toujours impeccable, sa moustache parfaitement taillée, ses cheveux légèrement ondulés peignés matin et soir.

À le voir ainsi paré comme une odalisque de ses ornements favoris, luisants, émaillés de reflets verts ou bleus, qui palpitaient à son cou, rampaient le long de sa poitrine, s'enroulaient autour de ses épaules ou lui enserraient la taille, Yussuf avait du mal à cacher sa répulsion. Il suivait d'un regard dégoûté les reptations des bêtes venimeuses et versatiles et, de temps en temps, sursautait quand l'une d'entre elles se rebiffait, lançait son dard, se ravisait au dernier moment, comme vaincue par le fluide d'Abu Raïd, qui poursuivait tranquillement, sans marquer la moindre émotion, son exposé.

— ... Alors, camarades, aujourd'hui nous allons apprendre à manger serpents et grenouilles. Mirzuk, apporte-moi la boîte.

Flegmatique, le commandant saisit les cobras entortillés à ses membres et déroula leurs anneaux. Avisant les yeux écarquillés de ses élèves et leurs bouches qui béaient, il prit un air surpris :

— Ne faites pas cette tête... Ceux-là sont apprivoisés, et j'ai ôté leur poche de venin. Mais nous allons passer aux choses sérieuses !

Il déposa ses rebutants joyaux dans un couffin qu'il recouvrit d'une plaque de carton. Personne n'avait envie de sourire, sauf lui. Il s'empara de la caisse de bois que Mirzuk venait de lui tendre, s'assit en faisant signe à ses élèves de l'imiter, s'immobilisa brusquement dans une attitude concentrée, pendant que Mirzuk déclarait :

— La vipère qui est dans cette boîte a été capturée tout à l'heure. Ses crocs sont intacts et vous n'ignorez pas que sa morsure est mortelle.

À peine sa phrase était-elle terminée que le commandant, d'un geste, faisait sauter le couvercle de la boîte et approchait son visage...

Le reptile, après quelques contorsions affolées, sembla se résigner à accepter le combat. Il ondula un instant paresseusement, se redressa, se cabra, à quelques centimètres à peine des yeux qui le fixaient, émit un sifflement, darda ses crocs, recula, avança, recula encore, parut déconcerté par la férocité qui tressautait dans ce regard d'homme.

Plusieurs élèves rongeaient leurs ongles. Yussuf se pinça machinalement les joues. Seuls Mirzuk, Fayçal et les autres moniteurs observaient le spectacle d'un air détaché, car ils en connaissaient d'avance le dénouement.

Le serpent, toujours cabré, vacillait maintenant de droite à gauche. Les pupilles d'Abu Raïd restaient braquées sur lui.

Yussuf entendit une sorte de crachotement, vit bondir la vipère et le commandant rouler au sol.

— Oh ! fit-il en se dressant.

— Il a été mordu ! Mon Dieu, il a été mordu ! s'écria Mahmud.

— Mais faites quelque chose, vous autres ! lança Boutros aux moniteurs qui souriaient d'un air entendu.

— Regardez ! Regardez ! Le brave, il l'a eue !

Le corps du reptile s'agitait furieusement dans le poing d'Abu Raïd qui venait de se relever. Il serra le cou de la bête à la gueule grande ouverte, le serra doucement comme pour mieux savourer sa victoire, le serra jusqu'au dernier soubresaut. Pas un élève ne put dire quand et comment il l'avait attrapée, tant son geste avait été foudroyant.

— Incroyable ! Vraiment, quel type ! s'extasia Sami, en pinçant fortement le bras de Yussuf qui, si la chose avait été possible, n'aurait pas hésité à croire qu'Abu Raïd était né de l'accouplement d'une femme et d'un python.

— Oui, approuva-t-il, pensif, il a plus de sang-froid et de rapidité qu'un serpent !

— Je ne vous conseille pas de les attraper de cette manière, dit Abu Raïd, vous y perdriez du temps. Un bâton fourchu suffit à les coincer au sol. Cela fait, vous leur écrasez la tête avec une pierre. Ensuite, voici comment il faut opérer.

Il arracha les crocs de la vipère qui pendait inerte dans sa main, la décapita à moitié d'un coup de dent et, tout en la maintenant dans sa bouche que le sang maculait, il l'écorcha en tirant la peau qu'il venait d'entamer vers le bas. Une chair blanche et sanguinolente jaillit de sa gaine noire. Il passa son pouce dans la saignée ventrale, pour en chasser les viscères.

— Mirzuk, l'aiguière ! Fayçal, fais allumer un feu avec des brindilles.

La dépouille du reptile, méticuleusement lavée, perdit son aspect répugnant. Abu Raïd l'enroula autour d'un bâton qu'il s'en alla tourner au-dessus de la flamme.

— Allez, goûtez ! Goûtez ! Une bouchée seulement, proposa-t-il d'un ton engageant en présentant sa brochette rissolée dans la direction de Yussuf, qui regretta de s'être placé au premier rang.

— Alors ?

— Pas mauvais. Non, ce n'est pas mauvais, émit lâchement Yussuf, après une pénible déglutition.

— C'est même plutôt bon, renchérit Kayser. Ça manque seulement d'un peu de poivre et de sel.

— Bon. Moniteurs, préparez d'autres serpents, pour que tout le monde en profite. Je vais vous montrer pendant ce temps comment manger des grenouilles crues, car vous n'aurez pas toujours la possibilité de faire du feu.

Et sans plus attendre, Abu Raïd ouvrit une autre boîte, prit une de ces bêtes dégoûtantes qui frétilla aussitôt dans sa main. Il l'écartela, l'éplucha, la vida, la croqua, sortit enfin un mouchoir de sa poche et essuya ses lèvres sanglantes.

— À vous maintenant !

*

De l'endroit où se trouvait sa tente, Abu Raïd apparaissait à l'improviste pour stimuler l'ardeur de ceux qui s'entraînaient ou admonester ceux qui faisaient la sieste à l'abri de quelque buisson.

— Bien, bien, la troisième section ! Mirzuk, va donc voir derrière ce taillis, là-bas, à trente mètres derrière toi. Il y a deux salopards qui se cachent.

— Allez, vous autres, sortez de là.

— Ah, c'est Abu Hatim et Ghassim. Ça ne m'étonne pas. Oh, la deuxième section ! Karim, tu n'as pas vu qu'il te manquait deux hommes ? Cinquante tractions à ces deux enfants de putain. Ça leur apprendra à tirer au flanc.

Malgré les trente mètres qui le séparaient du val encaissé dans la faille, il n'avait pas besoin de hausser le ton. Un phénomène acoustique amplifiait sa voix, tout en lui conservant son timbre d'une pondération étudiée, plus inquiétante que les cris de Mirzuk, de Karim, de Fayçal, d'Ibrahim ou de Munir, les moniteurs.

Les élèves dressaient la tête et sentaient un frisson grimper dans leur dos. Sa silhouette athlétique se détachait sur les roches avec ses colliers de cobras qui pointaient leurs crocs devant sa figure immobile.

— Ce n'est pas un homme, c'est un démon !

— Ouais, il fait peur parfois !

Gare à ceux qui se négligeaient ! Abu Raïd·avait l'œil perçant et l'odorat sensible. Rien ne lui échappait. Un vêtement sale, une arme mal entretenue, des pieds par trop échauffés... Il braquait un regard insoutenable sur le coupable, qui s'attendait à une tonnante réprimande. Mais Abu Raïd s'emportait rarement.

— Ghassim, disait-il, avec un calme trompeur, tes pieds puent. Va te laver.

— Il n'y a pas assez d'eau, rafiq.

— Pas assez d'eau ? Tss, tss. Va vite, ou je vais t'étriller moi-même. Quant à toi, Saïd, il y a une tache de rouille sur le chargeur de ta Kalachnikov. Nettoie-la tout de suite, et revenez me voir tous les deux dans dix minutes. Nous ferons ensemble un peu d'exercice.

L'une de ses premières leçons avait été de montrer aux futurs fedayin comment être propres sans gaspiller le précieux liquide des barils.

— C'est une question de dignité. N'oubliez pas qu'un jour vous pouvez être prisonniers des sionistes. Que penseront-ils de nous s'ils vous trouvent avec des pieds sales et des caleçons merdeux ?

Sur la base, les recrues avaient donc appris à se laver et à laver leur linge correctement avec le contenu de deux cuvettes, pas une de plus.

Et ce n'était déjà pas si mal... Dans les camps, l'eau se buvait ou servait à la cuisson des aliments. L'hygiène corporelle était un luxe que les réfugiés ne pouvaient s'offrir que très rarement. La promiscuité et la propreté

98

cohabitent mal. Comment Yussuf aurait-il pu se laver devant sa mère et ses sœurs ? Un peu d'eau sur les yeux au réveil et sur les mains avant et après les repas, c'était à peu près tout ce qu'il s'était permis de longues années durant.

Encore, à Jéricho, allait-il avec son cousin Zaïd et d'autres garçons se baigner quelquefois dans les eaux fraîches du Jourdain.

À Baqa'a, il n'y avait ni fleuve, ni rivière. L'eau arrivait par camions-citernes et il fallait faire la queue, comme devant les magasins de l'UNRWA, pour recevoir sa ration journalière.

Aussi, la malpropreté non seulement ne choquait pas Yussuf, mais faisait partie intégrante de son existence. Le gosse des camps était forcément un gosse plus ou moins sale, surtout l'été, quand, dans la moite chaleur des baraques, la poussière soulevée par le khamsin collait à la peau. Les relents aigres de sueur fermentée, les miasmes qui stagnaient un peu partout, à l'intérieur des casemates, sous la tente-école, Yussuf ne les sentait même pas. Il était né dedans, pour ainsi dire. Il les avait respirés seize années durant sans les percevoir réellement ; seize années qui avaient insensibilisé son odorat à la pestilence... À la pestilence seulement, en lui conférant une sorte de pouvoir sélectif. Comment, autrement, aurait-il pu vivre près des latrines de Baqa'a, toujours engorgées, qui donnaient des haut-le-cœur aux fonctionnaires ou policiers jordaniens travaillant dans le camp et aux visiteurs étrangers, si agaçants avec leur air de commisération dégoûtée. Comment, oui, comment aurait-il pu subsister à proximité d'immondices ? À Baqa'a, on se soulageait n'importe où, n'importe quand, et de préférence dans la nature, afin de ne pas avoir à faire la queue pour cela aussi, comme pour l'eau et le riz.

À Baqa'a, mais pas sur la base ! Abu Raïd y veillait particulièrement. Et pour cause !

— Voici vos latrines, avait-il dit, en désignant la brèche qui se trouvait à l'autre bout de la faille. Et n'oubliez pas de recouvrir vos chiures de galets ou de terre.

Il avait dit cela, Abu Raïd, un mois plus tôt, le soir de leur arrivée, à une époque où l'on ignorait que ses désirs étaient des ordres, où les apprentis fedayin n'avaient pas encore été dressés à l'obéissance et où aucun ne le craignait. Personne n'avait retenu ses paroles, personne ne s'était souvenu qu'il fallait s'isoler dans la brèche, laquelle, trop éloignée, impliquait un fastidieux déplacement.

Yussuf, comme ses camarades, avait choisi la solution la plus facile, quelques excavations à flanc de ravin, proches des cavernes et suffisamment profondes pour être à l'abri des regards.

Et voilà qu'un matin, Abu Raïd, en sautant de roche en roche pour gagner l'aire d'entraînement, glissa sur quelque chose de mou et, malgré sa souplesse, perdit l'équilibre. On le vit battre des bras, s'élancer dans les airs de tout son long. Il allait atterrir durement quand, d'un nerveux coup de reins, il se contraignit à un demi-saut périlleux et se retrouva dans la position verticale, hélas ! hélas ! à une vingtaine de mètres de la caverne-réfectoire, exactement au-dessus d'une niche qui était devenue un lieu d'aisance particulièrement affectionné. Une niche très bien abritée, à l'écart des passages et qui, sans aucun doute, n'avait pas retenu l'attention d'Abu Raïd car, de sa tente, on ne la voyait pas. Il disparut dedans, ramassé sur lui-même, comme un parachutiste prêt pour le roulé-boulé de réception.

On entendit un bruit sourd, et, peu après, d'épouvantables vociférations :

— Ah ! les chiens ! Ah ! les dégueulasses ! Je vais leur apprendre, moi, à chier n'importe où ! Je vais leur apprendre !

Et il pesta d'empester, Abu Raïd, il pesta et empesta comme il ne l'avait jamais fait. Abu Mansur et Latifah, qui riaient sous cape, s'empressèrent de changer d'expression quand sa face cramoisie parut sortir de terre. Ils prirent un air désolé en marchant vers lui, désolé et choqué, les hypocrites !

Abu Raïd, qui s'était hissé hors de la niche, tenait ses deux mains serrées l'une près de l'autre, comme s'il voulait étrangler les coupables. Il scruta d'un regard assassin les recrues, qui baissèrent les yeux et s'esquivèrent prudemment.

— Quelle bande de cochons, dit Latifah, d'un ton faussement outré.

— Des cochons ? Des ordures, oui, brailla le commandant, en se dirigeant vers les barils.

Il se lava sans économie. Toute l'eau de la base fut absorbée par ses savonnages et rinçages successifs. Sa tête dépassait de la serviette qu'il avait accrochée à la plus basse branche du chêne pour cacher sa nudité. Il n'avait pas bonne mine, lançait des imprécations, marmonnait des phrases indistinctes.

Abu Mansur lui apporta des vêtements propres, et il s'apaisa un peu.

— Mirzuk, rassemble les recrues, commanda-t-il d'une voix redevenue neutre.

101

Quand ce fut fait, il descendit le ravin, sans courir cette fois, avec ses colliers mobiles de cobras et un visage fermé de mauvais augure.

— Vous allez nettoyer ce que vous avez sali. Vous avez fait de cette base un égout, pourceaux ! Je veux que chaque pierre brille et si j'en surprends encore un à chier n'importe où, je vous jure qu'il le regrettera. Allez, ouste, au travail !

Une semaine plus tard, à la tombée de la nuit, Rahim, déjà roulé dans sa couverture, pas très loin de Yussuf, se leva et s'enfonça dans l'obscurité. Il prit effectivement la direction de la brèche et avait sincèrement l'intention de ne pas enfreindre les ordres d'Abu Raïd. Mais la faille était longue, longue, et dangereuse de surcroît. Les rocs agressifs s'ingéniaient à lui barrer le passage, lui faisaient des crocs-en-jambe, le heurtaient violemment aux épaules ou aux genoux. Deux fois il chuta et, courageusement, continua d'avancer. La troisième fois il s'avoua vaincu. Que pouvait-il faire, sans lampe de poche ? Il avisa une anfractuosité providentielle et s'y mucha. Personne, à cette heure-ci, ne pouvait le voir. Aussi ne se pressa-t-il pas. Il écouta le canon qui tonnait au loin et contempla les étoiles que le ciel multipliait de seconde en seconde. La lune du premier quartier pointait ses deux cornes au-dessus de la faille et le jeune fedayin, suivant sa marche paresseuse d'un œil alangui, s'abîma dans une confortable béatitude. Une ombre se glissa derrière lui, sans bruit, arma une jambe et shoota. Le coup atteignit de plein fouet la partie la plus charnue de Rahim qui fit « Ouch ! » avant d'être catapulté dix mètres plus bas.

— Aïe ! aïe ! gémit-il, en frottant sa fesse meurtrie. Il ne comprenait plus rien, Rahim. Étendu sur le sol dans une situation humiliante, il ne s'en apercevait même pas. Peut-être se serait-il réinstallé tranquillement pour achever ce qu'il avait si bien commencé, en se disant qu'il avait dû s'endormir, sans cette brûlure qui le lancinait au bas du dos. Il se demandait avec angoisse s'il n'était pas l'unique survivant d'un affreux cataclysme qui se serait abattu sur la base quand une voix froide et tranchante le tira de ses sombres hypothèses.

— Lève-toi, remonte ta culotte et approche !

Abu Raïd ! Rahim frémit.

— Allons, dépêche.

Se dépêcher. Il faisait de son mieux. Était-ce sa faute si ses mains maladroites ne parvenaient pas à reboutonner son pantalon ? En trébuchant, il s'approcha du commandant.

— Alors, te rappelles-tu ce que j'ai dit ?

— Oui, oui.

— Parfait. Tu vas tout de suite enlever tes saletés et les porter à l'endroit convenu.

— Mais...

— Il n'y a pas de mais..., camarade Rahim. Si je vous laissais faire, il n'y aurait plus de place où poser les pieds, dit amèrement Abu Raïd, qui se souvenait de sa chute cruelle.

Rahim s'exécuta, satisfait au fond de s'en tirer à si bon compte, et se consola en songeant que cette histoire ne s'ébruiterait pas.

De bon matin, il fut réveillé en sursaut par Khalaf, qui, vraisemblablement occupé à faire la même chose que lui, à la même heure, avait tout vu.

— Rahim, n'as-tu pas mal aux fesses, par hasard ?

Cette plaisanterie douteuse ne plut pas à Rahim, qui la reçut comme une insulte. Étant de stature honorable, il administra à son auteur une magistrale volée.

Après cela, la base devint d'une propreté que l'on citait volontiers en exemple. Et les recrues découvrirent, petit à petit, que la saleté dégageait effectivement des odeurs incommodantes.

*

Chaque semaine, l'une des deux sections d'anciens incorporés lors d'un précédent recrutement et qui se relayaient dans le poste avancé de Shunê, au bord du Jourdain, débarquait du Ford qui, à l'aller, avait emmené la relève. La plupart du temps, ils étaient sales, couverts de boue. À peine arrivés, ils allaient s'affaler au fond des cavernes et dormaient vingt-quatre heures d'affilée. Au réveil, leurs joues avaient retrouvé quelque couleur, et leurs yeux un peu de vie.

Pendant les six jours de repos qui leur restaient, ils menaient une existence presque végétative, s'allongeaient sous les arbres ou à l'ombre des rocs, ne se levaient que pour manger ou nettoyer leurs armes, ne discutaient qu'entre eux, se tenaient complètement à l'écart des cent cinquante recrues, ne participaient à aucune de leurs activités. Yussuf, que cette attitude intriguait, en demanda la raison à Abu Mansur au cours d'une séance d'instruction politique.

— Vivre au bord du Jourdain comme ils le font n'est pas une sinécure, répondit celui-ci. Les tirs permanents d'artillerie, les patrouilles de nuit et surtout les infiltrations clandestines en Israël, qu'ils doivent effectuer pour rechercher les brèches éventuelles dans le système de défense des sionistes, crèvent un homme, physiquement et moralement, plus que n'importe quel accrochage ou combat rapproché.

104

Après cela, sept jours de récupération, crois-moi, Yussuf, ce n'est pas trop.

— Ils ne tendent jamais d'embuscade ?

— En principe non, quoiqu'il y ait des initiatives individuelles qui échappent au contrôle du commandement. Leur rôle, vois-tu, ainsi que celui de tous nos fedayin postés dans la vallée du Jourdain, de Shunê jusqu'à la mer Morte, ou sur le Golan, en Syrie, ou encore près de l'Hermon, au Liban, n'est pas d'attaquer isolément Israël, mais de surveiller les frontières, de harceler à distance les bastions des kibboutzim riverains et surtout de repérer des points de passage pour les opérations à venir qui, elles, Abu Raïd vous l'a déjà dit, sont décidées par Nayef et son état-major, en présence des responsables du secteur concerné — Salt, Adjlun ou Irbid, pour la Jordanie —, lesquels désignent également les commandos d'assaut et de couverture. Nous manquons encore d'effectifs pour être efficaces. Quand vous tous ici aurez terminé votre stage de formation, ainsi que les quatre-vingts autres recrues qui s'entraînent actuellement dans notre base du djebel Adjlun, nous serons en mesure d'affronter sérieusement les sionistes... Avant cela, il est bon que vous connaissiez ce que Che Guevara a écrit dans son livre *Guerre de guérilla*. Ce sera notre leçon de la semaine. À toi, Yussuf, l'honneur du premier chapitre. Après, nous le critiquerons tous ensemble...

Fréquemment, Abu Raïd et deux des moniteurs, Mirzuk et Fayçal, accompagnaient les anciens qui retournaient à Shunê remplacer leurs camarades. Ils s'absentaient pour une nuit. Le matin, en les voyant revenir crotteux et hirsutes, les élèves devinaient où ils étaient allés car c'était précisément ces nuits-là que le rythme discontinu de la canonnade montant de la vallée devenait un grondement régulier empli d'échos et de résonances.

Khalaf, le potinier de la base, qui avait le don de provoquer, sous le sceau du secret, les confidences des bavards... et de ceux qui ne l'étaient pas, qui les propageait ensuite, d'une oreille à l'autre, en exigeant une discrétion absolue, affirmait qu'Abu Raïd, Mirzuk et Fayçal traversaient le Jourdain avec deux Kurdes du groupe des anciens et qu'à eux cinq, sans prévenir personne, pas même Nayef, ils allaient bombarder à la Katiouchka des postes israéliens.

— Les Katiouchka ne font pas le même bruit que les canons, objecta Yussuf.

— Tu sais bien que, quand on les chatouille un peu, les sionistes tirent avec leurs plus grosses pièces de toutes leurs positions.

Abu Mansur se montra embarrassé lorsque Khalaf lui demanda mielleusement si Nayef accordait à Abu Raïd une dérogation spéciale pour ses actions isolées.

— Parle clairement. Que veux-tu insinuer ?

— Eh bien, peux-tu nous dire, rafiq, si les opérations nocturnes du commandant sont prévues dans les plans du Front ?

Le « prof », ainsi surnommait-on parfois l'ancien maître d'école, tambourina des doigts sur la couverture du livre qu'il tenait à la main. Sa moustache, qu'il avait plus épaisse qu'Abu Raïd, s'incurva vers le haut.

— Toi, le pipelet, tu n'es pas sans savoir que votre commandant a, en plus de sa fonction sur la base, la responsabilité des postes de Shunê et de Djisr al Hussein. Ne bâtis pas de roman sur de simples inspections de routine.

106

Son explication ne convainquit aucune des recrues. Devant leurs têtes sceptiques, Abu Mansur tambourina un peu plus fort sur son livre, et l'inspiration vint.

— Au fond, Khalaf, pourquoi n'irais-tu pas poser tes questions à Abu Raïd lui-même ? Il se ferait, je crois, un plaisir de te répondre.

Khalaf se garda bien de le faire et évita, par la suite, de trop s'intéresser aux activités secrètes du commandant, dont les nuits d'absence continuèrent de correspondre avec la recrudescence des tirs d'artillerie.

Chapitre VII

Les cent cinquante recrues de la base étaient réparties en six sections. Trois d'entre elles ne comportaient que des Palestiniens, les première, deuxième et troisième. Dans les trois autres, on avait regroupé des marxistes plus âgés, en provenance de divers pays arabes. Tous, d'ailleurs, ne professaient pas le même marxisme. La sixième section ne comprenait que des Syriens prosoviétiques, disciples de Khaled Bagdash, un communiste de vieille souche ; la cinquième, des marxistes-léninistes iraquiens, prochinois ; et la quatrième, des marxistes libanais et jordaniens indécis qui oscillaient entre les deux tendances. Il y avait, parmi eux, un petit Turc à barbiche qui se nommait Khalil.

Abu Mansur veillait à ce que les divergences idéologiques des « initiés » ne vinssent pas troubler l'esprit des « profanes » qu'il avait charge d'éduquer. Les heurts ne dépassaient fort heureusement pas le stade de la plaisanterie classique :

— Vous êtes des social-traîtres, lançaient de temps en temps les Syriens aux Iraquiens.

— Et vous des révisionnistes ! ripostaient ceux-ci.

Abu Mansur dut quand même expliquer à ses recrues que l'originalité du Front démocratique était de ne pas limiter son champ de connaissance à l'expérience chinoise, soviétique ou cubaine, mais de tirer un enseignement de chacune d'entre elles.

*

Un matin, toute la troisième section, rassemblée autour de lui, écoutait son cours et prenait des notes quand, soudain, son élocution d'ordinaire coulante devint un incompréhensible bégaiement. La stupéfaction apparut sur son visage, tourné vers le chêne d'en haut près duquel un GMC venait de se garer.

Au même moment, sur toute la base, les tirs, les hurlements des recrues luttant au corps à corps, les interjections des moniteurs s'arrêtèrent net. Au fond de la vallée, Ali, un Iraquien de la cinquième section qui s'apprêtait à lancer une grenade, s'immobilisa en pleine action. Et à voir son buste penché, son bras en extension, on eût pu croire qu'il avait été pétrifié.

— À plat ventre, tous ! Et toi, jette-moi ça ! Mais jette ça, kos rabbek ! hurla Abu Raïd.

L'éclatement de l'engin dans le silence qui était tombé sur la faille produisit le même effet qu'un coup de canon et se propagea de paroi en paroi avec le fracas du ressac. Les rocs tremblèrent dans un grésillement de graviers roulant sur les talus.

La cause de tant de stupeur ? Trente visiteurs étrangers qui descendaient le ravin en compagnie d'Abu Aqil et de Latifah. Surpris par le vacarme, ils s'étaient couchés d'un élan commun aux pieds de leurs guides et se relevaient avec des sourires confus. Ils s'époussetèrent et, d'un pas moins assuré, reprirent leur marche. Abu Mansur et la troisième section ne les quittaient pas des yeux.

Le groupe fut présenté à Abu Raïd, qui était monté à sa rencontre. Le commandant non plus n'avait pas l'air dans son assiette.

— J'avais oublié de vous prévenir de la visite de ces camarades révolutionnaires français qui viennent s'informer sur les activités du Front, dit Abu Mansur, en continuant de braquer des yeux interloqués sur les visiteurs.

Étranges révolutionnaires ! Les garçons ressemblaient à des femmes, avec leurs longs cheveux, leurs chemises de couleur vive et leurs hanches minces enserrées dans des pantalons seyants qui s'évasaient curieusement à partir des genoux.

Mais c'était les filles que tous, sans exception, fixaient avec un drôle d'air. Elles portaient de légers chemisiers, échancrés sur la poitrine, des jupes minuscules, montraient sans la moindre pudeur leurs jambes hâlées, riaient fort.

Leur intrusion dans l'univers claustral de la base fit l'effet d'une provocation. Elles n'allaient rester que deux jours : deux jours mémorables. Les regards qui les détaillaient sans vergogne étaient éloquents. Franchement affamés, salaces, ils glissaient le long de leurs cuisses exposées à la convoitise, s'attardaient sur leurs dessous se devinant, à contre-jour, dans les arachnéens tissus de leurs vêtements dérisoires. Aucun, sauf peut-être le timide Boutros, ne chercha à celer son excitation. Aucun ne songea que ces filles pussent être respectables.

Si les lois de l'hospitalité, leur haute conscience politique et la présence de Latifah n'avaient pas obligé les « Abu » à raisonner les recrues, les Françaises — et, qui sait, peut-être leurs compagnons — auraient été houspillées, histoire de leur faire payer le juste prix de leur indécence et de leur apprendre du même coup qu'on ne troublait pas impunément la monacale existence de braves fedayin, entièrement consacrés à leur cause !

La nuit, sous les couvertures, on ne parlait que d'elles.

— Bon Dieu ! Qu'elles sont belles, ces garces ! J'irais bien leur rendre une petite visite !

— Pas question. Elles dorment chez Latifah. Et Abu Raïd a fait garder l'entrée de la grotte par les deux Kurdes.

— D'où viennent-ils ?

— De Shunê.

— Pas eux, imbécile, les Français.

— De Paris, je crois. Ce sont, paraît-il, des marxistes.

— Les marxistes ne montrent pas leur cul !

Le jour suivant, Latifah, qui avait pris les visiteurs en charge, les emmena à une séance d'entraînement. Elle s'écria, soudain excédée par les visages concupiscents tournés vers eux :

— Vous êtes horribles ! Regardez-vous, regardez-vous donc, de vraies bêtes féroces !

— Elles n'ont qu'à se vêtir décemment, répliqua Abu Raïd.

— C'est vrai, elles ne sont pas très convenables. C'est pas une raison pour vous montrer dégoûtants !

— Ça alors, c'est la meilleure. On ne se balade pas à poil, nous, ragea le commandant. D'ailleurs, je partirai tout à l'heure pour Amman voir Nayef.

— Tu dois assurer la discipline. Vaut mieux que ce soit moi qui y aille, dit Abu Mansur.

— De quoi parliez-vous ? demanda en anglais l'une des visiteuses en admirant les élèves qui se portaient des prises si spectaculaires, poussaient des cris si stridents, faisaient des chutes si téméraires qu'Abu Raïd lui-même n'en croyait pas ses yeux.

— Les petits salauds, grogna-t-il, ils se surpassent !

— Nous disions, répondit après un instant d'hésitation Latifah à sa compagne, que c'était une grande joie pour nous d'accueillir des camarades étrangers. Et le commandant ici présent me priait justement de vous souhaiter la bienvenue à son cours et s'inquiétait de savoir si vous aviez bien dormi.

— La garce ! fit Abu Raïd entre ses dents.

— Ah, very nice, very nice ! We slept very well, thank you, comrade !

Quand elles n'étaient pas en panne ou en mission, il y avait toujours deux jeeps qui stationnaient à côté du Ford, au bord de la piste, sous le chêne d'en haut. Leurs sièges arrière avaient été enlevés et, à leur place, se profilaient deux mitrailleuses 12,7, montées sur trépied. C'est l'une d'elles qu'Abu Mansur emprunta pour se rendre à Amman, aux environs de midi.

— Où as-tu déniché ces rigolos ? dit-il le soir à Nayef qui l'accueillit sur le perron de son QG du djebel Hussein. Si cette visite se prolonge, l'effet de quatre mois de travail et d'effort va être réduit à néant. Les élèves s'énervent.

— C'est ma faute, dit le leader du Front. Ils viennent d'une université près de Paris, Nantar... ou Nanterre, je ne sais plus. Il nous est difficile de ne pas recevoir les militants étrangers... Je vais renvoyer ceux-ci chez eux. Quant aux autres qui viendront plus tard, nous les garderons dans nos bases proches d'Amman.

— Très juste, approuva Abu Mansur. Il faut être vigilant, et ne pas laisser les petits-bourgeois venir foutre le bordel dans nos bases avancées. Nous avons déjà suffisamment d'emmerdements.

113

Abu Mansur revint à Samma le lendemain soir, suivi d'un GMC destiné à reconduire à Amman les visiteurs inopportuns, à l'exception d'un pâle garçon efflanqué, à l'air rêveur. Celui-là — Latifah l'avait remarqué — était le moins fantasque, le moins exubérant du groupe, ne serait-ce que par ses vêtements de ton plus discret. Elle l'avait vu s'assombrir progressivement, se montrer agacé par ses camarades comme si leur confrontation avec les fedayin avait fait ressortir à ses yeux leur futilité.

Il ne connaissait pas l'anglais, se tenait un peu à l'écart des autres. Latifah était venue vers lui et avait dit, dans un français approximatif appris autrefois à Beyrouth :

— Toi aussi, tu es étudiant ?

— Non, ouvrier fraiseur.

— Tu as des questions à poser ?

— Des questions, des questions... Je voudrais surtout rester avec vous.

— Pourquoi ça ?

— Parce que j'ai pas envie, à mon retour, de jouer les héros et que j'en ai marre de gueuler « Vive la juste lutte du peuple palestinien ! » dans les manifs sans savoir ce que c'est.

Latifah confia les étrangers à Mirzuk et se rendit chez Abu Raïd. Assis en tailleur sur une couverture, il jouait avec ses serpents et boudait. Elle n'était pas certaine qu'il accepterait de garder le jeune Français. Il devait l'assimiler aux autres qu'il ne voulait plus voir, à ces éphèbes insignifiants et à leurs frivoles compagnes. Non ! celui-là était différent, d'une bien meilleure trempe, un ouvrier, un véritable prolétaire.

— Il ferait un bon fedayin, crois-moi. Essayons-le.

— Qu'en sais-tu ?

Abu Raïd, toujours taciturne, chatouillait le ventre blanc d'un cobra.

— Ça se voit sur sa figure. C'est un pur, j'en mettrais ma main au feu.

— Un pur ? Qu'est-ce que ça veut dire, un pur ? Personne n'est pur, grommela le commandant. Personne. L'infaillibilité, ça n'existe pas. Tiens, moi, je me méfie des purs. Ce sont tous des faux jetons.

— Je parle de pureté intellectuelle, Abu Raïd !

— De pureté intellectuelle ! Vous vous gargarisez de mots, ici. Pureté intellectuelle ! Est-ce un prolétaire ou un savantasse, ton Français ? Je fabrique des bêtes de guerre, moi, des fauves, des tueurs, des méchants, pas des purs.

— Les deux aspects de notre formation sont indissociables, tu le sais bien.

— Ouais, mais je n'aime pas le mot « pur », bougonna Abu Raïd en repoussant le cobra qui rampait sur sa cuisse.

— Ne sois pas de mauvaise foi et écoute-moi, dit brusquement Latifah. Nous prétendons être une organisation internationaliste et nous n'avons sur cette base qu'un seul étranger non arabe, Khalil, le Turc. Ce Français désire rester avec nous et, sans l'avoir vu, tu le rejetterais, simplement parce que tu es furieux contre ses camarades ?

Le commandant leva la tête. L'obstination de Latifah avait eu raison de son humeur exécrable.

— Allez, amène-le-moi, ce pur, ce prolétaire !

Lorsque le flandrin blond, mal à l'aise, se présenta devant lui, il le fixa longuement tout en caressant ses cobras, puis dit dans son arabe guttural que, simultanément, Latifah traduisit :

— On t'appellera Guevara. Ne t'attends pas à être traité avec plus de douceur que les autres recrues. Quant à tes potes, j'espère bien que Nayef va les réexpédier en France vite fait !

Là, il fut interrompu par le ferraillement de la jeep et du GMC qui se garaient près du chêne d'en haut. Abu Mansur entra dans sa tente.

— Ça y est, on les embarque. Nayef, Salah et les autres te saluent.

— Ouf ! fit Abu Raïd, en serrant le prof dans ses bras.

Quand les Françaises, debout sur la plate-forme du camion, et leurs compagnons efféminés, témérairement assis sur les ridelles, s'effacèrent derrière la croupe où se dissimulait Samma, après avoir, jusqu'à la dernière seconde, levé prolétairement leurs poings blancs, les cent cinquante apprentis fedayin ressentirent un soulagement mâtiné de regret.

*

Guevara, intégré dans la quatrième section, sut se faire estimer au point qu'Abu Raïd n'hésita pas à risquer un incident grave pour le tirer d'une situation fâcheuse.

Comme le Français ne pouvait se passer de dentifrice et de papier hygiénique, il était autorisé à se rendre régulièrement, pour se réapprovisionner, à Tajiba, un gros bourg distant d'environ six kilomètres où aboutissait la piste qui, partant de Samma, longeait la base.

Cet après-midi-là, vers seize heures, Yussuf était de garde sous le chêne quand Guevara, accompagné de Abu Hatim et Ghassim, s'en alla faire ses achats. Il eut, en les voyant partir, un pressentiment. Abu Hatim et Ghassim n'étaient pas sûrs ! Leur fatuité les rendait antipathiques. Depuis qu'ils portaient des armes, ils se prenaient pour des caïds.

116

Ces forts en gueule n'avaient pourtant, physiquement, rien des « terreurs » qu'ils se plaisaient à jouer. Le premier, un grand escogriffe au visage allongé et pédant, avait tout d'un coquelet, avec son nez arqué qu'il pointait comme un bec en parlant, et ses petits yeux papillotant derrière des lunettes de myope. Le second était un gros goret borné, aux jambes tortes, sentant la crasse à vingt pas. Trois fois, Abu Raïd avait lui-même lavé Ghassim à grande eau, avec du savon mélangé à du sable, pour racler la pellicule de saleté agglutinée à sa peau. Rien à faire, le goret s'obstinait à puer.

Depuis peu, tous deux semblaient matés et évitaient de faire les bravaches devant les moniteurs, qui avaient pour consigne de ne pas les ménager. Yussuf, cependant, à l'instant où ils passèrent devant lui, gonflés d'importance, se dit que Guevara était plutôt mal encadré.

Les trois recrues disparurent dans les ondulations clair-semées d'oliviers, en même temps que les préoccupations de Yussuf, lequel s'abandonna intégralement à cette vacuité de l'esprit qui accélère la marche des secondes. Il fit les cent pas, se laissa assoupir par un bourdonnement continu d'insectes qui rendait presque inaudible la lointaine rumeur des troupeaux et les voix feutrées des élèves étudiant sous les chênes d'en bas.

Des silhouettes s'approchaient. Elles soulevaient en marchant des volutes de poussière. C'étaient des villageois, à califourchon sur leurs ânes, suivis à distance respectueuse par leurs femmes austères qui regardaient droit devant elles. Quelques-uns allaient à pied et tenaient en laisse un mouton ou une chèvre.

« Salâm », lançaient-ils sans presque tourner la tête, en passant près du chêne d'en haut, comme s'ils craignaient de découvrir l'enfer. Beaucoup parmi ces hommes croyants, qui jalonnaient leur chemin de mont-joie et faisaient chaque jour les cinq prières, considéraient la faille comme un antre d'hérétiques. Ils se dirigeaient soit vers Samma, soit vers Tajiba. En se croisant, ils s'adressaient d'un geste empreint de componction le salut rituel et lentement s'évanouissaient sur la piste pulvérulente.

De minute en minute, les passants se firent plus rares. Leurs ombres s'allongèrent. Une lumière monochrome, d'un jaune limpide, atténua la brillance du sol et des djebels surchauffés du levant, rinça les rocs arrondis, pétilla dans la ramure des arbres et des buissons à cette heure agités par un vent presque frais.

À Tajiba, Guevara sortait de la boutique obscure d'Abder Rahim, le seul commerçant du bourg à être approvisionné en produits européens.

— Rentrons maintenant, dit-il en consultant le petit dictionnaire franco-arabe qu'il portait constamment sur lui.

— Pourquoi se presser ? Viens, promenons-nous un peu.

La tentation de parader était trop forte chez Abu Hatim et Ghassim. Ce Français allait voir ce dont ils étaient capables !

Comment l'impressionner ? Tajiba était une agglomération paisible. Pendant qu'ils réfléchissaient, en caressant le chargeur de leur mitraillette, apparut sur la droite l'état-major de la division iraquienne[1]. C'était une grosse bâtisse avec des communs et des jardins aux allées bordées de cyprès. Elle dominait une combe traversière où étaient

---

1. Depuis la guerre contre Israël, dans le cadre d'accords inter-armées, plusieurs unités iraquiennes stationnaient en Jordanie.

alignées symétriquement plusieurs centaines de tentes hexagonales semblables aux alvéoles d'une ruche géante.

De tous côtés, des soldats se mouvaient. Ils piétinaient devant les guérites, effectuaient dans la combe des exercices de maniement d'armes qui faisaient étinceler les baïonnettes des fusils, gravissaient deux par deux le ravin en portant, accrochés par l'anse à de gros bâtons calés sur leurs épaules, d'énormes chaudrons de cuivre qui sentaient le graillon, se massaient devant une roulante installée près d'un ruisseau en face de l'état-major et d'où s'échappaient les vapeurs d'un ragoût. Les planqués et les ordonnances, acagnardés à l'ombre des arbres, parlaient entre eux, en suivant d'un œil indolent trois sections de bleusaille qui s'appliquaient à frapper le sol de leur pas cadencé.

Un seul regard suffit à Guevara, apprenti fedayin depuis peu de temps, pour comprendre qu'il ne fallait pas passer là. Des sentinelles l'avaient déjà aperçu et l'observaient en coin.

— Allons, rentrons, décida-t-il, en retournant sur ses pas.

Abu Hatim et Ghassim le rattrapèrent par le bras. Enfin, ils l'avaient, leur occasion. Le Français avait peur, eh bien, ils allaient lui montrer, eux, ce qu'était le courage ! Ils ne pensèrent pas, même vaguement, que les traits européens fortement prononcés de Guevara éveillaient la suspicion des soldats.

— Allons, ne crains rien, ce sont des Arabes comme nous, voyons, des frères, fanfaronna Abu Hatim à voix haute comme s'il cherchait à bien se faire entendre. Viens, on va leur parler.

Guevara, qui ne voulait pas attirer davantage l'attention sur lui-même en résistant, se laissa entraîner. Tous trois arrivèrent à la hauteur des factionnaires, devant le portail de l'état-major.

— Salâm, rafiq, lancèrent à la ronde Abu Hatim et Ghassim.

— Salâm, répondirent les Iraquiens.

— Ça va ? Vous êtes contents ?

— Ça va.

— Nous sommes des fedayin marxistes.

— Ah ? firent les soldats.

Un petit caporal à tête de fouine s'avança :

— Et celui-là, c'est un Arabe ?

— Non, un marxiste français. Il avait peur de vous. Je lui ai dit que nous étions tous des frères, gloussa Abu Hatim.

— Ah, un étranger ! dit la fouine, et il s'esquiva.

Guevara pressentait le pire. Il s'efforçait de sourire et pinçait en douce le bras du coquelet pour lui faire comprendre qu'il était peut-être encore temps de filer. Celui-ci, trop occupé par ses forfanteries, ne réagissait même pas.

— Savez-vous que, très bientôt, nous allons attaquer les sionistes ? annonçait-il, rayonnant.

— Ah oui ? firent les Iraquiens, et leurs regards s'émaillèrent de lueurs narquoises.

— Qu'as-tu donc, Guevara ? Tu as encore peur ?

Non, le Français n'avait plus peur. Il se sentait simplement accablé par tant de stupidité et considérait l'air chafouin du petit caporal qui revenait suivi d'un officier bien mis.

— Les voilà, mon capitaine, zézaya la fouine. Ils nous demandaient des renseignements. Ce sont des espions !

Le sourire qui illuminait la face d'Abu Hatim et de Ghassim s'étrécit en cul de poule.

— Mais... mais... bégayèrent-ils. Nous n'avons rien demandé. Il ment, rafiq !

— Pas rafiq. Capitaine, corrigea le capitaine, d'une voix distraite.

— C'est eux qui mentent, accusa la fouine.

Et prenant les soldats à témoin :

— N'est-ce pas, mes frères ?

— Ce qu'on sait, dit l'un d'eux en désignant Guevara, c'est que celui-là est un étranger.

Le capitaine, que le caporal venait de tirer de sa sieste, avait cette expression indécise du dormeur à demi éveillé qui croit voir dans la réalité le prolongement de son rêve. Il lui fallut bien trente secondes pour passer de l'indécision à la placidité teintée de préoccupation, puis une bonne demi-minute pour atteindre la sévérité. C'est long, un réveil d'officier iraquien.

Entre-temps, le caporal, Abu Hatim et Ghassim s'affrontaient au milieu des troupiers enchantés de ce divertissement imprévu. Guevara, malgré son appréhension, se retint pour ne pas éclater de rire. Il n'avait jamais vu, ailleurs qu'au théâtre de Guignol, des physionomies pareilles à celles de ces trois hommes. Abu Hatim clignait des yeux et étirait son cou à la pomme d'Adam protubérante qui s'agitait follement. Ghassim, la tête rentrée dans les épaules, ouvrait des yeux grands comme des soucoupes. Le caporal fixait alternativement les deux fedayin de son œil rouge et sournois. C'étaient bien le coquelet et le goret, face à la fouine.

— Silence ! aboya le capitaine. Vous trois, venez avec moi.

— Mais, qu'est-ce...

— Désarmez-les, ordonna-t-il aux soldats.

Les jambes cotonneuses, Guevara suivit l'officier qui faisait claquer les talons de ses chaussures lustrées sur le sol dur. Au moment où il franchissait le seuil de l'état-major iraquien, il entendit derrière lui, tout près, le galop d'un cheval. La curiosité le fit se retourner mais la main brutale du petit caporal le poussa si violemment qu'il manqua de s'étaler sur les marches du perron.

— Toi, ne me touche pas ! fulmina-t-il, en fixant méchamment la fouine qui recula d'un pas.

— Khlas, Mejid, khlas… Celui-ci, laisse-le, et place deux hommes en faction devant ma porte, commanda, en entrant dans son bureau, le capitaine, qui alla s'asseoir à sa table de travail et, sans plus se soucier des trois fedayin, fit semblant de ranger stylos et dossiers.

Cet atermoiement produisit l'effet recherché sur Abu Hatim et Ghassim, qui, immédiatement, prirent un comportement de coupables.

— On n'a rien fait de mal, mon capitaine, geignirent-ils.

Sur le mur de droite, l'embrasure d'une large baie encadrait, comme un tableau, l'ensemble de la combe d'où s'élevait la rumeur casanière de la troupe au quartier. Derrière le capitaine, un peu au-dessus de sa tête, trônait entre deux fanions la photo du général Hassan el Bakr, aux quatre coins décorés de rubans tricolores. Le chef de l'État iraquien avait fixé l'objectif avec une autorité sans appel comme si, devant lui, était rassemblé tout son peuple : sept millions et demi de subalternes. « Garde-à-vous ! À six pas ! Saluez ! » enjoignait-il à Guevara, qui avait osé le regarder.

Subitement, comme cela doit se faire en pareille circonstance, le capitaine dressa la tête et vrilla les yeux sur les trois suspects. D'abord sur Abu Hatim et Ghassim, qui, après avoir perdu leur superbe, venaient aussi de perdre

la parole. Puis sur Guevara, qui, du coup, trouva son avenir bien sombre.

— Your passport… give me your passport !

Le Français fouilla dans toutes les poches de sa tenue
de combat, les retourna, avec des gestes de plus en plus
nerveux.

— Je… je l'ai oublié à la base, dit-il sourdement, en
essayant de paraître calme.

— Forgot it… well, well, well… fit l'officier iraquien.

Chapitre VIII

Yussuf, accoudé au capot du vieux Ford, près du chêne d'en haut, observait le fond de la faille qui était comme secouée par un tremblement de terre. L'entraînement, interrompu pendant la grosse chaleur, venait de reprendre, ponctué par les explosions, le crépitement des rafales et les cris. La quatrième et la sixième section de marxistes arabes suivaient, avec Mirzuk, le cours de close-combat. La cinquième apprenait de Fayçal, qui était un expert en explosifs, à confectionner des pièges avec des grenades. Quant aux trois sections palestiniennes, elles souffraient sur le parcours du combattant, entièrement conçu par Abu Raïd. Yussuf vit ses cinq meilleurs amis, harnachés de leurs mitraillette, gourde, giberne et coutelas, qui s'apprêtaient à franchir la barrière en bois haute de trois mètres.

Sami, le premier, s'élança, accrocha ses deux mains à l'obstacle, puis ses jambes, et bascula. Boutros bondit derrière lui, suivi de très près par Mahmud.

Sami, coudes au corps, arrivait à proximité de la corde tendue entre deux chênes. Il sauta, sans ralentir, la saisit d'une main, y fixa ses pieds et progressa en se tirant par les bras.

Kayser, pendant ce temps, chutait derrière la barrière. À grandes enjambées, il se rapprocha de Hanna. Celui-ci, sans l'attendre, s'envola sur la corde laissée libre par Mahmud, lequel s'acharnait à réduire l'écart qui le séparait de Boutros, toujours à la poursuite de Sami... Sami qui gambadait déjà sur la poutre, un tronc de pin posé sur deux supports de béton, à un mètre cinquante du sol. Il gambadait allégrement, d'un pas ailé et sûr. Yussuf l'apercevait de dos, mais il était persuadé qu'un sourire victorieux élargissait sa figure.

Ses cobras autour du cou, un stick sous le bras gauche, Abu Raïd le jaugeait, comme un dompteur, d'un œil attentif et autoritaire où devait sans doute poindre une pâle lueur de contentement.

Sami, en pleine forme, défiait les lois de l'équilibre, et, devant Abu Raïd qui, subitement, l'observa avec un intérêt accru, il lança une jambe en l'air, s'arc-bouta sur l'autre, culbuta et, en accomplissant une roue impeccable, vint s'abattre lourdement sur le gravier.

Yussuf rit. Il n'était pas le seul. Toute la faille riait d'un rire énorme.

Cela ne plut pas à Sami qui se releva, furieux, et frotta ses reins douloureux. Il suivit d'un regard jaloux la progression de Boutros, qui trottinait sur le tronc de pin, d'une luisante traîtrise.

Les fedayin enjambaient à tour de rôle l'écran de feu qui s'élevait à l'extrémité de la poutre d'un tas de vieux pneus arrosés de pétrole et, du chêne d'en haut, on eût dit qu'ils s'immolaient dans le brasier.

Ce n'était plus la séance d'entraînement qui fascinait ainsi Yussuf, mais la vision fantasmagorique qu'il en avait de son poste de garde. En bas, les recrues de la troisième section couraient sur la poutre et se précipitaient dans les flammes, au milieu de fumées opaques, en poussant des cris qui transperçaient le hourvari de la fusillade.

Depuis la chute de Sami, on tirait de tous les côtés à la fois. On tirait au mortier de 50, à la grenade, à la Kalachnikov, au coup par coup, en salve, en rafale. On tirait en l'air, contre les parois, vers le sol. Et le gravier ruisselait sur les pentes. Et les strates de schiste grinçaient comme les cordes déréglées d'une harpe géante. Et les coulées de granit émettaient en vibrant des sons discords de tubes d'orgue fêlés. Et les rocs gémissaient en se fissurant tout autour d'Abu Raïd, qui, tel un maestro, un commandeur de l'Apocalypse, sa mitraillette dans une main, son stick dans l'autre et ses cobras luisants enroulés à son cou, orchestrait musique et spectacle.

Les apprentis fedayin couraient sur la poutre et se jetaient dans le brasier. Yussuf avait beau se dire que tout cela n'était qu'illusion, la magie de la scène qui se déroulait dans la vallée l'envoûtait. Du chêne d'en haut, l'entraînement devenait sorcellerie. Dans le brouillard méphitique des fumées de caoutchouc brûlé qui jaillissait de la faille comme d'un cratère et montait en trombe vers le ciel, il n'y avait plus d'apprentis fedayin, plus de première, deuxième ou troisième section, plus de base, mais des ombres évanescentes qui dansaient sur la poutre au rythme d'une symphonie diabolique, se silhouettaient un instant dans le rougeoiement des flammes et se désintégraient en criant, sous le regard d'Abu Raïd dont le visage, éclairé par les lueurs du brasier, flamboyait.

Khalaf s'immola le dernier. Et les trois sections de Palestiniens réapparurent un peu plus loin, à gauche du rideau de feu. Ce n'étaient toujours que des ombres qui plongeaient à la queue leu leu sous le réseau de barbelés.

— Alors, Sami, tu te dépêches ? Ou attends-tu l'arrivée des Mirage pour te décider ? tonna la voix d'Abu Raïd, dans la subite accalmie du tumulte.

(Le passage du mur de feu n'avait lieu que trois fois par mois, un peu avant le coucher du soleil, pour éviter que ne soit repéré l'emplacement de la base. Tout devait être terminé en quelques minutes.)

Déjà une dizaine de fedayin s'approchaient du brasier avec des seaux d'eau. Sami, piqué au vif, vint en boitillant se placer devant la poutre. Il la franchit sans encombre. Les flammes l'anéantirent, comme elles avaient anéanti ses camarades, et l'on éteignit le feu. Un champignon de vapeur blanche remplaça la trombe fuligineuse. Yussuf entrevit Sami qui se glissait à son tour sous l'écheveau de fils de fer et il souffrit avec lui. C'est long, vingt-cinq mètres de « ramping », très long, quand, près de soi, les balles miaulent comme des chats enragés et quelquefois égratignent. Sami frétillait comme un ver entre les impacts qui soulevaient de petits entonnoirs de terre et de cailloux brisés dont certains éclats devaient lui sauter à la figure. « Attention, Sami, pas de faux mouvement... va tout droit... » soufflait machinalement Yussuf.

Et Sami allait tout droit, en se contorsionnant, en agrippant ses ongles à la terre. Il allait tout droit et sa tête éclatait comme une grenade à chaque balle qui le frôlait trop près. Il allait tout droit et avalait des bouffées d'air râpeuses qui avaient un goût de poudre. Et il se croyait mort, car les tirs qui criblaient le sol autour de lui étaient réels, car il n'y avait pas de tricherie dans cet exercice destiné à tuer la peur. Il allait tout droit, et ne voyait que des taches rouges, vertes ou noires qui dansaient devant ses yeux.

Abu Raïd et trois moniteurs, Karim, Ibrahim et Munir, procédaient sans viser, à la hanche, en experts. Ils proféraient, en expédiant leurs rafales, des hurlements térébrants, pour porter au paroxysme l'effet de frayeur recherché. Des hurlements que Sami n'entendait plus. L'esprit provisoirement désaccouplé de son corps, il se propulsait mécaniquement, sans réfléchir.

Il se releva, livide, ahuri, le regard presque fou, marcha en titubant vers Kayser, Boutros, Hanna et Mahmud, qui, encore à demi étourdis, dodelinaient sur place, et il fit comme eux.

Yussuf se dit qu'il avait de la chance d'être de garde à cette heure.

Le soleil s'était rapproché des montagnes de Palestine qui commençaient à se dévoiler. Il ne prêta aucune attention à la magnificence de cette scène réglée dont il connaissait la trame par cœur. Les tirs et les explosions s'atténuèrent. Du fond de la faille, la voix d'Abu Raïd retentit :

— Après le dîner, personne ne se couche, camarades ! Exercice d'embuscade à vingt-deux heures. Les première, deuxième et troisième sections seront la patrouille sioniste. Et les trois autres les attaquants. Rejoignez vos moniteurs. Ils vous indiqueront la marche à suivre. Rendez-vous ici, près des quatre chênes, à vingt et une heures trente.

— Quelle vache ! marmotta Yussuf. Il a encore attendu le dernier moment pour prévenir.

*

Il tourna la tête dans la direction de Tajiba et vit au loin, sur la crête la plus proche, un nuage de poussière qui avançait rapidement vers lui. À peine eut-il le temps de gagner le milieu de la piste qu'il reconnut le jeune Fathi, fils du mokhtar de Samma. Il arrivait à bride abattue sur Saïka, son étalon.

Yussuf aimait bien ce garçon qui, chaque jour, s'amusait à faire au galop la navette entre Samma et Tajiba et qui, sans se soucier des reproches de son père, s'arrêtait pour discuter et plaisanter avec les hommes de garde. Le ton gouailleur de sa voix et ses imprévisibles saillies qui, souvent, déclenchaient les rires les avaient tous séduits. Ses visites étaient souhaitées, même par Abu Raïd, qui appréciait en lui le cavalier émérite.

À cheval, la hardiesse de Fathi tenait du prodige. Il possédait une selle entièrement ouvragée, du pommeau au troussequin, que son père lui avait offerte en même temps que le pur-sang, mais il préférait monter à cru. Son numéro favori : voltiger sur le dos de Saïka en ne se tenant qu'à la crinière. Il était si léger que souvent, comme en cet instant, on croyait qu'il flottait au-dessus de sa monture sans en toucher l'échine.

— Yussuf, Yussuf ! appela-t-il en sautant à terre, avant même que Saïka se fut arrêté.

— Qu'as-tu ? Que se passe-t-il ?

— Guevara a été pris par les Iraquiens !

— Wallah ! Je m'en doutais ! Cours prévenir Abu Raïd dans sa tente. Je dois rester ici.

La nouvelle fit rapidement le tour de la base, dans un brouhaha grandissant qui se changeait déjà en clameurs de guerre, quand Abu Raïd et Abu Mansur sortirent de leur tente, suivis de Fathi. Les moniteurs, les élèves, Latifah parlaient entre eux de plus en plus fort, s'énervaient. Ils levèrent des yeux interrogatifs dans la direction du commandant, qui, ayant contourné la crête, arrivait à la hauteur de Yussuf.

— Khlas, khlas !

Abu Raïd réclama le calme et, dès qu'il l'obtint, chapitra son monde :

— Alors, on veut en découdre ? Cent cinquante contre deux mille Iraquiens, et en Jordanie où le roi n'attend qu'un prétexte pour nous tomber dessus ? Mirzuk, Ibrahim, Fayçal, Munir, Karim ! Oui, vous, les moniteurs, je vous croyais plus raisonnables ! Toi aussi, Latifah ! Et vous autres, camarades, qui ne savez même pas tenir une mitraillette correctement, bon Dieu, c'est à croire que tout ce qu'on vous enseigne ici ne sert à rien !

Pendant qu'il parlait, les cent cinquante apprentis fedayin avaient gravi la pente et s'étaient arrêtés à une dizaine de mètres du chêne d'en haut.

— Allez, allez, dispersez-vous. Retournez à vos occupations. Et toi, Mirzuk, va me chercher Sabri Sinjari et Shêrgo Bohtani.

— Les deux Kurdes sont repartis pour Shunê ce matin.

— Dommage. Bien, toi, Yussuf, je t'emmène. Fawzi, où est Fawzi ?

— Je suis là, répondit le chauffeur de la jeep en écartant un groupe d'élèves. Je me doutais bien que…

— Tais-toi, et prends le volant. Mirzuk, Fayçal, Ibrahim, montez derrière, avec Yussuf. Et attention, vous me laissez faire. Pas de provocation ! Compris ? Abu Mansur, je crois qu'il vaut mieux que tu restes ici, pour pouvoir prendre une décision en cas d'incident.

— D'accord.

— Allons, Fawzi, démarre.

Le chauffeur fit tourner son moteur à fond et lâcha d'un coup l'embrayage. Les pneus patinèrent trois tours et, subitement, la jeep, comme un projectile, fila vers Tajiba.

— Qui accompagnait Guevara ? interrogea Abu Raïd, en ramenant son béret rouge sur les yeux.

— Abu Hatim et Ghassim.

— Ça va, j'ai compris. Mirzuk, tu as commis une erreur.

— Ils avaient l'air de s'être amendés…

— S'ils ont fait une connerie, je les vire !

La jeep s'engouffra sans ralentir dans la rue principale de Tajiba et Fawzi fit hennir son klaxon. Les passants, effrayés, s'égaillaient comme des volatiles. Un vieillard, un peu sourd, fut frôlé par l'un des garde-boue. Il montra un poing hargneux et le cacha dès qu'il aperçut la gueule noire de la 12,7 que Mirzuk, assis sur la petite banquette fixée contre le dos du siège avant, tenait par les deux poignées, comme un gouvernail.

La route évitait la combe traversière où cantonnait la division iraquienne par un virage à angle droit que Fawzi amorça sans rétrograder. L'arrière de la jeep dérapa, à deux doigts du ravin. Le chauffeur maîtrisa le véhicule et le dirigea droit sur l'état-major, comme s'il voulait le percuter de plein fouet. Les freins grincèrent devant les sentinelles stupéfaites. Les ordonnances et les troupiers oisifs s'approchèrent. Abu Raïd lissa, dans un geste familier, la pointe gauche de sa moustache.

— Salâm, salâm, rafiq.

— Salâm, firent les Iraquiens, en détaillant avec intérêt son béret rouge et le parabellum qu'il portait à la ceinture.

Ces hommes, habitués à être encadrés et à obéir, décelèrent dans le commandant le chef qui n'avait pas besoin de réclamer le respect pour le susciter. Peut-être virent-ils ce que Yussuf ignorait encore à ce moment-là : l'officier de carrière, derrière le fedayin, car il n'y en eut pas un à conserver cet air de nonchalante curiosité qu'ils avaient quelques instants plus tôt. Yussuf les vit rectifier instinctivement leur position et prendre, comme il sied au troupier de le faire devant un supérieur, cette expression un peu rigide, ce regard écarquillé et statique de soumission et de déférence codifiées.

Même les sentinelles, près de leurs guérites, qui auraient dû normalement intervenir, demander aux fedayin ce qu'ils voulaient et se tenir prêtes à faire, éventuellement, les sommations d'usage, avaient ramené la crosse de leur fusil près de la pointe de leurs chaussures et s'étaient figées dans une attitude proche du garde-à-vous.

— Le Français ? Où est le Français ?

— Chez le capitaine Jalal, répondit un soldat, en rajustant correctement le calot qu'il portait de travers.

— Que s'est-il passé ?

— Ben, dit le troupier, vous comprenez, un étranger, avec une mitraillette, habillé en fedayin... On avait des doutes... C'est le grand maigre et le petit gros qui l'ont conduit vers nous, en nous disant qu'il avait peur.

— Les ignobles fils de pute ! grinça Abu Raïd. Et ensuite ?

— Notre caporal est allé dire au capitaine...

— Va me chercher ton capitaine.

— Vous croyez que...

— Va, ordonna Abu Raïd, d'un ton qui n'admettait pas de réplique.

Le soldat fit claquer ses talons et partit au pas de course.

Yussuf vit poindre sur le perron, baigné d'une lumière rose, crépusculaire, un homme grand, de moyenne corpulence, un peu mou, avec des cheveux gominés et plaqués sur le crâne à partir d'une raie blanche et droite. Cette coiffure donnait à l'ensemble du visage un aspect juvénile, presque poupin. On devinait, dans cet officier aux poignets trop fins et aux ongles roses qui, s'étant avancé à grands pas, venait de s'arrêter à un mètre d'Abu Raïd, l'enfant choyé, bien nourri et délicat qu'il avait dû être, l'enfant habitué à satisfaire tous ses caprices et à ennuyer les domestiques.

En face, Abu Raïd, avec sa figure hâlée, aux pommettes vermiculées de rides, ses yeux sombres et perçants, offrait un contraste édifiant.

— Mon Français ? Pourquoi as-tu arrêté mon Français ? demanda-t-il laconiquement.

— Hum ! hum ! fit l'officier en mettant la main devant sa bouche. Hum ! hum ! fit-il, comme s'il accordait ses cordes vocales à l'intonation papelarde et légèrement onctueuse qu'il avait choisie pour aborder la situation. Hum ! hum ! Il n'avait rien à faire ici. Tout cela est louche, très louche. Toi-même, sais-tu exactement qui il est, d'où il vient ? Les sionistes s'infiltrent comme ils veulent dans vos organisations. Tu n'ignores pas, je suppose, que beaucoup de Juifs possèdent des passeports français.

— Je sais seulement que ce Français a pour moi autant de valeur que n'importe quel militant de ma base et, par conséquent, plus de valeur que n'importe quel Arabe, qu'il soit jordanien, syrien ou... iraquien. Ton espionnite est ridicule. Envoie quelqu'un le chercher, exigea Abu Raïd d'une voix monotone, en regardant le sol à l'endroit où brillaient les chaussures lustrées du capitaine.

Une expression rogue et pincée remplaça la papelardise sur la figure de l'officier.

— Je n'ai pas d'ordre à recevoir de toi.

— Le Français et les deux autres, tout de suite.

Le capitaine eut un haut-le-corps.

— Quoi ? Mais je vais te faire arrêter.

Abu Raïd le dévisagea avec une sorte de compassion attristée et posa sa main droite sur la crosse de son revolver.

— Vas-y, ne te gêne pas, dit-il d'une voix lugubre.

Le capitaine se décomposa.

— Qu'attends-tu ? Fais-le donc, répéta Abu Raïd, et avant que tes hommes aient le temps de bouger, je te fais sauter la cervelle.

Le capitaine fixa le parabellum du chef fedayin d'un regard médusé. Il passa deux doigts dans le col de sa chemise et se frotta le cou comme s'il étouffait. Les soldats iraquiens témoins de la scène étaient loin de penser qu'ils devaient le secourir. L'ahurissement les avait, eux aussi, paralysés, et ils contemplaient Abu Raïd avec des yeux ronds comme des agates.

Derrière eux, sur la jeep, Mirzuk, discrètement, venait de faire sauter le cran de sûreté de la 12,7 dont il dirigea, d'un air affable, comme par inadvertance, le canon sur les troupiers. Ibrahim vint se placer près des chargeurs et Fayçal, en armant doucement sa Kalachnikov, fit signe à Yussuf de faire de même. Les sentinelles, qui n'avaient apparemment rien remarqué, leur sourirent niaisement et se penchèrent hors de leur guérite pour voir ce qui se passait derrière elles, sur l'allée bétonnée du jardin.

— Insensé, insensé ! suffoqua le capitaine, dont les yeux errèrent de la physionomie d'Abu Raïd à son colt, puis vers la jeep où Mirzuk, en sifflotant, venait de poser mollement les mains sur les poignées de la mitrailleuse.

— Ne te fais pas prier. Qu'on aille chercher le Français et les deux autres, le somma Abu Raïd, sur le même ton.

Le capitaine s'effondra :

— Va dire à Mejid de venir avec les trois fedayin, signifia-t-il d'une voix pointue à l'un de ses soldats.

Il alluma une cigarette et se mit à marcher de long en large devant Abu Raïd. Il devait s'en passer, des choses, dans la tête du capitaine. S'il ne se ressaisissait pas, il ne pourrait effacer de la mémoire de ses soldats l'affront qu'il venait d'essuyer. L'affaire s'ébruiterait, irait peut-être jusqu'au général. Mauvais… très mauvais cela… À force de réfléchir, il en vint à la conclusion qu'avec de l'ironie et du flegme, il pouvait encore sauver la face. Comme il avait naguère étudié à Londres, il croyait avoir des Anglais appris le comportement.

— Ne t'énerve pas, mon ami, dit-il avec onction, en cessant de déambuler et sans trop chercher les yeux d'Abu Raïd, lequel, d'ailleurs, ne s'énervait pas. C'est évident qu'ils sont innocents. J'allais les relâcher quand vous êtes arrivés.

Il tira sur sa cigarette et reprit, sarcastique :

— Dis-moi, est-ce toi qui formes ces fedayin ? Je souhaite que non, car si c'est avec des cuistres pareils que tu comptes affronter les Israéliens, je te plains de tout mon cœur. J'ai rarement rencontré plus lâche que ces deux-là.

Et, d'un geste, il désigna Abu Hatim et Ghassim, qui arrivaient avec Guevara et le caporal à tête de fouine.

Abu Raïd eut envie de lui rétorquer : « Oui, j'ai rencontré plus lâche : toi ! » Il ne le fit pas, retenu par la pensée des deux mille soldats cantonnés dans la combe voisine. Cependant il sourit, en imaginant la tête qu'eût faite l'officier devant cette sortie. Le capitaine prit ce sourire pour un aveu d'impuissance et essaya de pousser plus loin son avantage.

— Bah, rien ne vaut l'armée régulière, pérora-t-il. Vois nos hommes de troupe propres, disciplinés, corrects. Chez nous, ce grand idiot ébouriffé et ce petit gros qui empeste atrocement seraient vite ramenés à la raison. On ne s'improvise pas guerrier. Pour faire de bons soldats, il faut de bons officiers, ayant un sens élevé du devoir, de la discipline et de la correction… Le métier des armes, cela s'apprend, mon cher.

— Et c'est sans doute en affrontant les peshmerga de mollah Barzani que tu as appris le tien, persifla Abu Raïd, qui n'ignorait pas que l'armée iraquienne avait plusieurs fois été mise en complète déroute par les autonomistes kurdes du nord du pays.

Il se réjouit à voir se rembrunir la figure du capitaine et il ajouta, avant que celui-ci n'eût trouvé sa réplique (l'ironie et le flegme britanniques se révélant des armes bien difficiles à manier) :

— Eh bien, nous partons. Au revoir, capitaine, et merci de ta compréhension... Ah, j'allais oublier. Leurs armes, où sont-elles ?

Sans attendre l'ordre du capitaine, les deux troupiers qui les avaient confisquées rendirent leurs Kalachnikov aux trois fedayin.

Abu Raïd salua militairement, se retourna, passa son bras sur les épaules de Guevara et dit à Abu Hatim et Ghassim qui, terrassés par son regard et les avanies qu'ils avaient subies, baissaient piteusement la tête :

— Suivez-moi, vous deux.

Il marcha vers la jeep en lançant au passage des « Salâm » aux soldats qui ne bronchaient toujours pas et le regardaient avec déférence.

Sur le visage souffrant du capitaine, deux pupilles très noires tiraient à bout portant dans le dos d'Abu Raïd qui, franchissant le portail de l'état-major, rassurait Guevara :

— Ne te fais pas de souci, petit. Je sais que tu n'es pour rien dans ce qui est arrivé.

La première étoile s'allumait dans le ciel quand Fawzi, avec la même maîtrise qu'à l'aller, démarra. L'exercice d'embuscade nocturne débuta, comme prévu, à vingt-deux heures précises. Et les trois sections de marxistes arabes qui s'étaient mises à l'affût, des deux côtés de la piste de Samma et exactement face à face, s'exterminèrent réciproquement en tirant sur la pseudo-patrouille sioniste qu'elles venaient de surprendre.

— Et ça voulait combattre une division d'Iraquiens, claqua dans la nuit la voix implacable d'Abu Raïd. Si vous vous étiez trouvés de l'autre côté du Jourdain, avec de vraies balles, les Israéliens n'auraient eu qu'à se coucher par terre et à attendre tranquillement que vous ayez fini de vous massacrer les uns les autres. Ah, là, là ! Arriverai-je à faire de vous des guerriers ? Je me le demande !

Le lendemain, Yassim, qui allait au ravitaillement à Irbid, prit dans son Ford Abu Hatim et Ghassim, renvoyés du Front.

— Puisque c'est comme ça, nous irons au Fatah, jabota le coquelet, en grimpant dans le camion.

— Ou chez Habbache, grogna le goret. Là, au moins, on ne fera pas semblant de se battre.

— Si vous croyez qu'ils voudront de vous, dit Abu Raïd. Il n'y a pas de place pour des idiots de votre acabit dans la résistance. Peut-être chez Zaarur ou Saratawi : ces deux bourgeois ne sont pas exigeants avec les recrues. Allez, ouste. Et toi, pense au pain frais. Celui qui nous reste est dur comme du bois.

Chapitre IX

Ce lundi-là, Yussuf était de corvée d'eau. On aurait pu, certes, utiliser l'une des jeeps ou le Ford pour aller plus vite. Mais Abu Raïd et Abu Mansur qui pouvaient, à n'importe quel moment de la journée, avoir à se rendre d'urgence à Irbid, à Amman ou encore à Shunê, tenaient à ce que les véhicules demeurassent en permanence sous le chêne. Souhait pieux, car il fallait compter avec les multiples crevaisons ou pannes de moteur dues à la carence des chauffeurs, qui traitaient leurs voitures comme des chevaux, sans se soucier de l'usure ou de l'entretien, et aussi à un manque de pièces de rechange. Heureusement qu'il y avait à Irbid Seyid, le mécanicien « faiseur de miracles », qui, tout en vitupérant constamment la coupable négligence des conducteurs, rechapait les pneus, requinquait les soupapes, réactivait les pistons, ressuscitait les batteries, rabibochait les carrosseries avec du matériel de rebut. Sans lui, les deux jeeps auraient déjà rendu l'âme, ainsi que le vieux Ford, exclusivement réservé au transport de l'approvisionnement et des anciens faisant la navette entre Shunê et la base.

Voilà pourquoi un mulet avait son utilité. On pouvait en disposer à son aise, sans risque de panne ou de crevaison, et surtout il présentait bien d'autres avantages auxquels Abu Raïd était particulièrement sensible. Aller quérir de l'eau en voiture n'exigeait aucun effort. En quelques minutes à peine on aurait pu remplir les barils, et cela à discrétion. Ce liquide vital n'étant plus rare, la parcimonie que le commandant exigeait dans son utilisation serait apparue comme une mortification. Ce n'était pas le but recherché.

Les apprentis fedayin comprenaient qu'une existence trop facile aurait desservi leur cause. Comment feraient-ils, le jour où ils seraient bloqués derrière les lignes israéliennes, si on les habituait à voir arriver à heure fixe nourriture et boisson en suffisance ? Quand, repus de pain, de fromage et d'olives, ils avaient dû goûter aux serpents et aux crapauds, beaucoup avaient eu la nausée. Mais lorsque Abu Raïd les avait emmenés, deux jours durant, dans une gorge de l'oued Yarmouk, à la frontière de la Syrie, pour les entraîner au passage du fleuve (sous-entendu le Jourdain), en ayant comme par hasard oublié les provisions, ils ne firent pas les difficiles et dévorèrent à belles dents leur brochette de couleuvres grillées.

Il en allait de même pour l'eau. Elle pouvait un jour leur manquer, comme le pain, comme le fromage. Il fallait apprendre à l'économiser, à l'apprécier à sa juste valeur. C'est pour cette raison que, deux fois par jour seulement, un homme, menant par la longe Omar, le mulet chargé d'outres, se rendait à Samma.

Personne, au demeurant, ne considérait cela comme une corvée. On se serait plutôt battu pour être l'heureux élu qui, pendant trois ou quatre heures, allait quitter ce cloître qu'était la base et se replonger dans la vie des villageois jordaniens, libres de leur destin. C'était même une récompense, dont Abu Raïd gratifiait ceux qui, la veille, l'avaient particulièrement satisfait.

— Yussuf, ce lancer de grenades vaut une corvée d'eau. Laquelle veux-tu ? Celle du matin ou celle du soir ?

Du matin, bien sûr !

Fathi, le fils du mokhtar de Samma, l'attendait près du chêne d'en haut, sur Saïka, auquel il réclama ruades et caracoles pour fêter l'apparition de son ami qui, précédant Omar, gravissait la pente du ravin.

Yussuf n'oublierait pas ce lundi-là. Il ne s'était pratiquement rien passé, mais les moindres détails de cette succession de riens allaient se graver dans sa mémoire.

Il marchait vers Samma et, tout à côté de lui, entre les petites jambes de Fathi, Saïka sollicitait son jeune maître qui, trop heureux de donner libre cours à son intrépidité, poussa un cri strident. Instantanément, les forces disciplinées de l'étalon se débridèrent et tous deux disparurent derrière l'éminence qui se dressait entre la base et la bourgade. Pas pour longtemps. Les voici qui revenaient. Fathi, penché sur l'encolure de son cheval, le fit volter devant Omar et le lança à nouveau sur la piste.

À la droite de Yussuf, assez loin sur les hauteurs, des fellahs moissonnaient à la faux ou à la serpe, comme dans les temps anciens, leurs quelques arpents de blé dur, d'orge ou d'avoine, isthmes mouvants qui s'étiraient sur les glacis, les redents, les bosselures du djebel, entre rocs et graviers. Des vieillards coupaient les tiges des céréales que des enfants ramassaient à pleines brassées et couchaient en tas sur les chaumes pour les faire sécher. Sur d'autres parcelles déjà moissonnées, des femmes liaient les javelles en gerbes et les chargeaient sur le bât des ânes et des mulets ou sur le dos robuste de leurs filles et de leurs brus. Des colonnes hétéroclites, clopinant sous leur fardeau, comme des fourmis en migration, s'ébranlaient vers d'antiques aires de battage, places pavées et circulaires où des mules, tournant en rond indéfiniment, tiraient derrière elles des gamins assis dans des traîneaux de bois qui glissaient sur les épis pour en détacher les grains.

À gauche de la piste, évitant les épaulements et les plis, contournant failles et combes, s'étalaient les champs du mokhtar.

Ses moissonneuses tondaient les blés denses et lumineux, ce bon blé aux épis gonflés que l'eau des nappes phréatiques, pompée par des éoliennes, avait irrigué quand il le fallait. Métayers ou gagés hissaient les sacs sur des remorques, tout en observant du coin de l'œil leur père, mère, épouse, sœur ou fils — petits points noirs et mobiles — qui, là-haut, sur les parcelles teigneuses du djebel, récoltaient l'indispensable complément des salaires.

Yussuf sourit à Fathi qui ne cessait de galoper entre le bourg et lui.

— Allez, plus vite, plus vite ! Youpi ! s'écria-t-il pour exciter l'enfant.

Il contempla la trombe ocre qui semblait poursuivre le petit cavalier et sa monture et, progressivement, retourna à ses pensées. Il avait l'impression très nette de marcher sur la frontière séparant deux époques qui se côtoyaient sur le plateau : le vingtième siècle sur les terres nobiliaires, le Moyen Âge sur les rotures.

Ce soir, très certainement, les conducteurs de tracteur, les mécaniciens de la moissonneuse viendraient prêter main-forte à leur famille. Et ces hommes, qui maîtrisaient dans la journée la machinerie du mokhtar, referaient la même besogne avec l'anachronique outil des fellahs pauvres.

Yussuf croisait des charrettes guidées par des adolescents. Sur une aire où mules et traîneaux s'étaient arrêtés, dans la scintillante nuée de la balle qui les enveloppait, un groupe de femmes battait des poignées de blé contre les pavés pour en chasser les derniers grains.

Au faîte de la colline qui surplombait Samma, Yussuf tomba nez à nez avec Fathi, qui rebroussa chemin et imposa à Saïka un pas de promenade. Au bas de la pente, le bourg se déployait dans toute sa blancheur.

Fathi voyait Yussuf attarder son regard sur des choses sans importance. Elle n'avait absolument rien d'extraordinaire, la future maison d'oncle Yaqub, que construisaient encore les maçons. Les murs n'étaient pas terminés. Le toit restait à faire. Pourquoi son ami la contemplait-il ainsi ? Pourquoi examinait-il aussi attentivement les pierres et demandait-il à l'ouvrier qui les taillait :

— C'est du granit ?

— Oui. Il vient de Djerash.

— Alors, ça sera solide !

— Une villa comme celle-ci durera des siècles si les sionistes ne la bombardent pas... Seulement, ça coûte cher.

« Sûr que ça coûte cher, pensa Fathi. Mais pas pour l'oncle Yaqub. »

*

Le frère aîné de son père était riche, très riche. Les camions avaient fait sa fortune. Il avait commencé, quinze ans auparavant, avec un vieux Mercedes. Il en possédait aujourd'hui une vingtaine qui approvisionnaient Amman en fruits et légumes. Il achetait ceux-ci à bas prix aux paysans palestiniens de Cisjordanie pour les revendre fort cher aux détaillants de la capitale.

Il avait maugréé contre les fauteurs de troubles, l'oncle Yaqub, en juin 67... En quelques jours, son filon s'était tari. Ses camions, bloqués des deux côtés du Jourdain, ne lui rapportaient plus. Il allait être ruiné. Il le disait à qui voulait l'entendre et maudissait Nasser, « cet orgueilleux qui clabaude comme un chiot et croit rugir comme un lion ».

Mais il avait des relations puissantes, l'oncle Yaqub, dans l'entourage du roi et, qui sait, peut-être même chez les sionistes. Un mois seulement après la guerre, les barrières du pont Hussein se rouvrirent pour ses camions.

Il prétendait que l'accord entre Jordaniens et Israéliens qui lui avait permis de reprendre son commerce arrangeait tout le monde. Amman ne pouvait se passer de la production maraîchère des Cisjordaniens que les Israéliens, de leur côté, ne tenaient pas à absorber sur leur propre marché.

Cela avait énormément surpris Fathi d'apprendre qu'en Palestine, en effet, la tomate arabe valait trois ou quatre fois moins cher qu'une tomate juive.

« Tout est question de proportion, neveu. Le paysan arabe vaut là-bas trois ou quatre fois moins cher que le paysan juif du kibboutz », lui avait cyniquement expliqué oncle Yaqub qui, depuis, excipant des risques encourus par ses camions et ses chauffeurs, en avait profité pour augmenter sa marge bénéficiaire. Les légumes avaient presque doublé sur le bazar d'Amman, ainsi que les avoirs de l'oncle qui, en secret, appréciait cette situation nouvelle, source de prospérité.

Ses véhicules roulaient maintenant avec deux plaques minéralogiques, l'une rédigée en arabe pour le territoire jordanien, l'autre en hébreu, que l'on fixait au-dessus de la première, une fois le pont franchi sous l'œil défiant des sentinelles israéliennes, que les chauffeurs avaient ordre de saluer courtoisement. L'opération faite, les camions pouvaient circuler sans problème en Cisjordanie occupée, et l'oncle les suivait au volant de sa Mercedes jaune. Il n'avait confiance en personne et tenait à aller traiter lui-même avec les fellahs, qui, il se plaisait à le dire, le redoutaient. Il ne transigeait jamais et était parfaitement insensible aux traditionnelles jérémiades des marchandages arabes. « C'est ça ou rien » était en affaires sa formule favorite et Fathi, qui ne l'aimait pas, le surnommait ainsi.

« Ça ou rien » habitait à Amman, dans un « palais » de marbre, possédait un immeuble à Jérusalem et, à Samma, son village natal, trois métairies qu'il avait héritées du grand-père et que le père de Fathi administrait en plus de son domaine.

*

— C'est la future villa de « Ça ou rien », dit Fathi.
Yussuf le regarda.
— Qui est « Ça ou rien » ?
— C'est mon oncle Yaqub.
L'enfant raconta ce à quoi il avait songé pendant que Yussuf discutait avec le tailleur de pierres. Son récit terminé, il ajouta :
— Il n'aime pas les Palestiniens, l'oncle « Ça ou rien », ces « calamiteux », ces « mendiants », comme il dit.
— Bien sûr, approuva Yussuf, d'un ton acerbe. Il a peur pour ses dinars.
Fathi se tut, en se disant que Yussuf, ce matin-là, n'était pas le copain qui plaisantait sans cesse avec lui pendant ses tours de garde, mais plutôt celui qui, une fois, en pointant un doigt vers les hauteurs qui se profilaient au-dessus de la faille, avait murmuré :
— Jaffa est là-bas, derrière... Jaffa... tu connais ?

145

Quels mots avait trouvés ce Yussuf-là, quand il lui avait répondu « non » ! Des mots qui l'avaient emporté, lui, le fils du mokhtar de Samma, par-delà les montagnes et les vallées, dans les souks ombragés d'une ville merveilleuse, au milieu d'un amoncellement d'oranges grosses comme les deux poings, dans les vergers où l'abondance des fruits faisait ployer les branches des arbres, sur les plages de sable fin, et enfin à la terrasse d'une grande bâtisse, au faîte d'une colline d'où l'on découvrait d'un seul regard le plus beau paysage du monde. Et Fathi qui ne connaissait pas la mer, qui n'avait presque pas entendu parler de Jaffa, avait vu parfaitement la ville, la Méditerranée, les orangeraies…

À la fin de son récit, Yussuf s'était aperçu qu'il venait de rêver comme lorsqu'il était un gamin et de décrire une ville qu'il n'avait jamais vue. Pis encore, il n'avait pas un instant douté de ce qu'il disait et s'était vautré dans la mythologie de sa prime jeunesse avec une félicité déchirante. La colère l'avait emporté, et d'un ton presque agressif, il s'était écrié :

— Tout ce que je viens de te dire n'est que mensonges… Il ne faut pas me croire. Je ne connais pas Jaffa !

— Moi, je les aime bien, tes mensonges, avait répondu l'enfant.

*

Ils avançaient en silence dans les rues de Samma. Fathi tirait sur la bride de Saïka. Yussuf, qu'Omar suivait toujours de son pas débonnaire, s'abandonnait intégralement à ce plaisir des sens dont il avait été sevré pendant plus de deux mois. Le fils du mokhtar ne pouvait pas comprendre cela. Son village lui était bien trop familier pour qu'il le

146

découvrît. Seuls un événement insolite, un visage, un bruit, un parfum inhabituels auraient pu l'intriguer. Mais la banalité d'un jour comme les autres le laissait insensible.

Normale était pour lui la tiède bouffée de pain brûlant qui, sortant de l'échoppe de Rashid le boulanger, affriolait Yussuf. Normales aussi les odeurs mêlées de fenil, de suint et de lait aigre qui rappelaient tant la bicoque d'Hassan al Qassim, le fromager. Journalier, le pépiement d'oiseaux dans les enclos et le caquetage des volailles qui se confondaient avec le babil des nourrissons, se glissant dans la rue par les résilles des fenêtres.

Était-ce bien à trois kilomètres qu'on lançait des grenades, tirait à la Kalachnikov, qu'on apprenait à égorger, qu'on rampait sous les barbelés, qu'on se nourrissait de pain sec, de fromage rance, d'olives moisies et, quelquefois, de serpents ou de grenouilles ?

Il n'y avait pas de place pour les gourbis en tôle dans cet assemblage ordonné de maisons en granit ou en pierre taillée. Pas de place pour l'errance dans ce village soudé à la roche qui clôturait jalousement ses cours. Ils passèrent devant deux façades évidées qui blessaient l'harmonieux déploiement du bourg, et que les terrassiers achevaient de démolir.

— Les Mirage, dit Fathi. Ils cherchaient votre base. Ne l'ayant pas trouvée, ils ont bombardé et mitraillé Samma.

— Quand ?

— Juste avant que vous, les nouveaux, vous arriviez.

— Et qu'ont pensé les gens d'ici ?

— Que c'était votre faute. Qu'ils n'avaient plus la paix depuis que les fedayin s'étaient installés à côté de chez eux.

La paix… Eh oui… Que peut-on espérer d'autre quand on a sa maison, sa terre, son village ? La paix, peut-être les habitants de Samma y avaient-ils droit. Néanmoins, pour que leur quiétude fût préservée, les fedayin devaient-ils cesser leurs activités et retourner croupir dans les camps ?

Yussuf se mit à chantonner.

Cette corvée d'eau le soustrayait aux activités de la base, non à son emprise. Sa pensée ne quittait pas la faille. Seulement, au lieu d'être dedans, elle s'élevait pour une fois au-dessus d'elle et lui montrait son double qui poussait des cris féroces en portant à Boutros, Kayser, Sami, Mahmud ou Hanna des prises vraiment étonnantes ; son double qui, lui-même, tombait lourdement sur le sol et se redressait en se tenant les reins, qui rampait en grognant sous la mitraille, qui lisait Marx et Lénine, parlait de politique avec Latifah, graissait minutieusement sa Kalachnikov, jouait le soir avec ses cinq meilleurs amis (« la bande » les appelait-on, tant ils étaient inséparables) ; un double qui s'était parfaitement intégré à sa nouvelle vie et qui, malgré ses amusements et ses rires, lui semblait sérieux, sérieux… un double qui le surprenait.

Grand, en tout cas aussi grand qu'Abu Mansur, qui n'était pas petit, il manquait juste d'un peu de largeur, ce qui le faisait paraître plus maigre qu'il n'était, presque filiforme, et lui donnait cette allure dégingandée des adolescents précoces. Physiquement aussi il changeait vite, si vite qu'il avait du mal à se reconnaître. Il sentait ses muscles se durcir et gonfler sous sa peau, ses chairs s'épaissir sur ses os et s'en aller la minceur chétive de son enfance.

Sa pilosité était déjà celle d'un adulte. Le poil dru de sa barbe, pourtant rasée chaque matin, bleuissait son menton. Ses camarades trouvaient qu'il avait l'air beaucoup plus vieux que son âge et lui-même avait l'impression, en deux mois, d'avoir vieilli d'au moins cinq ans.

Dans cette grande rue courbe bordée de façades blanches, d'enclos et d'arbres poussiéreux, qui contournait Samma et ses labyrinthiques ruelles, il avait l'esprit limpide, comme décanté par cette promenade matinale, par cette évasion qui le plaçait sensiblement dans la situation d'un acteur de cinéma assistant à la première du film qu'il vient de terminer et qui, tout en découvrant l'intégralité de son rôle, se regarde jouer, sans se trouver autrement concerné par le personnage de l'écran que, pourtant, il a incarné. Il ne se souvenait pas d'avoir auparavant atteint ce détachement, ce calme intérieur qui aiguisait son sens critique. Spectateur de lui-même, il se jugeait sans complaisance, sans la moindre amertume, parfois avec un heureux étonnement.

Abu Mansur restait moralement son maître. Il le restait non parce qu'il était le plus intelligent, le plus habile, que politiquement il avait toujours raison, mais parce qu'il ne faisait rien remarquer de tout cela dans ses relations humaines, savait écouter ses militants et s'effacer, quand c'était nécessaire ou utile.

Ce qui les rapprochait tous deux n'était pas, à proprement parler, de l'affection ; plutôt une sympathie de l'esprit. Il suffisait que Yussuf parle pour lire de l'approbation dans le regard du prof. Et ce que disait Abu Mansur était toujours clair pour Yussuf qui le comprenait à demi-mot.

— À quoi penses-tu donc pour avoir l'air si absorbé ?

— Quoi ? Ça alors, tu te rends compte, j'étais déjà retourné sur la base.

— Regarde plutôt les jolies moukères. Et pas de trop près, si tu ne veux pas te faire plomber les fesses, lâcha

149

Fathi, étonnamment égrillard pour un gamin de douze ans.

En souriant, Yussuf suivit le conseil de l'enfant et s'amusa à observer les filles. Une en particulier. Elle était toute vêtue de jaune, du fichu au seroual bouffant, en passant par l'ample robe qui cachait ses formes. C'était le jaune du tournesol quand il se déploie au soleil, un jaune qui valorisait la blancheur de ses mains, le noir de ses yeux, un jaune qui lui allait bien. Elle étendait du linge sur le séchoir d'un enclos.

Yussuf s'arrêta pour admirer la mobilité de ses doigts qui, de temps en temps, pianotaient sur le fil. Elle disparut derrière une haie de draps qu'elle venait d'étaler. Il allait poursuivre son chemin, un peu déçu, quand il découvrit qu'elle aussi le regardait, à la dérobée, d'un œil vif et malicieux, qui se mussait parmi le linge accroché au séchoir, et il rougit.

Elle devait avoir seize ans, peut-être moins. Comment savoir, avec ces jeunes filles qui s'épanouissent bien avant l'âge nubile et se flétrissent peu après leur mariage, avant d'avoir mûri ?

Yussuf se rapprocha de l'enclos. Il aurait voulu engager la conversation, connaître ce que pensait une jolie villageoise que son père avait très bien pu fiancer sans l'en informer encore à un quelconque notable trois fois plus vieux qu'elle et déjà pourvu de quatre ou cinq femmes... le père de Fathi, par exemple. Que dirait-elle à l'idée de passer sa nuit de noces avec un gros homme ventripotent et rébarbatif, puis de vivre cloîtrée dans un harem, parmi d'autres femmes déjà aigries et jalouses de sa jeunesse ?

Et encore, un notable était bien le meilleur parti qu'elle pût espérer. Elle aurait des servantes, un hammam, des parfums, et ses mains resteraient blanches. Si son promis était un chevrier ou un fellah, suffisamment riche pour l'acquérir mais pas assez pour l'entretenir, elle deviendrait son esclave, au lit comme à l'ouvrage, sa bête de somme, sa chose ! Le savait-elle ?

La jeune fille réapparut, secoua une keffié avant de l'étendre. Un sourire creusait deux fossettes sur ses joues. Il se l'imagina à trente ans, au mieux grasse, flasque et blanchâtre, gorgée de loukoums et de baklavas, au pire fripée et usée par le labeur et les grossesses.

Il voulut se rapprocher pour de bon, lui parler. Il ne le fit pas. Un mur infrangible se dressait entre lui et elle, et qui n'était pas celui de l'enclos. Un mur dont la tradition était le ciment, l'interdit la pierre de taille. Il haussa les épaules en signe d'impuissance et crut voir, avant que la façade d'une maison ne la lui cachât, qu'elle avait fait de même.

Les habitations se raréfiaient. Bientôt, il n'y eut devant eux que la route sinuant entre les escarpements rocheux, parsemés de térébinthes, de caroubiers et de chardons, en direction des falaises du Jourdain qu'elle dévalerait jusqu'à Shunê. Ils obliquèrent vers le centre d'une esplanade pelée où s'élevait le chadouf du puits communal.

— Hier, c'était jour de marché. À la même heure, il y avait foule ici, dit Fathi en mettant pied à terre.

— Dommage, j'arrive trop tard, regretta Yussuf, en observant la place déserte, au sol crayeux.

À droite se trouvaient les dernières maisons du bourg et, à gauche, l'un des hauts murs qui ceinturaient le parc d'une demeure bourgeoise perchée sur un promontoire isolé, avançant comme un éperon dans l'échancrure de la faille, laquelle, plus importante que celle de la base, s'étirait juste derrière Samma. Parmi les cimes des arbres émergeait, comme une tour massive, la bâtisse et sa terrasse crénelée. Elle parut étrangement familière à Yussuf. En face, l'esplanade s'arrêtait au bord de la faille dont il ne distinguait que le versant opposé.

Il débâta Omar et posa les outres par terre. Fathi fit basculer le chadouf et le seau de caoutchouc qui pendait à son extrémité descendit dans le puits.

Le mulet, à la recherche de quelque touffe d'herbe, renifla les pierres brûlantes du sol et les poussa une à une, avec son mufle, en soufflant.

— Qui habite là ? demanda Yussuf en indiquant du doigt la demeure bourgeoise.

— Tu ne le savais pas ? Mon père, ma famille, quoi.

— Comment l'aurais-je su ? Tu n'as pas peur qu'il te voie avec moi, ton père ?

— Bah ! Aujourd'hui il est allé à Amman pour affaires.

Fathi tendit le seau à Yussuf, qui but, dégusta l'eau presque glacée. C'était la même que celle de la base, mais ici elle n'avait pas cette tiédeur croupie, ce goût de métal que lui donnaient les barils. Elle conservait toute sa pureté souterraine, cette saveur presque râpeuse des rocs et minéraux qui l'avaient drainée jusqu'à ce puits, mêlée à la douceur du grès et de l'argile qui la maintenaient captive. Il rendit en haletant le seau à Fathi, qui abreuva Saïka.

— Où est donc passé Omar ? s'inquiéta soudain Yussuf, qui ne le voyait nulle part sur l'esplanade.

À force de renifler les pierres, le mulet avait fini par dénicher des chardons, aux fleurs bleu acier, le long du mur parallèle à la route de Shunê, où se situait le portail d'accès à la propriété du mokhtar. Interrompu en plein régal, Omar se montra entêté.

— Maudite bête, grogna le jeune fedayin.

152

— Comment peux-tu lui en vouloir ? gouailla Fathi.
N'est-ce pas un mulet marxiste qui refuse l'exploitation de
la bête par l'homme ?

*

La corvée tirait à sa fin. Les outres tendues entouraient
les flancs d'Omar, comme une bouée, et Yussuf allait
reprendre le chemin de la base quand Fathi lui dit :
— Tu crois connaître Samma. Tu n'as pas vu le plus
beau : ses jardins. Les vieux du bourg racontent qu'Allah,
dans les temps anciens, fit cadeau aux villageois d'une parcelle de ses jardins célestes pour les récompenser de leur
foi.
— Où sont-ils donc ?
— Là-bas, cachés dans le ravin, au pied de la maison
de mon père. Veux-tu venir les voir ? C'est plein de figues
de Barbarie.
Yussuf se sentait bien avec Fathi, qui lui communiquait
un peu de son optimisme et de son insouciance. Il se
demanda quel aurait été son caractère si, comme lui, il était
né dans un camp et en arriva à la conclusion que Fathi en
haillons, Fathi sans cheval serait toujours le même : un
enfant qui ne ferait pas pitié, qui rayonnerait dans la pau-
vreté, comme il rayonnait dans la richesse.
La matinée n'était pas très avancée et il avait envie, tout
à coup, de musarder un peu.
Ils s'approchèrent du mur qui clôturait la propriété du
mokhtar et le longèrent jusqu'au ravin. Là, un chemin
muletier s'enfonçait quelques mètres plus bas sous une
voûte de ramure.
Yussuf s'arrêta un instant. Une profusion d'arbres de
toutes espèces, sur les pentes, formait une tache mouton-

153

neuse d'un vert miroitant d'où jaillissaient, çà et là, les larges raquettes jaunes des nopals.

Cette tache ronde se raccordait à une frange de saules qui escortaient le thalweg jusqu'à l'autre extrémité de la faille. Elle s'y raccordait comme une fleur à sa tige. Une mince tige frémissante ayant l'air de ployer sous le poids des vergers qu'elle semblait avoir fait éclore, sous le poids de cette grande fleur verte, blottie au flanc du ravin et que cernaient de toutes parts la rocaille cendrée, les parois pouilleuses bardées de plaques de schiste plombées par la puissance du soleil qui écrasait maintenant Samma, broyait les aires arides du plateau, se réfractait sur les cristaux de roche.

Ils pénétrèrent sous les frondaisons. Des pinceaux de jour brillaient comme de l'or, dansaient dans la pénombre bleutée, une pénombre chargée d'arômes. Les odeurs ne se mélangeaient pas. Elles stagnaient autour des arbres ou des plantes, piquantes et amères au-dessus des menthes et des orties qui grésillaient le long des murets, sirupeuses sous les pêchers et les abricotiers, âpres, presque revêches sous les citronniers et les orangers aux fruits encore verts, musquées près des nopals, aigrelettes sous les noyers, capiteuses autour des lis et des roses fleurissant les bords herbeux des ruisseaux qui se ramifiaient pour irriguer les jardins.

Yussuf écoutait le vrombissement des frelons, le zézaiement laborieux des guêpes et des abeilles qui, s'étant fait happer par les effluves, tournoyaient comme des prisonniers, se posaient lourdement sur les nourritures offertes.

Les couleurs, comme les odeurs, dans l'ombre, prenaient sur les végétaux un éclat si dense, des teintes si profondes, qu'elles leur donnaient une apparence de solidité. Yussuf admirait ces roses de satin grenat, ces lis transparents de porcelaine, ces tomates polies dans le cinabre, ces poivrons, aubergines et concombres vernissés, ces grenades éclatées aux pépins de rubis, ces pêches et abricots de nacre. Près de lui, Fathi aussi était captivé par les sortilèges de la lumière.

Dans les vergers, les ruisseaux clapotaient accompagnés par les jacassements de perruches agitées qui voletaient de branche en branche.

Qu'avaient donc Fathi et Yussuf pour sursauter ainsi à l'approche de deux soldats iraquiens, montés sur des mules rousses qui faisaient rouler sous leurs sabots les cailloux du chemin ?

Deux soldats iraquiens qui parlaient fort, riaient plus fort encore...

Deux soldats iraquiens vraiment irritants, avec de sales figures obliques...

Deux soldats iraquiens qui les saluaient gaiement...

Deux braves paysans de Mésopotamie, plutôt aimables...

— Salâm.

— Salâm.

Deux soldats iraquiens qui montaient vers Samma...

— Que font-ils ici, ces deux-là ? interrogea Yussuf, quand ils se furent suffisamment éloignés.

— Ils dépendent de la division de Tajiba. Il y a une section ici. Son poste est dans cette baraque, là-bas, sous les arbres presque au fond de la faille. Tu sais, ce sont de drôles de gens. Ils font ça avec leurs mules.

— Ils font quoi... ça ?

— Eh bien, ils les prennent comme des femmes.

— Pas possible !

— Si, si. Un jour j'en ai surpris deux, la culotte baissée... Ils étaient montés sur des pierres, pour être à la bonne hauteur...

— Ah, les porcs ! Ah, les salauds ! s'esclaffa Yussuf.

Ils rirent tous deux, ils rirent aux larmes en songeant aux deux Iraquiens et à leur comique posture.

— Qu'ont-ils fait quand ils t'ont vu ?

— Ils ont remonté leur pantalon et se sont sauvés...

Ils s'arrêtèrent près d'une haie de nopals, nouèrent la bride de Saïka et la longe d'Omar à deux troncs d'arbres, sortirent leurs canifs et détachèrent prudemment les figues de Barbarie à l'écorce piquante des raquettes cactées qui les portaient. Quand ils en eurent amassé un tas respectable, ils se tapirent dans l'angle d'un muret, épluchèrent les fruits et les mangèrent.

Chapitre X

L'animation que connut le plateau pendant les moissons allait s'éteindre en un jour, et avec elle les chants des fellahs, le frappement de la batteuse, le grincement des charrois, le ronflement des camions qui transportaient les sacs de blé du mokhtar de Samma.

Sur l'ordre des Abu, un matin, deux sections de fedayin allèrent aider les familles qui moissonnaient sur les djebels à faucher, à coltiner les gerbes et à battre le grain.

— Vous savez que le mokhtar, le mollah et toutes les autorités jordaniennes s'ingénient à ternir notre réputation. Donc, faites bien attention. Évitez toute conversation politique, avait conseillé le prof. Notre but n'est pas, dans l'immédiat, de convertir les villageois jordaniens au marxisme, mais de nous rapprocher d'eux et, si possible, de nous faire accepter tels que nous sommes.

Les fellahs s'étaient montrés peu empressés à accepter l'assistance qui leur était proposée. S'ils avaient osé, ils l'auraient refusée, pour ne pas se compromettre. Abu Mansur, par un petit discours improvisé sur la fraternité, vint à bout de leurs réticences, pas de leur réserve. Ils demeuraient distants, peu loquaces avec les jeunes fedayin qui, pourtant, ne se ménageaient pas et s'attelaient à la besogne comme s'il s'agissait de leur propre récolte. À quatorze heures, la troisième section monta en renfort.

Masood, qui avait apporté avec lui son poste à transistors, capta Le Caire et la providence le fit tomber sur Oum Khalsoum, la chanteuse égyptienne adulée de Marrakech à Bagdad, de Beyrouth à Médine.

Cette voix un peu rauque, pathétique, charnelle prenait aux tripes et, par ses paroles dix fois, vingt fois répétées sur le même thème musical, s'ancrait dans les cœurs, qui aimaient, riaient, souffraient, pleuraient comme elle, le temps d'une chanson et même un peu après.

Nasser ne se trompait pas en se faisant précéder par elle lors de ses discours radiodiffusés. Quand la diva se taisait, il pouvait, parlant de l'unité arabe, faire rêver des millions d'hommes. L'unité existait potentiellement à ces moments-là, et c'était Oum Khalsoum, malgré son âge avancé, ses rides, son maquillage outrancier et la difformité de son corps envahi par la graisse, qui l'avait faite, le temps d'une chanson, et même un peu après…

Sur le plateau de Samma, la chanteuse abolit les frontières entre fedayin et fellahs. L'alacrité de son refrain délia toutes les langues. Jusqu'au coucher du soleil, elle régna. Quelques femmes, qui s'en étaient retournées au village dans la journée, se présentèrent avec des couffins remplis de fruits, de pain, de fromage, d'olives.

— Partageons ce goûter, dit un vieil homme. Ce n'est pas grand-chose. Nous n'avons rien de mieux à offrir.

Fedayin et fellahs s'accroupirent en cercle pour de brèves agapes, puis, à pied, dans des tombereaux, à dos d'âne, les villageois s'en revinrent à Samma en fredonnant les airs de la journée.

Après les moissons, les troupeaux de moutons et de chèvres hantèrent les éteules. Sur les djebels, quand cessait l'intermittent roulement de la canonnade nocturne, qui ne déformait plus les rêves, on entendait tintinnabuler les bélières, aboyer les chiens, siffler les bergers et, dans cette pastorale rumeur qui effaçait la guerre, la base s'éveillait.

Abu Raïd sortait de sa tente, et sa voix résonnait dans la faille.

— Allez, debout là-dedans !

Les fedayin remuaient vaguement sous leurs couvertures humides de rosée.

Au deuxième « Debout, là-dedans », enrichi de « Bande de fainéants », qui survenait après que le commandant se fut rasé, ils s'asseyaient en renaudant et frottaient leurs yeux aveuglés par la lumière du matin qui s'était levé plus vite qu'eux. Ils bâillaient, s'étiraient, faisaient craquer leurs articulations engourdies et attendaient placidement la troisième et dernière semonce d'Abu Raïd, un « Allez, grouillez-vous, bon Dieu ! » qui les jetait hors de leurs couvertures.

Et débutait une journée pareille à celle de la veille. Gymnastique, toilette, petit déjeuner, entraînement, instruction politique, déjeuner, sieste, entraînement, instruction politique, nettoyage et graissage des armes, dîner, quartier libre, coucher et, de plus en plus fréquemment, exercice de nuit.

Ainsi, des semaines s'étaient écoulées qui n'avaient pas laissé place à la monotonie ou à la joie. Le programme d'instruction avait fini par imposer ses horaires aux corps et aux esprits. Dans les temps morts, la fatigue empêchait tout effort physique ou intellectuel superflu. On ne discutaillait plus, on ne jouait plus, on ne pensait plus. On récupérait, on reprenait son souffle, pour se retrouver dispos au bon moment.

Cette nécessaire discipline nivelait les humeurs et les caractères. On n'avait plus l'agrément d'être soi-même, on était un guerrier, un militant, et, le reste du temps, un homme affamé ou épuisé, qui n'aspire qu'à manger ou dormir.

L'ambiance générale était liée au programme : recueillie pendant les cours, électrisée à l'entraînement, calme et détendue au repos. On eût dit qu'Abu Raïd était parvenu à imposer son laconisme à ses cent cinquante élèves, bien trop recrus pour songer, même une seconde, à leurs problèmes intimes. Les auto-accusations avaient disparu des séances d'autocritique. De quoi aurait-on pu s'accuser ? Même les rêves ne s'évadaient plus de la base, comme si le subconscient de chacun n'avait, lui aussi, plus assez de force pour escalader les ravins de la faille et s'envoler vers les camps ou les villes, folâtrer autour des visages aimés ou haïs laissés derrière soi. Les souvenirs antérieurs à l'arrivée des apprentis fedayin sur le plateau de Samma paraissaient issus d'une autre vie. Le passé qu'on évoquait volontiers était vieux de quinze jours, un mois, deux mois au maximum. On reparlait quelquefois du face à face entre Abu Raïd et le capitaine iraquien, comme d'un événement très lointain. On croyait connaître Guevara depuis toujours, et s'il n'avait pas été là pour en attester l'authenticité, on se serait demandé si la visite des Françaises n'avait pas été le fait d'une hallucination collective.

Ainsi s'étaient écoulés les jours, les semaines. Les nuits fraîchirent, devinrent d'une telle pureté que les étoiles parurent se rapprocher de la terre, en pointillant d'un éclat plus vif les attelages et les chariots de leurs constellations. Les frileux se réfugièrent pour dormir dans les cavernes mal aérées, bientôt saturées par l'aigre remugle qu'exhalent au repos les corps fourbus.

Yussuf et ses cinq amis, serrés l'un contre l'autre, préféraient avoir pour toit ce ciel décapé des nuits d'automne qui inondait leurs yeux grands ouverts. Dans l'engourdissement précédant le sommeil, la pesanteur les quittait, et les grondements des canons s'adoucissaient jusqu'à n'être plus que de lents mugissements parcourant par instants le vide sidéral.

À l'aube, le tintement des bélières, vibrant dans la limpidité de l'air, ramenait les dormeurs sur la terre qui les plaquait contre elle comme un aimant, dans la léthargie de la somnolence. Impossible de se mouvoir... et d'ailleurs, à quoi bon ? Ils se sentaient lourds, mous et inutiles comme des méduses échouées au bord des plages, comme si leurs os, leurs muscles et leur volonté avaient fondu durant leur sommeil, et ils se trouvaient si bien dans cet état de gélatineuse pesanteur et d'aboulie qu'ils n'aspiraient qu'à le prolonger.

La voix d'Abu Raïd les fouettait et leur subconscient fabriquait un réveil anticipé, en tout point semblable au vrai, qui avait lieu quelques minutes plus tard.

Le « Debout là-dedans, bande de fainéants ! » que le commandant lançait en humectant son visage frais rasé, sous le chêne d'en haut, les réveillait réellement, mais qu'il était dur de soulever sa couverture et de prendre en pleine face le coup de flash du jour.

Leurs regards s'ouvraient enfin sur les monts de Palestine émergeant comme un archipel au-dessus des brumes de lait que la chaleur dissipait déjà. La journée commençait.

*

Survinrent, à l'un de ces réveils, des remous inusités qui tenaient du séisme. Les bélières tintaient à peine. Abu Raïd ne s'était pas encore manifesté. Chacun se crut sous l'emprise d'un rêve qui, débutant mal, se terminerait en cauchemar et le ferait jaillir, pantelant, hors de ses couvertures.

— Les Mirage ! Ne bougez pas. Restez où vous êtes... hurla le commandant.

Dans les grottes, les frileux se massèrent près des orifices. Yussuf, Hanna, Boutros, Kayser, Sami, Mahmud et les quelques autres qui couchaient à l'extérieur observèrent avec anxiété le ciel sans nuages, étranger à l'orage hors nature qui secouait la faille ; ce ciel qui de toute évidence ne s'obscurcirait pas et présiderait, comme il était prévu, à une belle, à une radieuse journée.

La tempête se déchaînait et son effroyable vacarme se répandait sur le plateau. Il paraissait ne provenir de nulle part. La terre tremblait, l'air palpitait, sifflait, rugissait, sous ce ciel désespérément bleu.

Où étaient les Mirage ? Que bombardaient-ils ? Yussuf aurait voulu se lever, pour accroître son champ visuel. Voir ! Ne pas demeurer ainsi prostré, comme un animal apeuré. Ne pas se laisser surprendre par une mort possible dans cette attitude d'impuissance.

Courir près du chêne d'en haut où l'on avait une vue panoramique du plateau... Les ordres étaient formels : ne pas bouger... attendre...

Comment parer les assauts de ces guerriers supersoniques, confortablement assis dans leur armure volante, qui matraquaient, cognaient, tuaient, par écran de radar, téléguidage interposé, et jugeaient leurs exploits d'après les films de leurs cinémitrailleuses ? Des films propres qui leur montreraient des déflagrations s'étalant en pourpres et fumeuses corolles sur de petits cubes blancs. Des maisons ? Non, des objectifs !

Que ne pouvait-on tirer sur ces avions invisibles ! Yussuf se colla très fort contre le sol. Exactement au-dessus de la faille, un, deux, trois Mirage se penchèrent sur l'aile, virèrent, disparurent derrière la crête du ravin. Leurs mitrailleuses entrèrent dans le charivari, peaufinèrent l'œuvre de destruction, en ourlant les ruines d'impacts, en poursuivant de leur meurtrière broderie les petites choses animées qui fuyaient.

Rugissements. Virages. Ils cueillaient en passant le soleil sur leurs ailes, étincelaient comme du vif-argent et plongeaient en crachant des flammes.

Ah, que Yussuf aurait aimé les voir se désintégrer, s'abattre en débris, ces oiseaux de malheur ! Sur-le-champ, il aurait donné dix ans de sa vie pour avoir vivants au bout de sa Kalachnikov les trois hommes qui volaient là-dedans, ces trois insaisissables pilotes qui, dans quelques minutes, s'installeraient devant un petit déjeuner copieux, au mess de leur base, qu'ils n'avaient pas vraiment quittée, avec laquelle ils communiquaient par radio et où, déjà, l'on dégageait la piste pour leur atterrissage. Ils passaient sur la faille et, probablement, là-bas, le café fumait dans leur bol, le serveur guettait la porte, comme s'ils allaient rentrer d'une minute à l'autre… Et ils rentreraient d'une minute à l'autre. À l'idée d'une telle ubiquité, s'accentua son sentiment d'impuissance.

Rugissements. Virages. Ne pas bouger : plus facile à dire qu'à faire, quand on se trouve sur le dos, alignés à mi-pente, comme des cibles sous de tels engins. Yussuf avait beau se persuader que de là-haut lui et ses camarades n'étaient pas plus gros que des fourmis et qu'un Mirage n'était qu'une machine aveugle aux mains d'un homme se fiant plus à son altimètre et à ses instruments électroniques qu'à sa vue rendue défectueuse par la vitesse, son ventre se nouait quand même. Il s'en voulut, jusqu'à ce qu'il découvrît que la peur révulsait presque les yeux de Boutros et de Mahmud allongés près de lui. Ne pouvant voir son propre visage, il se crut plus courageux qu'eux et, avec une sollicitude toute fraternelle, chercha à les rassurer :

— Encore un passage et vous verrez : ces chiens de pilotes foutront le camp.

Il eût mieux fait de se taire. Cette voix tremblante, étrangère à lui-même, au lieu de rassurer, laissait présager l'ensevelissement imminent. Mahmud et Boutros le regardèrent avec une réprobation angoissée. Il s'en détourna. Au sommet du ravin, près des tentes des Abu, camouflées par le feuillage de l'olivier solitaire, quatre semelles de Pataugas, groupées deux par deux, tenaient des apartés, s'inclinaient poliment, avaient des oscillations dénégatoires. Le prof et le commandant, à en juger par leurs pieds, divergeaient sur un certain nombre d'avis. À plat ventre, bien abrités, ils étaient là-haut aux premières loges pour observer le déroulement de l'attaque.

Que faisaient donc les DCA, la chasse jordanienne, les artilleurs iraquiens de Tajiba ? L'ennemi disposait du ciel en maître absolu, agissait impunément, sans observer la moindre prudence, comme à l'entraînement. Après chaque mitraillage, les pilotes exécutaient d'audacieuses ressources qui les projetaient haut dans les airs et, avant de se pencher et de piquer droit sur leurs cibles, ils se livraient à quelques galipettes acrobatiques, comme s'ils voulaient montrer à ceux qu'ils allaient tuer les virtuoses qu'ils étaient.

Rugissements. Virages. Et toujours ces longues, ces interminables rafales.

De sourds aboiements répondirent enfin aux harcèlements de l'ennemi. Rien à voir avec le bruit de marteau-pilon de la Flak jordanienne, étrangement muette. Ce devait être la DCA portative soviétique des gars du Fatah stationnés à Koufr Assad.

En explosant, les balles mouchetaient le ciel de pâtés noirs. Il aurait fallu autre chose que ces inoffensifs crachats pour inquiéter les trois Mirage qui repassaient au-dessus de la faille.

Pourquoi n'attaquaient-ils pas le cantonnement iraquien de Tajiba ? Pourquoi piquaient-ils toujours vers la droite ? Il y avait bien quelques postes jordaniens disséminés sur le plateau, mais ceux-ci n'eussent pas poussé la prudence jusqu'à se laisser mitrailler et bombarder sans réagir. Restait la base du Fatah. Restait Koufr Assad.

Les avions disparurent aussi subitement qu'ils étaient venus.

*

Un souffle parcourut l'air. C'était comme un frisson, le très lointain bruissement de la mer. Il se métamorphosa en un roulement de vagues, se rapprochant et se désintégrant en plusieurs sons distincts qui se stabilisèrent dans leur octave coutumière. La nature assommée avait repris ses sens. Sans les chiens, tout serait redevenu aussi calme qu'avant. On entendait à nouveau les gazouillis et roucoulades des oiseaux, le bourdonnement des horripilantes mouches vertes qui tournoyaient autour des visages, les tintements argentins des bélières. Et Omar, comme chaque matin, se mit à renâcler en tirant sur sa longe.

Sans les chiens, Yussuf et ses camarades eussent pu encore supposer que rien ne s'était passé et qu'ils s'étaient laissé piéger par l'un de ces cauchemars revêtant, pour se rendre plus vraisemblables, toutes les apparences de la réalité.

Mais les chiens ne supportent pas la détresse des hommes. Un concert de hurlements modulés provenait de Koufr Assad.

Les Abu, en jeep, partirent aux nouvelles et revinrent une demi-heure plus tard. Le prof était catastrophé. Le Fatah avait perdu douze combattants et les civils avaient trinqué : plusieurs bâtiments détruits, un nombre indéterminé de victimes.

Il fallut se rendre sur les lieux, aider les familles à déblayer les décombres de leurs maisons, à rechercher les lambeaux de leurs morts. Cette mission fut dévolue à la troisième et à la quatrième section. Dans l'affolement, Latifah faillit être oubliée. Elle apparut sous le chêne d'en haut, avec sa musette de médicaments, et courut derrière le Ford qui démarrait. On parvint à saisir son bras et à la hisser sur la plate-forme où elle s'affala, essoufflée et furieuse.

Quatre ambulances marquées du Croissant Rouge s'arrêtèrent sur la place de la Mosquée en même temps que les jeeps et le Ford du Front. Des médecins et infirmiers, en blouse blanche, s'affairaient au milieu des ruines, avec des civières, leurs trousses et des bocaux de plasma.

— Ne remuez surtout pas les blessés, recommanda un officier de santé aux sauveteurs : des fedayin du Fatah et des soldats jordaniens et iraquiens, accourus dès la fin de l'alerte.

— Allez-y, les gars, dit Abu Raïd. Et attention, ne vous querellez pas avec les militaires.

Il s'approcha d'Abu Abid, le commandant de secteur du Fatah, qui prenait violemment à partie un colonel de la Légion arabe.

— Pourquoi, pourquoi n'avez-vous pas riposté ? Vous croyiez que nous étions les seuls visés, n'est-ce pas ? Regardez le résultat de votre attitude ! Cela fait partie des calculs sionistes de ne pas épargner les civils… Ils veulent nous dresser les uns contre les autres. À quoi servez-vous ? Quel jeu jouez-vous ?

— Calme-toi, rafiq, calme-toi, conseilla Abu Raïd sur un ton apaisant. Peut-être avaient-ils peur…

— Nous n'avions pas peur, rectifia le colonel jordanien. Nous avions des ordres.

— Des ordres, des ordres ! éructa l'imposant Abu Abid en serrant les poings. Et pour obéir aux ordres, vous laissez massacrer des vieillards, des femmes, des enfants… Drôle d'armée !

— Si nous avions tiré, nous aurions dévoilé nos positions à l'ennemi, intervint un sous-lieutenant, qui sursauta et rougit en avisant le regard foudroyant de son chef.

— Ça alors, c'est bien la meilleure ! s'indigna Abu Abid. Et à quoi vous servent-elles, vos batteries ? Vraiment, je suis écœuré… écœuré… S'il n'y avait tous ces morts, il y aurait de quoi se tordre de rire !

— Ne te méprends pas, dit le colonel calmement.

Il salua et allait tourner le dos quand Abu Raïd lui demanda :

— Et tu ne te sens pas responsable, colonel ?

— Responsable de quoi ?

— De cela.

Abu Raïd désigna de la tête les blessés sous perfusion que l'on transportait vers les ambulances.

— Je pourrais te poser exactement la même question, répondit le colonel. Si nous avions tiré, nous aurions peut-être abattu les trois Mirage, mais d'autres seraient venus qui auraient frappé plus durement encore. Nous sommes un petit pays. Nous ne pouvons pas nous permettre de gaspiller les forces de notre peuple.

— Le peuple arabe est grand.

— Où est-il, le peuple arabe ? Disloqué, divisé, corrompu, avili par toutes les idéologies profanes. Seule la foi l'a fait grand, une foi que nous, bédouins, connaissons bien. Cet agnostique, ce franc-maçon de Nasser s'est imaginé qu'il ressusciterait l'unité par ses bonnes paroles. Personne, hormis le Prophète s'il revenait parmi nous, ne pourrait accomplir un tel miracle. Pas Nasser, en tout cas. Et encore moins l'un de vos excités, communistes ou crypto-communistes, qui regardent vers Pékin ou Moscou au lieu de regarder vers La Mecque. Toi et moi, nous parlons la même langue, mais nous resterons toujours des étrangers l'un pour l'autre. Je suis de la tribu des Béni Achr, un serviteur dévoué de mon roi, descendant de notre prophète bien-aimé. Les pauvres gens de Koufr Assad me comprennent. Je suis un des leurs. Toi, lui, vous tous les Palestiniens, vous n'avez ici aucun lien. On vous a accueillis en amis, et voyez le résultat. Vous vous comportez en intrus, vous essayez de dresser notre peuple contre nous, vous refusez les lois du royaume et, par vos actes irréfléchis, vous attirez sur nos villageois les représailles de l'ennemi.

La figure d'oiseau de proie, d'homme du désert, du colonel, à peine enrobée, à peine rosie par une existence aisée et sédentaire, sa belle figure de médaille, cette figure noble d'Arabe de race pure, aux yeux étonnamment noirs et pénétrants, cette figure inébranlable sous la keffié à damier rouge et blanc, devint, par un fugace mimétisme, celle d'un colonel écossais de Sa Très Gracieuse Majesté, la reine d'Angleterre. Écossais, ce sceptique sourire sous une grosse moustache en brosse, écossais, ce regard à la fois pétillant et sévère, ces pattes d'oie, ce froncement de sourcils. L'illusion était si forte qu'Abu Raïd s'attendit à l'entendre parler anglais, avec le dur accent d'Aberdeen.

Ce colonel avait, très certainement, dès son adolescence, été envoyé dans une école de cadets à Édimbourg, et formé par de vieux briscards aux rousses bacchantes, qui avaient passé les meilleurs moments de leur vie à combattre les Pathans près de la Khyber Pass. Cet aristocratique colonel, qui parlait un arabe très pur, très classique, avec une urbanité de parfait gentleman, n'était pas, comme le capitaine iraquien de Tajiba, la pâle imitation d'un officier anglais. C'était un homme parfaitement ambivalent, ce qu'il y avait de mieux comme osmose, la quintessence de deux caractères. Il serait, le cas échéant, un redoutable adversaire, alliant à la proverbiale témérité et à l'instinct patriarcal des guerriers bédouins l'esprit méthodique, discipliné et précis de ceux qui l'avaient formé.

— Si nous refusons les lois du royaume, tonitrua Abu Abid, c'est que ce royaume n'existe pas. C'est de la foutaise, une création des colonialistes.

— La Syrie, le Liban, l'Iraq aussi ont été enfantés par le colonialisme.

— La Syrie a rejeté la monarchie, l'Iraq l'a abattue, repartit Abu Raïd.

— Justement. Si Malik Hussein n'avait pas le respect et l'amour de son peuple, il serait advenu en Jordanie ce qu'il est advenu chez nos voisins. Vous oubliez trop souvent que nous sommes des bédouins hachémites. Méfiez-vous. Cela vous jouera des tours... Salâm aleikum...

— Colonel, un instant... lança Abu Raïd. Quel est ton nom ?

Une brève expression d'étonnement passa sur la figure du colonel. Son regard s'attarda sur le chef fedayin. Et le mimétisme déjà constaté fit jouer la civilité de sa seconde nature. Il sourit, se raidit, posa la main sur le pommeau de plomb recouvert de cuir de son stick, inclina légèrement le buste.

— Ibrahim Majaj, fit-il.

Et il s'éloigna.

— Le fils de chien, le bâtard, gronda Abu Abid en serrant les dents. Tu as vu, tu as vu, comme il a noyé le poisson. J'étais pourtant bien décidé à le rouler dans la boue, ce suppôt du roi !

— Un homme vaillant et dangereux, cet Ibrahim Majaj, convint Abu Raïd, d'un ton appréciateur qui surprit un peu son bouillant confrère.

Une âcre odeur de soufre flottait dans les rues de Koufr Assad. Un âne éventré obstruait l'entrée d'une étable en feu. Des gens commotionnés, aux yeux fixes et blancs, se tenaient prostrés au milieu des ruines ou rasaient les murs pour laisser le passage aux sauveteurs, dont les jurons et les suffoquements se perdaient dans les hululements des femmes échevelées, les beuglements des animaux affolés, les pleurs des bébés, le tintamarre des ambulances qui arrivaient ou repartaient en actionnant leur sirène, et les plaintes désespérées des chiens, de tous les chiens de Koufr Assad qui continuaient de hurler à la mort en étirant leur cou vers le ciel.

Abu Raïd rejoignit la troisième et la quatrième section, qui recueillaient dans des couvertures des restes humains éparpillés parmi les blocs de torchis, les meubles brisés, les morceaux de verre et de vaisselle.

Yussuf et le prof inspectaient les vestiges d'une demeure entièrement effondrée. Une femme les suivait. Elle cherchait son fils qui s'était enfui de chez elle au moment de l'attaque. Elle avait déjà fouillé toutes les maisons de la parentèle. Celle-ci appartenait à son cousin, actuellement aux champs, avec sa famille, à garder les troupeaux.

Elle eut un glapissement atroce, le cri même de la souffrance. Là, à ses pieds, un crâne et un bras dépassaient d'un amoncellement de gravats. Un petit crâne abîmé par une hideuse, une insoutenable blessure qui avait épargné le visage ; le fin visage d'un enfant, s'abritant sous sa main figée dans un geste instinctif de protection, comme s'il n'était pas vraiment mort, comme s'il n'avait pas la boîte crânienne arrachée, comme s'il était toujours sous le bombardement et attendait la fin de l'alerte pour revenir à la vie.

Pendant que Yussuf et Abu Mansur le dégageaient, la femme se griffait la face et marmonnait des phrases décousues.

Elle leur arracha hargneusement le cadavre, le serra à le broyer contre sa poitrine, cracha et s'enfuit, en proférant de terribles malédictions que Yussuf et le prof eussent voulu ne pas entendre. Ils se seraient volontiers bouché les oreilles, s'ils n'avaient été annihilés par l'émotion et les spasmes d'une nausée jusqu'alors contenue qui les plia en deux et fit exploser des gerbes d'étoiles devant leurs yeux brouillés.

Les tueurs supersoniques pouvaient être satisfaits. Ils avaient réussi leur mission, en semant, par leur raid sur une inoffensive bourgade, les graines de la discorde.

Chapitre XI

Dans l'après-midi, Abu Raïd, Mirzuk et Fayçal partirent pour Shunê avec les deux Kurdes qui étaient au repos. La nuit certainement serait bruyante.

Le soir, ne pouvant trouver le sommeil, le prof et la plupart des militants de la troisième et de la quatrième section vinrent s'asseoir devant la grotte de Latifah. Elle leur prépara du thé qu'ils sirotèrent en discutant à voix basse.

La pleine lune se leva sur la faille, dans un ciel de soie mauve chamarré d'étoiles. Sa lumière détacha les reliefs, approfondit le noir des ombres, déposa des reflets sur les rocs et le feuillage des chênes, révéla de fugitives lueurs dans les yeux des fedayin.

Peine perdue. La lune, ce soir-là, n'était pas la bienvenue.

Yussuf, en l'observant, songea à un œil braqué sur eux, sur leurs gestes las, leurs airs découragés, leurs conciliabules inquiets ; au regard borgne d'une nuit indécente. Il se tourna vers les monts de Palestine. Leurs parois, jaspées de replis vineux, resplendissaient.

Abu Raïd, Mirzuk, Fayçal et les deux Kurdes allaient prendre des risques énormes en traversant le Jourdain. Pourquoi le commandant n'avait-il pas, selon son habitude, attendu l'une de ces soirées propices aux coups de main où la lune n'est qu'un mince cheveu pâle dans le ciel sombre ?

Yussuf voulait savoir, et pour ce faire il rompit le tacite accord qui consistait, depuis que Khalaf le potinier s'était fait moucher par le prof, à éviter de faire allusion aux escapades d'Abu Raïd.

— La vue porte loin. Ce n'est pas le bon moment pour une opération de commando, constata-t-il, en s'adressant à Abu Mansur.

— Tu as raison. C'est même le pire, approuva le prof.

— Je plains ceux qui s'aviseraient de passer le fleuve, intervint massivement Sami.

Khalaf ouvrit la bouche pour renchérir. Abu Mansur l'interrompit.

— Ça va, ça va, Khalaf. Je n'ai pas besoin de dessin… C'est vrai que cette nuit est claire, trop claire. Si nous nous sommes dit cela, les Israéliens doivent se l'être dit aussi. Fallait-il subir Koufr Assad sans réagir, laisser ce crime impuni ? Abu Raïd et ses compagnons n'opèrent pas seuls cette fois-ci, mais avec tous les anciens de Shunê. Avec aussi Abu Abid du Fatah et ses meilleurs éléments. Nous devons rendre coup pour coup, et cela sans attendre. À chaud. Qu'importe que nos QG ne soient pas toujours informés de nos dispositions. Nous n'avons pas à être, comme les bureaucrates ou les militaires, ligotés par la hiérarchie.

Il se tut. On n'entendait rien, hors quelques aboiements éloignés. Les fumeurs tiraient à petites bouffées sur leurs cigarettes dont les bouts incandescents clignotaient comme des sémaphores dans la pénombre. Par intervalles, dans un bruissement de feuilles, passait un souffle de brise qui avait une saveur d'aromates, un arrière-goût d'ozone, et déjà aussi cette fraîcheur acidulée qui rappelle un peu les frimas de l'hiver.

Provinrent du sud les faibles échos d'une salve d'artillerie.

— Ce sont peut-être eux qui attaquent, supposa Yussuf.

— Peut-être, acquiesça Boutros, que l'attention auditive faisait grimacer.

— Ce sont eux, affirma Abu Mansur. Ils devaient s'infiltrer vers vingt-deux heures trente et attaquer à vingt-trois heures quarante-cinq. Il est vingt-trois heures quarante-quatre. Abu Raïd est en avance d'une minute.

— Attaquer quoi ? demanda Rahim.

— Un poste dans les territoires occupés, en face de Karameh.

Karameh... Le mot passa de bouche en bouche...

*

Tous connaissaient l'histoire de Karameh. Elle remontait à environ sept mois et avait fait le tour des camps, comme beaucoup d'autres histoires avant elle, comme celle de Deir Yassin, l'une des plus anciennes et la plus cruelle[1].

Karameh... Leur imagination transporta les fedayin à l'orée des tamariniers, saules et roseaux qui verdissent les rives du Jourdain, là où, jadis, il n'y avait rien, ou pas grand-chose...

C'était la partie la plus ingrate de la vallée, la plus chaude après les rives de la mer Morte — en été, la

---

1. Le 9 avril 1948, l'Irgoun (organisation militaire juive de droite) attaque le village arabe de Deir Yassin et tue deux cent cinquante-quatre hommes, femmes et enfants.

température y atteint cinquante, voire soixante degrés centigrades — et aussi la plus dépeuplée.

Le débit irrégulier des oueds en provenance des djebels ne permettant pas une irrigation continue, les fellahs jordaniens de la contrée ne cultivaient que les sols proches du fleuve, jamais à sec, dont ils captaient l'eau un peu en amont et la drainaient vers leurs cultures par des canaux.

Au printemps, les troupeaux paissaient, sur la vaste étendue comprise entre les falaises rocheuses qui délimitent la vallée du côté jordanien et le Jourdain coulant en son milieu, une herbe épaisse et tendre que la sécheresse ne tardait pas à brûler.

De mai à octobre, la terre grésifiée, fendue, éclatée, comme tapissée de morceaux d'outres brisées, était aussi stérile que la pierre, et les grasses brebis remontaient, à la recherche de plantes vivaces, le lit des oueds suintants, presque à sec.

Les réfugiés palestiniens, aux cheveux et aux sourcils blancs de poussière, qui descendirent des camions regardèrent avec découragement la terre sclérosée, réfractaire comme une plaque de four, qu'on leur attribuait pour qu'ils y bâtissent leur maison et se créent une vie nouvelle. Ils venaient d'abandonner des villages ombragés, des champs ameublis, domestiqués par le labeur de plusieurs générations, et ils débarquaient sans y avoir été préparés au fond de cette grande crevasse, sur cette aire surchauffée, intenable, qui, vue des hauteurs, formait entre les vertes plantations une grande croûte jaune zébrée par endroits de lanières mordorées d'où s'élevaient comme d'un creuset des effluves brûlants.

Plusieurs se penchèrent et grattèrent de leurs mains cette terre dure qu'ils allaient devoir féconder. Un peu d'espoir passa dans leurs yeux. Peut-être n'étaient-ils pas

176

si mal tombés. Contrairement aux autres camps, il y avait ici des sols disponibles. Seul le manque d'eau les rendait stériles. En dépit des pronostics pessimistes des fellahs jordaniens alentour, ils se mirent sans tarder à l'ouvrage, bâtirent leur village, qu'on appela Karameh, et, conseillés par des ingénieurs, creusèrent des puits artésiens, des canaux, des drains, construisirent des réservoirs et des pompes avec du matériel de récupération. La terre abreuvée se soumit à leur bêche et à leur houe, et la croûte stérile qui déparait la vallée disparut.

Progressivement, le camp perdit son allure provisoire et prit l'aspect d'une authentique bourgade, avec sa mosquée, son école, son café, ses échoppes, son cinéma, son poste de police et ses habitations basses, carrées, bien assises sur le sol, conçues pour durer. Ces hommes, ces femmes qui avaient tout perdu en Palestine venaient ici de remporter une victoire sur l'adversité. Ils avaient fait de Karameh l'un des centres agricoles les plus importants de toute la Jordanie. Leurs enfants n'avaient pas, comme ceux des autres camps, l'air traqué et désespéré de bêtes en cage qui transparaissait même dans les jeux et les rires. C'étaient de vrais enfants, libres, sans entraves psychologiques, sans regrets, sans obsessions, sans ces visages fripés et morveux, déjà vieux, mangés par d'immenses yeux noirs d'une gravité concentrée et mélancolique, qui font que tous les regards des petits Palestiniens se ressemblent et gênent... C'étaient des enfants heureux.

Après la guerre des Six Jours, la résistance s'épanouit dans ce secteur comme nulle part ailleurs. Les jeunes fedayin aidaient les fermiers à cultiver les champs, ceux-ci approvisionnaient les fedayin et, le soir, pendant que l'on chantait, dansait ou contait, sous les eucalyptus, des ombres fugitives passaient le fleuve pour ne rentrer qu'à l'aube.

177

Karameh connut des jours achevés, ne laissant place à aucune insatisfaction. Les habitants se sentaient utiles. Ils avaient la conviction de participer, d'être en quelque manière une assise pour les fedayin, qui trouvaient dans leur village un soutien encourageant.

De l'autre rive du Jourdain, les postes sionistes nichés au flanc des falaises, en représailles contre les attaques nocturnes des commandos, prirent l'habitude de tirer sur Karameh au mortier et au canon. Les fellahs comprirent que leur village n'était pas seulement l'allié de la résistance, mais aussi son bastion le plus avancé. Ils s'accoutumèrent à vivre dans la guérilla, creusèrent des caches près de leurs maisons, dans les jardins, apprirent à se dissimuler, partirent aux champs armés de grenades et de fusils.

En ce matin du 21 mars 1968, un crépitement continu et des coups de canon réveillèrent Karameh une heure avant le départ aux champs.

— Yaoud ! Yaoud ! criaient les fedayin en parcourant les rues.

Une jeep jordanienne arriva en trombe et stoppa devant le poste de police.

— Leurs tanks ont franchi le pont Hussein et le pont Abdallah. Ils seront ici bientôt, lança un capitaine. Préparez-vous !

La jeep repartit.

L'ange d'Israël, annonçant l'approche des châtiments, plana dans l'air : c'était un avion à hélices. Il lâchait des tracts qui virevoltaient dans le ciel comme des myriades de papillons blancs. « Ordre à la population de rester chez elle et de déposer les armes à l'entrée des maisons. »

La défense s'organisa. Les femmes, les enfants furent évacués dans les djebels. Et les responsables de la résistance désignèrent aux villageois et aux fedayin les positions qu'ils auraient à défendre.

Une autre jeep survint.

— Nos chars ont stoppé une colonne de blindés ennemis. Mais une seconde colonne avance vers vous, par le sud. Tenez-vous prêts.

— Attention ! Les Mirage !

Six gros containers, en éclatant dans l'azur, libérèrent de noirs essaims qui piquèrent sur le bourg.

— Couchez-vous ! Ce sont des bombes à fragmentation !

Encore des Mirage. Dans la plaine là-bas, les chars minuscules, tenant de la tortue et de l'éléphant, s'approchaient, trompe dardée, en soulevant la poussière. Et des falaises de la rive occupée jaillit un escadron craquetant de gros frelons patibulaires.

— Les voilà !

Les hélicoptères lâchaient des roquettes qui éclataient avec un son creux en gerbes convulsives. Ils s'immobilisèrent à un mètre du sol, pour se délester des grappes d'hommes qui sautèrent de leur ventre renflé et coururent s'abriter derrière bosses, arbres ou taillis. Puis ils reprirent de l'altitude, vidèrent les chargeurs de leurs mitrailleuses sur la ville et s'en retournèrent.

Face à seize mille Israéliens mobilisés pour cette opération, six cents Palestiniens équipés de mitraillettes et d'armes antichars.

L'armée jordanienne parvint à contenir toutes les unités motorisées, sauf une, mais ne put rien faire contre les troupes héliportées qui tentaient d'encercler les fedayin. Les balles rayaient l'air avec un son de guêpes, claquaient contre les murs en torchis qu'elles piquetaient comme des aiguilles de machines à coudre.

179

Chassant l'aube blanche, mortuaire, le soleil se leva sur les cimes jordaniennes, illumina les oriflammes de brume qui flottaient sur le fleuve et, sans hésiter, choisit son camp en éblouissant les Israéliens, qui progressaient par bonds, de maison en maison.

Tapis dans les vergers, les fedayin porteurs de lance-roquettes regardent avancer les chars dont le blindage tigré luit comme le pelage en sueur d'animaux préhistoriques. Ils se rapprochent vite, grossissent, dans un bruit qui tourne au barrissement. C'est le moment. Les Palestiniens assurent leur tube sur l'épaule, en vérifient le contact électrique, pointent leurs fusées ogivales à charge creuse sur les masses d'acier qui ne sont plus qu'à trente mètres.

Feu !

Pets inoffensifs, suivis d'amples déflagrations orangées, constellées d'étincelles, et d'un chuintement de métal en fusion.

Touchés.

Les chars intacts évitent les carcasses, accélèrent et tirent. Plus loin, d'autres fedayin guettent...

Karameh tenait.

Les Israéliens, par radio, réclamèrent des renforts. Réapparition des hélicoptères, relargage de troupes, nouvelles colonnes de chars.

Du sud de la bourgade, les blindés matraquèrent les édifices publics où s'étaient regroupés les défenseurs. Le cinéma s'écroula, puis ce fut le tour de la clinique et de la poste. Quelques Palestiniens armés avaient cherché refuge dans la mosquée. Les Israéliens la dynamitèrent. Ils procédèrent de même, à mesure qu'ils avançaient dans les rues conquises, avec l'école des garçons, celle des filles, la station de police, et nombre de maisons.

Ces destructions accomplies, ils entrèrent dans les vergers et les jardins, firent sauter les puits artésiens, les pompes à eau, les vannes. Quand les sionistes repassèrent le Jourdain, Karameh était une ville morte.

Bilan en pertes humaines : quatre-vingts civils, une centaine de soldats jordaniens et environ deux cents fedayin. Que dire, cependant, de cette victoire qui coûta à l'ennemi autant de tués que la guerre des Six Jours, soit approximativement huit cents. Pour l'état-major israélien, qui se targue volontiers d'être économe avec la vie de ses soldats, n'hésitant pas, pour ce faire, à employer toutes les ressources de la guerre industrielle, la bataille de Karameh fut une hécatombe... Pour les Palestiniens, une geste héroïque.

Karameh était l'unique expérience de transplantation palestinienne tentée et économiquement réussie, une expérience dont le gouvernement jordanien était fier et qu'il aimait à montrer aux visiteurs de marque. C'était aussi un argument de poids en faveur de tous les prosionistes qui pouvaient écrire dans leurs journaux : « Voyez ce que sont parvenus à faire ces gens-là. Alors si les autres croupissent dans les camps, c'est qu'ils le veulent bien ! »

Il n'y a plus de camp modèle. Plus de Palestiniens exemplaires. Les habitants de Karameh connaissent maintenant le sort de tous les réfugiés sans terre, et leurs enfants ont cessé d'être heureux.

*

Le feuillage des chênes était comme vitrifié par la lumière de la lune qui, lentement, se glissait dans l'édredon d'un cumulus naviguant près des cimes. Elle s'y détacha en transparence et, dans les ombres prononcées de ses

tavelures, Yussuf crut discerner le masque de la mort. Il
l'observa plus attentivement. Aussi invraisemblable que
cela pût paraître, sa face livide la faisait ressembler à un
gisant reposant sur un lit de nuages.

Il bâilla, détourna son regard vers le prof et Latifah qui
discutaient, puis vers ses camarades qui écoutaient Boutros
parler.

— C'est le sommeil, se rassura-t-il. Ce ne peut être que
le sommeil. J'ai les yeux fatigués.

La même chose lui était arrivée au cours de gardes nocturnes où, durant de brefs assoupissements, il avait vu
dans les rocs inanimés des ombres suspectes et fuyantes.
Il se souvint que, tout au début, quand il n'était pas encore
accoutumé à leur présence, il avait mis en joue les deux
bidons d'eau et failli leur crier « Qui vive ? ».

— Bonne nuit ! lancèrent des recrues qui partaient se
coucher.

Il se leva, un peu inquiet, irrité, écouta vaguement
Boutros qui disait d'une voix attristée :

— ... et aujourd'hui, Koufr Assad...

— Alors, les gars, vous venez vous pieuter ou pas ?
Moi, j'y vais. Salut.

— Attends-nous, attends-nous, dit le prof.

— Bonne nuit, Latifah.

— Bonne nuit.

— Allez, debout là-dedans !

Quoi ? Déjà le réveil ? Non, ce n'était pas vrai. Abu
Raïd était parti se battre. Il ne pouvait être de retour.

— Debout, là-dedans, bande de fainéants !

Rien ne bougeait sur la base, les corps enroulés sous les
couvertures n'avaient même pas frémi... Et Abu Raïd qui
gueulait comme un putois !

Abu Raïd !

D'un bond, les fedayin se levèrent. Les cavernes se vidèrent. Il était là, sous le chêne d'en haut, le visage frais rasé, les yeux à peine plus cernés, les ridules de ses pommettes à peine plus creusées que la veille.

— Ah, quand même ! C'est plutôt long le réveil, ce matin.

Près de lui, Mirzuk, en short, savonnait son torse noir et luisant.

Les recrues qui interrogeaient sans illusion le commandant du regard furent surprises de le voir répondre à leur attente.

— Camarades, cette nuit, un poste israélien est tombé, et nous en sommes restés maîtres pendant deux heures.

Un hourra immense monta de la faille.

— Pas d'emballement, camarades. Ce petit succès prouve que le combat unitaire est payant. Pour une fois, nous ne nous sommes pas contentés de harceler l'ennemi. Nous lui avons infligé une leçon. Koufr Assad est vengé. Nous avons, hélas, perdu Fayçal et trois anciens. Ils ne sont pas morts pour rien. Cette nuit, la résistance a avancé d'un pas.

Fayçal ! Fayçal ! La stupeur affaissa les physionomies.

— Camarades, pas d'apitoiement ! Fayçal s'est fait tuer bravement en pénétrant le premier dans le poste. Quatre hommes du Fatah ont aussi été descendus. Nous avons pu ramener tous les corps dans nos lignes. Ils sont en route pour Amman. Nous allons leur faire des funérailles nationales, ainsi qu'aux hommes d'Abu Abid tombés à Koufr Assad.

— À Amman ?

— Oui. Et nous y serons tous. Préparez-vous, nous partirons à onze heures.

— Mais… mais… les états-majors sont-ils au courant ? interrogea Latifah.

— Bien sûr voyons, sœurette. Nous les avons prévenus dès que nous avons repassé le fleuve. L'OLP, le Fatah, Nayef, Habbache, tous sont informés. Il faut faire de ce petit succès une grande victoire, du bombardement de Koufr Assad une ignominie et de nos morts des héros et des martyrs, comprends-tu ? Les masses jordanienne et palestinienne ont besoin d'être remuées.

Chapitre XII

À l'instar de bien d'autres jeunes Palestiniens réfugiés à Gaza en 1948, Abu Raïd, fils d'un savetier de Ramleh, était persuadé que les armées arabes prendraient tôt ou tard leur revanche et rejetteraient les sionistes à la mer. Comme il était ambitieux, il se dit que la meilleure manière de se préparer à la lutte était de devenir un soldat, un officier.

Il travailla d'arrache-pied pour arriver à ce but. Mais rappelez-vous l'Égypte d'alors et sa monarchie pourrie. Rappelez-vous ce gros potentat jouisseur qu'était le roi Farouk et sa camarilla de satrapes concussionnaires. Rappelez-vous ces affairistes suborneurs, ces généraux d'état-major grands amateurs de femmes et de parties fines. Rappelez-vous ces gosses haillonneux qui se proposaient pour d'infâmes services aux riches bourgeois dépravés, ces filles de pauvres qui se prostituaient. Rappelez-vous les famines, la grande misère du peuple égyptien.

En 1950, Abu Raïd est dans une académie militaire au Caire. Il voit tout cela. Après une période d'écœurement, il réfléchit, rêve de révolution, perd sa foi en un islam dénaturé, vicié, assujetti au pouvoir, s'accommodant des débordements des puissants mais imposant aux humbles la résignation. Il lit en cachette des brochures subversives qu'un groupe clandestin d'officiers communistes fait circuler parmi les élèves. Peut-être milite-t-il déjà lorsque Neguib renverse Farouk.

Ce coup d'État n'avait rien du « Grand Soir » espéré par Abu Raïd, rien de cette fracassante victoire des justes contre le mal. La monarchie était dans un état de déliquescence tel que quelques mouvements de char suffirent à l'achever. Et pourtant, ses répercussions s'étendirent bien au-delà de l'Égypte. Ce fut comme un frémissement qui parcourut les masses arabes colonisées ou dominées par des régimes identiques à celui qui venait de s'effondrer.

Derrière le vieux général Neguib, trop lié avec le passé pour incarner l'avenir, un jeune colonel inconnu sortit de l'ombre juste à point pour apparaître comme l'élu de la Providence, le guide charismatique attendu de tous.

Nasser ! Nasser ! Le peuple envahit en hurlant les beaux quartiers, acclame avec une exultation quasi hystérique le Raïs qui apparaît à son balcon.

Abu Raïd a été viscéralement, religieusement nassérien, comme tout le monde. Enfin, les coteries de compradores allaient être balayées ! Balayés aussi les notables vénaux, les hauts fonctionnaires prévaricateurs, les généraux de salon, les landlords affameurs, la pesante et mercantile tutelle britannique ! Et ces purges assainiraient le pays, régénéreraient la nation, rendraient l'armée invincible. Renaissance, indépendance, unité, victoire : ces quatre mots recelaient un pouvoir magique quand le Raïs les prononçait.

En 1956, Abu Raïd avait vingt-deux ans. Il était lieutenant dans un régiment d'infanterie basé à Port-Saïd. Nasser venait de nationaliser le canal de Suez. Les parachutistes français encerclaient la ville, privée du soutien des blindés, anéantis dans le Sinaï par les Israéliens, et de l'aviation, clouée au sol par la chasse franco-britannique. Les gradés et hommes de troupe égyptiens, découragés, d'avance persuadés de leur défaite, ne demandaient qu'à se rendre, à sauver leur peau. La plupart des militaires d'origine palestinienne eurent le sentiment, vite confirmé, qu'ils étaient les seuls à vouloir se battre. Dans la débandade générale, ils se retrouvèrent presque tous et se constituèrent spontanément en unité autour d'Abu Raïd et de quelques autres. Ils se défendirent pied à pied, fixèrent les assaillants pour un temps par leur tir énergique. Mais de tous côtés les défenses s'effondraient : par centaines les soldats lâchaient leurs armes et levaient les bras, à la vue d'une poignée de bérets rouges.

L'ennemi, sans peine, entra dans Port-Saïd et concentra ses forces sur leur réduit, qui luttait toujours avec acharnement et qui aurait continué de lutter jusqu'à la dernière cartouche si un ordre provenant du quartier général ne leur avait enjoint de cesser le feu immédiatement. Le général commandant la garnison de Port-Saïd avait fait sa reddition dès le début des hostilités.

Abu Raïd était un militaire. Il obéit et dut subir les rires et les quolibets des parachutistes français victorieux. Pis, à sa libération, il reçut un blâme de ses supérieurs pour insubordination.

On le muta à An Nakhl, au cœur du Sinaï. Il demeura trois ans dans cette garnison perdue à patrouiller de poste en poste, à travers d'arides djebels. Il fut ensuite nommé à Gibeil, à l'entrée du golfe de Suez, puis à Fariq, près du Soudan, et de nouveau à An Nakhl. C'étaient les pires affectations, de celles que tout officier redoute, par crainte de s'y faire oublier ou de s'y ennuyer à mourir.

Abu Raïd, lui, s'en contentait, les recherchait même. Tant que ses parents furent en vie, il vint de loin en loin en permission à Gaza, pour les voir. Avec l'argent de sa solde, qu'il leur envoyait tous les mois, ils avaient pu quitter le camp, louer une petite maison au bord de la mer, élever sans problème les autres enfants de la famille, et ne manquaient de rien.

Quand ils moururent, il continua d'entretenir plus ou moins ses frères et sœurs, mais ne prit plus de congé.

Il fuyait la société égyptienne et tous ceux qui lui étaient chers parce qu'il croyait encore en Nasser. Il y croyait bien que la guerre eût été perdue, que les nouvelles en provenance de tous les coins du pays ne fussent pas très bonnes, que ses meilleurs camarades de promotion eussent été incarcérés pour leurs idées communistes. Il y croyait bien que les anciens compagnons du Raïs, promus colonels ou généraux, conservassent de leurs prédécesseurs l'habitude des repas fins, des soirées mondaines, des secrètes perversions, des cocktails, des parties de golf et de jacquet au cercle militaire, et prissent en peu de temps un ventre accusateur.

Il y croyait, avec l'entêtement d'un ermite qui s'isole du monde pour ne voir que son dieu et ne pas être tenté de s'en écarter. Il tenait à Nasser désespérément, comme le naufragé qui se cramponne à une bouée de sauvetage au moment de sombrer ; refusait, en son for intérieur, d'émettre le moindre jugement négatif sur le héros de ses vingt ans et attribuait les échecs ou les imperfections du régime à l'incurie et aux trahisons de son entourage. N'alla-t-il pas jusqu'à se dire que l'Égypte entière avait sa part de responsabilité, que la stature du Raïs était bien trop grande pour elle ; que ce géant eût mérité autre chose que cette nation velléitaire, incapable de s'élever à la hauteur de ses desseins. Il lui arriva de penser que Nasser, à la tête d'un peuple décidé, eût pu sans problème effacer Israël, unifier l'Arabie, atteindre à une gloire jamais égalée.

Mais, du fond de sa conscience, le sympathisant communiste qu'il avait été continuait d'exercer un pouvoir policier sur le nassérien inconditionnel qu'il était devenu, réprimait et contrôlait sans concession ses désordres et macérations de jeune officier mortifié et aigri, refusait la paternité de ses considérations romantiques et rejetait comme des intruses ses injustes remarques à l'encontre de son pays d'accueil, de ce peuple égyptien conduit au désastre par l'impéritie des cadres militaires.

Abu Raïd, qui avait l'esprit critique, pour les autres comme pour lui-même, ne se sentait pas à l'abri des reproches et, la nécessité de régénérer l'armée lui apparaissant des plus urgentes, il reconsidéra son rôle, se rapprocha des soldats, partagea leur vie, leur nourriture, essaya, dans toutes les garnisons où il passa, d'endurcir leur tempérament d'un naturel plutôt pacifique et nonchalant, en enseignant à ses compagnies autre chose que le maniement d'armes et le pas cadencé des vieux manuels. En vain. Ses initiatives, loin d'être appréciées, ne lui attirèrent que des ennuis : cabales des officiers de son grade que son zèle inquiétait, animadversion de ses supérieurs qui, tenant à leur tranquillité, étaient opposés à toute innovation.

Cette force d'inertie qui paralysait ses collègues et, par contrecoup, entravait ses tentatives personnelles avait sur son comportement des effets imprévus. Il ne se butait ni se s'insurgeait, mais se repliait davantage sur lui-même et, le soir, délaissant le cercle des officiers, se retranchait dans sa chambre. D'aucuns crurent quelquefois qu'il était devenu neurasthénique. Personne ne se doutait que, dans ces périodes-là, Abu Raïd vivait une aventure extraordinaire, exigeant plus d'influx et de tonus que n'en dépense d'ordinaire un actif capitaine.

Penché sur une carte de Palestine, comme un général de corps d'armée, il faisait des nuits durant manœuvrer ses avions, ses blindés, ses troupes motorisées, son infanterie. Sans la moindre complaisance pour ses unités, il se mettait aussi dans la peau de Moshe Dayan, allant jusqu'à se bander un œil avec son mouchoir, avant de passer de l'autre côté de sa table, pour riposter à ses propres attaques.

Sa guerre s'éternisait sur le front comme une partie d'échecs opposant deux joueurs de force égale, pendant que, derrière les lignes, les villes, les unes après les autres, s'écroulaient sous les bombardements aériens. Finalement, privés d'essence, de nourriture, de munitions, les belligérants se trouvaient contraints de signer un armistice et de remettre à plus tard leur duel avorté.

Il perfectionna sa stratégie et, à force de recherche et de ruse, enleva la décision. Ce fut un moment de griserie où il se vit porté en triomphe dans les rues de Tel-Aviv et de Jérusalem, acclamé, étreint le long des routes par les milliers de Palestiniens, pleurant de joie, qui retournaient chez eux avec leur barda.

Soir après soir, il réédita sa victoire jusqu'à en être saturé. Alors, il fit roquer ses troupes à travers le Sinaï, les renvoya à leur point de départ et détailla la carte plus attentivement pour se créer des difficultés nouvelles. Il la détailla longtemps, tantôt avec les deux yeux de l'Égyptien, tantôt avec l'œil de l'Israélien et, objectivement, il en vint à se dire qu'il avait mésestimé Moshe Dayan, que celui-ci n'accepterait pas de livrer un combat dans les règles, de faire une guerre classique. Abu Raïd, en tant que général égyptien, pouvait, le cas échéant, se permettre de reculer sur une deuxième, voire sur une troisième ligne de défense. Il lui était loisible de manœuvrer dans le vaste et désertique Sinaï, sans mettre en péril les centres vitaux

de l'Égypte, loin derrière lui. En revanche, Abu Raïd
« Moshe Dayan » se voyait entièrement encerclé par des
forces hostiles, sans la moindre possibilité de repli, dans
une poche exiguë, indéfendable, avec ses villes, ses aéroports, ses dépôts d'essence à portée des canons adverses.
Et il n'avait plus qu'un souci : frapper sans prévenir, vite
et bien. Ce qu'il fit. Le résultat l'atterra.

Cependant, la nuit suivante, le général égyptien, qui
n'était pas sot, attaqua le premier et, en dix heures à peine,
atteignit Tel-Aviv. Il en fut confondu. Possible ! Cela était
possible ! Tout tenait, en fait, dans la rapidité des décisions, la préparation des hommes et la qualité du matériel.

La préparation des hommes. Il y avait peu songé en
actionnant ses avions, son artillerie, ses chars et ses troupes
d'assaut. Il allait s'y atteler sérieusement… Des mois durant,
il délaissa la carte, se pencha sur la mise au point d'un programme d'entraînement approprié aux impératifs d'une
guerre rapide et technique. En même temps, il élaborait
un système reposant sur des milices populaires régionales
qui, dans l'éventualité où l'ennemi aurait percé les défenses
égyptiennes, pourraient opérer sur ses arrières et le couper
de ses bases de ravitaillement. Il envisagea également la
création de milices locales ayant pour seule mission de
défendre leurs agglomérations, préalablement entourées
de traquenards — fossés camouflés garnis d'épieux,
champs de mines, grenades ou bengalores piégés… — et
aménagées de tout un réseau de caches et de boyaux souterrains qui permettraient aux villageois, si cela se révélait
nécessaire, de se terrer, de s'enfuir ou de revenir combattre, sans que soient soupçonnés leurs mouvements.

À vrai dire, il n'inventa rien. Tout avait déjà été écrit en
ce domaine. Il lui suffit de se procurer la documentation
idoine, de la dépouiller et d'en faire une synthèse adaptée

à la situation de l'Égypte. Au cours d'un bref séjour au Caire, effectué à cette intention, il avait fait le tour des librairies et des bouquinistes et trouvé pratiquement tout ce qu'il cherchait. Entre autres, des ouvrages sur le *blitzkrieg* allemand durant la Seconde Guerre mondiale, sur les marines US, la Légion étrangère, les parachutistes français et anglais, la brochure de Giap sur la guerre populaire, des textes choisis de Mao Tsé-toung, un recueil d'articles de Trotski sur la formation de l'Armée rouge et même, il n'en avait pas cru ses yeux, un livre édité à Londres sur l'armée israélienne.

De retour à la caserne, il s'était plongé dans sa nouvelle occupation avec la contention et l'enthousiasme du chercheur qui se sait sur la bonne piste. Il avait abandonné ses promenades à travers le désert ou les djebels et passait tous ses loisirs dans sa chambre, rivé à sa table de travail par une germination féconde. Il pensait ne noircir que quelques feuillets, il rédigea un mémoire exhaustif de trois cent soixante-dix pages.

Quand il l'eut terminé, il reprit sa carte, posa sur elle un regard neuf, étudia toutes les situations, particulièrement les plus périlleuses et, cette fois, se sentit réellement invincible. Arrivés aux portes de Suez, les blindés de Dayan, entièrement coupés de leurs arrières, durent rebrousser chemin et se brisèrent dans le Sinaï sur un front reconstitué. Ses parachutistes avaient déjà été décimés autour des bourgades truffées de chausse-trapes, dans les guet-apens des invisibles milices populaires, et son aviation anéantie par les missiles sol-air ou la chasse égyptienne qui surgissait à pleine puissance des hangars souterrains donnant sur des pistes recouvertes de matériaux mimétiques.

L'offensive, après cela, ne fut qu'un jeu d'enfant.

Sa chambre lui apparut soudain d'une exiguïté écrasante. Il sortit et marcha dans les rues vides d'An Nakhl, à grands pas conquérants. Pas un bruit ne s'élevait de la ville. Il passa devant les murs branlants de l'ancien caravansérail qui, lentement, achevait de se dissoudre sous les feux de la canicule, longea la vieille place du bazar, nue et blanche avec, de-ci, de-là, des boursouflures de torchis en forme de U marquant encore l'emplacement des échoppes. Il prit la seule piste carrossable qui, venant d'El Arish, allait se perdre au sud dans le désert, gravit une dune et, trempé de sueur, s'assit sur le sable.

Cette marche énergique, dans la touffeur de la mi-journée, avait apaisé sa fièvre. Ses yeux s'arrêtèrent sur sa caserne, sur ce bordj décrépit, rongé par la lèpre de la pierre et l'érosion des vents de sable, à demi effondré, qui avait dû être beau avec ses murs chaulés aux merlons incurvés, ses quatre redoutes trapues et ses hautes barbacanes, au temps où An Nakhl était un grand relais caravanier entre le port de Suez et celui d'Akaba, le point d'échange des marchandises en provenance de l'Asie et de l'Afrique, le bazar de deux continents.

Souvent, son imagination avait ressuscité ce douar moribond, placé des sentinelles derrière chaque créneau de son fort, rempli les rues vides d'une foule multicolore, recréé le capharnaüm de son marché, fait rayonner vers lui, des collines dénudées alentour, les longs serpents poussiéreux des caravanes et sonner les trompettes des vigies.

Abu Raïd était, en cet instant, bien trop absorbé pour s'abandonner à la rêverie.

Sa guerre imaginaire était finie. Elle avait duré dix ans, dix années de doute et de passions solitaires, dont l'aboutissement était ce mémoire qui venait de le libérer entièrement de ses obsessions et de le convaincre enfin de la vulnérabilité d'Israël.

Tout à l'heure, dans sa chambre, il était ce général égyptien qui avait vaincu définitivement, incontestablement, son vieil et intime adversaire au bandeau noir.

L'homme assis sur la dune et qui contemplait An Nakhl n'avait que trente-deux ans et le grade modeste de capitaine. Aucun état-major ne le connaissait et il s'était fait partout une réputation d'excentrique et de forte tête qui avait irrémédiablement compromis sa carrière. On le désignait volontiers pour des gardes de nuit, des patrouilles inutiles et lointaines, mais on avait cessé depuis longtemps de lui confier le commandement d'une compagnie.

Cet homme peu liant, dont les seuls amis de jeunesse croupissaient dans les geôles de l'armée, cet officier suspect qui jamais ne se livrait, mesurait tout à coup l'importance de ce qu'il était sans doute le seul à connaître, et s'en effarait. Son mémoire, n'importe quel officier un peu curieux d'esprit eût pu l'écrire à sa place. Ses plans de guerre n'étaient certes pas mentionnés dans les ouvrages affectionnés des états-majors. Pourtant, n'importe quel général eût pu, en compilant sa documentation, les esquisser lui-même. Or, aucun, après deux défaites en moins de dix ans, ne s'était soucié d'en découvrir les causes et d'y remédier. Il n'y en avait pas un qui se soit demandé comment les Vietnamiens avaient pu tenir en échec le plus puissant pays du monde, de quelle manière les guérilleros cubains avaient renversé Batista, par quelle technique les Allemands, en 1940, avaient vaincu l'armée française en huit jours ou pourquoi le corps des marines et la Légion étrangère avaient, malgré qu'ils se soient fait étriller quelquefois en Indochine, une telle réputation d'endurance et de courage. Pas un seul qui ait pris le temps d'étudier sérieusement Israël, pour tenter de déceler ses points névralgiques et les impératifs de sa stratégie. S'il en avait été autrement, les structures de l'armée égyptienne auraient déjà été bouleversées, le peuple préparé, le pays fortifié.

L'idée lui vint d'aller remettre immédiatement son manuscrit au colonel, pour qu'il le fasse monter par la voie hiérarchique jusqu'à l'état-major général, voire jusqu'à Nasser.

C'était l'heure torride de la sieste, l'heure où l'Égypte entière, comme le fort ct le douar d'An Nakhl, sombre dans une languide torpeur, l'heure où la vie devient aussi ténue que les ombres. Les soldats dormaient, les colonels dormaient, les généraux dormaient, le Raïs peut-être dormait. Et le monde pouvait crouler, rien n'empêcherait l'Égypte de s'assoupir à l'heure torride de la sieste.

Il se représenta son chef : ses joues flottantes, son ventre mou, sa complexion lymphatique. Il se le représenta debout, bâillant à son approche, devant la porte de sa villa, sous la tonnelle d'hibiscus et de jasmin.

— Que veux-tu, capitaine ? grasseyerait-il, avec une pointe d'irritation.

— Peux-tu, mon colonel, prendre connaissance de ce texte et aviser qui de droit ?

Le colonel aurait une moue mi-apitoyée mi-railleuse :

— Donne, dirait-il d'une voix pâteuse.

Et il ajouterait en lui collant entre les deux yeux son glauque regard :

— Tu aurais quand même pu attendre la fin de l'après-midi !

Son mémoire dormirait, comme le reste, sur le coin d'un buffet. Au bout de huit ou dix jours, si ce n'était un ou deux mois, le colonel le lui rendrait, en s'en tirant avec une boutade qu'il croirait spirituelle.

— Intéressant, intéressant. Un vrai talent d'écrivain. Continue, continue, capitaine. J'aime mieux te savoir occupé par l'écriture qu'en train de t'amuser à faire se battre mes soldats comme des palefreniers.

Passer au-dessus de sa tête, expédier directement à la présidence une lettre recommandée avec accusé de réception... Une éventualité optimiste précipita les mouvements de son cœur : Nasser se penchait sur son ouvrage, en dévorait les pages avec une attention soutenue, épongeait son front en le fermant et convoquait de toute urgence ses généraux d'état-major et ses ministres...

La plus probable des perspectives le fit déchanter : son mémoire atterrissait dans le classeur d'un secrétaire, s'y couvrait jour après jour de poussière, ne franchissait pas la porte du Raïs et, finalement, disparaissait dans une corbeille à papier.

Partir pour Le Caire, se rendre au palais, solliciter une audience... faire irruption dans le bureau de Nasser, et lâcher d'un trait : « Mon Raïs, prends ceci, lis-le. C'est l'invincibilité de l'Égypte que je t'apporte ! »...

Il pensa à toutes les formalités qu'il aurait à accomplir pour parvenir à son but, et il comprit qu'il n'y arriverait jamais à temps, qu'il n'aurait pas assez de sa vie pour convaincre les plantons, les secrétaires, les colonels, les généraux, les ministres s'interposant entre lui et le chef de l'État. Il comprit que la distance qui séparait un obscur capitaine du grand Raïs était infranchissable.

Il regagna le fort, rangea ses cartes et son mémoire dans le tiroir de sa table et se consola en se persuadant qu'il s'était bêtement emballé, qu'il avait été naïf de s'imaginer qu'un simple passe-temps pût déboucher sur de sérieuses conclusions, et que Nasser, mieux que personne, savait ce qui était bon pour l'Égypte.

N'ayant plus d'armée à commander, plus de plans à méditer, plus de Moshe Dayan en face de lui pour l'éperonner, il marcha de long en large entre son lit et sa cantine, et ce fut la première fois, en dix ans de bled, qu'il ressentit sa solitude. Il se porta volontaire pour toutes les gardes nocturnes, ce qui lui valut la considération des capitaines et lieutenants qui, en d'autres circonstances, l'avaient critiqué et l'estime du colonel, qui ne le prit plus pour un hurluberlu.

Abu Raïd ne se souciait guère de l'impression qu'il faisait sur autrui. Ne recherchant l'amitié de quiconque, il écarta toute approche en ce sens par un mutisme bourru, ne fit au mess que de brèves apparitions, juste avant sa fermeture, pour ne pas avoir à s'insérer dans une tablée, s'épuisa, hors service, en des randonnées insensées sous la pleine chaleur et, dès le coucher du soleil, hanta les chemins de ronde, provoquant la surprise des sentinelles qui lançaient dans la nuit des « Qui vive ? » apeurés.

*

Pendant qu'à An Nakhl, Abu Raïd se contraignait à ne pas penser, la paix continuait de régner au Moyen-Orient.

Les peuples arabes, à l'exception des réfugiés palestiniens, vigilamment contenus par leurs pays d'accueil, ne manifestaient toujours pas, dix ans après Suez, le moindre signe avant-coureur d'agitation et s'accommodaient tant bien que mal d'un état de guerre larvée qui eût pu durer longtemps.

Des hauteurs du Golan, les tirs sporadiques de l'armée syrienne sur les kibboutzim frontaliers de Galilée n'étaient que des picotements sans conséquences vitales pour l'État sioniste, et contre lesquels leurs habitants aguerris savaient se prémunir.

197

De même, les feux d'artifice vespéraux des escarmouches entre les bédouins hachémites et les gardes juifs de Jérusalem, s'ils donnaient des frissons aux touristes-pèlerins, impressionnaient peu les citadins de la ville coupée en deux par la partition de 1948.

À peine plus dangereuse était la proximité de Gaza, où les infiltrations de fedayin, nombreuses et meurtrières au début, avaient été relativement jugulées.

Bref, Israël s'ankylosait dans sa paix victorieuse, risquant à la longue de lui être plus funeste que n'importe quelle guerre. Une paix qui, peu à peu, érodait son « esprit pionnier », dissolvait son énergie combative que n'entretenait plus le sentiment réel du danger. Une paix pernicieuse, rongeant jusqu'à son instinct collectif de préservation.

Personne ne vit, dans cette désagrégation à peine perceptible d'Israël, les prodromes du prochain conflit. Les observateurs avaient les yeux bien trop braqués sur Le Caire, Amman ou Damas pour analyser sérieusement ce qui se passait à Tel-Aviv. S'ils l'avaient fait, ils auraient pu mesurer l'ampleur du désenchantement qui, en dix années, s'était développé chez les Juifs orientaux, prendre connaissance de leur sentiment de frustration devant un ostracisme ethnique qui les écartait de tous les postes de commande. Ce n'était pas une crise interne banale, une tension passagère, mais une amorce de disruption entre les deux communautés d'Israël, susceptible de s'aggraver, un phénomène très sérieux qu'il fallait interrompre à n'importe quel prix, au besoin en créant dans la région une situation explosive qui ferait renaître la psychose de l'anéantissement, ce ciment d'Israël.

Une rumeur selon laquelle les armées juives allaient entreprendre une action contre la Syrie, pour faire cesser les tirs du Golan, circula dans le monde. Les fausses nouvelles ont rarement longue vie. Celle-ci persista, puis fut confirmée par les postes syriens avancés qui notèrent une agitation inaccoutumée à proximité de leur frontière. Cette menace israélienne contre un pays frère devait entraîner la réaction de Nasser.

Ce fut mai 1967.

*

Le Raïs, comme au premier jour de son avènement, se hissait à la hauteur de l'histoire, retrouvait son style tranchant, sa virulence et ses péroraisons triomphantes qui cristallisaient l'idée de revanche et galvanisaient les foules arabes.

L'oreille collée à son transistor, Abu Raïd l'écoutait, et en lui se réveillait l'impétuosité de ses vingt ans, fondaient ses doutes et son amertume. Quand il ferma son poste, il se sentit transfiguré, clarifié. Il avait soudain envie de rencontrer les autres officiers, de parler avec eux, de s'enflammer davantage.

Ce discours avait été si soudain, si imprévu, que l'incrédulité tempérait un peu sa joie. Son entrée au cercle le rassura. L'émotion se lisait dans les yeux des lieutenants, capitaines, commandants, groupés autour du colonel qui, fait exceptionnel, avait un masque martial et d'énergiques inflexions de voix. Abu Raïd s'approcha. On le regarda avec étonnement. Son visage rayonnait.

— Il faut prendre d'urgence des dispositions pour accueillir les renforts qui arrivent demain de Suez, disait le colonel en remuant latéralement la tête, à petits coups saccadés.

Un tumulte tonique déferla sur An Nakhl. Abu Raïd ne pouvait détourner son regard des impressionnants tanks soviétiques qui, en se garant près du fort, noyaient le douar sous un déluge de sable blanchâtre, de la colonne de camions Molotova, bondés de garçons au sourire confiant, des grosses pièces d'artillerie qui pointaient vers le ciel leur gueule noire.

La colère du Raïs venait de faire renaître la garnison perdue. La caserne grouillait de soldats. La rue était bondée. Des attroupements affairés se formaient près des éventaires que les villageois avisés avaient dressés à la hâte pour vendre des pastèques ou des graines torréfiées dont les écales, expulsées des bouches volubiles, voltigeaient dans l'air comme des insectes.

Juin arriva...

Nasser s'emportait, congédiait les casques bleus des zones frontalières et de Sharm el Sheikh, interdisait l'accès du détroit de Tiran à la navigation sioniste et, d'une voix chaude et grave, électrisait les masses arabes en magnifiant leur héroïsme.

Cela faisait deux semaines qu'Abu Raïd ne quittait plus l'écoute de son transistor et vivait dans un état de félicité que, quotidiennement, les discours du Raïs exhaussaient. Lorsque retentissait l'hymne national égyptien, précédant l'intervention de Nasser, il prenait son poste et montait sur la terrasse d'une redoute, pour regarder du côté d'Israël.

Et là-bas, au loin, à l'endroit où le ciel grisaillait comme la mer à l'approche des côtes et embuait les cimes hachurées des djebels, se formaient des images attrayantes, familières, un peu floues. Ramleh, la mosquée, l'école, les estaminets à l'ombre des sycomores, le monastère chrétien, la minuscule échoppe de son père, le savetier, qui, en travaillant, gardait toujours en réserve coincé entre ses dents un clou, un morceau de raphia ou une aiguille dont il allait avoir l'usage et qui le faisait chuinter quand il parlait comme un vieillard édenté ; la bicoque familiale et la balançoire accrochée à la plus haute branche de l'olivier planté au milieu de la cour ; les vadrouilles en bandes bruyantes jusqu'à la tour des Quarante Martyrs, cernée de vieux cloîtres ; les parties de cache-cache dans les plantations de nopals.

Il y avait bien des années qu'Abu Raïd n'avait pensé avec autant de force à sa ville natale. Il n'était pourtant pas particulièrement porté vers les réminiscences, mais la Palestine était là, exactement en face de lui, à trois journées de marche à peine, et il se disait qu'à la place du Raïs il n'hésiterait pas une heure de plus et mettrait en branle tous ces jeunes soldats qui baguenaudaient dans le douar, avant que leur enthousiasme ne s'émoussât.

« Attaquer, attaquer maintenant, ne pas attendre, frapper le premier, vite et bien. » Ces mots résonnaient périodiquement dans sa tête, leitmotiv irritant qui gâchait son bonheur. Il trépignait d'impatience. Pour un peu, il serait immédiatement parti, à travers le désert, droit sur la Palestine, comme ce général turc, Enver Pacha, qui délaissa un beau matin ses hautes fonctions pour s'en aller, seul, libérer les quelque quatre-vingts millions de Turcs sous tutelle russe. On le retrouva mort, près de son cheval, quelque part sur la frontière. Cette perspective retenait Abu Raïd, qui n'avait pas le goût du suicide, même grandiose.

« Attaquer, attaquer maintenant, frapper le premier, vite et bien... »

Il aurait voulu s'interdire toute réflexion susceptible de le conduire à une vision pessimiste de l'avenir, mais des prémonitions incubaient en lui depuis l'arrivée des renforts, et il ne pouvait les empêcher de naître, de croître et de se préciser. Ainsi, la question qu'il redoutait le plus lui vint brusquement à l'esprit : et si 1956 se reproduisait ?

En une minute, il revécut le drame de sa jeunesse : les chars calcinés exhalant des odeurs de ferraille à vif, d'huile brûlée, les cadavres abandonnés sur le sable, la dégradante captivité derrière des barbelés gardés par de blonds cerbères au béret rouge.

Il fut soudain contrarié par l'effervescence militaire qui avait ranimé An Nakhl et se mit à regretter ses années de bled, cette longue et vaine attente. Dès la première intervention de Nasser, il aurait pu émettre des réserves justifiées sur les chances de l'Égypte devant Israël. Par amour pour le Raïs, qui répondait enfin à son inébranlable fidélité, il avait relégué son scepticisme au fin fond de sa conscience.

Seulement, dix ans de travail, de recherche ne s'oublient pas à discrétion. Voici qu'Abu Raïd, mentalement, relisait son mémoire, et sa logique, page après page, faisait pencher la balance du mauvais côté. Ses arguments pesaient bien plus lourd que la personnalité de Nasser sur le proche destin de l'Égypte.

Il promena son regard tout autour du fort et sur le douar, déjà terrassé par la lumière crue d'un matin pareil aux autres, plissa ses yeux violentés par la réverbération provenant de la grande allée crayeuse des caravansérails en ruines et de l'ancienne place du souk. Près d'un puits, sous l'ombre avare d'un palmier, trois soldats marchandaient l'achat d'un cabri avec un berger qui abreuvait son troupeau. Ils lésinaient avec une science de maquignon, soulevaient les babines de l'animal, tâtaient ses flancs, remuaient ses articulations, sans prêter attention au capitaine qui, du haut du fort, les observait avec cette expression de pitié et de révolte que l'on a devant ceux qui vont mourir stupidement.

Les prémonitions d'Abu Raïd étaient devenues des certitudes. Le défi du Raïs ayant engagé un processus d'escalade irréversible, il ne voyait qu'une solution pour conjurer le désastre : l'offensive immédiate.

Évidemment, Nasser aurait encore pu revenir en arrière, supprimer le *casus belli* en débloquant le détroit de Tiran, exhorter les foules au calme, apaiser la fièvre de ses armées. Mais à quel prix ?

Sans la moindre illusion — comme lorsqu'il s'était aperçu de l'importance de son mémoire —, il eut envie d'aller s'entretenir avec le colonel, de l'informer du danger que courait l'Égypte. Mais la réaction prévisible de son chef, contrarié dans son bel enthousiasme, l'en dissuada. Il se le figura très bien s'exclamant, cxaspéré :

— Où veux-tu en venir avec ces vaticinations défaitistes ? Te prendrais-tu pour une Pythie ? Sache, capitaine, que le Raïs et les généraux sont mieux placés que toi pour émettre un jugement et prendre les décisions qui s'imposent. Aurais-tu la fatuité de te croire plus intelligent ou plus clairvoyant qu'eux ? Tu mériterais un mois d'arrêts pour tes mauvais augures qui portent atteinte au moral de notre armée et au prestige de notre Raïs bien-aimé !

Et ce serait une chance s'il s'en tirait avec cette simple admonestation. Quinze jours à peine avaient suffi à faire de cet indolent colonel un chef fringant, plein d'allant et de superbe, qui délaissant ses habitudes à l'heure de la sieste regardait défiler ses troupiers, musique en tête, dans la cour de la caserne. Les officiers supérieurs des régiments de renfort, ne voulant pas passer pour moins énergiques que lui, faisaient de même autour de leur bivouac ou dans les rues du douar, et les sons cuivrés des fanfares, le martèlement guerrier des pas cadencés tenaient An Nakhl éveillée, même sous la fournaise.

Abu Raïd hésitait entre deux points de vue : était-il le seul homme lucide dans cette garnison de fous ou le seul fou de cette garnison lucide ? Par à-coups, des poussées d'optimisme balayaient ses inquiétudes. Les marches militaires, les roulements de tambour titillaient ses nerfs de soldat. Il aurait alors aimé être de la fête mais ses pensées, ne lui laissant guère de répit, refrénaient ses sursauts d'ardeur.

Que les Arabes, cantonnés dans la défensive, aient déjà virtuellement perdu la guerre ne faisait à ses yeux pas l'ombre d'un doute. Que Nasser ne s'en aperçoive point le surprenait. Ces colonels, qui, faute de passer à l'action, plastronnaient devant leurs troupes en parade, composaient un préambule incongru au drame qui allait se jouer d'ici peu.

Dans quel but le Raïs temporisait-il ?

Cette question, qu'il se posa en suivant d'un œil intéressé le tambour-major du régiment qui, entre ses doigts agiles, faisait vriller sa baguette, lui fit découvrir ce qui le turlupinait. Les Égyptiens avaient été appâtés et manœuvrés par les sionistes, qui, pour leur propagande chez eux et dans le monde, souhaitaient être attaqués. Le Raïs le savait et n'en faisait rien, même au prix d'une nouvelle défaite, pour ne pas porter préjudice à la Cause et pour qu'Israël demeure l'agresseur.

À l'idée de ce grand homme pris au piège, qu'il avait vénéré jusqu'à la démesure, de cet homme si proche de son peuple par ses faiblesses et ses grandeurs, naquit en lui un sentiment nouveau, plus simple, la compassion.

Le matin suivant, le ciel s'écroulait sur An Nakhl, mettant un terme définitif à son éphémère renaissance. Succédant aux vivants, les morts occupèrent le douar, des morts assis, accroupis ou allongés sur le sol, affalés contre les façades des maisons, adossés aux troncs des palmiers et des eucalyptus, avachis sur les margelles des puits, dans les embrasures des fenêtres, sur les créneaux du fort ; des morts entêtés et obtus ; des morts qui ne voulaient pas comprendre pourquoi et comment ils étaient morts, qui bâillaient de stupeur et ouvraient de grands yeux ahuris.

Abu Raïd courait dans le désert, courait sans se préoccuper des milliers de soldats qui couraient près de lui et dont la masse s'éclaircissait à vue d'œil, sans voir les vautours qui tournoyaient dans le ciel, sans entendre les cris des assoiffés qui tombaient sur le sable pour ne plus se relever. Il courait, sans même savoir qu'il courait, mû par un instinct élémentaire, tenaillé par une seule pensée : atteindre le canal.

Il l'atteignit, le traversa, remit sa démission et prit un avion pour Amman. Le capitaine égyptien vaincu avait cessé d'exister. Le Palestinien reprenait le combat.

TROISIÈME PARTIE

Chapitre XIII

Au début de ce siècle, Amman n'était qu'un douar étape sur la route des migrations et des caravanes, un douar à la charnière du monde nomade et sédentaire, avec son souk, sa mosquée, sa grande rue marchande, ses caravansérails et les ruines d'un théâtre romain ; un douar sans verdure, pas même une oasis, construit au fond d'une vallée pierreuse, à l'abri de sept djebels pelés, couronnés de vieux bastions qui se dressaient face au désert.

Elle est devenue, en peu de temps, une ville tentaculaire, qui a envahi toutes les hauteurs environnantes, un gigantesque campement de pierre et de torchis, où s'agglutinent les errants.

On y trouve les djebels chics, aux belles résidences fleuries, qui embaument l'air d'un parfum de chèvrefeuille et de jasmin, et les djebels de la plèbe qui sentent la friture et le crottin. Ils ont de loin un certain charme, avec leurs agglomérats de gourbis jaunes, verts ou roses, qui se découpent dans le ciel comme des toiles cubistes.

À Amman, on entend du matin au soir crépiter les burins des tailleurs de pierre qui bâtissent, bâtissent à n'en plus finir, sur tous les terrains disponibles, et même entre les damiers métalliques des camps palestiniens qui ardent à l'extérieur de la cité, comme d'immenses miroirs à facettes. Cette ville est à l'image du peuple qui l'a édifiée, mouvante, insaisissable, austère. Elle a fixé les hommes qui venaient du sud et, prenant le relais de leur marche millénaire, elle étire depuis, en direction du nord-ouest, ses villas et ses masures, comme un bras tendu vers la vallée du Jourdain et la Palestine où, jadis, les nomades finissaient par prendre racine.

Dans ses rues, les Cadillac et les Mercedes jaune paille, rouge vif, noir corbillard, aux chromes éblouissants, les jeeps militaires, jordaniennes ou palestiniennes, zigzaguent en klaxonnant entre les portefaix, les animaux de bât et les chariots des marchands ambulants.

Sur le djebel Amman, où s'élève le très luxueux hôtel Jordan, on se sent presque en Europe. Restaurants et night-clubs, fréquentés par les fonctionnaires et les clients du palace, servent à la demande de la bière à la pression et du whisky. Et Mu Ammad, aubergiste avenant — fier de sa ressemblance frappante avec l'acteur anglais David Niven —, à l'affût sous ses tonnelles éclairées le soir par des guirlandes de lampes multicolores, n'hésite pas à interpeller les passants étrangers pour leur proposer ses shawarmas, uniques dans tout Amman, et un excellent vin de Latroun qui continue d'arriver jusqu'à sa cave.

Ici, les femmes bien vêtues, parfois élégantes, se promènent à visage découvert. Les jeunes gens — cheveux gominés, costume seyant, chaussures lustrées — y ont des allures de dandies romains et les quadragénaires la corpulence huileuse des marchands levantins.

Plus on se rapproche de la basse ville, plus l'affluence s'arabise. Mu Ammad possède aussi un petit restaurant pas très loin du théâtre romain, mais l'alcool y est prohibé, comme chez Jabri, près de la vieille poste, où le patron, réputé pour être l'un des plus fins cuisiniers de tout l'Orient, ne transgresse pas d'un iota les préceptes coraniques.

L'ancien douar, axe autour duquel s'est développée la capitale jordanienne, hermétique aux influences occidentales, appartient toujours à l'Arabie profonde, avec ses femmes furtives, couvertes de voiles sombres, qui s'esquivent pour laisser le passage à la marée masculine des keffiés. Sans daigner regarder ces spectres noirs qui rasent les murs, les hommes de la basse ville occupent le milieu du trottoir, se tiennent par la main ou par la taille, s'embrassent sur la bouche quand ils se rencontrent ou s'étreignent, comme si l'exclusion des femmes de la vie publique rendait naturels et nécessaires entre eux ces rapports de délicate et tendre amitié.

Mais l'on devine à leur teint et à l'éclat de leurs yeux, qui conservent encore l'affûtage du désert, qu'il ne serait pas bon d'être leur ennemi. Il faut des années et des années pour que s'oblitère le tranchant de ces figures altières. Alors, elles atteignent la placidité de ces vieillards qui fument philosophiquement le narghilé sur le pas de leur échoppe, font claquer les pions de jacquet à la terrasse des cafés ou attendent, derrière leur étal de changeurs, les serveurs virtuoses qui fendent la foule en tenant à bout de bras, sur des plateaux de cuivre, les briki et les tasses à café.

Le centre nerveux de la cité est là, dans cette longue rue commerçante et ses ruelles adjacentes, dans le souk qui jouxte la vieille mosquée, sur son parvis où se rassemble pour mendier la tourbe des stropiats. Quand la basse ville a la fièvre, c'est tout Amman qui frissonne.

Dans le prolongement du douar, près de l'embranchement d'une route qui conduit à l'aéroport, on aperçoit sur la gauche, entre des bouquets de pins, un bâtiment blanc au large perron, qui chapeaute une colline boisée et fleurie. C'est le palais royal. Les portails d'accès sont gardés par des sentinelles en grand uniforme, portant la keffié rouge et blanche des bédouins hachémites.

Des allées bordées de cyprès conduisent à l'escalier d'honneur. De part et d'autre de la première marche, arme au pied, deux sentinelles basanées, au profil de rapace, pétrifiées dans un garde-à-vous hiératique. En haut, sur le perron, quatre géants au teint clair, coiffés de toques d'astrakan noir, vêtus de dolmans aux passementeries et cartouchières de velours pourpre, bardés de sombres buffleteries, font claquer sur les dalles de marbre les éperons étincelants de leurs hautes bottes de cuir qui disparaissent dans les plis de leurs pantalons bouffants. Derrière eux, au-dessus de la porte d'entrée en bois de cèdre ouvragé, une couronne dorée scintille sur son pochoir.

Les célèbres gardes circassiens du palais, curieux vestiges de l'Empire ottoman, veillent sur Sa Majesté le roi Hussein de Jordanie qui, à l'intérieur de l'édifice, dans un bureau lambrissé, gère les affaires du royaume sous les regards vigilants de son arrière-grand-père, le chérif Hussein de La Mecque, et de son grand-père Abdallah, peints pour la postérité en habits de princes du désert.

*

Dans les halls insonorisés par d'épais tapis et de lourdes tentures, régnait une atmosphère feutrée de mosquée ou d'église et les trumeaux ornés de moulures se renvoyaient les reflets des conseillers qui devisaient entre eux ou faisaient les cent pas en tenant sous leur bras des serviettes bourrées. Assis dans une salle d'attente, un chef religieux marmonnait des prières, à côté d'un bédouin désemparé, aux joues creuses qui, les deux mains posées sur ses genoux, effleurait de ses fesses le bord d'un fauteuil de cuir.

Devant la porte rembourrée, à double battant, de la salle d'audience, un haut fonctionnaire impatient s'abouchait avec le factotum de service pour obtenir une entrevue rapide avec le roi, retenu par son oncle, Nasser ben Djamil, partisan d'une monarchie de fer, dont les milices secrètes et les mouchards, chargés d'espionner les milieux palestiniens, l'informaient de tout ce qui se tramait en Jordanie.

Les nouvelles étaient rien moins qu'alarmantes. Dans la basse ville, des groupes excités commençaient à se former devant la mosquée, où seraient célébrées le lendemain les obsèques des fedayin tués à Koufr Assad et dans les territoires occupés.

Si, ce jour-là, un ange palestinien s'était faufilé à l'intérieur du palais, tout à proximité du roi, peut-être aurait-il entendu et vu ceci :

— Il faut interdire les manifestations sur la voie publique. Ces ordures ont l'intention de traverser tous les quartiers populaires avec leurs cercueils.

— Patience, patience. Tu te laisses trop emporter, cher oncle. Si j'interdis les déplacements du convoi funéraire, nous aurons droit à une émeute.

Des plis soucieux barraient le front du souverain, qui savait, en temps normal, charmer ceux qui l'écoutaient et inspirer, selon la qualité de son interlocuteur, la sympathie, la confiance ou le respect. Il lissa machinalement sa moustache et se surprit à regretter l'époque où son royaume était fort et sain, l'époque où il pouvait traverser, capot découvert, les rues d'Amman, sans craindre de recevoir une bombe ou d'essuyer une rafale. Il s'extirpa de son grand bureau d'acajou liseré de dorures, s'approcha de la fenêtre, écarta la tenture mauve et tira sur le cordon qui actionnait les jalousies. Des lames de jour s'engouffrèrent dans la pièce. Le roi cligna des yeux et regarda, morose, sa capitale hypertrophique, qui enflait, enflait démesurément, ne respectant plus l'échelle du royaume. Où étaient les fidèles, les vrais Jordaniens, dans cet enchevêtrement grouillant ? Dispersés, engloutis dans le bouillon de culture palestinien. Contraint et forcé par la situation, il avait enjoint à ses commandants d'unité d'interdire aux soldats l'accès de certains quartiers, pour éviter tout risque de heurts ou de fraternisation avec les fedayin. Il avait aussi éloigné d'Amman et d'Irbid ses meilleures troupes afin de les mettre à l'abri d'une contamination possible, et fait en sorte que sa police collabore avec les services d'ordre de l'OLP pour maintenir dans le royaume un semblant de discipline. Jusqu'à quand et jusqu'où devrait-il céder, sans se ridiculiser et mettre son trône en péril ?

Il entendait, assourdi par l'écran des persiennes closes, le mugissement des klaxons et les rumeurs houleuses qui montaient de la ville égayée par le doux soleil de cette matinée d'automne ; de cette ville dont il n'était plus le maître, qui déployait à perte de vue sa géométrie bigarrée et ses dédales de ruelles, d'où partaient déjà, en signe de deuil, des salves préoccupantes.

— Vois, neveu. Ils s'énervent. Il faut les mater, préconisa Nasser ben Djamil.

Les mater... Et comment ? Le roi devait-il bombarder sa propre capitale pour réinstituer l'ordre hachémite ?

— La rue leur appartient. La moitié de la ville est à eux. Ça ne peut plus durer. Les officiers de la Légion rouspètent et réprouvent ta faiblesse.

214

— Je ne veux pas m'inscrire dans l'histoire comme le boucher des Palestiniens, se justifia le roi, de sa voix de basse profonde.

Il passa une main sur ses cheveux clairsemés, coupés ras, et reprit, avec une nuance d'irritation dans le ton :

— As-tu, mon oncle, supputé les conséquences politiques, voire militaires, d'une telle action ? Que ferons-nous si nous nous mettons tous les pays arabes à dos ?

— Jamais l'Arabie Saoudite ne nous reprochera d'avoir assaini le royaume !

— Ce n'est pas à Fayçal que je pense, dit Hussein.

Son oncle savait-il seulement à quel point il était déçu de voir les Palestiniens se dresser contre lui, déçu de constater que soixante-cinq pour cent de la population de son pays était opposée à l'idée monarchique ? Ben Djamil se comportait en féodal. Lui, avait appris de son grand-père Abdallah à être autre chose qu'un cheikh : un chef d'État conséquent, dont la grande ambition avait été de mener à terme l'œuvre de son aïeul, en essayant de renforcer la cohésion du royaume et de faire des Palestiniens de Cisjordanie et des Transjordaniens un peuple homogène. Tous ses espoirs s'étaient écroulés avec la défaite de 67... La fatalité s'acharnait sur la dynastie hachémite.

— À quel pays penses-tu donc ? À la Syrie ? questionna sèchement Ben Djamil.

— Aux républiques arabes en général, bien sûr, répondit Hussein, trahissant par une suavité exagérée son exaspération. Pour contrebalancer l'inimitié de la Syrie et de l'Iraq, j'ai besoin du soutien de Nasser. Si je me mets le Raïs à dos, nous n'avons plus qu'à faire nos valises.

— Balivernes ! s'exclama son oncle, en abattant son poing sur le bureau. Balivernes ! Si nous liquidons la résistance, aucun ne bronchera. Al Bakr a suffisamment de difficultés avec ses Kurdes. Nasser devra d'abord en référer aux Russes, dont il s'est fait le jouet, et les Russes ne veulent pas d'histoires dans la région. Quant aux Syriens seuls... hé, hé, hé... nos bédouins auraient vite fait de...

Le roi planta ses yeux dans ceux de Ben Djamil.

— Tu portes en toi le chaos, oncle Nasser, diagnostiqua-t-il.

— Mais non. Je suis simplement avisé.

— Je refuse de me laisser entraîner vers l'irréparable, se récria Hussein. Plus tard, peut-être, si les organisations palestiniennes persistent dans l'indiscipline, utiliserons-nous la coercition.

Et, en martelant chaque mot, il conclut avec fermeté :

— Les funérailles auront lieu et j'écarterai de leur itinéraire nos forces de police.

L'oncle combatif se renfrogna et prit la porte :

— Un jour, tu feras appel à moi, neveu. Tâche que ce ne soit pas trop tard !

La tête du factotum se glissa entre les deux battants.

— Majesté... susurra-t-elle.

— Un instant, un instant... je te sonnerai.

Oui, c'était faire face à un terrible paradoxe que de régner sur un petit peuple pieux, conservateur, disons... une grande famille, submergée par une nation sans terre.

*

Le souverain, heureusement, ne manquait pas de ressources. Ancien élève de Harrow, cette *public school* fréquentée par l'aristocratie anglaise, il avait appris la réserve, la dignité, le self-control britannique. Ce n'est pas lui qui se laisserait, sans réfléchir, dominer par ses impulsions, comme l'oncle Ben Djamil, encombrant mais utile.

Il avait aussi forgé son tempérament, sa bravoure et son autorité à l'Académie militaire de Sandhurst où il avait été un brillant cadet. Si l'on ajoute à cela qu'il était un pilote de chasse émérite, sans doute le meilleur du royaume, et qu'il conduisait son hélicoptère privé qui lui permettait de faire la navette entre le palais et sa résidence perchée au faîte d'un djebel à une trentaine de kilomètres d'Amman, on devine pourquoi il ne se sentait pas, pour l'heure, véritablement menacé.

Sa résidence... Le roi eut une expression d'attendrissement en pensant à ce havre, environné de tribus fidèles et gardé par les descendants de ceux qui, partis du Hedjaz, derrière son grand-père, son grand-oncle Fayçal et le colonel Lawrence, avaient, au cours d'une chevauchée surprenante, repoussé les Turcs au-delà de Damas. Il n'avait qu'un mot à dire, un seul mot, et ces sobres guerriers, qui cajolaient ses enfants mieux que des nounous et se laissaient martyriser par eux à longueur de journée, se changeraient en loups.

Sa physionomie arbora cette cordiale assurance qui faisait l'admiration de ses sujets et des journalistes étrangers. Il sonna.

— Convoque le chef de la police.

— Il est là, mon roi bien-aimé.

— Fais-le entrer...

Les deux battants de la porte rembourrée se refermèrent. Peut-être bien, après tout, sur un ange palestinien qui, suffisamment édifié, fila, tel un courant d'air, par les couloirs du palais...

Chapitre XIV

Deux jeeps et six camions stoppèrent à l'entrée de Baqa'a.

— Allez, la troisième section, grouillez-vous ! cria Abu Mansur.

— On viendra vous chercher demain, à six heures précises, devant l'école. Tâchez d'être ponctuels, avertit Abu Raïd. Sinon, vous manquerez les obsèques.

Latifah, assise auprès de lui, fit signe à Yussuf.

— Dis, j'aimerais bien connaître tes sœurs. Puis-je venir ce soir avec le prof ? Il doit rencontrer les militants locaux du Front.

— Chouette, fit Yussuf. Je vous attends pour le dîner.

— D'accord. À tout à l'heure.

La colonne de véhicules fila en direction d'Amman, poursuivie par une trôlée d'enfants qui piaillaient à tue-tête.

— Fedayi-yé ! Fedayi-yé !

— On se voit tout à l'heure, les gars.

— Où ça ?

— Devant chez moi, si vous voulez, proposa Sami, qui habitait près de l'école.

Yussuf ralentit le pas, contourna la casemate des Ben Ibraq et aborda sa rue le cœur battant.

Tout le quartier était dehors et le guettait.

— Le voilà ! le voilà !

— Mais c'est le petit Al Kutub. Dieu, qu'il a grandi !

— Marhaba ! Marhaba !

La confusion gauchissait sa démarche. Ses bras se mouvaient, raides comme des balanciers d'horloge. Pourquoi cet accueil ? Avait-on oublié qu'il était un marxiste ? un rouge ? un athée ?

— Fedayi-yé ! Fedayi-yé !

Des gosses surgis d'on ne sait où l'entourèrent et l'escortèrent en rythmant avec les poings leurs vivats effrénés.

Eh oui, sous sa keffié, dans sa tenue de combat, Yussuf était exactement semblable à son cousin Zaïd, qui s'approchait :

— Ah, Yussuf, Yussuf ! Je suis content... Tu es venu pour la cérémonie ? Je suis basé à Salt. Et toi ? Voici mon père... Père, père. C'est Yussuf !

— Que tu as forci, neveu !

Les enfants se turent et s'écartèrent, ainsi que l'oncle et le cousin. Soutenue par deux filles en uniforme kaki, deux filles coiffées elles aussi de la keffié, deux Palestiniennes au visage dévoilé, qui souriaient, une vieille femme en pleurs ouvrait les bras. Le cœur de Yussuf battit la chamade.

— Maman ! Fatima ! Zoreh !

Gosses et badauds se dispersèrent.

Assis entre ses deux sœurs, en face de son oncle encadré de sa famille, Yussuf se taisait.

Et alors ? disaient les yeux de l'oncle et du cousin. Quatre mois passés dans le djebel filaient, insaisissables, intraduisibles. On attendait sans doute qu'il fît honneur aux Al Kutub en se montrant sous un jour avantageux. Non, non ! Il n'entrerait pas dans ce jeu. Décidément, il n'avait rien à raconter à ces indiscrets qui escomptaient de l'aventure où il n'y avait que de la routine.

Il les aimait bien ; pas au point de galvauder l'essentiel par de l'anecdote. Il savait qu'il aurait pu les intéresser s'il leur avait décrit les tirs à balles réelles, sous les barbelés, l'arrivée des Françaises sur la base, Abu Raïd et ses serpents, l'histoire de l'officier iraquien, etc. Seulement, il se refusait catégoriquement à leur montrer sous un aspect aussi superficiel des mois de formation militante.

Il se dit que Boutros, Sami, Kayser, Hanna, Mahmud, Masood et Khalaf devaient en être au même point que lui, se sentir déphasés, privés de tout désir de complaire à l'envahissante parenté.

Il y avait trop de monde dans cette pièce. Il se demanda comment il avait pu vivre là-dedans toute son enfance. La tôle était brûlante.

Zaïd rompit le silence. Il parla de sa vie à Salt, « belle ville » … « djebel Moab » … « entraînement dur » …

Yussuf, contrarié, ne retenait des propos de son cousin que des bouts de phrases. Il pensait à ses deux sœurs assises auprès de lui, à ses deux sœurs vêtues exactement comme Latifah, et qui étaient depuis peu élèves infirmières dans un hôpital du Fatah. Il fit ce qu'il n'aurait jamais eu l'idée de faire six mois plus tôt : il passa ses bras autour de leurs épaules. La voix de Zaïd bourdonnait comme une mouche importune :

— … traversons le Jourdain dans un peu moins d'un mois… Et vous ?

Yussuf le regardait avec un air d'attention polie, mais ne l'écoutait pas. Fatima lui donna un léger coup de coude.

— Ah, fit-il. La même chose. La même chose.

— Tu n'es pas très bavard, constata son oncle.

— Ce doit être la fatigue, argua Zoreh.

— Elle a raison, dit la tante. Laissons-le se reposer. Nous reviendrons tout à l'heure.

La contrariété qui entachait le bonheur de Yussuf quitta les lieux avec l'oncle, la tante, le cousin et les nièces.

— Enfin seuls ! soupira-t-il, soulagé, en décochant un clin d'œil à ses sœurs. Alors, vite, dites-moi comment vous avez fait pour convaincre père et pourquoi vous ne m'avez pas écrit la bonne nouvelle ?

— Nous n'en avons pas eu le temps. Il n'a cédé que depuis une semaine, se disculpa Fatima, en lui pressant le bras, pour lui exprimer par ce geste, mieux que par des paroles, sa joie de le revoir.

— Quels muscles ! s'écria-t-elle.

Yussuf, un peu surpris, se raidit malgré lui.

— C'est vrai que tu t'es étoffé, le taquina à son tour Zoreh.

Yussuf s'esclaffa. C'était comme une vanne qui s'ouvrait en lui.

— Pas si fort, pas si fort, espèce de fou ! Tu vas attirer l'attention de l'oncle Ismail, chuchota la mère, qui prit sur l'étagère une écuelle en aluminium et sortit puiser de l'eau dans l'alcaraz pansu posé contre la façade.

Elle revint presque aussitôt et tendit le récipient à son fils.

— N'écoute pas ces deux bêtasses, bougonna-t-elle, en l'enveloppant d'un regard attentif et tendre.

— Le maître boit ! ironisa Fatima, avec une intonation solennelle.

Sa mère posa devant lui le plateau à thé.

— Tiens, petit, goûte ces loukoums.

— Le camp a beaucoup changé depuis ton départ, raconta Zoreh. Les organisations de résistance ont pris énormément de poids, surtout le Fatah. Il a ouvert de nouvelles écoles, un dispensaire, et agrandi son centre d'entraînement. Le Front démocratique a fait son trou aussi.

— Tous les jeunes militent, ajouta Fatima. On ne peut plus ne pas militer. Alors père a bien été obligé de fermer les yeux.

— Le pauvre, ça n'a pas dû lui faire plaisir.

— Il s'y fera, assura Zoreh. Rappelle-toi, il n'était pas fier quand tu es parti avec le Front démocratique. Pourtant, fallait voir comme il parlait de toi aux voisins : le petit par-ci, le petit par-là...

— Pourquoi n'avez-vous pas choisi le Front ?

— Parce que nous sommes croyantes... nous ! répondit Fatima d'une voix flûtée.

— Il n'y a pas que ça, rectifia Zoreh, plus raisonnable. Père pouvait nous refuser d'entrer au Front, pas au Fatah.

Un homme émacié, pauvrement vêtu, de retour du travail, descendait de l'autobus quand un fedayin le bouscula et poursuivit son chemin sans s'excuser. Il courut derrière l'insolent et, le feu aux joues, l'apostropha :

— Eh, toi, là-bas ! Attends un peu !

Le fedayin se retourna, et l'homme resta stupéfait.

— Bonsoir, père, la journée a-t-elle été bonne ?

La surprise puis le doute bouleversèrent Kamal. Non, ce grand escogriffe ne pouvait être son fils ! Yussuf était quelque part aux environs d'Irbid. Il avait reçu une lettre de lui la veille, brève comme les précédentes, où il ne faisait pas la moindre allusion à une éventuelle visite.

— Toi ?

— Moi-même, père.

Les rides de Kamal s'animèrent.

— Wallah-billah ! Mais tu as du poil, maintenant.

Il se tut, comme pour mieux redécouvrir Yussuf, et après quelques secondes de silence il le saisit aux épaules et lui dit :

— Mon fils, tu m'as demandé si la journée avait été bonne. Elle l'est maintenant.

Yussuf, sans plus réfléchir, plia un genou, saisit l'une des mains de Kamal, une main rugueuse, lourde, avec de grosses veines bleues, et la porta à son front.

— Viens, petit, rentrons à la maison.

Latifah, comme promis, arriva avec le prof pour le dîner et pendant qu'elle discutait métier avec Fatima et Zoreh, qu'Abu Mansur répondait obligeamment aux questions de l'oncle Ismail et du cousin Zaïd, Kamal et Yussuf, assis l'un près de l'autre, puisaient sans parler dans le même plateau leur poignée de riz. Et ce repas pris côte à côte valait toutes les effusions.

Chapitre XV

Dans la rue Hashimi, les agents jordaniens qui réglaient la circulation, très fluide ce jour-là, regardaient leur montre avec impatience.

— C'est l'heure, dit l'un d'eux à son collègue. Rashid devrait être là.

Il souleva son casque, sortit un mouchoir de sa poche et se tamponna le front.

— Oui, fit l'autre. Mieux vaut peut-être rentrer à pied.

De minute en minute, les automobiles se faisaient plus rares. Elles filaient à tombeau ouvert, dans un chahut d'avertisseurs. Une Mercedes noire, à clignotant bleu, freina, escamota les deux agents qui s'apprêtaient à partir.

— Wallah, Rashid, on commençait à s'impatienter.

— Pas le moment de gueuler, fit celui-ci en écrasant son accélérateur. Le souk est noir de monde. Des milliers de Palestiniens rappliquent vers la mosquée.

À la vue des policiers qui s'esbignaient, les piétons se mirent à courir dans les deux sens. Des hommes hissaient leur fils aîné sur les épaules pour avancer plus vite. Leurs femmes trottinaient derrière, en tenant par la main des bambins récalcitrants qui se laissaient traîner. Des passants rasaient les murs et s'engouffraient comme des rats dans de sombres allées. D'autres, en revanche, qui, quelques instants plus tôt, ne payaient pas de mine, se groupaient en bandes exubérantes et sans ralentir leur allure déployaient des banderoles ou entonnaient des chants révolutionnaires.

Sur le pas des portes, les vieux fumeurs, assis, considéraient avec agacement l'agitation inusitée qui perturbait l'ambiance de la basse ville. Ils s'interpellaient, se concertaient.

L'un d'entre eux se leva, saisit narghilé et tabouret puis rentra chez lui. Les autres en firent autant, tandis que dans les cafés les patrons pusillanimes subtilisaient sur les tables les cartes, les pions de jacquet et poussaient dehors les joueurs indécrottables qui leur déversaient des torrents d'injures.

— De grâce, mes frères, ils vont arriver et casseront tout si je ne ferme pas.

— C'est tout ce que tu mérites, gros sac !

Une à une, les façades se muraient. Les fenêtres fermées brutalement grinçaient et claquaient. Risquant un regard hors de leur échoppe, les boutiquiers tiraient d'un geste furtif leur rideau de fer qui heurtait durement les seuils et, pendant un assez long temps, d'insolites entrechoquements s'irradièrent par toutes les artères.

La rue Hashimi, peu à peu, s'était vidée comme un sac crevé. De ses deux extrémités arrivèrent des sons nouveaux. D'en bas, les échos d'une musique, d'en haut un sourd frémissement de voix en provenance de la mosquée.

Les galopins du quartier qui avaient déjoué la vigilance de leurs parents se faufilaient hors des soupentes, des caves, des impasses, des recoins où ils s'étaient cachés, s'appelaient en sifflant dans leurs doigts, grimpaient sur les lampadaires, les embrasures des fenêtres, dansaient sur la chaussée abandonnée. Une flopée de marmousets la dévala au pas de charge, en liquidant au passage d'imaginaires ennemis, et s'arrêta à la hauteur du théâtre romain où des centaines de personnes assises depuis peu sur les gradins, dans l'attente d'un spectacle plus consistant, regardaient évoluer des musiciens ambulants qui, fort judicieusement, s'étaient dès l'aurore embusqués dans les ruines. Une pluie de piécettes s'abattait autour d'eux. Il suffisait de se baisser pour les prendre. Ce que firent les chenapans pourchassés par les flûtistes, les violoneux, les timbaliers, qui brandissaient leurs instruments comme des matraques, à la grande joie des spectateurs secoués de rire. Leur cueillette terminée, les maraudeurs rebroussèrent chemin à toutes jambes, s'arrêtèrent à un tournant pour ovationner une patrouille de fedayin. Celle-ci déposait, à chaque carrefour, des factionnaires destinés à remplacer les agents jordaniens retranchés dans leurs commissariats. Un train de jeeps de l'ALP[1], dotées de mitrailleuses, survint à vive allure.

Sans hésiter, les mioches se lancèrent à sa poursuite.

— Allons, gamins, place ! place !

— Ya ! Ya ! Ya ! Ya ! ... Les premiers arrivés gagneront ! Youpi !

Les plus téméraires parvinrent à s'accrocher à l'arrière des dernières voitures et à s'y maintenir, sous l'œil indulgent et rieur des soldats palestiniens. Les moins rapides attrapèrent au vol des camions et des autobus bondés qui allaient dans la même direction. Une cohorte tintante de cyclistes, précédant une armée de piétons, les suivait de près. Par vagues successives, les réfugiés des camps

---

1. Armée de libération palestinienne, force militaire régulière de l'Organisation de libération de la Palestine (OLP).

périphériques gagnaient le cœur de la capitale, où le volume des bourdonnements prenait de l'amplitude. Soudain, une clameur incommensurable monta du souk envahi.

Là-bas, le porche de la mosquée vomissait un flot ondoyant de keffiés et de voiles noirs, charriant des drapeaux, des bannières, des portraits, et une flottille de cercueils pavoisés, enrubannés de lettres d'or, qui vint s'aligner sur le parvis tumultueux, comme pour un départ de régates.

— Les voilà ! Les voilà !

— Regarde, petit, regarde, c'est Arafat !

— Où ça ? Je ne vois rien !

— Attends, monte sur mes épaules.

— À moi ! J'étouffe !

— Mais non ! Ce n'est pas lui ! Arafat porte toujours des lunettes noires.

— Fais attention, frère, tu m'écrases le pied !

— Voici Habbache ! Habbache !

— Habbache est à Bagdad, voyons !

— Bah ! Cet hérétique !

— C'est toi, fasciste, qui as dit ça ?

— Mais, lâchez-moi, lâchez-moi !

— Viens, petit, allons-nous-en.

— Attends, attends, père. Je vois Hawatmeh !

— Où ça ?

— Là... là...

— Ah oui, tu as raison. C'est lui. Ha-wat-meh ! Ha-wat-meh !

— Idiot, c'est Bechir, un maître d'école de Wahdate.

— Hawatmeh ? Qui est-ce, celui-là ?

— Quoi, tu l'ignores ?

— Yas-ser-A-ra-fat !

— Vive nos héros et nos martyrs !

— Palestine vaincra ! Palestine vaincra !

— Pourquoi cries-tu « Vive nos héros », puisqu'ils sont morts ?

— Imbécile !

— Yu-yu-yu-yu-yu-yu-yu-yu-yu-yu-yu-yu...

Les bières, enveloppées d'étoffes vertes et abondamment fleuries, ruisselaient d'épitaphes glorieuses. La foule se pressait, fourmillait, se bousculait devant les détachements qui portaient les cercueils sur leurs épaules. On reconnaissait aisément parmi eux la trogne colorée d'Abu Abid, du Fatah, dont la corpulence paraissait incongrue à côté des sveltes fedayin qui faisaient office de croque-morts.

Inébranlables dans le tumulte comme des cariatides, ils attendaient le signal pour rompre leur garde-à-vous de pierre. Le convoi funèbre à l'arrêt évoquait une succession de petits temples antiques parés pour la célébration d'heureuses prémices. Les Kalachnikov luisaient au soleil. Les pans des keffiés s'agitaient imperceptiblement et sur les uniformes léopard impeccables se mouvaient des reflets.

Abu Raïd, Abu Mansur, Ibrahim, Mirzuk et les deux Kurdes entouraient le cercueil de Fayçal, décoré d'emblèmes aux dominantes pourpres et d'arabesques flamboyantes.

« À notre camarade mort en héros pour la cause du peuple palestinien. »

L'inscription rutilait au milieu d'une débauche de roses et d'œillets qui embaumaient l'air et effaçaient par bouffées la doucereuse odeur de putrescence qui déjà s'insinuait dans les narines des six militants du Front. Eux aussi étaient superbes. Leurs couvre-chefs disparates les distinguaient sensiblement des autres : deux casquettes chinoises où brillaient de petites étoiles rouges, une casquette cubaine, deux keffiés et l'inévitable béret de para du commandant. Rien n'évoquait moins la tristesse que ces funérailles hautes en couleur, presque majestueuses, qui débutaient au cœur d'une invraisemblable bousculade, dans la confusion la plus totale. Les services d'ordre des organisations palestiniennes faisaient la chaîne pour contenir la poussée constante de la populace que survoltaient les hurlements striduleux des pleureuses :

— Yu-yu-yu-yu-yu-yu-yu-yu…

Elles naviguaient parmi les caftans, les djellabas et les chemises claires, se lamentaient en prenant le ciel à témoin, lançaient des kyrielles d'injures et de malédictions à l'adresse des sionistes.

Les stropiats, disloqués, hirsutes, venus en nombre, rampaient dans la cohue en agitant des sébiles au bout de leurs bras décharnés.

— La charité, fidèles ! Allah vous le rendra au centuple !

Collés contre les murs, des aveugles appuyés sur de grands bâtons dodelinaient de la tête, roulaient des yeux blancs comme des médiums en transe en chantant des psaumes coraniques. Les plus vieux, dignes en dépit de leur infirmité, marmonnaient dans leur barbe jaunie, avec la concentration et le sérieux de clercs qui exorcisent. Des pièces tombaient en tintant, comme des projectiles, dans les chiffons sales ou les soucoupes ébréchées placées à leurs pieds. Parfois aussi, des billets graisseux, à demi pliés, s'y posaient comme des papillons, dans un imperceptible froissement que les heureux bénéficiaires percevaient, malgré le bruit. Ils se baissaient et, prestement, les faisaient disparaître dans les plis de leurs guenilles.

Attardé sur le parvis, un cul-de-jatte, le tronc gainé dans un sac de cuir, les mains bandées de chiffons, se glissait en sautillant, comme un scarabée sans pattes arrière, entre une forêt de jambes trépidantes. Quelqu'un le saisit, le hissa à bout de bras et le passa à son voisin. Ballotté de mains en mains, l'infirme terrifié échoua sur les marches de la mosquée où, instantanément, il prit la couleur et la fixité d'un buste décoratif.

Des jeunes filles aux yeux sombres, en tenue de combat, de sages Lionceaux à l'air responsable, des femmes chétives et légères comme des ombres, d'opulentes commères aux amples voiles froufroutants, des vieillards armés de fusils de chasse, des gosses agiles, couverts d'oripeaux bariolés, et des fedayin, le torse gonflé de gibernes et de chargeurs, mitraillette à la bretelle, affluaient sans cesse.

Apparurent, à l'entrée de la place, les jeeps d'escorte de l'ALP. Elles s'enfoncèrent dans la masse rétractile de la multitude, qui se referma derrière elles. On eût dit qu'un énorme mollusque les avait avalées d'une seule traite. Par grappes, les corps s'écartaient à leur passage. Agglutinés contre leur carrosserie, comme les parois extensibles d'un intestin, ils empêchaient leur manœuvre, qui consistait à s'aligner symétriquement, deux par deux, devant le cortège.

Les chauffeurs et les servants des mitrailleuses, au comble de l'exaspération, usaient leurs cordes vocales à réclamer plus d'espace et à proférer d'incroyables insanités qui se perdaient dans le tohu-bohu.

Les sections de Samma, comme les autres unités de fedayin présentes sur les lieux, furent employées à faire reculer les gens, à les canaliser puis à les encadrer. Au bout d'une heure d'efforts marqués de coups de gueule, de bourrades, d'altercations, les jeeps purent enfin se disposer sur une aire dégagée.

231

Alors, comme les eaux d'un barrage qui se rompt, les funérailles s'écoulèrent dans la rue Hashimi, emportant à la queue leu leu les cercueils qui tanguaient, cahotaient, au milieu des pétarades et des glapissements modulés, semblables au fracas d'une tempête.

— Yu-yu-yu-yu-yu-yu-yu... Pam ! pam ! pam ! pam ! ... Pam ! pam !

Entre les immeubles gris, muets, plus sinistres que des tombeaux, le flot humain roulait, grondait, tantôt renflé, ondulant, truité, tel un énorme python qui sinuait dans la ville, tantôt déferlant, trouble, agité, comme un fleuve en crue que grossissaient à chaque croisement les ruelles torrentueuses.

Par moments, les jeeps s'arrêtaient et la foule, surprise, se comprimait sur le service d'ordre qui entourait les cercueils puis refluait dans un roulement de ressac. Des femmes qui se trouvaient mal s'affaissaient sous leurs voiles.

— Aïe ! aïe ! Ma jambe, ma jambe, suffoquait une matrone prise dans un remous.

Elle tourna de l'œil, tomba dans les bras de Yussuf et de Boutros qui perdirent l'équilibre et furent remis d'aplomb par un flux providentiel.

Les deux colonnes de jeeps ouvraient la voie à grands coups de klaxon. Seule la première tenait le milieu de la rue, pareille à la proue d'un vaisseau. Elle était munie d'un haut-parleur qui nasillait à l'intention des habitants des immeubles :

— Dégagez les fenêtres et les balcons ! Dégagez les fenêtres et les balcons ! Vous risquez d'être atteints par les tirs.

D'infatigables volées de gamins bondissaient autour des véhicules, grimpaient sur les marchepieds, s'agrippaient aux pare-chocs, couraient à reculons et scandaient de leur voix aiguë.

— Fedayi-yé ! Fedayi-yé !

— Au large, au large, les gosses, s'égosillaient vainement les servants des mitrailleuses.

Au troisième étage de l'hôtel Philadelphie, en face du théâtre romain, un touriste allemand qui ne comprenait pas l'arabe, posté sur le balcon de sa chambre, guettait, les mains crispées sur son Leica, l'approche tapageuse et *sehr folklorik* de l'enterrement.

— Schön ! schön ! Sehr schön ! se chuchotait-il avec ravissement, sans doute persuadé que les balles tirées par la populace surexcitée n'étaient que d'insignifiants pétards...

— Yu-yu-yu-yu-yu-yu-yu-yu... Pam ! pam ! pam ! pam !... Pam ! pam !

Un coup violent à l'épaule lui fit lâcher son appareil. Celui-ci tomba sur le crâne d'une pleureuse qui s'effondra, assommée. « Ach so ! » fit l'Allemand, sidéré. Son bras inerte et la vue du sang qui s'étalait sur sa chemise le remplirent d'effroi. Il porta sa main valide à sa blessure, sauta à l'intérieur de la chambre et courut en beuglant comme un veau dans les couloirs de l'hôtel.

*

À une centaine de mètres de là, le chauffeur de la jeep au haut-parleur et le commandant Shimoun Zargavakian, qui dirigeait l'escorte, entendirent un bruit sec... et leur pare-brise s'étoila. L'officier enfonça un doigt dans le trou rond et clair qui perçait la vitre givrée et dit calmement :

— Arrête, arrête, Issa. Je crois bien qu'on nous tire dessus.

Il se tourna vers les deux techniciens du son et les quatre fedayin qui occupaient l'arrière de la jeep.

— Donnez-moi le micro et prévenez les autres.

Grésillement... friture... parasites...

— Wallah-billah ! Ziyad, que se passe-t-il ?

— Ça vient. Un faux contact... Ça y est, c'est réparé.

— Frères, vibra le haut-parleur, arrêtez-vous... Arrêtez-vous et attendez... N'avancez plus, s'il vous plaît, n'avancez plus !

Les servants, qui s'étaient précipités sur les mitrailleuses, les braquaient en direction des toits, qu'ils scrutaient en engonçant la tête dans les épaules.

— Où est-il, ce salaud ?

Les gosses se ruèrent sous les voitures. Une dizaine de fedayin s'engouffrèrent dans une allée.

— Là-haut, sur cette terrasse. Je le vois, là...

— Tiens, fumier, attrape !

Rafales... bris de verre.

Inaddin al mok ! Manqué !

— Ne tirez pas, frères, il nous le faut vif, dit Shimoun Zargavakian.

Et il partit tranquillement rassurer les chefs de la résistance qui, en principe, devaient se trouver près des cercueils.

— Que se passe-t-il ?

— Rien. Un tireur isolé. Sans doute un provocateur.

— De Ben Djamil ?

— Peut-être. Peut-être aussi un agent sioniste...

— Quoi ? Quoi ? Qu'est-ce que c'est ? Pourquoi n'avance-t-on plus ? interrogeait quelqu'un, loin derrière.

— Fuyons, frères. Les bédouins nous attaquent, s'écria une bouche perfide.

Le milieu du cortège tourbillonna en désordre.

234

— Ne l'écoutez pas, frères ! Encore un provocateur !
s'époumona un chef fedayin, au poitrail de lutteur, qui,
suivi de ses hommes, fendit la foule.

— Où est-il, ce puant ?

— Là, là… Je le reconnais… C'est lui ! croassa une
commère.

Le chef fedayin s'empara d'une djellaba fuyante, qui se
ratatina dans ses mains.

— Ah, te voilà, ordure ! C'est toi qui répands ainsi de
fausses nouvelles ? brailla-t-il de sa voix de stentor éraillée.

— C'est… c'est une erreur… Il est parti par là… Je l'ai
vu, il m'a bousculé… pleurnicha la djellaba, faiblement.

— Tape dessus. C'est un indic !

— Tes papiers… Allons… Presse-toi !

— Laisse-le, laisse-le, camarade ! C'est mon père !

— Puisque je te dis qu'il m'a bousculé en se sauvant…

— Excuse-nous, excuse-nous, brave homme.

Grésillements… friture… parasites…

— Frères, l'incident est réglé… tuig… tuig… Pas
d'affolement… tuig… tuig… Reprenez vos places. Nous
allons repartir. Tac…

Debout près de la jeep, Shimoun Zargavakian tendit son
micro à Issa et fit signe aux servants de baisser et de désarmer leurs mitrailleuses.

— Avance, chien !

— Saloperie ! Tu vas voir ce que tu vas prendre.
Marche donc !

Bras levés, face exsangue, l'homme qui avait tiré sur le
cortège apparut dans l'encadrement de l'allée, aiguillonné
par six canons de mitraillette.

— Allez, plus vite, grogna l'un de ses ravisseurs, en lui
assenant un coup sur la nuque.

Le captif trébucha.

— À mort, le traître ! À mort ! piaillaient les gosses en sortant de leur cachette.

— À mort ! À mort ! Fusillez-le ! grondaient des badauds, furieux de s'être jetés à plat ventre pour si peu.

Dans les immeubles, des faces craintives s'écrasaient par moments contre les carreaux des fenêtres et disparaissaient au moindre mouvement de la rue.

— Ne le molestez pas ! Suleiman, conduis-le au siège. Nous l'interrogerons après l'enterrement.

— D'accord, commandant !

*

— Yu-yu-yu-yu-yu-yu-yu… Pam ! pam ! pam ! pam ! … Pam ! pam !

Comme si rien ne s'était passé, le convoi se remit en route. Les tambourinaires l'avaient rejoint devant le théâtre romain. Ils frappaient comme des sourds sur leurs instruments, se contorsionnaient, grimaçaient, se détendaient d'un bond, possédés par leurs propres trémoussements.

Était-ce dû à la frénésie contagieuse de ces baladins ? Les funérailles semblaient tourner à la procession baroque, au triomphe délirant. Les chauffeurs des jeeps se mettaient à klaxonner au rythme des tambours et les coups de feu tendaient à claquer en salves dans les temps morts.

Cette impression fut brève. Le palais royal apparut en face, puis à gauche du cortège, et le branle-bas cessa.

— Pas de provocations, tonna le haut-parleur. Jordaniens et Palestiniens sont frères ! Ne tombons pas dans les pièges sionistes. Les Arabes ne se battront jamais entre eux. Vive nos frères soldats !

La foule ne répondit pas à l'invite. Elle regardait sévèrement les enceintes de la verdoyante colline, et l'on

236

entendait, dans le silence tendu qui planait au-dessus de l'enterrement, le crissement des milliers de semelles sur l'asphalte.

Ils étaient là, ces bédouins, invisibles dans la basse ville, impavides comme des séides autour de leur sanctuaire et l'on devinait qu'ils étaient prêts à se faire tuer sur place plutôt que de reculer d'un pas, prêts aussi à tirer sans discernement sur le peuple si celui-ci s'avisait de bifurquer dans la zone interdite.

Les fedayin qui encadraient les civils avaient fait basculer leur mitraillette de l'épaule à la hanche. Trente mètres les séparaient des gardes hachémites et des deux côtés l'on se mesurait des yeux.

Le cortège ne bifurqua pas et lorsque le palais fut dépassé, le tintouin redoubla.

Les rues se resserraient. Les jeeps s'emboîtèrent les unes derrière les autres pour pénétrer dans le djebel Ashrafieh, un quartier palestinien.

L'atmosphère sur-le-champ se déchaîna. Et pour cause. Les habitants se mettaient de la partie. Ils tiraient de leurs fenêtres et des toits. Cela faisait l'effet d'une pétarade continue qui se répandit à travers la ville comme un grondement de cataracte. Sur place, la fusillade recouvrait le battement des tambourins, le frissoulis des grelots et des crécelles, le choc clair des cymbales, les jérémiades des femmes et les injonctions du haut-parleur qui, dans l'air saturé de décibels, se changeaient en une succession de crachotements et de borborygmes. Parmi cette anarchie inimaginable, un miracle s'opérait à chaque instant. Les balles ne blessaient ni ne tuaient personne. Exacerbées par le bruit, les parentes des défunts perdaient la raison. Elles se jetaient sur le service d'ordre pour tenter d'atteindre les cercueils et se harpaillaient comme des louves avec les fedayin qui s'efforçaient de les apaiser. Quelques-unes, profitant des désordres causés par leurs compagnes, parvenaient à franchir le barrage des soldats et bondissaient sur les porteurs qui, de leur main disponible, les maintenaient à distance.

— Mon petit-fils, je veux le toucher, le toucher, suppliait la grand-mère du défunt Fayçal, en enfonçant ses ongles dans le bras d'Abu Mansur qui s'appliquait à rester impassible.

Elle trottinait à côté de lui sans lâcher prise.

— Allons, laisse-moi approcher, gémit-elle.

— Pourquoi ne vient-on pas la chercher ? s'impatienta le prof.

Kayser et Latifah accoururent et l'entraînèrent hors de la presse.

Les fedayin qui convoyaient les morts suaient profusément et avaient un peu perdu de leur martiale allure. Leur tenue, trempée aux aisselles et aux hanches, trahissait un effort éprouvant. Ils avançaient lentement, d'un pas inégal qui donnait aux bières un léger roulis, souffraient de crampes à l'épaule, d'élancements aux reins, d'ankylose à la nuque. Ils auraient pu facilement se faire remplacer, mais tous s'y refusaient.

Au gré de son itinéraire, paraissant imiter quelque monstre polymorphe, le convoi funèbre prenait des formes surprenantes. Il devint une grosse chenille paresseuse pour gravir une raide venelle. À sa suite, la masse humaine en fusion s'étrécit et s'étira démesurément comme une coulée de métal passant au laminoir, puis se fragmenta à chaque intersection en plusieurs serpentins autonomes, lesquels s'enfilèrent dans l'écheveau des sentes qui quadrillaient le quartier. Celui-ci fut très vite complètement engorgé.

Le tapage s'intensifiait, atteignait au paroxysme et l'excitation de la foule tournait à la démence.

À chaque instant, des pleureuses prises d'hystérie arrachaient leurs voiles et se labouraient le visage. D'autres se bouchaient les oreilles, tournaient sur elles-mêmes comme des toupies et criaient de toutes leurs forces avec une stridence qui attaquait les nerfs.

Des épileptiques se cabraient et tombaient à la renverse, l'œil révulsé, la bave aux lèvres.

— Par ici, infirmier !

— À mort, à mort, les sionistes !

Les galopins s'en donnaient à cœur joie, exécutaient des danses barbares autour des lampadaires et des bornes-fontaines, se chamaillaient entre bandes rivales, se glissaient dans l'affluence pour voler dans les poches des grandes personnes, et parfois se faisaient prendre, la main dans le sac.

— Aïe ! Aïe ! mon oreille ! J'ai rien fait !

— Petit morveux ! Et mon portefeuille, il est venu tout seul sous ton bras.

— Aïe ! Aïe ! il est tombé par terre, j'allais...

— Le fils de truie ! Il m'a échappé !

— Au voleur ! Au voleur !

— Vive nos héros et nos martyrs !

— Vive le Fatah !

— A-bu A-mar ! A-bu A-mar !

— Attention, frère ! Tiens ton revolver un peu plus haut ! Ta balle m'a frôlé les cheveux !

Les funérailles parvinrent au sortir du dédale en même temps que l'assistance dévidée sans interruption par les ruelles environnantes. Les serpentins et la chenille, en se raccordant, dessinèrent une pieuvre qui résorba ses tentacules dans une tête démesurément dilatée.

Submergé, le service d'ordre. Étouffés, immobilisés, engloutis, les jeeps et les cercueils…

— De la discipline ! Reculez, mes frères, adjurait le haut-parleur, sans parvenir à se faire entendre.

— La chaîne, faites la chaîne, implorèrent les convoyeurs en mauvaise posture.

— C'est ça, faisons la chaîne, dit Yussuf, en prenant la main de Boutros et de Hanna.

— La chaîne, la chaîne ! répétèrent l'un après l'autre ceux qui s'y joignaient.

Un cercle se construisit autour des bières, qui repoussa peu à peu l'invasion du public. Arc-boutés, les fedayin synchronisaient leurs efforts :

— Ho ! Hisse ! Ho ! Hisse !

Enfin, le cortège put reprendre sa marche. Il avait à peine effectué une centaine de mètres que tous les minarets de la ville émirent l'appel à la prière du soir. Les armes, les musiciens et les pleureuses se turent, et l'on écouta, dans le recueillement nécessaire, le chœur que composaient les voix des muezzin dispersés dans les mosquées d'Amman. Comme il eût été malséant après cela de reprendre brutalement le charivari, le recueillement se poursuivit jusqu'au cimetière.

Chapitre XVI

Après l'enterrement, les fedayin regagnèrent par groupes le centre de la ville où les patrons des bistrots avaient rouvert. Des hordes affamées envahirent les restaurants et les tavernes.

Une pléiade de chrétiens, guidés par le commandant Shimoun Zargavakian, fit irruption dans le bar, réputé mal famé, de Georgeos l'Arménien, qui agrémentait son comptoir d'une ribambelle de « mézés » très altérants et dissimulait dans son sous-sol d'excellents alcools de contrebande et du hashish.

— Ah, Shimoun ! Te revoilà !

— Sacré vieux Georgeos, toujours en forme ?

— De l'arak pour tous !

— Et du pasterma. As-tu du pasterma ?

— Par ici, j'ai soif !

— Ah, c'est toi, Lucas Bakri ? Je suis content, mes amis, ça me fait bigrement plaisir de vous voir, bafouilla Georgeos, en pointant vers eux son nez grumeleux de vieux pochard.

Il posa sa bouteille sur le zinc, écarta généreusement les bras et ajouta, grand seigneur :

— J'offre la première tournée.

— Et le pasterma ?

— Ça vient, fit Georgeos qui courut à son étal, débita en fines tranches, à l'aide d'un grand couteau de boucher, une pièce de viande séchée imprégnée d'épices.

— Ça ne vaut pas ton premier bistrot, à Jérusalem !

Le regard bleu et trouble du mastroquet aviné se perdit dans le vague.

— Dieu, c'est loin déjà, soupira-t-il. Plus de vingt ans ! On faisait de bonnes affaires là-bas. Les touristes se battaient pour venir chez moi. Quand je pense que j'ai atterri dans cette ville pourrie, pouah !

Sa main effectua un geste de rejet.

— On y retournera, va, le rassura Lucas Bakri.

— Le crois-tu ? Le crois-tu vraiment ?

Georgeos but une longue rasade d'arak, enfourna dans sa bouche plusieurs tranches de pasterma.

— On vivait bien à Jérusalem. Des filles à la pelle, pas farouches, qui se laissaient volontiers taquiner. Ici, on étouffe, on crève à petit feu !

— Ciel, que c'est triste de vieillir ! constata un sous-lieutenant éméché qui évaluait le tenancier des pieds à la tête.

Il se pencha sur le comptoir, effectua quelques brasses dans le vide et parvint à attraper Georgeos par sa blouse. Il l'attira vers lui, pasticha l'allure docte d'un anthropologue confronté à un spécimen rare, replia son médius et lui donna sur le front trois petits coups experts.

— C'est vide là-dedans, complètement vide !

— Laisse-moi, mais laisse-moi donc. Maîtrisez-le, vous autres, il est soûl comme une barrique.

D'une bourrade, Shimoun envoya valser l'officier à l'autre bout du bistrot et s'accouda au comptoir. L'haleine fétide de Georgeos l'atteignit en pleine face. Il eut une contraction nauséeuse qu'il chassa en vidant son verre. S'il s'en était senti le courage, il eût immédiatement quitté ce boui-boui infect.

Le commandant Shimoun Zargavakian, réfugié palestinien né à Jérusalem d'une mère arabe, de confession catholique romaine, et d'un père arménien, venait de diriger l'escorte motorisée de l'ALP. Il était passé en quelques heures par tous les états d'âme et avait chuté finalement dans un cafard gluant et noir comme de la poix qui maintenant collait à sa peau.

— Georgeos, à boire, pour l'amour du ciel !

— Voilà, ami.

L'effet apaisant du raki glacé durait peu. À peine ingéré, pareil à de l'huile versée sur de la braise, il attisait les feux qui venaient ronger Shimoun. N'étant pas homme à s'apitoyer sur son sort, il rejetait normalement hors de son esprit, dès qu'elle se formulait, toute méditation pessimiste. Cette conduite, qu'il s'imposait depuis fort longtemps, était l'antidote le plus efficace contre les poisons de la déréliction.

Quelquefois, comme ce soir, ses défenses craquaient et il ne parvenait plus à se raisonner, à reprendre le contrôle de son humeur qui sombrait, par paliers, dans une totale désespérance. Quelquefois, comme ce soir, Shimoun Zargavakian se sentait las de lutter contre lui-même, contre de vieilles et increvables obsessions nichées au cœur de son subconscient, telles des larves dans un fruit et qui, périodiquement, rampaient dans les cellules de son cerveau, neutralisaient sa volonté, parasitaient sa raison.

— Encore un verre, Georgeos !

Sa pensée remonta le cours du temps, fit revivre en lui des scènes d'atrocité, de génocide, concernant le peuple martyr dont par son père il était issu. Il ne pouvait les chasser. C'était comme un aimant qui le happait, l'entraînait au nœud d'un drame, lequel se reconstituait dans son esprit comme s'il y avait personnellement assisté.

... Un homme, une femme, un enfant courent, en tirant une mule lourdement chargée. Derrière eux, un nuage de poussière roule, galope... Des cavaliers !

— Les Turcs, les Turcs ! Nous sommes perdus.

La meute encercle les trois fuyards, ligote les mains du père et de l'enfant, se jette sur la mère, la traîne au bord du fossé, la viole, l'égorge, puis se retourne. Éclair des sabres qui se lèvent. Bond de l'homme se jetant devant son fils.

Un kaléidoscope de taches multicolores amena Shimoun Zargavakian dans les beaux jours de son enfance qui avait rassemblé pour un bonheur fragile les vivants et les morts de sa famille dispersée. Sa mère, une femme plantureuse et exubérante, décédée des suites d'un cancer en 1947. Son père, un petit homme modeste au regard très doux. Une barbe abondante atténuait l'effet inquiétant que ne manquait pas de produire la balafre squameuse qui zébrait la partie gauche de son visage, de la tempe à la pointe du menton : blessure ineffaçable d'un sabre turc dévié par le réflexe désespéré d'un grand-père inconnu.

Son univers : une boutique de souvenirs dans la vieille ville de la cité sainte, acquise à force de travail et d'économie. C'est là que ses enfants le retrouvaient à la sortie de l'école, assis parmi un farrago de brimborions et d'objets pieux...

Mort aussi ; mort du triple chagrin d'avoir perdu son épouse, un fils, et assisté au démembrement de la Palestine, sa patrie adoptive. Jacob, l'aîné, tué en 1948 pendant la bataille de Jérusalem. Les deux filles, Myriam et Thérèse, émigrées en France et mariées là-bas. Paul, le benjamin, s'assimilant quelque part aux États-Unis dans une troisième nation. Et lui, lui, Shimoun, rejeton torturé de deux peuples maudits.

— Dieu est mort ! affirma-t-il à haute voix.

Il se tourna vers Georgeos.

— Par le sang du Christ, tu roupilles, camarade. Allons, une tournée générale !

— Bravo, bravo, applaudit la salle.

— Moi, je préfère les Suédoises, mâchonna le « soûl-lieutenant » dans l'oreille de Lucas Bakri.

— Tu blasphèmes, commandant Shimoun, fit remarquer un jeune chrétien superstitieux.

— Sûr, je blasphème, ricana Shimoun. Et tiens, je trinque avec toi à la santé du diable !

— Non, non !

— Sois tranquille. Dieu nous a trahis, comme il a trahi le Christ, fiston. Sa justice ne peut rien contre nous, sauf peut-être nous ôter la vie. As-tu donc peur de la mort ?

— Non, mon commandant, bredouilla le croyant.

— Alors, vive la mort, garçon !

— Vive la mort, hoqueta le sous-lieutenant ivre mort.

— Vive la mort ! reprit la salle en chœur.

— Et de l'herbe, de l'herbe, pour oublier...

*

Dehors, la nuit tombait et la ville avait retrouvé son animation pacifique. Mais les fedayin qui y déambulaient en grand nombre, qui occupaient les terrasses des cafés, les salles de restaurant, entretenaient son aspect insolite. On eût dit qu'Amman avait définitivement cessé d'être la capitale du royaume hachémite pour devenir celle de la révolution palestinienne. La police ne se montrait toujours pas.

Les soldats et les bédouins du petit monarque restaient consignés dans leurs cantonnements. Les factionnaires et les patrouilles de l'ALP continuaient de régler la circulation et d'assurer le maintien de l'ordre. Depuis que la tension était tombée, les habitants du centre se mêlaient sans réserve aux tenues léopard. Un peu partout on s'étreignait avec effusion, comme si rien ne s'était passé. Civils et combattants n'avaient même pas besoin de fraterniser. Tout le monde semblait se connaître. On s'interpellait de loin, avec de grands gestes amicaux.

Bref, les fedayin « nageaient parmi le peuple comme des poissons dans l'eau ». Seuls les portraits du roi, en évidence dans tous les lieux publics, pouvaient prêter à confusion, induire en erreur les rares touristes mal informés de la situation, leur faire croire que le souverain régnait avec une égale magnanimité sur ses sujets jordaniens et ces Palestiniens turbulents ou encore qu'il avait si peu d'importance qu'on avait omis de le détrôner.

Sur les trottoirs, les vieux, qui avaient ressorti tabourets et narghilé, prenaient le frais en se laissant distraire par les mouvements de la rue.

*

Devant le QG du Front — une ancienne villa cossue du djebel Hussein —, Shêrgo Bohtani et Sabri Sinjari fumaient.

Ils avaient tous deux un visage long et mince, au profil coupant, qui se terminait chez le premier sur un menton pointu, agressif, et chez le second sur le poil frisottant d'une barbe roussâtre, mal taillée. Les yeux de Shêrgo Bohtani, à peine enfoncés dans les cavités orbitales, étaient étroits et fendus, presque mongoloïdes, avec de larges paupières qui pesaient sur deux iris noirs singulièrement humides et des pupilles émaillées, à l'éclat perçant, fines comme des têtes d'épingle. Ceux de Sabri Sinjari étaient caves et clairs. Ses prunelles acérées, glaciales, toujours sur le qui-vive, transperçaient des iris gris-bleu. Leurs bouches se ressemblaient. Fines estafilades aux lèvres minces et serrées, elles riaient rarement et avaient plutôt tendance, comme en ce moment, à s'incurver sur les bords en une moue ombrageuse.

Ils fumaient, sans trop accorder de curiosité à leurs camarades qui se rasaient et se bichonnaient à quelques mètres d'eux, autour des gros alcaraz de grès, dans l'enclos qui cernait la maison : un ancien jardin faisant désormais office de cénacle, de réfectoire, de cour, de salle de bains et, bien sûr, de dortoir en plein air, particulièrement ce soir où tous les locaux du Front, à Amman, avaient été pris d'assaut par les fedayin descendus des djebels.

Ils fumaient, et leurs regards coulaient dans le sillage de la Voie lactée, qui installait dans le ciel la pâle et longue nuée de ses milliards d'étoiles.

Ils fumaient, et les volutes mauves qui s'échappaient de leurs narines les emportaient au-delà des déserts de Jordanie et d'Iraq, au-delà de Mossoul, dans les fraîches vallées de leur pays natal.

Mirzuk et Ibrahim apparurent sur le perron du QG, descendirent les marches d'un pas léger et s'arrêtèrent à la hauteur des deux Kurdes :

— Comment, vous ne sortez pas ?

— Non.

Accoutumés à leur ourserie, les deux moniteurs échangèrent un clin d'œil d'intelligence.

— Eh bien, bonne soirée, les gars. Salâm !

Sans plus s'attarder, ils firent le tour de l'enclos en battant le rappel.

— Oh, les gars ! Qui vient avec nous ? On va chez Mu Ammad.

— C'est trop cher, objecta Guevara.

— On te l'offre.

— Alors c'est différent. Je viens.

— Ne partez pas, ne partez pas !

Rahim accourut, à moitié débraillé, en nage, formalisé :

— Avec vous, même pas le temps de chier ! lâcha-t-il, en rajustant sa veste.

— Pauvres couillons, rigola Hanna, qui se lavait les pieds. Vous allez vous exciter pour rien.

Mirzuk fit un geste obscène.

— Pour rien ? Mais non ! À mon retour, je compte sur ta complaisance, petit, roucoula-t-il.

Et il partit d'un gros rire sonore dont le roulement s'éloigna dans la nuit.

*

Les silhouettes du prof et de Latifah s'inscrivirent dans le chambranle éclairé de la porte d'entrée.

— La troisième section, par ici !... Ça vous dirait de faire une sortie ?

L'assentiment quasi unanime et bruyant obligea Abu Mansur à lever les deux mains en signe d'apaisement.

— Eh bien, il n'y a qu'à se cotiser.

Il retira sa keffié, la prit par les quatre coins et la tendit comme un sac.

— Avancez. Que chacun donne selon ses possibilités.

Un par un, les fedayin vinrent déposer leur obole, qui dépassait rarement le demi-dinar.

Après la collecte, Latifah entreprit de faire les comptes.

— Seize dinars, annonça-t-elle.

— Il en faudrait encore quatre ou cinq, estima le prof.

Il s'esquiva, frappa à une porte, l'ouvrit et réapparut un peu plus tard, en agitant victorieusement dans sa main six dinars.

— J'ai tapé Nayef et Abu Raïd, déclara-t-il. Allez, en route maintenant, camarades.

— Tous chez Jabri ! s'écria Latifah.

Bras dessus bras dessous, ils passèrent à côté des deux Kurdes : silhouettes d'encre, statiques dans la pénombre. Abu Mansur les salua.

— Salâm, rafiq.

Puis les invita :

— Voulez-vous venir avec nous ?

Sabri Sinjari déclina l'offre sèchement.

— Non, on est de garde.

Et au bout d'un moment, il ajouta, comme à regret :

— Tesbah 'ala khêr[1], rafiq Abu Mansur. Amuse-toi bien.

Ce qui était de sa part un signe de haute estime.

La troisième section s'éloigna. Sifflements, cris et bruits de pas décrurent. Ne persista autour du QG que le murmure étouffé de conversation qui filtrait du bureau de Nayef.

— Enfin seuls, dit Shêrgo Bohtani.

Il tenait sa mitraillette à plat sur ses genoux repliés.

— Ouais, approuva Sabri Sinjari, qui avait la sienne coincée sous son bras gauche.

*

---

1. Bonne nuit.

En rêve, les deux Kurdes s'évadèrent derechef dans une gorge encaissée, clairsemée de platanes trapus, encastrés dans la rocaille. Ils remontèrent le lit d'une rivière mugissante, virent au loin, sur les lamelles de brouillard en suspension dans l'espace mi-rose mi-bleuté, les crêtes des monts Henderen et Zozeck, et derrière, à une distance inévaluable, imposant, inaccessible, un cône éternellement enneigé dominant Hadj Umran, le refuge de Barzani.

De ce sommet, le vieil autonomiste kurde qui, depuis onze années, tenait en échec les meilleures unités de l'armée iraquienne, contrôlait le Kurdistan, dirigeait ses peshmerga qui gardaient les passes, les défilés et les hauteurs de son domaine, régnait sur eux en despote. Tous pourtant le révéraient plus qu'un père, plus qu'un souverain, défiaient l'impossible pour lui complaire, moyennant quoi ils remportaient des combats inégaux contre l'aviation, l'artillerie, les blindés et les troupes de marche de Bagdad équipées de matériel perfectionné.

Là-haut, près de sa tente plantée au bord d'un torrent, le vieux rebelle laissait filer de longues heures à contempler les cimes en dégradé de plus en plus pastel de ses zones libérées. Chaque jour, il recevait d'opulents visiteurs de marque, oppressés par l'escalade, des édiles, des chefs de tribu, des religieux, venus faire leur cour, et présidait à l'occasion les réunions du bureau exécutif du PDK (Parti démocratique kurde), qu'il avait remanié radicalement, impitoyablement, à sa convenance, en plaçant à sa tête des hommes honnêtes, dévoués, volontiers libéraux, mais peu portés vers la contestation gauchiste.

Ibrahim Ahmed et Jalal Talabani, les précédents responsables, qui avaient eu l'audace de mettre en cause son omnipotence et de réclamer un programme social — notamment une réforme agraire —, durent s'enfuir précipitamment avec leurs partisans, pour échapper aux foudres de mollah Barzani et à son expéditive justice. On apprit par la suite que le progressisme de ces deux hommes n'était pas dénué de démagogie et d'ambition personnelle, qu'ils avaient surtout brigué la place du chef et usé, à cette fin, de manœuvres tendant à diviser le mouvement autonomiste kurde. Sur le moment, il eût fallu être bien perspicace pour s'en apercevoir.

Sabri Sinjari et Shêrgo Bohtani, comme les autres peshmerga, avaient profondément vénéré Barzani. Et aujourd'hui encore, ils éprouvaient pour lui une admiration hors de toute logique.

Comme les autres peshmerga, ils s'étaient battus six années durant, mal vêtus, chaussés d'espadrilles, à un contre dix. Ils s'étaient battus près de Suleimaniyé, de Kirkuk, de Qala Dizé, sous les ordres du commandant Fakher, un communiste clandestin, excellent officier, peut-être le meilleur du Kurdistan et, à ce titre, enfant chéri de Barzani.

Ils s'étaient battus près de Rawandouz, leur propre ville, avaient tenu la route d'Hadj Umran, reliant l'Iraq à l'Iran, vitale pour les Kurdes, refoulé des pentes de l'Henderen et du Zozeck, qui la surplombent, deux divisions d'infanterie iraquienne et descendu à la mitrailleuse l'un des Soukhoïs qui incendiaient au napalm hameaux, pâturages et moissons.

Sabri Sinjari et Shêrgo Bohtani, fils de paysans, avaient, comme leur commandant de compagnie, le cœur à gauche et trouvaient le programme du PDK plutôt timide sur le plan social. Mais à la différence de Fakher, habile tant en stratégie politique qu'en stratégie militaire, qui, de surcroît, obéissait à un parti prônant le respect des impératifs historiques et jalonnant d'étapes nécessaires le chemin de la révolution socialiste, les deux jeunes peshmerga se laissèrent facilement griser par Jalal Talabani qui prêchait :

— Si la lutte du peuple kurde n'aboutit qu'à l'autonomie interne sans changer fondamentalement les structures de la région, sans supprimer le tribalisme, la féodalité, alors tout le bénéfice de cette lutte ira à la classe dirigeante, aux aghas détenteurs de la terre, aux riches bourgeois des villes. Vous continuerez d'être exploités comme par le passé et votre combat n'aura servi à rien. Allons, frères, battons-nous sur les deux plans, politique et social.

— Prématuré, avait rétorqué Fakher, laconique.

Trois mois après, le conflit armé éclatait entre la direction du parti et le chef des Kurdes.

C'était en pleine bataille de Rawandouz. Sabri et Shêrgo attendirent que fût remportée la victoire, puis informèrent Fakher qu'ils partaient rejoindre Talabani, afin de l'aider à faire entendre raison à mollah Barzani, trompé par son entourage réactionnaire.

— C'est une désertion, protesta Fakher. Réfléchissez, voyons. Vous serez tôt ou tard acculés à vous réfugier chez les Iraquiens, et vous deviendrez des djach, des djach ! Vous savez le sort qu'on leur réserve, aux djach ! Allons, restez avec nous, ou vous le regretterez toute votre vie.

Comment eussent-ils pu deviner que la mise en garde de leur commandant était une prophétie qui allait se réaliser mot pour mot ? Pourchassés par la majorité des unités de peshmerga restées fidèles à Barzani, ne pouvant trouver ni gîte, ni paix dans les zones kurdes libérées, Ibrahim Ahmed et Jalal Talabani se rendirent avec leurs troupes dans le secteur iraquien, pactisèrent avec Bagdad et devinrent effectivement des transfuges, des « djach » ...

— Des djach ! cracha Sabri Sinjari, et il tira sur sa cigarette.

De l'intérieur du QG, la voix d'Abu Raïd se faisait plus sèche, plus précise.

— Vont pas tarder à s'engueuler, bougonna Bohtani.

— Des djach ! continuait Sabri, d'un ton rageur.

Son imagination vaquait dans les rues de Rawandouz, longeait les solides maisons de pierre ou de pisé serrées les unes contre les autres. Il se voyait saluant Suleiman Sindi, le gros marchand de grain, Issan Shawish, le propriétaire de l'immeuble où habitaient ses parents et ceux de Shêrgo, voisins de palier, le vieux Hadji Sultani, écrivain public niché dans son alvéole comme une icône dans un cadre, le docte et respectable Amin Osmani, directeur de la médresseh.

Toute son enfance renaissait dans cette promenade, batifolait dans le souk truffé d'allées inexplorées, de cachettes extraordinaires. Elle courait, courait à la poursuite de l'infatigable Shêrgo, autour de la ville, dans les pâtures, à travers les troupeaux, sur les pentes, les éboulis et les moraines, à la lisière des hauts sommets, dans les escaliers en colimaçon des minarets, entre les tombes des cimetières, intrépide, irrespectueuse. Elle coudoyait des guerriers cerclés de cartouchières, enturbannés, moustachus. Des djach, déjà, parfaitement, des djach !

— Évite-les, mon fils, ce sont de mauvaises gens !

Les guerriers dignes de ce nom, les Kurdes honorables se trouvaient alors en Union soviétique avec Barzani. L'aviation britannique et les armées turque, iraquienne et iranienne coalisées les avaient chassés du pays. Mais ils reviendraient un jour, pour couper le nez des djach. Ils revinrent, en effet.

— Des djach, des djach ! ruminait Sabri Sinjari.

— Tais-toi, lui ordonna Shêrgo. Nous ne sommes plus des djach, puisque nous avons quitté Jalal.

— Et si un jour nous retournons à Rawandouz, pftt…

Sabri abattit le tranchant de sa main devant son visage, comme un couperet.

Shêrgo se leva, épousseta son treillis d'un geste mécanique.

— Debout, mon frère, il se fait tard. Allons manger un morceau.

Les deux Kurdes gravirent les marches du QG et pénétrèrent dans le couloir éclairé.

*

Du bureau, l'intonation de voix d'Abu Raïd montait crescendo.

— Quoi ? Mais ce n'est pas vrai ! se récriait le chef de base. Il y a d'autres types que moi pour faire ce boulot !

Nayef, assis sur le lit, le regardait d'un œil amusé aller et venir dans la pièce comme un tigre en cage.

— Je comprends, je comprends, dit-il. Seulement tu es de loin le plus compétent.

Devant le mouvement de tête agacé d'Abu Raïd, il s'empressa d'ajouter :

— Non, non, je ne cherche pas à te flatter. Je pense seulement à nos gars. Ils ont besoin d'être solidement préparés.

Il fit une pause.

— La faille de Samma, tu le sais, est intenable en hiver, et on va l'abandonner jusqu'au printemps. Nos nouvelles recrues seront formées à Adjlun. Le stage débutera dans quinze jours, quand prendra fin celui que tu diriges actuellement.

D'un léger rétablissement, Nayef se jeta hors de son lit et prit le bras d'Abu Raïd.

— Allons faire quelques pas dehors.

Le commandant l'accompagna de mauvaise grâce. Il maugréa :

— Je te vois venir, tu vas encore me posséder.

Ils se retrouvèrent au milieu d'un terrain vague. Le djebel Hussein, c'était cela : un vaste plateau de terre qu'entouraient d'un côté de solides bâtisses et de l'autre un fouillis pouilleux de bicoques palestiniennes. Outre le QG du Front, il y avait ici celui du Fatah qui, pour l'heure, avait l'air délaissé et un hôpital appartenant à cette même organisation. Ses fenêtres éclairées inscrivaient dans la nuit les rectangles de leurs embrasures qui diffusaient des reflets sur les tôles des gourbis avoisinants. Là frémissaient des milliers d'existences, procréait ou dormait toute une engeance méprisée qui avait l'audace de croître et de se multiplier : peuple haillonneux de la gale et du rachitisme, condamné à croupir dans la crasse et la promiscuité.

Un avertisseur retentit dans une rue proche, déchira le silence de ses couinements disgracieux.

Les yeux d'Abu Raïd glissèrent sur les lumières de la ville, sur cette profusion de lumière sortant des maisons en dur où vivaient les gens normaux et bien portants qui n'avaient, à dire vrai, aucun grief personnel à formuler contre les sionistes et les puissants de ce monde. Un pointillé de lampadaires guida son regard jusqu'au faîte de la colline où trônait le palais royal, sobrement illuminé.

— Regarde, dit Nayef, en désignant du doigt les feux des campements militaires qui brillaient faiblement à l'extérieur d'Amman, dans la plaine obscure.

Il laissa passer quelques secondes :

— On se leurre si l'on croit qu'ils nous fuient. Vois ! Ils ne nous craignent pas. Ils nous cernent. Ils nous guettent et, au moindre signal de là-haut (il pointa un index en direction du palais), ils fonceront sur nous !

Des ondes montaient du cœur de la ville comme des profondeurs d'un volcan et s'échouaient dans la sérénité enténébrée du djebel Hussein, transmettant aux deux hommes qui se promenaient les pulsations régulières d'une foule apaisée qui tarde dans les rues et les joyeux échos des fedayin en goguette.

*

Une file d'attente s'allongeait devant « chez Jabri ». À travers les vitres, on voyait les dîneurs faire bombance. Au rez-de-chaussée, occupant la moitié de la salle, Abu Abid et ses hommes s'empiffraient d'agneau rôti, de kifteh, de fromage. Le visage amolli, fondu de gourmandise, le chef fedayin s'abandonnait aux plaisirs de la chère.

Au premier étage du restaurant, les gars de la troisième section de Samma occupaient plusieurs tables.

Le repas était pratiquement terminé et l'on venait juste de commander les cafés au serveur.

Le prof, rassasié, alluma une cigarette. Il avait remarqué que Boutros n'était pas en forme et il s'était vaguement promis de le prendre à part dès que possible, mais il se trouva, dès les premières bouffées de fumée, beaucoup trop crevé pour entreprendre quoi que ce soit. La fatigue l'accablait, alourdissait ses paupières. À travers un brouillard narcotique, des images aberrantes se fixaient sur sa rétine, à mi-chemin du rêve et de la réalité. Sa tête se remplit de plomb, pesa une tonne, et il eut toutes les peines du monde à la maintenir droite.

La voix de Latifah semblait provenir d'un autre monde.

— Tiens, prends ce café turc, ça te réveillera.

Il s'ébroua et but. Son crâne s'allégea, sommeil et fatigue se dissipèrent. Il sourit à ses compagnons attablés, se massa la nuque et dit :

— Plus que quinze jours à tirer. Après, les affaires sérieuses débuteront.

— Sais-tu où nous irons ? l'interrogea Yussuf.

— Il va vous faire une surprise, leur révéla Latifah.

Kayser essuya sa bouche graisseuse sur la manche de sa veste.

— Une surprise ? Eh bien, parle donc, prof !

— C'est ça, parle, parle, répéta la tablée en chœur.

Abu Mansur promena sur ses militants un regard rieur qui s'arrêta sur Yussuf.

— Eh bien, camarades, je ne vous quitterai pas, avoua-t-il, car j'ai décidé de former avec vous un commando, le « commando de Jaffa », dont je m'occuperai personnellement.

Il s'interrompit, pour déguster son petit effet de surprise, et précisa, moqueur :

— Si vous n'y voyez pas d'inconvénients, bien sûr !

— C'est formidable ! exulta la tablée.

— Nayef est d'accord ? s'enquit Yussuf.

Abu Mansur tira sur sa cigarette.

— Je me charge de le convaincre, assura-t-il avec fermeté. À propos, je tâcherai d'obtenir la mutation des deux Kurdes dans notre équipe. Nous aurons besoin d'experts car, en matière de guérilla, je suis aussi bleu que vous tous.

Kayser se leva :

— Vive le commando de Jaffa ! claironna-t-il.

Un même réflexe détendit instantanément les vingt-cinq membres de la troisième section qui tonitruèrent :

— Vive le commando de Jaffa !

Leurs voix étaient triomphantes.

Abu Mansur les considérait avec une touche de désappointement. Il en voulait à Kayser d'avoir provoqué ce stupide accès de gloriole, mais il devinait, au-delà de leur comportement un peu ridicule, l'enthousiasme et la générosité qui animaient ses militants.

De noires mèches bouclées tombaient sur les fronts hâlés, dépassaient des keffiés. Et les poings se dressaient, nerveux, impatients, marxistes, révolutionnaires. Celui de Boutros tremblait.

La nuit précédente, dans la casemate familiale, il s'était réveillé en sursaut, et des heures interminables d'angoisse s'étaient écoulées sans qu'il parvînt à se rendormir.

Le poing de Boutros tremblait, un petit poing blanc et grassouillet qui n'avait pas été conçu pour apprendre à tuer, un poing délicat qui eût pu, en d'autres circonstances, être celui d'un lettré, d'un clerc consciencieux.

Le poing de Boutros tremblait, de Boutros dont la face joufflue, si attachante avec son côté un peu ahuri, se disloquait sous un nouvel accès de frayeur.

— Vive le comm... de... de Jaffa, s'entendit-il prononcer d'une voix étranglée.

Le carnage de Koufr Assad, la disparition de Fayçal l'avaient remué au plus profond de sa sensibilité. Ces corps déchirés, ces débris humains, ce pouvait être lui, lui, Boutros, qui morbidement se substituait à eux, recevait leur blessure, se vidait de son sang, crevait comme un chien et était enterré en héros. Pendant les funérailles, il ne lui avait pas été très difficile de s'imaginer à la place de Fayçal, coincé entre quatre planches, pas difficile d'observer, du haut de la bière fleurie, le véritable Boutros qui se démenait à côté de Yussuf, en canalisant l'affluence endiablée ; de l'observer, avec l'infranchissable recul de l'au-delà, comme s'il n'était qu'une émanation illusoire, susceptible de se dissoudre à chaque instant.

Yussuf songeait à la prochaine étape de sa vie militante, certainement la plus dangereuse, la plus captivante aussi. Il y songeait avec soulagement, comme le coureur qui approche du but. L'existence réglée de la base finissait par devenir monotone, stérile. Il avait très envie de pratiquer sur le terrain, d'être un fedayin à part entière, de connaître de vrais risques, de s'éprouver au danger, sous le feu de l'ennemi. Des craintes l'effleuraient, qu'il ne laissait pas s'installer. Sa pensée les chassait très vite et projetait à leur place de brèves et édifiantes séquences, pleines d'héroïsme et de bien d'autres poncifs qui poussent en général les hommes à abattre d'autres hommes, qui justifient les tueries sur les champs de bataille.

Il en fut vaguement conscient. Mais quoi ? Devait-il se laisser désarmer par des considérations morales dans un moment aussi capital ?

Il allait falloir un emblème au commando de Jaffa. Pourquoi pas un oranger sur fond bleu ? Le symbole émut Yussuf au point que son cerveau sélectionna, dans les strates accumulées de ses souvenirs, les belles et symétriques orangeraies d'Hussein Bey, qui le replongèrent dans les chimères de son enfance : la mer, les remparts de Jaffa flanqués de bastions massifs, les jeux d'ombre et de lumière dans les souks et, un peu à l'écart, hors des murs, la maison et ses balustres typiques. Il ne la chassa point, s'émut de la retrouver intacte et la visita avec le plaisir du propriétaire qui revient chez lui après une longue absence.

Aujourd'hui il pouvait sans rancune, sans complexe, s'attarder sur ce legs du grand-père Yasser ; sonder les fondations et les murs, découvrir que le mythe était plus solide que la réalité, qu'il avait résisté au temps, à l'usure, à la lassitude, à la sionisation de la Palestine ; qu'il avait en fait beaucoup plus de valeur qu'un authentique héritage. Le domaine d'Hussein Bey était, depuis longtemps déjà, enfoui sous le béton et l'asphalte de Tel-Aviv. Le domaine de Yussuf, en revanche, n'avait subi aucun changement, aucune déprédation, et demeurait exactement à la même place, tel que son aïeul l'avait connu dans sa jeunesse, avant la prolifération de la ville juive. Et cet héritage-là, les Israéliens ne pouvaient le lui ravir. Il était antérieur à leur venue, inaliénable, intransformable, répertorié, classé.

De sa mémoire surgit une silhouette mi-floue, mi-nette, se mouvant au ralenti. Ainsi lui apparut son grand-père Yasser, qui dessinait autrefois, avec un bâton, dans la poussière de sable et de sel du camp de Jéricho, la maison de Jaffa et ses orangeraies. Ces croquis éphémères, que le khamsin d'un souffle effaçait, s'étaient gravés dans la tête de Yussuf. Le vieillard n'avait eu qu'à conter pour leur donner vie et couleur, pour les animer. Puis Kamal avait pris la relève, ajouté sa part, qui n'était pas négligeable. Sans lui, la résidence se fût dissipée dans les brumes de l'oubli et les orangeraies n'eussent pas survécu aux scrapers des bâtisseurs sionistes. Le père de Yussuf avait travaillé le décor, marqué le domaine de sa personnalité, fait fructifier les acquis, en paysan consciencieux qui sait traiter la terre.

Le grand-père et le père s'étaient comportés dans l'abstrait comme ils se fussent peut-être comportés réellement si l'histoire de la Palestine avait suivi un autre cours. Ils s'étaient emparés rétrospectivement du domaine du maître, de ce maître qui, sans se soucier de leur sort, avait, parcelle par parcelle, vendu pour du vil argent ses orangeraies aux immigrants sionistes.

Le gourbi familial qui devient, au fil des jours, la résidence d'Hussein Bey, c'est le vieux Yasser qui, sous les harcèlements quotidiens du petit Yussuf, accomplit mentalement sa révolution, met inconsciemment en pratique une idée marxiste, s'approprie les orangers de Jaffa que ses ancêtres et lui-même avaient plantés et, ce faisant, transmet à sa descendance des biens imprescriptibles.

Une joie naïve envahit Yussuf. Il venait spontanément de découvrir la justification du mythe. Du moins s'en persuadait-il. L'idée que ses pensées aient pu être faussées au départ par des interférences subjectives ne l'effleurait même pas. L'histoire ainsi envisagée était belle, vivifiante et tellement conforme à ses souhaits.

— Veux-tu encore du café, Yussuf ?
— Oui... Shukran, Kayser.

Il sourit, porta la tasse à ses lèvres. Boutros était complètement accaparé par Sami, qui, à mi-voix, glosait sur la résistance et le déroulement de la journée.

— Hé, prof, appela Masood.
— Oui ?
— Où crois-tu que nous serons basés ?
— À Shunê, probablement.

Chapitre XVII

Le retour à la base s'était déroulé sans incident notable. Partis très tôt en camion du djebel Hussein, derrière la jeep d'Abu Raïd qui ouvrait le convoi et devant celle du prof qui le fermait, les militants débarquèrent près du chêne d'en haut au début de l'après-midi. Ils ne parvenaient pas à réaliser qu'ils ne s'étaient absentés que trois jours. Leurs impressions évoluaient dans une complète relativité de temps et d'espace. En trois jours, les apprentis fedayin de Samma avaient connu la capitale jordanienne en pleine effervescence, frôlé des milliers de gens, entrevu des milliers de visages.

On leur aurait affirmé qu'ils avaient quitté la base depuis trois ans, ils n'en auraient pas été autrement surpris. Trois jours... trois ans... la densité des souvenirs effaçait la notion de durée.

À leur arrivée, d'un regard fouineur, ils inspectèrent les aîtres. Derrière eux, la route de Samma à Tajiba. Devant, à droite, sous l'olivier solitaire, les tentes des Abu. Sur les deux versants, les zébrures schisteuses. À leurs pieds, la sente qui conduisait aux grottes puis aux chênes du bas et à l'aire d'entraînement. À l'autre bout de la faille, la brèche, qui déchirait la paroi rocheuse, et un peu au-dessus d'elle, par-delà le relief découpé du plateau, poudreux, vagues dans la lumière imprécise de la mi-journée, les monts de Palestine.

Voici qu'ils s'amarraient dans le paysage, se situaient par rapport au reste de l'univers, recensaient les repères qui les installaient au croisement des axes cardinaux. Voici qu'ils ressentaient une sorte de soulagement, de bonheur casanier, à se retrouver là où rien n'avait changé.

— Enfin chez soi ! dit Abu Raïd.

Ils approuvèrent de la tête.

— Salâm, salâm... firent les factionnaires qui s'étaient groupés à l'ombre du chêne d'en haut, près des bidons, pour les accueillir.

— Alors, alors, racontez vite comment ça s'est passé...

— Rien à signaler ? demanda Abu Raïd.

Un ancien de la base de Shunê s'avança.

— Rien à signaler, rafiq. À part les bergers, nous n'avons vu personne.

— S'est-on occupé de mes serpents ?

— Oui, chef, ils se portent bien.

Omar, qui écorniflait des chardons dans les champs du mokhtar, se montra près de l'olivier et fut aussitôt salué par des rires et des quolibets. Il retroussa les naseaux, agita deux ou trois fois les oreilles et s'esquiva.

— Omar ! Omar, gros paresseux, reviens !

— Brave mulet... Par ici...

— Un volontaire pour la corvée d'eau !

— Moi ! Moi ! Moi !

Abu Raïd d'un geste du bras les fit taire.

— Regagnez vos quartiers, camarades, et reposez-vous. Demain, lever à six heures, comme d'habitude. Entraînement à sept.

À la file, les fedayin dévalèrent la sente. Yussuf marchait derrière Boutros, qui s'était tu pendant toute la durée du voyage. Il l'avait soigneusement étudié. Sa physionomie était restée immuable, moulée dans une expression pensive et grave, une expression à laquelle Boutros semblait se cramponner, comme un homme défiguré se cramponne au masque qu'on voudrait lui arracher, par honte de son vrai visage.

Le matin ses angoisses l'avaient quitté. Il rejoignit ses cinq amis. Ensemble, comme à l'accoutumée, ils prirent leur déjeuner, crapahutèrent l'un derrière l'autre dans le djebel, tirèrent sur la même ligne au fusil et à la mitraillette contre les cibles placées à l'autre bout de la faille, pratiquèrent deux par deux le close-combat, déjeunèrent sur la roche tabulaire qui leur servait de lit, lézardèrent pendant la sieste sous le tiède soleil d'octobre. Et, à dix-sept heures :

— Première, deuxième et troisième sections ! Au parcours du risque ! Et toi, Mirzuk, fais préparer le mur de feu ! commanda la voix d'Abu Raïd.

— Hameh, Hezem ! De vieux pneus, vite ! Et vous, Ali, Khalib, allez chercher deux jerrycans d'essence dans l'entrepôt, transmit Mirzuk, qui courut lui-même placer de bons tireurs le long de chaque obstacle.

Les pneus furent empilés au bout de la poutre. Khalib et Ali l'Iraquien les arrosèrent d'essence puis Khalib s'écarta et craqua une allumette.

— Attention, Ali, cria-t-il.

Mais Ali, qui n'avait pas fini de vider son jerrycan, recula sans penser à le relever. On entendit une sourde déflagration et un jaillissement de flammèches se jeta sur lui. Il se mit à flamber, à crépiter comme une bûche de pin. Les brûlures qui rongeaient ses chairs en profondeur le firent détaler. Il hurlait comme un possédé. La stupeur consterna les témoins. De leurs yeux atterrés, ils suivirent Ali sans songer à le secourir. Abu Raïd, qui se trouvait au début du terrain, près du premier obstacle, s'élança à sa poursuite, le plaqua aux jambes et, le roulant plusieurs fois sur le sol, parvint à éteindre les flammes.

— Mirzuk, une couverture !

Le Noir se ressaisit et, en une dizaine de bonds, atteignit la grotte de Latifah. Ali était méconnaissable. Ses vêtements et ses chairs agglomérés formaient une croûte noire, sanieuse, qui dégageait une horrible odeur de graisse frite. Sa tête fissurée, crevassée, bouffie n'avait plus ni cils ni cheveux. Il avait dû sombrer dans le coma et respirait difficilement. L'infirmière accourue avec sa trousse lui fit, par acquit de conscience, une injection de solucamphre ; et on enroula son corps fumant dans la couverture que Mirzuk, en coup de vent, venait d'apporter.

Abu Mansur, qui travaillait sous sa tente, survint au moment où l'on transportait Ali en haut de la faille.

— Tu arrives bien, dit Abu Raïd. Conduisez-le à l'hôpital, moi je continue l'entraînement.

Abu Mansur s'inquiéta :

— Tu continues l'entraînement ?

— Oui, rafiq, je continue l'entraînement, prononça Abu Raïd d'un ton décisif.

— Bon, fit placidement le prof.

Sans plus insister, il partit s'installer au volant de sa jeep, pendant que Latifah montait à l'arrière avec les porteurs qui avaient allongé l'Iraquien moribond au pied de la mitrailleuse.

*

Abu Raïd ne laissa pas aux hommes le temps de réfléchir. Il frappa dans ses mains.

— En place. Rassemblement. Première section, prête ?

— Prête, rafiq Abu Raïd.

— Deuxième section, prête ?

— Prête, commandant.

— Troisième section, prête ?

— Prête.

— Tireurs, prêts ?

— Prêts.

— Alors, en avant ! Feu !

La pétarade massacra les tympans. L'un derrière l'autre, les militants se jetaient sur la haie, glissaient sur la corde, trottaient sur la poutre, sautaient à travers le feu, plongeaient sous les barbelés, rampaient en ondulations serpentines, poursuivis, cernés par des essaims miaulants de balles, qui décrivaient autour d'eux d'amples arabesques.

— Allez, au suivant ! Hop ! Hop ! criait Abu Raïd.

L'air âcre sentait la poudre, le roc pulvérisé, le métal chaud et le caoutchouc brûlé.

Boutros, par deux fois, faillit glisser de la poutre et se rattrapa de justesse. Il se lança dans les flammes, se reçut mal de l'autre côté, choppa, partit la tête la première et s'étala, un peu sonné, juste devant le réseau de barbelés. Ibrahim, qui le serrait de près avec sa mitraillette, ne put relâcher assez vite son doigt de la détente. La balle l'atteignit exactement entre les deux omoplates et ressortit par le cou. « Je le savais bien ! » pensa Boutros, qui expira avec l'absurde satisfaction d'avoir prévu son trépas.

— Halte au feu ! Halte au feu !

La fusillade s'arrêta, et un silence sépulcral s'abattit sur la faille.

Abu Raïd s'approcha du cadavre et doucement le retourna. Du sang s'écoulait de sa bouche étirée en une sorte de sourire halluciné.

Brutalement interrompus en pleine tension physique et nerveuse, dans le fracas des tirs, les fedayin abasourdis braquaient des regards de somnambule sur la dépouille disloquée de Boutros. Ce second accident, survenant une demi-heure après le premier, et cela à quinze jours seulement de la fin du stage, alors que depuis six mois rien de fâcheux ne s'était produit à l'entraînement, leur apparaissait absolument inconcevable. Ils restaient anéantis, doutaient de ce qu'ils voyaient et, de même qu'ils se fussent trouvés sous l'emprise d'un fantasme, essayaient, sans y parvenir, d'effacer cette vision de leur rétine. Incapables de tourner la tête, de clore leurs paupières, ils étaient complètement envoûtés par l'image insupportable de Boutros sans vie qu'Abu Raïd soulevait dans ses bras.

Cinq fedayin seulement s'approchèrent, et ceux-là le commandant de la base savait qu'ils viendraient au-devant de lui. Ils étaient les meilleurs amis du mort, ses compagnons inséparables.

— Il n'a pas souffert, dit-il en leur remettant le corps.

Yussuf lui lança un regard atone, incompréhensif, puis ferma les yeux de Boutros.

— Non, ce n'est pas possible ! Pas lui ! Il ne méritait pas ça ! chuchota-t-il, comme s'il craignait de l'importuner dans son repos éternel.

— Personne ici ne mérite la mort ! claqua à son oreille la voix du commandant, qui refusait rageusement de se laisser attendrir.

Yussuf se rebiffa. Une fureur homicide le saisit et il se tendit vers Abu Raïd pour l'insulter ; celui-ci, opportunément, parla le premier.

— Naturellement, c'est moi qui l'ai tué, comme c'est moi, peut-être, qui ai chassé vos pères de Palestine, moi qui vous ai obligés à devenir fedayin...

Il respira profondément et reprit d'un ton plus calme :

— Il est mort. Eh bien ! qu'y puis-je ? Il y a chaque jour des dizaines de Palestiniens qui meurent bêtement, comme Boutros, au combat ou à l'entraînement. Sais-tu, Yussuf, que j'ai droit à quinze pour cent de pertes ? On est encore loin du compte, n'est-ce pas ? Veux-tu me rendre responsable d'une maladresse et d'une balle perdue, moi qui depuis six mois m'échine précisément à vous apprendre comment éviter de vous faire tuer, comment survivre ?

Balayant l'espace d'un geste circulaire, il embrassa la base du regard.

— Vous êtes cent cinquante ici. Eh bien, s'il en reste cent de vivants dans un an, j'estimerai avoir fait du bon boulot. Ces deux accidents ne sont rien à côté de ce que vous verrez. Des morts, vous en laisserez à chaque opération sur le terrain et, croyez-moi, vous n'aurez pas le loisir de vous apitoyer sur leur sort ou alors vous mourrez vous aussi ! C'est tout ce que j'avais à dire.

Yussuf, Kayser, Sami, Hanna et Mahmud, crispés, soutenaient la dépouille de Boutros. Abu Raïd comprit, en observant leurs visages butés, qu'ils refuseraient à quiconque de se charger du corps de leur camarade, et il trouva leur réaction parfaitement légitime.

— Montez-le dans ma jeep et installez-vous en m'attendant. Nous allons ensemble le ramener à Baqa'a.

La fureur meurtrière de Yussuf n'avait été qu'un feu de paille. Depuis, il se sentait coupable à l'égard d'Abu Raïd.

— Pardonne-moi, rafiq, souffla-t-il, pardonne-moi...

Le commandant s'éclaircit la gorge et appela Mirzuk.

— Fais reprendre l'entraînement.

— Mais, rafiq...

Imperturbable, il réitéra son ordre, s'apprêta à partir, se ravisa.

— Quand Abu Mansur rentrera, dis-lui qu'on sera de retour demain. Salâm.

Quatre à quatre, Abu Raïd gravit la pente. Parvenu au chêne d'en haut, étonné de ne pas entendre la fusillade, il pivota sur lui-même. Les fedayin, ne réagissant plus aux injonctions de Mirzuk, se déplaçaient beaucoup trop mollement. Il sut qu'il devait sans plus attendre stimuler leurs réflexes, pour les tirer de l'hébétude, et clama de toute la puissance de ses cordes vocales :

— Alors, ce rassemblement, c'est pour aujourd'hui ou pour demain ? En place tout de suite ! Appel dans trente secondes !

L'effet fut instantané. Comme des robots, les fedayin se mirent en mouvement, et lorsque la demi-minute fut écoulée, ils étaient alignés en rangs impeccables, devant le parcours du risque. Abu Raïd procéda à la formule d'usage :

— Première section, prête ?

Des chênes d'en bas, une voix obéissante répondit :

— Prête, rafiq Abu Raïd.

— Deuxième section, prête ?

— Prête, commandant.

— Troisième section, prête ?

— Six absents, rafiq.

— Non, cinq, rectifia Abu Raïd, qui poursuivit :

— Tireurs, prêts ?

— Prêts.

— Alors, en avant, feu !

Et la sarabande recommença.

Le lendemain, la pluie tomba et l'eau ruissela de tous les côtés : des pentes du djebel, des déclivités du plateau. Elle inonda la moitié de la faille, s'engouffra dans la brèche du fond et la base demeura un bourbier jusqu'à la fin du stage.

QUATRIÈME PARTIE

Chapitre XVIII

Aux aurores, ponctuellement, des camions antédiluviens arrivaient à Shunê dans un grand bruit d'ailes branlantes et y débarquaient pour la journée ses habitants, qui, la nuit, élisaient domicile ailleurs, à Samma, à Tajiba, à Koufr Assad, chez des parents ou dans des gourbis.

Une vie artificielle s'installait jusqu'au coucher du soleil. Des paysans, houe sur l'épaule, suivis de leurs femmes vêtues de noir, tenant des serpes et des fourches, et de leurs filles en seroual, portant des tabliers de couleur vive et des ballots de victuailles sur la tête, se dispersaient dans les orangeraies et les bananeraies qui s'étalaient au bord du Jourdain. Abbas, un épicier ascétique et voûté, levait son rideau de fer troué comme une passoire par les éclats d'obus. Suleiman, le gros cabaretier, sortait ses tabourets et ses tables basses en rotin que des fedayin aux visages fripés par de mauvais sommeils s'empressaient d'occuper.

— Suleiman, du café très fort et bien sucré !
— Envoie aussi les cartes !

Le commando de Jaffa logeait près de la mosquée à moitié détruite par un bombardement, dans une maison abandonnée qui communiquait avec un abri souterrain. Conservant le rythme de la base, les militants s'éveillaient aux environs de six heures, sortaient de leur tanière en bâillant et marchaient d'un pas mal assuré dans la bourgade en ruines qui se peuplait de fedayin des diverses organisations de résistance.

Les factionnaires, en position sur les toits en terrasses et sur les hauteurs, dans l'enfilade des rues, remisaient rapidement leurs mortiers et leurs mitrailleuses lourdes au fond des caches. Ne restaient pointées sur Israël que les grosses pièces, à l'abri dans les excavations taillées au flanc de la falaise qui mure la rive est du fleuve. Abu Mansur et ses hommes, à travers olivettes et vergers, remontaient les gorges de l'oued el Arab — un affluent du Jourdain au bord duquel était construit le bourg —, débouchaient sur le barrage qui permettait l'irrigation des cultures de Shunê, adressaient un « Salâm » aux sentinelles jordaniennes, se baignaient dans l'étang artificiel pendant une bonne demi-heure et allaient à leur tour chez le gros Suleiman prendre un café, ou le confectionner eux-mêmes dans leur gîte. Ensuite, le prof établissait le programme de la journée, qui se partageait entre les tours de garde dans les différents postes du secteur, la formation militaire dirigée par les deux Kurdes et la sacro-sainte instruction politique.

Latifah s'était installée avec une infirmière du Fatah dans une échoppe désaffectée qu'elle baptisait pompeusement « le dispensaire » et passait la plus grande partie de son temps à soigner les plaies des villageois ou les bobos des jeunes combattants.

Ceux-ci, très souvent, se distrayaient sadiquement en jetant des pierres sur Ahmed, le fou du village, qui vibrionnait autour de la place centrale en sautant comme un singe. À tout moment, il soulevait sa djellaba, exhibait son sexe et se masturbait avec des grognements de bête qui déchaînaient la risée générale, accompagnée d'un festival de lazzi et d'injures.

Jusqu'au coucher du soleil, Shunê menait une existence relativement paisible, que troublaient par instants les staccatos des mitraillettes et les salves des fedayin qui s'entraînaient un peu partout dans la vallée.

L'ascétique Abbas, en fermant son rideau, donnait le signal du départ. Le gros Suleiman rentrait ses tabourets. La houe sur l'épaule, toujours suivis de leurs femmes et de leurs filles, les paysans convergeaient vers la place du village où stationnaient les camions. Tout Shunê émigrait et, dans le ferraillement décroissant des véhicules qui gravissaient les contreforts de la falaise, le silence tombait sur la vallée. La ville soudain se retrouvait seule, seule avec son fou qui poursuivait jusqu'à une heure tardive ses horribles pantomimes, seule avec ses fedayin qui plaçaient sur les toits et les hauteurs leurs armes en batterie, tandis que sur l'autre rive s'allumaient les lumières des kibboutzim Maoz Ayim, Beit Yussef, Askout Ya'akov, dissimulés de jour derrière l'écran grisâtre des brumes.

Sitôt la nuit tombée, les phares israéliens déchiraient brusquement l'obscurité et promenaient jusqu'à l'aube leurs faisceaux sur le fleuve.

*

À Shunê, les deux Kurdes restaient rarement inactifs. Même durant les jours de trêve implicite où, miraculeusement, les armes se taisaient, ils veillaient à ne pas se relâcher, trouvaient mille besognes pour s'occuper et éviter que ne s'installe en eux cette sensation de vide favorable à la montée du cafard.

Leur marotte était évidemment le fourbissage de leurs mitraillettes. Ils les démontaient délicatement, pièce par pièce, les écouvillonnaient, les graissaient, les huilaient, chassant d'un souffle le moindre grain de poussière, explorant à l'aide de chiffons tous leurs orifices, recoins, fentes et interstices susceptibles d'abriter une impureté. Ce travail quasi rituel pouvait durer des heures et avait un peu la solennité d'une prière. Yussuf n'eût pas hésité à leur offrir ouvertement son amitié s'ils n'avaient imposé à tout le monde, par leur propre réserve, un comportement mesuré.

Il était pratiquement impossible d'établir avec eux une conversation suivie, de connaître leurs pensées. Ils n'émettaient aucun avis et, quoique fort corrects, se cantonnaient à l'intérieur du commando aux relations humaines strictement nécessaires qu'exige la vie en groupe. Ils ne prononçaient en arabe jamais plus de trois ou quatre mots à la suite, des mots polis ou utiles, comme « salâm », « shukran » (merci), « hatt dukhân ? » (as-tu une cigarette ?), « kumbule » (grenade), « mazbut » (d'accord), « shu beddak âkol ? » (qu'y a-t-il à manger ?), « shu rayak ? » (que dis-tu ?), « tesbah 'ala khêr » (bonne nuit).

À l'entraînement, ils procédaient par démonstration plutôt que par explication, préféraient le geste précis aux paroles et, néanmoins, savaient parfaitement se faire comprendre. Yussuf leur trouvait des tas de points communs avec Abu Raïd, qui était, depuis une semaine, chef de base à Adjlun : même rigueur spartiate, même froideur apparente. Il les soupçonnait de s'être battus contre les Iraquiens dans les troupes du chef kurde Barzani, mais personne, sauf peut-être le prof, ne connaissait leur passé. Toujours très brefs, également sur les questions concernant le service, ils se montraient muets et distants dès que les discussions prenaient une tournure plus confidentielle.

Taciturnes, Shêrgo Bohtani et Sabri Sinjari étaient pourtant des équipiers remarquables. L'un et l'autre, fréquemment, prolongeaient leur tour de garde pour ne pas éveiller un camarade profondément endormi. Sans faire d'esbroufe, ils s'acquittaient des tâches ménagères qui rebutaient la majorité des fedayin. Premiers levés le matin, ils préparaient le thé pour tous et balayaient pendant que les autres déjeunaient. Très souvent, des discussions orageuses éclataient dès qu'il fallait désigner la corvée d'eau, beaucoup moins attrayante qu'à Samma (Omar, le mulet, ayant lui aussi été muté à Adjlun). Elles n'en étaient encore qu'à leurs préliminaires que Shêrgo Bohtani et Sabri Sinjari surgissaient avec les seaux pleins et les posaient sur le sol sans jeter un regard aux jacassiers, lesquels, confondus, arrêtaient leurs palabres.

Le soir seulement, les deux Kurdes chuchotaient entre eux, dans leur langue, en contemplant la chute du soleil derrière la falaise et les monts de Palestine, cet Israël interdit qui évoquait un peu, avec ses intumescences de calcaire, de basalte ou de tuf, ses boucliers de schiste et de granit, leur lointain Kurdistan.

Ils conservaient, malgré l'absence d'Abu Raïd, la manie des actions isolées. Partant de Shunê au crépuscule, ils allaient tendre des embuscades aux patrouilles israéliennes qui, dès le lever du jour, de l'autre côté du fleuve, déminaient la route entre les kibboutzim Beit Yussef et Gesher. Les succès de leurs coups de main solitaires les avaient rendus célèbres dans toute la vallée.

Lorsqu'ils projetaient un raid en territoire ennemi, ils n'en parlaient même pas à Abu Mansur, qui qualifiait de suicidaire ce genre d'initiative. On les voyait aller et venir normalement tout le jour, s'occuper comme à l'ordinaire dans les environs du poste et, le soir, on s'apercevait qu'ils avaient disparu. Le prof, las de les sermonner, acceptait leurs incartades avec philosophie.

— Les fils de pute ! Ils sont encore allés faire les cons !

Les fugueurs n'étaient pas loin. Ils traversaient la bourgade, se faufilaient dans les plantations de bananiers et d'orangers. Shêrgo Bohtani portait la Grinof, une vieille mitrailleuse soviétique à chargeur circulaire, Sabri Sinjari une Kalachnikov et un lance-roquettes, et tous deux avaient leur musette bourrée de grenades.

Tapis au milieu des hautes herbes ou derrière des monticules de boue, ils suivaient du regard les phares des postes israéliens dont les pinceaux blanchâtres dessinaient dans la nuit un ballet féerique, frappaient les eaux épaisses du Jourdain, hésitaient, furetaient, avec l'obstination de chiens flairant une piste. La moindre forme insolite déclenchait des bouquets de traçantes, accompagnés de tirs de roquette ou de mortier. Ce pouvait être des fedayin, mais tout aussi bien une vieille souche d'arbre entraînée par le courant et escortée tout le long de son parcours par le crépitement des balles et les explosions des obus.

Imperturbables, les deux Kurdes comptent les secondes que chaque phare met pour balayer 180 degrés de terrain, repèrent le moment précis où les différents faisceaux se croisent, cherchent dans cette farandole de lumière vive l'angle mort, la faille obscure par laquelle ils vont pouvoir s'insinuer. Ils finissent toujours par la trouver. Cela prend parfois des heures.

Et c'est la traversée. Sinjari attache l'extrémité d'une corde à une roche ou à un arbre de la rive jordanienne. Bohtani, lentement, s'enfonce dans l'eau et, à la nage, en prenant garde de ne faire aucun bruit, va amarrer l'autre extrémité sur la rive israélienne. Il revient aussitôt. Puis tous deux effectuent plusieurs allées et venues en se servant de la corde comme d'une rampe, brandissant au-dessus de leur tête, au bout de leur bras disponible, armes et munitions qu'ils dissimulent ensuite dans un taillis.

Les véritables difficultés commencent. Les Kurdes doivent progresser accroupis, en fouillant précautionneusement la terre avec une baguette de bois acérée, pour détecter les mines antipersonnel ou les fils placés au ras du sol entre deux grenades ou deux bengalores qui explosent à la plus légère pression. Ils doivent aussi se méfier des phares qui les frôlent sans cesse. La moindre distraction leur serait funeste, mais ils sont passés maîtres dans l'art de se dérober et de déjouer les pièges. Tour à tour gibier ou chasseurs, ils ont cet instinct quasi animal, cette sorte de sixième sens qui les met en alerte au bon moment. Ils savent se baisser une fraction de seconde avant le passage d'un phare, s'arrêter brusquement devant le danger imminent qu'ils perçoivent avant même de l'avoir découvert.

Arrivés à proximité de la route, ils placent leurs propres pièges ainsi que les pièges des Israéliens qu'ils ont récupérés et dont ils jalonnent l'itinéraire de la patrouille. Ce travail dure presque jusqu'au jour. Avant les premières lueurs de l'aube, par bonds successifs, en courant ou rampant, selon la topographie du terrain qu'ils ont étudiée à l'aller, ils regagnent par le même chemin, préalablement nettoyé de ses embûches, leur point de départ, reprennent leurs armes automatiques et retraversent le Jourdain. Shêrgo Bohtani retourne détacher la corde.

Cette fois, le gibier se mue en chasseur. À plat ventre derrière une butte de terre, planqués au milieu des roseaux et des tamariniers, ils mettent leurs mitrailleuses et leurs lance-roquettes en batterie, règlent la hausse de leurs armes et attendent. Des coqs chantent. Un à un les phares s'éteignent. Les deux Kurdes voient nettement, à huit cents mètres en face, le mince ruban micacé de la route. Entre elle et eux, le Jourdain. Un ronronnement de tracteurs monte de Beit Yussef et de Gesher. Soudain, au loin, apparaissent de petits points noirs : la patrouille !

Bohtani et Sinjari se brûlent les yeux à détailler les taches mouvantes qui se rapprochent. Il y a une dizaine d'hommes et un half-track. Ils se déplacent lentement avec leurs instruments de déminage. Sabri Sinjari coince le lance-roquettes sur son épaule. Shêrgo Bohtani cale la crosse de la Grinof contre sa poitrine. Sa main droite glisse vers la gâchette. En face, juste dans leur ligne de mire, les Israéliens viennent de découvrir les grenades piégées et étudient le sol. Un bruit sec, comme un bouchon sautant d'une bouteille, une rafale, une détonation creuse qui se répercute en échos, et le silence...

Là-bas, le half-track flambe, et trois hommes gisent à terre. Quelques secondes plus tard, c'est le déluge. De tous les forts israéliens qui protègent les kibboutzim alignés le long du Jourdain part un feu d'enfer. De Maoz Ayim, de Beit Yussef, de Gesher, d'Askout Ya'akov, les canons de 175, les mortiers de 81, les mitrailleuses de 500 criblent la rive jordanienne.

À Shunê, Abu Mansur, réveillé brutalement, s'exclame :
— Ça y est, ils ont fait leur coup !

Les Mirage surgissent de derrière les collines, virevoltent, piquent, mitraillent, bombardent, disparaissent, reviennent et poursuivent, dans un vacarme de réacteurs tournant à pleine puissance, leurs acrobaties meurtrières. Sous les tamariniers, les deux mains sur la tête, Sinjari et Bohtani, à plat ventre, s'efforcent de ne pas bouger...

Ils se tenaient ainsi jusqu'au soir, arrivaient à la base tard dans la nuit, sales, couverts de boue, les yeux rougis d'épuisement. À leur vue, on se taisait.

— Akol, lançait Shêrgo Bohtani d'une voix sèche, et les plus jeunes fedayin du commando, à la fois intimidés et admiratifs, leur préparaient un repas, en posant sur eux des regards affamés de curiosité qui n'obtenaient aucune réponse. Sans dire un mot, les deux Kurdes mangeaient voracement puis s'enroulaient dans leur couverture et sombraient dans un sommeil de brute.

*

Conduits par Tahar, un ancien, Yussuf, Hanna, Mahmud, Kayser, Sami, Khalaf, Masood effectuaient une ronde dans les rues de Djisr al Hussein, le village le plus proche du Jourdain, à une dizaine de kilomètres au sud de Shunê. Ils avaient passé la nuit dans ce poste avancé et ne seraient relevés que le soir.

C'était un matin frais et sec. Le soleil se réverbérait sur les murs blancs et faisait étinceler la rosée. Des perdrix cacabaient dans les orangeraies envahies de ronces et, de part et d'autre de la vallée, les falaises culminaient en crêtes blondes d'où surgissaient des nuages frisés comme du caracul. Des floches de brume naviguaient au-dessus du fleuve et des plantations qui étalaient toutes les nuances du vert. Au loin, en direction de Karameh et de la mer Morte, la route s'estompait dans la brillance d'un paysage de salines. Les ruines étaient gaies sous cette lumière pure. L'eau ruisselait dans les canaux. Pareil à une ruche, l'air bourdonnait, et des vapeurs transparentes montaient des champs comme une exsudation de la terre.

Les Israéliens avaient rasé la ville mais n'avaient pu arrêter la vie.

Yussuf se mit à fredonner une vieille ritournelle. Sami, Kayser, Hanna et Mahmud, qui marchaient devant lui, parlaient entre eux doucement. La ritournelle foira en fausses notes essoufflées. Yussuf se sentit oppressé. Son optimisme avait fait place à la mélancolie. Un étrange malaise le gagnait à se déplacer dans cette agglomération toute fourmillante de vie végétale et animale et pourtant vide comme un désert.

Des rideaux métalliques déchiquetés par les éclats pendaient devant les boutiques à demi écroulées. La nef de la mosquée n'était qu'un immense tas de gravats. Des boîtes de conserve trouées, des casseroles cabossées jonchaient l'intérieur des masures effondrées. L'école tenait encore debout. Elle n'avait plus de toit et ses murs lézardés étaient constellés d'impacts. Dans une salle de classe, les petits pupitres d'écoliers, à demi brisés, faisaient encore face au tableau noir de guingois. Par les fenêtres aux vitres éclatées, Yussuf et ses camarades observèrent longuement les forts qui protégeaient le kibboutz Maoz Ayim. Ils se dressaient, menaçants, au-dessus des bananeraies. En réalité, ils étaient bien au-delà, sur l'autre bord de la vallée, mais l'illusion optique en faisait des cuirassés immobiles, flottant sur une mer de palmes.

Les écoliers de Djisr al Hussein, comme Yussuf, n'avaient jamais vu un Israélien. Chaque matin, ils avaient regardé ces redoutes silencieuses comme s'il s'était agi de monstres assoupis dont ils craignaient le réveil.

Un jour, les redoutes tirèrent... Leurs mitrailleuses lourdes, mortiers et canons pilonnèrent Djisr al Hussein, fauchant les hommes, les femmes, les enfants qui fuyaient. Les maisons se fissurèrent ou s'écrasèrent avec fracas, dans

une tornade de poussière. La terre trépida. Palmiers, eucalyptus, peupliers furent projetés dans les airs. Puis les
redoutes se turent et des ombres titubantes apparurent
dans le brouillard opaque et rougeoyant qui recouvrait le
village...

La catastrophe qui s'était abattue sur Djisr al Hussein
s'appelait la « guerre des Six Jours ». Elle avait duré exactement trois minutes quarante-cinq secondes. Et les petits
écoliers survivants n'avaient toujours pas vu un seul
Israélien.

Les fedayin s'enfoncèrent dans un verger, grappillèrent
les fruits les plus mûrs et s'installèrent sous un arbre pour
les manger tranquillement. Kayser prit le bras de Yussuf :

— Quand Abu Mansur va-t-il se décider à lancer une
opération sur l'autre rive ? J'en ai marre d'attendre !

— Ça viendra toujours assez tôt, fit Yussuf, qui finissait
de peler un citron.

Il mordit dedans. Son âpreté lui arracha une grimace.

— Assez tôt ! Ça fait six mois qu'on se prépare. Maintenant, on est fin prêt, jugea Khalaf, qui, du regard, quêta
l'approbation de ceux qui l'écoutaient.

— C'est juste, concéda Mahmud. Que peut-on apprendre
de plus ?

Hanna et Sami l'appuyèrent :

— Il faut passer aux actes !

— Ouais, on se rouille à rien foutre !

Tahar intervint :

— Y en a une qui se mitonne pour bientôt. Les deux
Kurdes ont déjà repéré le terrain.

Des voix anxieuses l'assaillirent.

— Quand ? Dis-nous, vite !

— Prochainement, c'est tout ce que je sais.

— Ne sautez pas de joie comme ça. Au moment de se battre, plus d'un parmi nous pétera de trouille, augura Yussuf gravement.

En quittant le verger, la patrouille passa devant une baraque délabrée qui se dressait à l'orée de la bananeraie. Devant sa porte, un vieillard était assis sur un billot.

Intrigué, Tahar s'approcha de lui.

— Que fais-tu là, oncle ? Il est bien tôt et les villageois ne sont pas encore arrivés.

— J'habite ici.

— Plus personne n'habite à Djisr al Hussein.

— Si, moi.

— C'est très dangereux !

— Je sais, je sais… Mais, comme toi, je suis palestinien et, de ma maison, je vois mon pays, je le sens, je le respire. Les bastions des Juifs ne peuvent m'ôter ce plaisir. Je n'irai pas plus loin. Je suis arrivé au bout de mon voyage. Vous comprenez, n'est-ce pas, mes fils ?

Pour sûr, qu'ils comprenaient !

Chapitre XIX

La jeep et le Ford du commando de Jaffa roulaient tous feux éteints vers Karameh. À droite, les projecteurs israéliens tranchaient les ténèbres comme des épées de feu et les kibboutzim riverains composaient des chapelets de lumière.

À gauche, du côté jordanien, c'était le noir intégral d'une rive délaissée, couverte d'agglomérations fantômes, de villages morts. Le canon tonnait quelque part sur le Golan, mais dans la vallée du Jourdain régnait le calme. L'air était vif, chargé de fragrances.

À l'arrière du premier véhicule, à côté de Sami et de Kayser, Yussuf se laissait assoupir par les vibrations du moteur. Des accès d'angoisse l'attaquaient périodiquement et le faisaient frissonner. Paix ! Guerre ! Les deux mots heurtaient son esprit avec obstination. Ici, la paix champêtre aux odeurs d'orange, de citron et d'humus. Là-bas, sur le Golan, un duel aveugle, à coups d'obus qui déchiquetaient pierres et hommes. Et juste sur l'autre rive du fleuve à six cents mètres à peine, les murailles d'Israël et leurs forteresses, bunkers, miradors, aux armes braquées sur la Jordanie.

Il supposait les gardes-frontière ennemis, l'œil collé contre des collimateurs à infrarouges, en train de suivre les déplacements du commando de Jaffa, comme si rien de ce que tramaient les fedayin ne pouvait leur échapper. Heureusement que, debout contre la 12,7 calée sur son trépied, devant Hanna et Mahmud assis sur l'autre banquette, se tenaient les deux Kurdes. Ils fumaient en dissimulant le bout incarnat de leur cigarette dans le creux de la main. À chaque bouffée qu'ils tiraient, Yussuf distinguait leur visage et s'en trouvait réconforté. Qu'avait-il à craindre auprès de ces deux hommes impavides qui allaient au combat comme à une partie de chasse ?

À l'improviste, tel le faisceau d'un phare, une évidence l'éblouit au point le plus sensible et, sans transition, le fit basculer dans un optimisme débordant. C'était sa première traversée du Jourdain, sa première vraie mission. Il ne faillirait pas, sortirait vivant, sanctifié de l'épreuve. Son cœur se dilata. Il avait dix-sept ans et se sentait invulnérable.

L'anxiété revint à la charge et, peu à peu, l'assombrit. Paradoxalement, son état d'âme continua d'alterner entre ces deux pôles contradictoires, mais il savait qu'il se comporterait au moment de l'action comme le lui avait appris Abu Raïd et cette conviction maintenait en lui, indépendamment des autres sentiments, un fond d'excitation presque joyeuse.

Kayser, Sami, Hanna, Mahmud en étaient à peu près au même point que Yussuf et, à degrés divers, ballottaient aussi entre ces émotions extrêmes.

Cramponnés à la mitrailleuse, Sabri Sinjari et Shêrgo Bohtani refaisaient mentalement le chemin qu'ils avaient parcouru la veille durant le repérage de l'opération et récapitulaient les pièges qu'ils auraient à désamorcer pour arriver jusqu'au poste israélien visé. Sabri Sinjari n'en retrouvait que quarante-quatre, au lieu des quarante-cinq existant. Il rechercha celui qu'il avait pu oublier, reprit entièrement son énumération et une demi-heure plus tard se pencha, perplexe, à l'oreille de Shêrgo Bohtani.

— J'ai beau compter et recompter, je n'arrive qu'à quarante-quatre.

Shêrgo sourit dans l'obscurité.

— Après la baraque du berger, tu as la brèche et, à sa sortie, le sentier de chèvre... la mine du deuxième tournant !

— Exact... Comment as-tu fait ?

— Je l'avais laissé passer moi aussi. Je viens de la retrouver.

Et sans se concerter, les deux Kurdes se mirent à effectuer de mémoire tous les gestes qu'ils auraient à accomplir dans une couple d'heures.

Crispé au volant de la jeep, Abu Mansur fouillait du regard la traînée blême de l'asphalte. À force d'attention, sa vue fatiguée extravaguait. Fréquemment, il sursautait et manquait de freiner devant de fictifs obstacles. Il connaissait assez bien l'itinéraire et allumait ses lanternes ou ses phares lorsque les accidents du terrain rendaient les véhicules invisibles de la rive israélienne. Les sens entièrement accaparés par la conduite, il n'était plus qu'une somme de réflexes tendus, synchronisés à la vitesse de la voiture et au profil de la route.

Le commando de Jaffa traversa Djisr al Hussein qui, dans la nuit, prenait une tournure spectrale. Les pans de murs suggéraient des caricatures humaines, des silhouettes bancroches, des nains, des géants ; tout un panthéon de divinités grotesques qui auraient été taillées dans la pierre par un sculpteur dément.

Latifah serra les paupières, les rouvrit, et les ruines se montrèrent sous leur aspect véritable, lugubres, hantées par les aboiements des chiens errants et les braiements des ânes abandonnés dans les vergers. L'infirmière tenait sa musette sur ses genoux et la triturait nerveusement, décelant à leur forme les objets qu'elle renfermait. « Cette fiole : le mercurochrome. Cette boîte-là, la gaze. Celle-ci, les instruments. Ah, voilà la trousse de seringues, le solu-camphre et la morphine. » Son inventaire tactile accompli, elle observa Abu Mansur qui, par moments, retirait une main du volant et se grattait la tempe d'un geste inconscient.

— Veux-tu que je t'allume une cigarette ?

— Attends encore un peu. Bientôt nous serons hors de vue pendant au moins dix kilomètres.

Brusquement, le prof freina. La jeep fit une embardée et repartit en zigzag. Il avait cru qu'un homme traversait devant ses roues. Découvrant l'objet de sa méprise, un panneau de signalisation à l'entrée d'un virage, il pressa à fond sur l'accélérateur pour ne pas surprendre Yassim, le conducteur du Ford qui le suivait d'assez près, et se frotta les yeux.

— Tu as sommeil. Veux-tu du café ? lui proposa Lati-fah. J'en ai un plein thermos.

— Bonne idée. Décidément, tu penses à tout.

— Oui, convint-elle, et même à traverser le fleuve !

— Ce n'est pas un jeu.

— Je le sais bien. C'est pour cela que je veux y aller. Si j'étais un homme, tu ne ferais pas tant d'histoires !

Yassim bâilla. Le moteur du Ford fonctionnait à merveille, depuis sa sortie de révision. « Ce Seyid est un sacré mécano ! apprécia-t-il intérieurement. Il ferait de l'or dans le civil. »

Par une sorte de prescience, il porta le pied sur la pédale du frein au moment même où, juste devant son camion, les feux de position de la jeep s'allumaient, tressautaient et s'éteignaient presque instantanément. Prudent, il rétrograda.

— Va se foutre la gueule en l'air s'il conduit comme ça, le prof, prédit-il.

Près de lui, Tahar prononça une suite de mots incohérents, se racla la gorge et parvint à articuler.

— Quoi ? Que se passe-t-il ?

Les considérations du chauffeur venaient de le tirer d'un sommeil agité.

— Rien, rien, le rassura Yassim. Donne-moi donc une cigarette.

Sur la plate-forme du Ford, Khalaf ne pouvait détourner ses yeux de la côte ennemie. Adossé à l'une des ridelles, près de Masood et de Rahim, au regard rivé dans la même direction que le sien, il essayait de résister à l'affolement qui l'assaillait depuis le départ de Shunê et avait la sensation confuse d'être pris dans un imbroglio de forces démontées qui le conduisaient irrésistiblement vers la mort. Les mêmes images mentales s'incrustaient de plus en plus profondément en lui. Il voyait les mitrailleuses sionistes qui le visaient, son crâne qui éclatait. Au plus petit craquement, il sursautait et l'effroi le clouait à sa place. Il s'attendait à trépasser à tout instant et, si le risque de perdre la face ne l'avait retenu, il se serait prestement allongé afin qu'aucune partie de son corps ne dépassât du camion. Il noua ses doigts à la ridelle qu'il serra de toutes ses forces, se contraignit à fermer les yeux et sombra dans une panique telle qu'il préféra encore regarder Israël et l'incessante vadrouille de ses phares.

Les lumières des kibboutzim se raréfièrent, puis restèrent en retrait, comme si la jeep et le Ford les avaient gagnées de vitesse. L'absence de villages éclairés dans les zones obscures indiqua aux membres du commando qu'ils longeaient les territoires occupés en 1967. Là-bas, comme de ce côté-ci, les hameaux arabes désertés se confondaient avec la nuit. Collines et falaises étaient truffées de blockhaus israéliens. Néanmoins, Khalaf, sans raison, se croyait plus en sécurité qu'auparavant. Il parvint même au seuil du détachement. Ce n'était qu'une rémission. Les sèches décharges d'une arme à répétition l'emplirent à nouveau d'épouvante. Il se pencha sur Masood.

— Qui tire ?

— Peut-être une sentinelle trop nerveuse, présuma Masood d'un air rechigné.

Il s'estimait moins courageux que de coutume et accusait secrètement Khalaf de lui communiquer sa frousse.

— Et merde, cesse donc de trembler !

— Je… je… je… ne tremble pas… mentit le potinier.

Une lampe électrique clignota au milieu de la route. Abu Mansur mit ses codes. Devant une haie de chicanes qui obstruait la chaussée, un officier jordanien encadré de deux gardes lui signifiait de stopper.

Le prof s'exécuta de mauvaise grâce.

— Encore un contrôle ! Commencent à nous faire chier, ceux-là, rognonna-t-il.

— Permis de circuler, laissez-passer ? requit l'officier.

Abu Mansur, sans le regarder, tendit des papiers froissés et dit d'un air distant :

— Le camion qui suit est avec nous.

— Et où allez-vous ?

— À Karameh, visiter des amis.

L'officier retint un sourire, promena rapidement sa lampe sur les documents et les rendit au prof.

— Je ne fais qu'obéir aux ordres, se justifia-t-il.

Et après une pause, il souhaita :

— Bonne chance, mes frères.

L'accent allusif de sa voix laissait entendre qu'il sympathisait avec les fedayin. Les deux gardes ouvrirent le barrage.

— Shukran, lâcha Abu Mansur en démarrant.

Avec sa lampe, l'officier notifia au chauffeur du Ford de filer. Yassim fit un signe de la main et lança son camion entre les chicanes que les soldats s'apprêtaient à remettre en place. Khalaf avait follement espéré l'interception du commando, qui eût fait reporter l'opération à une date ultérieure. Celle-ci ne s'étant pas produite, il ne sut plus à quoi se raccrocher et glissa dans un abattement absolu.

Par les jalousies baissées du poste de garde filtraient de faibles lueurs.

Quelques minutes encore. Le commando de Jaffa entra dans Karameh, fit halte près d'une baraque rafistolée avec de vieux bidons de bitume aplatis. Près de la porte d'entrée, dans une Land-Rover équipée pour le combat, trois hommes.

— Bonsoir, camarades ! Pour votre première sortie, Ibrahim, Mirzuk et moi-même seront de la partie. Il est exactement vingt-trois heures. Tout doit être terminé à l'aube. Démarrons, le temps presse.

Cette voix, qui avait longtemps été crainte, apportait le soulagement. Yussuf se pencha vers le prof.

— Tu ne nous avais pas dit qu'Abu Raïd dirigerait l'attaque.

— Ce n'était pas certain, allégua Abu Mansur.

Il marqua un temps.

— Et puis, qu'est-ce que ça change ?

Ça changeait tout et il le savait. La participation de l'ancien chef de base apparaissait à beaucoup comme un heureux présage.

293

— Marhaba, commandant ! Bienvenue ! saluaient joyeusement les fedayin, sans quitter les véhicules.

— Bohtani, Sinjari, avec moi, réclama Abu Raïd, en montant dans sa Land-Rover.

Les deux Kurdes confièrent la 12,7 à Hanna et à Kayser et rattrapèrent au vol la voiture du commandant.

Abu Mansur apposa un cache en chatterton noir sur la lampe témoin de son tableau de bord et embraya. Derrière, Yassim prit grand soin, en enclenchant la première, de ne pas faire craquer la boîte de vitesses. La proximité du danger le rendait précautionneux. Il lui semblait que son Ford ne roulait plus aussi bien qu'avant, qu'il brimbalait et ferraillait anormalement.

— Vont nous canarder, ces cons là-bas, s'inquiéta-t-il.

Tahar le tranquillisa.

— T'en fais pas, vieux, le bruit on l'entend, mais on ne le voit pas !

Trente kilomètres plus loin, un peu avant Shunat Nimrin, bourgade carrefour proche du pont Hussein, ex-pont Allenby, où la route de la vallée coupe la nationale Amman-Jérusalem (*via* Salt et Jéricho), la jeep d'Abu Raïd vira à droite sur une piste creusée de fondrières qui allait vers le Jourdain et les phares ennemis. La jeep d'Abu Mansur bifurqua à son tour, puis le camion.

— Inaddin al mok ! jura Yassim. Pouvaient pas prévenir, ces enquiquineurs !

— C'est ça, Monsieur veut des flèches et des signaux lumineux, peut-être, se gaussa Tahar.

Bohtani et Sinjari sautèrent de la voiture de tête, qui cahotait durement, et la dépassèrent. L'un vint s'asseoir sur le capot, l'autre courut à l'avant et ouvrit la voie.

— Virage à gauche... Ralentir, lit de sable... Pente glissante, mettez le crabot... indiquait-il à son compagnon au fur et à mesure de la progression.

Shêrgo transmettait les informations à Abu Raïd, qui conduisait en conséquence. Abu Mansur se colla à sa jeep et Yassim à celle d'Abu Mansur. La caravane ainsi constituée avança à petite vitesse sur un sol nu et bosselé, descendit dans le lit à sec d'un oued périodique, persévéra dans son acheminement malgré les difficultés du parcours et la menace de plus en plus tangible qui pesait sur elle. Les balais des projecteurs passaient au-dessus de la ravine, couraient sur ses deux bords, mais ne pouvaient en éclairer le fond, qui restait plongé dans un noir intense auquel s'accommodaient mal les yeux de Yassim. Celui-ci ne ratait aucune ornière et grommelait à chaque secousse.

— Le con de leur mère ! Auraient pu faire ça à pied, les fainéants !

Près de lui, Tahar n'était plus très sûr que le bruit « ne se voyait pas ». « Et si les sionistes détenaient des appareils capables de localiser les sons ? » Cette hypothèse à peine formulée entama sérieusement son assurance.

Sur la plate-forme, Khalaf se tassait dans son coin. Il avait atteint le stade critique où la peur confine à la prostration et ne réagissait même pas aux dures bourrades de Masood et de Rahim, qui, à voix basse, passaient leur temps à l'injurier.

— Allez, debout, minable !

— Veut nous foutre les chocottes, ce fumier !

Les autres passagers du Ford pestaient aussi contre lui. Se sachant non immunisés, ils craignaient tous d'être contaminés. La méchanceté qu'ils déployaient à son encontre faisait un peu office de médecine. Elle excitait leur agressivité et, par là même, les empêchait de succomber. Transi, claquant des dents, le potinier promu bouc émissaire assumait toutes les craintes, et pas un de ses camarades n'envisageait de le réconforter.

Sabri Sinjari, qui trottait devant la jeep d'Abu Raïd, s'arrêta, fit volte-face et écarta les bras. Le commandant coupa le contact. Abu Mansur l'imita, ainsi que Yassim.

— Tout le monde descend ! dit le prof.

*

Des ombres vinrent à leur rencontre. À cet endroit, la ravine serpentait au milieu d'un moutonnement de dunes de tuf et de sable relativement élevées, formant autant d'écrans face aux projecteurs sionistes, qui ne pouvaient les atteindre que d'un seul côté, et encore partiellement.

Des caches avaient été creusées sur leurs flancs protégés. On les devinait aux lumières tamisées qui, par leur entrée, s'échappaient vers l'extérieur. Les fedayin débarquaient dans le camp le plus avancé de la résistance palestinienne, à deux cents mètres du Jourdain. L'ALP y maintenait en permanence plusieurs centaines de réguliers qui servaient de relais et de couverture aux commandos d'infiltration. Chaque organisation avait ses propres caches. Même aux toutes premières lignes les fractions subsistaient, sauf devant le danger où l'on assistait à d'éphémères fusions.

Il y avait également un poste d'artillerie jordanien, camouflé de jour dans des bunkers, sous des filets mimétiques, et qui, selon l'attitude de son chef du moment à l'égard des Palestiniens, appuyait ou n'appuyait pas leurs opérations. En général celui-ci avait plutôt tendance, ne serait-ce que sous la pression de l'environnement, à se montrer coopérant. Abu Raïd, sitôt arrivé, partit à sa recherche pour mettre au point avec lui les modalités de l'aide qu'il escomptait en cas de grabuge.

Abu Murad, le chef local du Front, entraîna les arrivants vers les tranchées et les abris de la position dont il avait la garde. En chemin, les hommes, d'une voix feutrée, échangèrent des « Salâm » avec des fedayin locaux, allongés dans le sable, qui fumaient, le regard rivé sur le ciel tapissé d'étoiles. Cette nuit sans lune était excessivement dense, profonde. « Un temps idéal pour nous », se dit Yussuf, en butant sur une pierre.

Khalaf flageolait sur ses jambes. À chaque pas il croyait s'enliser, mais il continuait de marcher parce qu'il n'avait pas d'autre issue que de se laisser entraîner et que son amour-propre le poussait, malgré sa peur en régression passagère.

Des dosses en bois de peuplier étayaient les parois des tranchées et des caches. Les vigiles du Front, entre deux tours de garde, dormaient à l'intérieur sur des lits de camp ou écoutaient la radio en sourdine. Du thé très chaud avait été préparé dans une marmite. Les deux Kurdes se servirent d'abord, burent à brèves lampées précipitées. Ils abandonnèrent ensuite leurs verres au petit bonheur dans les mains tendues pour les saisir et consultèrent leur montre.

Abu Mansur suivait sur une carte le doigt d'Abu Murad qui lui montrait les emplacements de tous les postes israéliens du secteur et les différentes voies d'accès et de repli.

— Nous partons mettre la corde, rafiq, le prévint Shêrgo Bohtani. Vous devez être là-bas dans vingt minutes.

— Bien, approuva le prof. Le temps de finir le thé, et on vous rejoint.

— Dans vingt minutes, insista Sabri Sinjari.

— Dans vingt minutes, d'accord, promit Abu Mansur. Il est vingt-trois heures quarante-six, nous partirons à...

— Non, quarante-quatre, corrigea Shêrgo Bohtani.

— Tiens, tu retardes de deux minutes, nota le prof.

— Il est vingt-trois heures quarante-quatre minutes dix secondes, heure de Tel-Aviv, s'obstina Shêrgo. Rendez-vous au point de passage à minuit cinq au plus tard. Abu Raïd le connaît.

— Bon, je l'envoie chercher, résolut Abu Mansur.

L'inflexion de sa voix qui se voulait conciliante masquait mal un certain agacement. Il observait la physionomie insondable des deux Kurdes et tendait à se persuader que leurs actes découlaient plus de l'instinct que de la réflexion, qu'ils avaient la guérilla dans le sang, charriaient en eux l'hérédité de leur race belliqueuse, enracinée dans des siècles de vendetta.

Sur ces entrefaites Abu Raïd arriva de lui-même et le tira de ses supputations malveillantes.

— Ça y est, c'est arrangé avec l'artillerie, confirma-t-il. Si ça se déroule mal, elle nous appuie à fond.

Le prof saisit l'occasion de moucher Shêrgo Bohtani.

— Quelle heure as-tu ?

— La même heure qu'eux, précisa Abu Raïd qui avait percé ses intentions. C'est sur les Kurdes que tu dois régler ta montre, prof, recommanda-t-il, la vie de tes hommes en dépend.

— Minuit cinq au plus tard, rappela Shêrgo Bohtani.

— Nous y serons, certifia Abu Raïd. Va.

Les deux Kurdes vérifièrent leur harnachement et s'en allèrent.

Le prof se montrait soucieux et sa nervosité allait en s'accentuant. Le souvenir qu'il conservait de Deborah ressortait de sa mémoire. « Ta place est là-bas, sur ton terrain de lutte. » Il ne s'était pas dédit. Instituteur, cadre politique, chef du commando de Jaffa, un commando par lui fabriqué de toutes pièces, composé de dix anciens et de vingt-cinq jeunes qu'il avait personnellement recrutés, initiés au marxisme, dont il avait patiemment modifié la structure mentale. Elle eût pu être fière de son travail. Pour le mener à bien, il avait dû tracer un trait définitif sur son passé, détruire le docteur Fadel al Mokhtar, remiser tous ses diplômes au fond d'une malle, apprendre comme ses militants à se servir correctement d'une arme, à vivre dans l'inconfort.

« Ta place est là-bas, sur ton terrain de lutte… » Parvenu sur la place en question, à l'instant du combat sérieux, il se mettait à reconsidérer ses aptitudes, craignait d'avoir entraîné dans une aventure hasardeuse ses anciens élèves de Baqa'a, regrettait de ne pas posséder sur eux l'ascendant et la maîtrise d'Abu Raïd, de ne pas être capable de les conduire avec l'autorité d'un chef.

À côté du commandant plus âgé, plus expérimenté, dont le prestige sur les militants était considérable et qui, ce soir, parce qu'il les accompagnerait au feu, passait pour un sauveur, le prof avait l'impression de n'être qu'un petit amateur, un dilettante. Cela le contrariait. Il se laissait aller à supposer qu'il n'était pas suffisamment préparé pour endosser la responsabilité de l'opération qui débuterait dans un peu moins d'un quart d'heure. Une incertitude le taraudait : serait-il à même, une autre fois, de mener le commando de Jaffa à l'attaque, sans le secours de quiconque, de prendre sur le terrain les initiatives appropriées ? Il envisagea le gâchis qu'il risquait de commettre par son éventuelle incurie et se félicita à son tour de la participation d'Abu Raïd. S'il appréciait chez lui les qualités d'homme et de combattant, il ne le jalousait pas. Il en était de même avec les deux Kurdes qui, de toute évidence, avaient eu raison de se montrer intransigeants sur l'exactitude, clef de l'efficacité. Le mouvement d'humeur éprouvé devant l'aplomb de Shêrgo Bohtani et ses paroles brèves, qui sonnaient comme des injonctions, avait été très vite contrôlé et ne continuait de le tarabuster que le souci, poussé jusqu'au scrupule, d'agir au mieux de ses possibilités, sans se laisser dominer par l'orgueil ou tout autre défaut de ce genre.

Abu Raïd soupçonnait le prof d'être préoccupé et il le comprenait. À sa place, il eût été furieux de devoir céder son commandement à quelqu'un d'autre dans un moment aussi essentiel, et il se serait arrangé pour le conserver coûte que coûte, même si, pour ce faire, il avait dû chasser l'intrus en lui battant froid. Mais il se savait incomparablement plus susceptible qu'Abu Mansur.

— Naturellement, prof, Mirzuk, Ibrahim et moi-même resterons en retrait et à tes ordres, prévint-il avec égards. Tu mènes ton affaire comme tu l'entends.

D'une poche de son treillis, Abu Mansur tira directement une cigarette qu'il tassa contre le dos de sa main.

— Pas de préséance entre nous, Abu Raïd, dit-il. C'est toi qui les as militairement formés, c'est à toi de les guider dans cette sortie.

Désignant d'un mouvement de tête les fedayin qui écoutaient attentivement leur conversation à mi-voix, il affirma :

— Et puis reluque-les, ils n'attendent que ça !

— Toi aussi, tu t'encombres de formalités, souligna Abu Raïd.

Il concentra son regard sur les membres du commando qui fumaient ou soufflaient dans leurs verres sur le thé trop chaud, et les interpella.

— Qu'en dites-vous, les gars, qui dirige l'attaque ce soir ?

— Vous deux, vous deux !

L'unanimité était indiscutable.

— Impossible, estima Abu Raïd.

Il lorgna discrètement du côté d'Abu Mansur.

— Pour la bonne coordination des mouvements, il ne faut qu'un seul chef.

— Le prof ! le prof !

Abu Raïd se rapprocha de lui.

— Voilà qui est réglé, et démocratiquement. Qu'attends-tu pour leur faire récapituler leur rôle ?

Abu Mansur sortit de sous sa veste un plan qu'il déplia.

— Avancez, les gars, dit-il.

Latifah bondit entre lui et Abu Raïd.

— Un instant !

D'un air crâne, elle toisa l'assemblée.

— Et moi ? Pensez-vous que je doive rester ici à vous attendre ?

La circonspection s'installa sur les visages. Les yeux du prof et d'Abu Raïd se croisèrent. Entre eux, un échange silencieux s'opéra : « Viendra-t-elle ? Ne viendra-t-elle pas ? »

Abu Mansur surprit une lueur favorable dans le regard du commandant.

— Elle viendra avec nous, trancha-t-il.

Dans le coin le plus sombre de l'abri, Khalaf ne pouvait s'empêcher de trembler. Par à-coups ses rotules, comme soumises à une décharge électrique, s'entrechoquaient frénétiquement.

*

Le commando dépassa les deux jeeps et le Ford, garés sous des enfoncements naturels et que Yassim, aidé par

301

les fedayin d'Abu Murad, recouvrait de bâches et de branchages en prévision des raids matinaux. Abu Mansur avait pris la tête de la colonne, Abu Raïd fermait la marche. Entre chaque homme, un espace de dix mètres. Les lueurs des phares se distinguaient à peine dans la bande de ciel comprise entre les parois de la ravine.

Les branches d'un laurier fouettèrent la tête des fedayin qui inspectaient le sol avant d'y poser leurs pieds. À leur contact, Khalaf, aveuglé de frayeur, se crut happé par un Israélien embusqué. Son sang se figea dans ses veines. Il ouvrit la bouche pour crier, se retint juste à temps et s'ébranla de nouveau en vacillant comme un ivrogne. Les pointes de ses chaussures heurtaient les pierres du chemin, provoquant une succession de petits chocs auxquels l'ouïe aux aguets de ses compagnons donnait les proportions d'un grondement d'avalanche, et les « chut ! chut ! » qui couraient le long de la colonne venaient ajouter à sa panique l'amertume de l'humiliation.

On le doublait, et se laisser distancer le délivrait de ses contraintes. Les fils qui l'attachaient au commando de Jaffa se distendaient et rompaient les uns après les autres. Il fit semblant de rattacher les lacets de ses Pataugas. Quelqu'un se baissa.

— Ça va ?

C'était Latifah. Ne pas se trahir.

— Oui, oui, je viens.

— Bon, fit l'infirmière.

Elle le laissa et il perçut les pas d'Ibrahim, puis ceux de Saddam, de Tahar, de Nizam et de Mirzuk. Il n'y eut bientôt entre lui et ce qu'il croyait être la liberté qu'Abu Raïd, dont il entendit la voix susurrer dans son dos :

— Hâte-toi, Khalaf, hâte-toi ou je t'écharpe.

Et Khalaf se hâta, comme si une force supérieure le projetait vers l'avant.

La végétation s'intensifia. Un autre laurier, puis deux, puis trois, et déjà des arbustes plus épais, des touffes de roseaux, des tamariniers.

Abu Mansur, qui venait d'atteindre la sortie de la ravine, frappa du plat de la main sur la crosse de sa Kalachnikov deux coups à peine perceptibles : tac-tac.

Comme convenu, Hanna, qui le suivait, s'accroupit et procéda pareillement, de même que Yussuf, Kayser, Mahmud, Masood, Idriss, Ahmed, etc. De cette façon, le signal d'arrêt fut colporté jusqu'à Abu Raïd, en passant, bien sûr, par Khalaf qui s'était empressé de ployer les genoux. Il aspirait ardemment à se maintenir le plus longtemps possible dans cette position inconfortable. Les fedayin, qui avaient assuré leurs armes, ne bougeaient plus.

Le Jourdain, en ce lieu, tournait au pied de la falaise qui le bordait, disparaissait derrière elle et ressortait un peu plus loin, après avoir décrit un long méandre ovale, parmi une forêt de tertres presque aussi réguliers que des tumulus. La ligne des projecteurs se trouvait donc provisoirement brisée, un certain nombre étant installé sur la partie de l'escarpement qui surplombait l'autre côté de la boucle. Afin de mieux repérer leur agencement, le prof, en tapinois, se risqua hors de sa cachette et s'étonna qu'il n'y en eût aucun en activité sur l'arête de la falaise juste dans le virage du fleuve.

Il était inquiet.

— C'est bien ici que j'avais rendez-vous avec Bohtani. Que fout-il, ce bâtard ? Que fout-il ?

Un trait fulgurant le frappa en pleine face. Il tressaillit. Les couleurs du spectre dansèrent devant ses yeux éblouis. Le phare inactif venait d'entrer en fonction. Illico, le prof reprit son self-control, pensa : « Ils m'ont vu », et, conformément à la consigne qui était de ne pas remuer d'un pouce, attendit avec stoïcisme la rafale qui devait l'abattre. Dès qu'il ne fut plus éclairé, il s'aplatit de tout son long derrière un buisson. Le phare rôda dans les abords de la ravine, s'en alla fourgonner sur les dunes, revint d'un coup, renouvela systématiquement ce manège, comme s'il avait pressenti la tentative d'algarade qui s'effectuait. Soumis à sa fantaisie, le prof, inerte comme un roc, passait un mauvais quart d'heure, quoiqu'il pût, mieux que nulle part ailleurs, priser le festival des faisceaux enchevêtrés au-dessus du fleuve. Le clapotis de l'eau courante toute proche et le friselis des roseaux, qu'agitait un léger courant d'air, créaient une ambiance sonore idyllique, complètement insensée.

L'attente se prolongeait. Abu Raïd sortit de sa poche une montre phosphorescente. Elle marquait minuit quinze.

— Fichtre, faut pas traîner.

Il se leva et entreprit de longer la colonne toujours accroupie et vigilante.

— C'est moi, Abu Raïd, faites passer, murmura-t-il, pour ne pas provoquer, par un déplacement impromptu, d'intempestives réactions.

— Abu Raïd… Abu Raïd…

Le message le précédait, préparant les fedayin à entendre sans sursauter le froissement de ses vêtements et de ses semelles.

Khalaf était comme le prisonnier qui voit s'ouvrir la porte de sa geôle. Plus rien ne l'empêchait de rebrousser chemin. Cet arrêt momentané avait fini d'abolir le peu de lucidité qui persistait en lui. Avec une détermination inattendue, il pivota sur ses talons et s'éclipsa. Il passa un tournant, se pressa davantage, imprima à sa démarche une accélération constante qui aboutit à une course échevelée. D'aller à contresens du commando, à contresens du danger, avec comme idée fixe de s'en écarter le plus possible, le rendait méfiant et hargneux comme une bête traquée. Il prit sa mitraillette, la pointa au hasard dans la nuit, décampa à toutes jambes. La terreur qui le persécutait virait en haine, une haine dirigée globalement contre son espèce, contre cette humanité qui l'avait acculé à se comporter en poltron.

— Tous des salauds, des ordures, je les tuerai, rognait-il, sans s'apercevoir qu'il déployait dans la fuite un cran parfaitement aberrant, le plaçant en condition d'affronter le même genre de risque qu'il refusait d'encourir.

Son échappée ne se distinguait du coup d'audace que par le fait qu'elle se faisait à rebours, ce dont Khalaf n'avait cure. Il était disposé à ouvrir le feu sur n'importe quel individu qui se dresserait en travers de son chemin, à défier n'importe quelle patrouille qui voudrait l'appréhender. En remontant le cours de l'oued à sec, il avait remonté le cours de sa peur. Plus une once de pusillanimité ne le retenait. Il eût pu, sans problème, traverser le Jourdain, affronter les sionistes, s'exposer à leur tir, se faire tuer. Il le comprit alors qu'il parvenait près du camp retranché dans les dunes.

— Qui vive ? fit une sentinelle embusquée sur les hauteurs de la ravine.

Khalaf s'arrêta.

« Ciel, qu'ai-je fait ? » haleta-t-il.

Honteux, et déjà bourrelé de remords, il s'annonça :

— Un du commando de Jaffa.

— Mot de passe !

— Kuneitra.

— Ça va.

Le potinier sortit un mouchoir et se bouchonna les tempes.

— Alors, qu'est-ce que tu fous, camarade ?

— Laisse tomber, je retourne, lâcha Khalaf.

— Ouais, agréa faiblement la sentinelle, en étouffant un rire, mais magne-toi le train, rafiq, ou tu vas rater le coche. N'attendent pas les retardataires, là-bas.

Abu Mansur, à plat ventre, épiait le long de la berge du fleuve, distante de quinze mètres, les roseaux et les bosquets de tamariniers que silhouettait la réflexion de la lumière sur l'eau. Le retard des deux Kurdes le tracassait sérieusement. « S'ils ne sont pas là dans cinq minutes, on se replie », prévit-il en se tassant contre la terre rugueuse et froide, pour mieux se soustraire au phare le plus proche qui revenait fourrager à l'orée de la ravine.

Arrivé au niveau de Hanna, planqué dans le feuillage d'un laurier, Abu Raïd posa un genou à terre, laissa le faisceau s'éloigner puis, d'un léger chuchotis de la bouche, avertit le prof de sa venue et boula vers lui. Du bout des lèvres, il parla dans l'oreille d'Abu Mansur.

— Wallah-billah, qu'attends-tu ?

Usant de la même technique, le prof répondit :

— Les Kurdes.

— Kos rabbek ! Ce putain de phare doit les gêner.

— Inaddin ! Si on pouvait le canarder !

— Pour les avoir tous sur le dos. Et puis, le faîte de la falaise est hors de portée de nos armes.

— Va s'éteindre... Éteins-toi, éteins-toi, saloperie ! s'impatienta le prof.

— Tsst... fit Abu Raïd, les voilà.

Une lente stridulation provint de la berge. L'anxiété qui obnubilait la pensée du prof s'évapora.

— De vrais insectes, apprécia-t-il.

— Attends la belle saison, badina Abu Raïd, et tu les entendras coasser.

Il accusa réception du message.

— Ksh, ksh, ksh...

Entre lui et les Kurdes, il y avait quinze mètres de terrain découvert, quinze mètres que le phare balayait sans arrêt et qu'il faudrait pourtant franchir, coûte que coûte.

La voix du prof bruissa.

— Pour ce qui est d'imiter les cigales, tu te débrouilles pas mal non plus, bien que ce ne soit pas l'époque.

— Chut, écoute...

— Ksh, ksh, ksh... ksh, ksh... ksh, ksh, ksh, ksh.

— Bohtani dit qu'il faut traverser maintenant et il n'a pas tort.

Le prof maronna :

— Ce putain de phare qui s'éteint pas !

— Faut y aller, décida Abu Raïd, et en bas, plus un mot !

— J'y vais, consentit le prof. Tu m'envoies les autres un par un.

Il guetta le faisceau, se ramassa sur ses jambes.

— Va, fit Abu Raïd, en le poussant dans le dos.

Lui-même retourna près d'Hanna et se tassa derrière son laurier au passage du phare.

— Va.

Hanna s'élança.

Tac-tac. Abu Raïd appelait le suivant. C'était le tour de Yussuf al Kutub. Son cœur battait fort et sûrement, d'une cadence qui s'accordait à son émoi et à sa résolution. « Je risque de mourir », se disait-il, et cette possibilité le laissait presque indifférent. La peur, la peur physiologique n'avait plus prise sur lui, sur sa volonté forgée par six mois d'entraînement intensif. Ce qu'il accomplissait lui paraissait grand, courageux et le comblait de fierté. Cette minute de tension et d'exaltation valait bien tout ce qu'il avait enduré pour la vivre.

Le phare rôdaillait une fois de plus dans les parages, s'écartait.

— À toi, lui intima Abu Raïd.

Yussuf fonça, plié en deux, et se jeta dans les roseaux où Shêrgo Bohtani l'attendait pour lui faire franchir le fleuve.

Tac-tac.

— À toi.

Le sprint de Kayser coïncida avec l'extinction providentielle du phare axial. Abu Raïd laissa s'écouler vingt secondes pour vérifier s'il ne s'agissait pas d'une ruse et conclut que le manipulateur ensommeillé — cela s'était déjà vu — devait s'accorder un répit en grillant une cigarette.

— Vite, vite, pressons…

Conservant entre les fedayin trois mètres d'intervalle, il les expédia tous dans les roseaux et tamariniers en moins d'une minute.

— En forme, Latifah ?

— En forme.

— Attention à ta musette de médicaments.

— Elle est étanche.

— Cours.

Mirzuk se pointa le dernier. Abu Raïd se pencha vers lui.

— Et le potinier ?

— Sais pas.

— L'enc... de sa mère. S'est déballonné. Tant pis, j'aime mieux ça. Il aurait fait le con. Allez, va.

Au contact de l'eau glacée, les hommes, le souffle coupé, se raidissaient. Shêrgo Bohtani fixait leur main à la corde. Ils se halaient sans se faire prier. Sur l'autre berge, Sabri Sinjari et Abu Mansur les réceptionnaient et les faisaient se tapir sous les arbustes.

Lorsque Khalaf déboucha à proximité de la rive, le phare s'était rallumé sur les solitudes tourmentées de la rive jordanienne. Le commando de Jaffa avait traversé le Jourdain. Accablé, le potinier s'effondra dans un creux et sanglota.

*

Au bas de la falaise, les fedayin infiltrés longèrent une ferme isolée (la bicoque du berger) apparemment déserte et son étable silencieuse. Une sente très raide les mena à l'entrée d'un corridor naturel creusé dans le tuf et la rocaille par l'écoulement des eaux pluviales. Un fourré remua sur leur gauche. D'un même élan, ils s'aplatirent et, le doigt sur la détente de leur mitraillette, sondèrent la nuit d'un regard plus aiguisé. Un taurillon se détacha de l'obscurité et les considéra tranquillement. Soulagé et sensible au comique de la situation, le prof, en se relevant, sourit dans sa moustache. L'animal s'en retourna sans se presser d'où il venait et les fedayin reprirent leur escalade qui se compliqua d'instant en instant.

Une heure s'était écoulée depuis leur pénétration en territoire occupé, une heure éprouvante, avec de fréquentes et longues factions, durant lesquelles les vêtements trempés qui collaient à leur peau les avaient complètement refroidis. Ils devaient déplacer avec une prudence extrême leurs jambes gourdes et étaient si gelés que même la marche ne les réchauffait pas. La sueur se réfrigérait en coulant dans leur dos. Là-dessus, la bise se leva et acheva de les transir tous jusqu'aux os, si bien qu'on ne pouvait distinguer les courageux des timorés, ceux qui grelottaient aussi de peur de ceux qui grelottaient uniquement de froid.

Quatre mains tâtonnèrent, se serrèrent sur les aspérités d'une roche. Deux têtes lentement s'élevèrent et leurs yeux se mirent à forer les ténèbres. Par la brèche située entre les postes israéliens occupés à surveiller la vallée, Sabri Sinjari et Shêrgo Bohtani venaient d'atteindre le sommet de la première falaise.

Tac-tac. En contrebas, plaqué le long des pentes, le commando se remit en mouvement, en prenant garde de ne pas déchausser les pierres du tuf friable qui se dérobait sous leurs pieds.

Latifah se montrait bonne alpiniste. Elle grimpait en souplesse, sans faire de bruit, sans ahaner comme certains. Elle se rétablit sur la crête et, en rampant, se coula entre les replis. Son endurance la surprenait elle-même. Elle avait cru qu'elle s'engageait dans une épreuve excessivement pénible et s'était laissé contrarier par la crainte de flancher. Elle découvrait qu'elle pouvait se comporter aussi bien qu'un homme, accomplir comme lui un effort physique soutenu, faire preuve d'autant de sang-froid. Il y avait en elle l'insolente volonté d'une jeune fille fraîchement émancipée qui se refusait à reconnaître l'infériorité organique attribuée à son sexe et se sentait investie du devoir d'extirper et de détruire le cliché de la femme faible et soumise ancré dans la mentalité de ses compagnons. Quand bien même elle eût rencontré les pires difficultés, elle se fût accrochée jusqu'au bout, sans se plaindre, et eût préféré mourir que d'abandonner la partie. Ce n'était pas le cas, et elle savourait un plaisir légitime, le plaisir d'une militante qui, luttant sur deux plans, voit se confirmer une première victoire. De tout le commando, c'était peut-être elle la plus détendue.

Un terrain lunaire, torturé, couvert de plissures, d'arêtes, de turgescences s'étalait de l'autre côté de la falaise, et, au loin, sur les vagues en furie de cet océan lapidifié, les feux d'un grand paquebot : Jéricho.

Yussuf se reconnaissait parfaitement dans ce fouillis d'encre à peine discernable. Il le revoyait éclairé, exactement comme naguère : rose la mer Morte et les boursouflures de sel, rose le Jourdain… La nostalgie l'empoigna et lui fit découvrir combien il était attaché à cet âpre paysage, combien il aimait ce décor qui l'avait vu naître. Un souffle de bise traversa sa veste. Il frissonna. Froid, faim, rancœur. De grises images l'assaillirent, qu'il repoussa.

Ce qu'il voulait retenir du Jéricho de son enfance, ce n'était pas le camp minable, pas le fiel qui sortait de la bouche de Rajid Ali, encore moins les bedaines des notables, mais les voix du vieux Yasser et de Kamal, son père, qui faisaient vivre les mots et les rêves, et aussi la riche variété des couleurs baignant cette partie de la vallée au coucher du soleil.

Tac-tac. Il reprit sa place dans la colonne, régla sa foulée sur celle d'Hanna. La terre sèche, rugueuse et stérile qui s'écrasait sous ses chaussures le fit aussitôt penser au contraste des vertes et fertiles collines jaffiotes et à leurs orangeraies. Jaffa et Jéricho, quoique opposées, demeuraient dans son esprit indissociables, comme demeurent indissociables les deux plateaux d'une même balance. « Jaffa, Jéricho. » « Jéricho, Jaffa. » Sa mémoire mélangeait allégrement réalité et fiction, souvenirs vécus et souvenirs imaginaires, comme si rien ne les distinguait plus. À regarder luire Jéricho dans la nuit, Yussuf s'émouvait. Il était comme le nomade qui retrouve son campement après avoir erré longtemps. Et se dire qu'il ne pouvait s'en approcher, que son accès lui était interdit, le prédisposait à combattre.

Yussuf al Kutub, comme au reste la plupart de ses camarades, n'attendait que l'instant de passer à l'action.

En queue de colonne, Abu Raïd s'arrêta, se retourna et tendit l'oreille. Un ronronnement diffus s'insinuait dans le silence qui planait sur la vallée. Ses yeux, méthodiquement, explorèrent le relief. Les postes qui surveillaient le Jourdain se repéraient aux halos clairs et mouvants que formaient les lueurs réfléchies de leurs phares. Les voir s'entêter à chercher devant ce qui, depuis peu, était derrière le fit sourire. Ces blockhaus-là n'avaient pas à craindre d'assaut, ils étaient trop bien défendus et, de plus, les Palestiniens avaient tout intérêt à les laisser tranquilles, puisqu'ils pouvaient les contourner sans trop de problèmes et porter leurs coups où on les attendait le moins. Le ronronnement grossit et les lumières d'un convoi motorisé apparurent sur la cime des collines.

Rattrapant la colonne qui avait accru son allure, Abu Raïd s'appliqua, tantôt à reculons pour continuer son observation, tantôt dans le bon sens, à maintenir entre lui et Mirzuk la distance réglementaire. Il connaissait les inconvénients des alertes prématurées et préférait, tant que la menace n'était pas plus précise, laisser les fedayin se dépêcher vers le but. Si leur tension venait à se relâcher, s'ils se laissaient gagner par l'engourdissement, les chances de succès risquaient d'être compromises. Rien n'étant plus démoralisant que les trop longues stations, mieux valait les écourter, voire les éviter.

Le commando dévala un thalweg sablonneux, se hissa sur une nouvelle hauteur. La Grinof calée sur sa nuque courbée, une main tenant le canon, l'autre la crosse, Mirzuk se déplaçait sans effort, d'une démarche élastique parfaitement inaudible. Il n'en était pas de même pour Tahar et Ibrahim, qui portaient les FM. Le souffle court, les bronches graillonnantes, ils dérapaient sur le sol instable et sacraient entre leurs dents. Un peu plus avant, Idriss et Ahmed, logés à la même enseigne, fléchissaient sous le poids de la Deteriof et des rubans de cartouches enroulés à leur buste. Les porteurs de lance-roquettes n'étaient pas mieux lotis. Leur boîte de commande électrique sur le dos, ils enduraient les frottements des courroies de fixation qui les brûlaient dans le creux des épaules.

Pris d'une soudaine envie d'éternuer, Kayser plaqua, pour l'étouffer, une main contre sa bouche.

Abu Mansur, quant à lui, faisait de grandes enjambées apparemment un peu traînantes et pourtant efficaces. Il ne perdait pas de l'œil les deux Kurdes qui, fort à l'aise sur cette terre occupée, se faufilaient entre les bastions israéliens, désamorçaient les traquenards et, surtout, réagissaient avec sûreté, sans pour autant retarder la marche du commando.

Le ronronnement subsistait dans l'air, régulier, stationnaire, sans variation sensible, comme si les engins — camions ou blindés — qui étaient censés le produire tournaient au point mort. Abu Raïd espincha sur ses arrières et ce qu'il vit corrobora cette présomption. Les lumières jumelées des véhicules qui, tout à l'heure, dansaient sur les collines s'attardaient en veilleuse près de l'un des postes qui venaient d'être évités, statiques et rondes comme les paires d'yeux de rapaces nocturnes alignés sur une branche.

« Un, deux, six, dix… quinze. Bigre, c'est une grosse affaire ! » pensa-t-il en promenant une main distraite sur les huit grenades et le colt suspendus à sa buffleterie, pendant que l'autre tirait sur la bretelle de sa mitraillette.

Les fedayin souffraient un peu moins du froid et, sans le vent qui gémissait en soulevant la poussière, ils eussent mieux supporté l'humidité de leurs vêtements.

Plusieurs grondements successifs se firent entendre : accélération, ralenti, accélération encore. Le convoi sioniste se remit en phare, s'ébranla, et prit de la vitesse. Au bruit, Abu Raïd s'efforça de déterminer le type de matériel utilisé et finit par trouver : des half-tracks.

Un repli les escamota un par un, et leur double rangée de rais blancs parut s'enfoncer dans la terre. Les hommes tournaient la tête et attendaient avec une impatience croissante le moment où Abu Raïd frapperait sur sa crosse.

C'est que le ronflement des moteurs se rapprochait bougrement. Le convoi émergea. Cette fois c'était sérieux. Il venait droit sur eux.

Tac-tac. Avec un ensemble remarquable, ils sautèrent sur le côté et se retrouvèrent à plat ventre contre le talus d'un ravin. Le bruit enfla considérablement. S'y mêlaient des grincements de ressorts et des heurts métalliques. Selon que les half-tracks montaient ou descendaient au gré des dénivellations, les balais de leurs phares s'élevaient dans le ciel ou s'abaissaient à ras de terre. Le premier éclaira de plein fouet la place que le commando venait de quitter.

Parmi les secousses et les vibrations mécaniques, des voix humaines. Et, sur les blindés qui s'éclairaient les uns les autres, se découpaient des bustes de soldats. Le nez dans le sable, les fedayin ne voyaient rien, entendaient tout et, fidèles aux prescriptions du prof, se tenaient cois.

« Les traces ! Pourvu qu'ils ne repèrent pas nos traces ! » s'alarma Abu Raïd. Ses yeux dépassant légèrement du talus, il découvrait l'ensemble de la patrouille motorisée, merveilleusement, comme sur un écran de cinérama, et n'en perdait pas une miette. Instinctivement, il ferma ses doigts sur une grenade et imagina le parti qu'il aurait pu tirer d'une telle aubaine avec des combattants plus aguerris.

« Putain ! Quel carton de manqué ! » déplora-t-il intérieurement.

La main de Mirzuk s'était également repliée sur le canon de la Grinof. Le prof aussi risqua un regard au-dessus du talus et il se dit, en détaillant sur leurs engins les Israéliens qui devisaient paisiblement, comme s'ils étaient en parfaite sécurité, que son commando n'était pas apte à les affronter, au débotté, et qu'il était préférable de se cantonner à l'opération prévue, longuement préparée, où chacun savait exactement les gestes qu'il avait à faire.

Dépités et impuissants, les deux Kurdes remuaient du chef et accompagnaient d'un œil précis de tireur d'élite les half-tracks qui leur échappaient. « Sans cette bleusaille, on les avait », rouscailla Shêrgo Bohtani à part lui.

La bise cinglait les reins et pinçait la nuque des hommes allongés, qui s'étaient remis à claquer des dents et à trembler de tous leurs membres. Les voix des soldats israéliens repassaient dans les crânes, comme un enregistrement pris sur le vif, alors que le convoi se perdait dans la nuit et que le silence reprenait ses droits. Dorénavant, les sionistes ne seraient plus une abstraction. Des bribes incompréhensibles de leur langage avaient été captées et ce fait, somme toute assez banal, suscitait un étonnement disproportionné.

Attente, froid, plainte prolongée du vent qui raidissait les tenues de combat et congelait les chairs.

Tac-tac. La colonne se reforma et, avec une lenteur de chenille, se mit en mouvement. Morfondus, courbaturés, les fedayin manquaient de vélocité. Beaucoup traînassaient et des écarts dangereux se creusaient. Quatre coups, silence de trois secondes, deux coups encore : Abu Raïd leur signifiait d'allonger le pas et de resserrer les rangs. Lui-même talonna Mirzuk, lequel talonna Nizam, et ainsi de suite jusqu'à Abu Mansur qui élargit sa foulée, si bien que dans un laps de temps assez restreint les muscles des marcheurs retrouvèrent leur vigueur et le commando sa cadence.

Pour la tenir, Latifah devait trotter presque constamment et, bien que ses jambes accusassent un début de fatigue, elle était animée d'une telle énergie qu'une défaillance de sa part était exclue.

« On a pris un sacré retard. Faut se grouiller ! » commenta *in petto* Abu Raïd en regardant sa montre, qui indiquait quatre heures.

À quatre heures sept, les deux Kurdes tapèrent sur la crosse de leur Kalachnikov. Tac-tac-tac… tac-tac… tac. Le prof passa leur message : tous à terre. Rampez. De cette façon, le commando gravit une coulée rocailleuse qui l'amena sur une espèce d'esplanade où, toujours en rampant, il se déploya en largeur et, soudain, échoua au bord d'une crevasse.

En face, sur l'autre versant, nettement plus élevé, à une trentaine de mètres, trois trous creusés dans le calcaire béaient à hauteur d'yeux. C'était l'objectif. Pas de projecteur. Aucune ombre suspecte. Rien que trois trous noirs, des festons rocheux et, en toile de fond, les lumières de Jéricho.

316

On aurait pu croire le poste désaffecté si la braise attisée d'une cigarette n'avait trahi la présence d'un garde. Avec des gestes lents et méticuleux, les fedayin prirent position. Abu Raïd et les deux Kurdes enlevèrent à trois porteurs allongés près d'eux leurs tubes lance-roquettes, contrôlèrent les contacts et en se calant bien au sol visèrent chacun un orifice. Mirzuk épaula la Grinof. Hanna, Yussuf, Kayser, Sami, Mahmud ôtèrent le cran de sûreté de leur mitraillette et la couchèrent en joue. Idriss écarta le trépied de la Deteriof. Ahmed put ainsi ajuster la sentinelle occupée à fumer.

Un bleuissement progressif de la nuit préludait au lever de l'aube. Abu Mansur tendit le bras, vérifia du regard si rien ne clochait et abaissa la main. Les trois roquettes fusèrent, puis les balles, puis les grenades que des fedayin en retrait, s'étant dressés d'un bond, lançaient dans un balancement de tout leur corps en appui sur une jambe. Une série de détonations ébranla la crevasse. En éclatant, les plus gros projectiles éclaboussaient les roches de flaques de feu et pulvérisaient dans l'air des morceaux bourdonnants de métal incandescent ou rouge sombre. Sous le recul de la Deteriof, Ahmed tressautait comme s'il avait tenu un marteau piqueur.

— Tu l'as eue, tu l'as eue ! s'enthousiasma Idriss.

Dans la fugace lueur des explosions, il apercevait la sentinelle sioniste qui piquait du nez.

— Tu crois ? fit Ahmed dubitatif.

Trop absorbé par le maniement de la mitrailleuse, il assimila la scène avec un léger décalage.

— Ouais, t'as raison, opina-t-il à retardement.

Et dirigeant son arme sur les ouvertures du poste qu'offusquaient d'épaisses fumées, il les arrosa copieusement.

L'odeur de poudre et de cordite euphorisait les hommes, qui se montraient plus décontractés qu'à l'entraînement. Yussuf manœuvra la culasse de sa Kalachnikov, qui s'était enrayée. La douille défectueuse éjectée, il enclencha son quatrième chargeur et le vida en deux fois.

Abu Raïd et les Kurdes expédièrent trois autres fusées. À leurs trois déflagrations presque simultanées répondit une pluie d'obus qui encercla le commando. L'artillerie des postes sionistes voisins entrait dans la danse.

— Trop tard, trop tard, jubila Shêrgo Bohtani. Sont tous foutus là-dedans.

Abu Mansur s'assura que personne n'était touché.

— 75 et mortier de 80, repéra Abu Raïd. Faut mettre les bouts.

Il venait seulement de terminer sa phrase qu'un jet de traçantes tiré de la rive jordanienne par Abu Murad informa le commando qu'il devait rentrer sans tarder. L'aube montait et nappait les collines de buées roses qui allaient en pâlissant. C'était le meilleur moment pour dégager, le moment entre chien et loup où le jour naissant annule le pouvoir des phares et où il ne fait malgré tout pas assez clair pour que l'œil humain puisse prendre la relève.

En quelques mots, le prof et Abu Raïd réglèrent les formalités du repli, qui s'amorça sans cafouillage, en courant par de vertigineux sentiers le long des précipices. La colonne essuya des fusillades, riposta, escarmoucha ici et là avec les bastions qui dominaient le fleuve, dévala debout ou sur les fesses la brèche empruntée à l'aller pour se hisser au sommet de la falaise, passa en trombe la bicoque du berger. L'artillerie sioniste battait les champs autour d'elle, l'escortait de ses obus qui creusaient des entonnoirs sur le trajet. L'un d'eux tomba entre Ahmed et Idriss, désintégra le premier, projeta au loin la Deteriof, sectionna les jambes du second qui s'évanouit sous le choc.

À bout de souffle, crachant de la salive blanchâtre, abrutis par le bruit, les suivants qui s'étaient couchés se relevaient, dépassaient le corps mutilé, le cratère et les détritus sanguinolents, en ouvrant des yeux complètement déroutés. Ce n'est qu'après coup qu'ils réalisaient toute l'horreur de l'instant précédent. Le prof, qui s'était arrêté, les empêchait de ralentir.

— Allez, magnez-vous, magnez-vous, les gars ! criait-il, en les poussant fortement dans le dos dès qu'ils arrivaient à son niveau.

Exténuée, très pâle, Latifah vint s'agenouiller près d'Idriss et ouvrit sa musette.

— Laisse, je vais le porter sur mon dos, dit Abu Raïd.

L'infirmière examina les deux moignons et le sang qui pulsait à grands jets des artères fémorales.

— Je dois lui faire des garrots ou il va mourir.

Abu Raïd se fit pressant.

— On y passera tous. Laisse-moi le porter et filons.

Latifah, qui avait entrepris de garrotter l'une des cuisses d'Idriss, s'énerva.

— Tu ferais mieux de m'aider. Je n'ai pas quatre mains.

Abu Raïd s'adressa à Abu Mansur, qui avait laissé partir ses hommes.

— Rejoins-les, prof, et sitôt à l'abri couvrez-nous. Toi, dit-il à Mirzuk, tu restes ici et tu veilles.

Abu Mansur fila le train à son commando qui, cent mètres plus bas, s'engouffrait sous les tamariniers, petite jungle salvatrice permettant d'opportunes disparitions.

Le taurillon rencontré plus tôt à l'entrée de la brèche se montra devant l'étable, hésita quelques secondes et, sans doute effrayé par le tonnerre des explosions, galopa dans tous les sens.

Latifah prit dans sa musette une boîte de seringues. L'hémorragie était jugulée, mais Idriss restait sans connaissance. Abu Raïd se baissa, vint appuyer une oreille contre la poitrine du blessé. Il retint les mains de l'infirmière qui se préparait à pratiquer l'injection.

— Te fatigue pas. Il est mort.

Des coups sourds partirent du côté jordanien. Les Israéliens allongèrent leur tir et le duel d'artillerie qui s'engagea entre professionnels des deux rives éloigna le péril.

— Mort ? dit faiblement Latifah, avec une inflexion de scepticisme, en s'hypnotisant sur le cadavre.

Puis elle décréta :

— Il faut le ramener.

Abu Raïd refusa net.

— Il n'en est pas question. Ça démoraliserait les autres. Les Kurdes reviendront le chercher ce soir.

— Si les sionistes ne le ramassent pas avant.

— Les sionistes ! Pfft ! Ils n'en ont rien à foutre de nos macchabées, affirma Mirzuk d'un ton blasé, qui se brusqua dès qu'il en vint aux adjurations.

— Wallah-billah, viens, ma sœur, ou les half-tracks vont nous coincer.

L'infirmière remit en vrac les instruments dont elle s'était servis dans sa musette et tous trois détalèrent. Du haut de la falaise partirent des jappements d'armes automatiques, ainsi que les sons plus graves d'un fusil-mitrailleur. Imprécises, les rafales se perdaient dans les champs. Latifah, moins rapide que ses deux compagnons, faiblissait. Ils l'attrapèrent par les bras et l'entraînèrent.

— Encore cinquante mètres et on sera à l'abri, l'encouragea Abu Raïd. Ça va ?

— Ça va, fit-elle avec un sourire crispé par l'effort et la fatigue.

— Les voici, s'exclama le prof. Allons-y.

Penché en avant, le commando s'esquiva sous les tamaris parmi les roseaux, descendit dans le lit du fleuve et longea son bord. Les jambes pataugeaient dans la gadoue, s'y enfonçaient d'une pièce, s'en extirpaient péniblement, avec un fort bruit de succion, comme si le sol, après les avoir aspirées, refusait de les rendre. Sans discontinuer, les balles sifflaient, et leurs impacts couraient sur la surface de l'eau, tels des ricochets.

Enfin la corde. Abu Raïd s'approcha de Shêrgo Bohtani.

— Lance une fusée verte.

Le Kurde sortit un parabellum de sa ceinture et obtempéra. Le commandant plongea la main dans la poche de sa veste, en retira la montre phosphorescente et la fixa à son poignet.

— Si l'officier artilleur tient sa promesse, dans une minute nous y allons. Sinon, faudra rester ici jusqu'au soir. Fait trop jour pour passer sans couverture.

Loyaux et ponctuels, les canons jordaniens cognèrent sur le sommet de la falaise. De même les mitrailleuses lourdes et les mortiers de l'ALP. Tous s'appliquèrent à neutraliser le poste israélien qui contrôlait le coude du fleuve, de sorte qu'il n'y eut pas de bavure durant la traversée.

À l'instant où les fedayin s'engageaient dans la ravine, le soleil apparut sur les montagnes de Jordanie : phare magnifique, resplendissant, rassurant, presque chaud. Il éclaira généreusement toute la vallée, la rive est comme la rive ouest, et aveugla les vigiles des fortins israéliens qui interrompirent leur tir, comme s'ils saluaient le matin.

Irrévocablement distancés, les half-tracks qui venaient de contourner la falaise ne se risquèrent pas à découvert.

La poursuite incomba aux Mirage. Ils fondirent sur les dunes à l'improviste, lâchèrent des containers de bombes à billes et quelques missiles. Assaut inutile ! Les hommes du commando de Jaffa étaient déjà en sécurité à l'intérieur des caches et buvaient le thé brûlant que leur avait fait préparer Abu Murad.

*

Bien qu'harassés, ils avaient besoin de chahuter, de rire, d'exprimer la délivrance que leur apportait la réussite de leur mission. Ils en étaient revenus intacts. Cette simple constatation soulevait en eux des transports victorieux et ils refusaient de penser à la mort d'Idriss et d'Ahmed pour ne pas altérer leur joie de vivre qu'ils goûtaient pour une fois dans toute son intégrité. Leurs regards évitaient soigneusement Khalaf qui, recroquevillé dans un angle de l'abri, contemplait ses Pataugas d'un œil fixe. Ils se couchèrent et, à leur réveil, le retrouvèrent exactement dans la même position. Le soir, quand ils quittèrent la base avancée, le potinier les suivit à distance, monta le dernier sur la plate-forme du Ford. À l'inverse de ses camarades détendus et heureux, il se sentait couvert d'opprobre et souffrait comme un damné.

À Shunê, aux aurores, les fedayin qui avaient réintégré leurs pénates dormaient profondément. Dehors, Khalaf, lui, veillait et les moirures du ciel s'imprégnaient dans les prunelles agrandies de ses yeux obstinément immobiles. Il redoutait le moment où il devrait, bon gré mal gré, se mêler aux autres et subir la pitié ou le mépris qu'il lirait sur les visages.

« Impossible ! Impossible ! » Entre eux et lui, il y aurait à l'avenir le fossé creusé par sa défaillance. Il était celui qui avait flanché, le dégonflé, le fuyard…

Bientôt le soleil, et les matinales retrouvailles... Une violente crispation le défigura. Sans réfléchir, comme poussé par une nécessité biologique, il ramassa sa Kalachnikov, plaça le canon contre son ventre et appuya sur la détente. Il ressentit plusieurs chocs curieusement indolores et l'arme s'arracha de ses mains, lesquelles, par réflexe, se portèrent sur les trous que l'acier venait de faire dans son corps, comme pour les colmater. Il fit quelques pas en hoquetant et ses jambes ployèrent. Il s'affaissa sur le flanc tandis que son cerveau s'en allait naviguer dans les sphères insonorisées de son enfance.

Tirés brutalement de leur sommeil par les détonations, les fedayin aux trois quarts dévêtus sortirent en catastrophe de la permanence.

— Merde ! Merde ! Khalaf s'est buté !

La respiration bulleuse du potinier rappelait les glouglous que font en se remplissant les fioles plongées dans l'eau. Il bâilla et le sang extravasé qui gargouillait dans son larynx coula à flots hors de sa bouche. Au travers d'un brouillard liquide, il vit ses camarades se pencher sur lui et voulut les quitter bravement.

— Salâm aleikum, rafiq, crut-il prononcer avec défi, alors que ne s'échappait de sa gorge qu'un râle sibilant.

Ses yeux chavirèrent et une bulle rose creva à la commissure de ses lèvres.

Khalaf, dit le potinier, fut enterré en même temps qu'Idriss et Ahmed, eut droit au même cérémonial : fleurs, pleureuses, salves, panégyrique, et son nom vint s'ajouter à la liste déjà longue des Palestiniens tombés pour leur patrie.

Chapitre XX

Automne 1969. À la permanence de l'OLP, un immeuble moderne de la corniche Mazra, à Beyrouth, l'avocat palestinien Shafiq el Hut expédiait, comme tous les matins, les affaires courantes. À l'heure prévue, les responsables de l'Organisation arrivèrent et entrèrent directement dans la salle de réunion. Devant chaque place, sur la grande table rectangulaire où ils venaient régulièrement travailler, étaient disposés des blocs-notes et des stylos.

Quand ils furent au complet, Shafiq el Hut ouvrit les dossiers du jour. Il ne termina pas son geste. Les larges baies donnant sur l'avenue volèrent en éclats et deux explosions consécutives chamboulèrent le local. Les occupants furent projetés au sol. Les plafonds s'effondrèrent. La paperasse voltigea dans les airs et du sang gicla sur les murs. Miracle ! Cet attentat qui eût pu être terriblement meurtrier se solda par quelques blessures superficielles et des dégâts matériels. Les agents israéliens qui, durant la nuit, avaient placé dans l'immeuble d'en face, en construction, un minutieux dispositif lance-roquettes à retardement s'étaient trompés de quelques millimètres dans leur visée.

La diffusion de cette information fit du bruit et suscita des remous chez les Palestiniens, qui concevaient mal que

325

des espions sionistes aient pu agir impunément, sans aucune complicité, en pleine capitale libanaise.

Le 10 octobre 1969, dans le Sud-Liban, près de Madjal Falam, des insultes furent échangées entre soldats libanais et fedayin, qui dégénérèrent en un affrontement sanglant. Poussé par son armée, le gouvernement décida de restreindre les déplacements des commandos palestiniens sur l'ensemble de son territoire.

Le 23 octobre. Vingt et une heures. À huit kilomètres de la Syrie, dans un avant-poste de Masna, agglomération limitrophe, le lieutenant de service, Pierre Chaabi, rentrait rassuré d'une inspection longue et minutieuse des positions syriennes, aisément observables de l'une des éminences qui enserraient son bordj. N'ayant rien relevé d'anormal, il consigna le traditionnel RAS sur le cahier d'ordre et marcha à la rencontre de l'adjudant de garde, un homme gras, à la face congestionnée, qui passait son temps à grignoter des graines et à s'éponger le front.

— Les sentinelles ont bien été doublées ?

— Oui, mon lieutenant.

— Les AMX sont en place ?

— En place, mon lieutenant.

— Eh bien, je vais me coucher, bâilla Pierre Chaabi. S'il y a un pépin, tu me réveilles. Bonne nuit, adjudant.

— Bonne nuit, mon lieutenant, fit l'adjudant, en coulant sur le jeune officier qui gagnait sa chambre un regard oblique et trivial.

« Petit con, se disait-il. Dès que tu dormiras, j'irai faire la même chose. Y a pas de raison, je pourrais être son père, à ce morveux. »

Pierre Chaabi alluma son radiateur à gaz et vint s'abattre sur son lit.

« Il ne se passera rien ce soir », pronostiqua-t-il pour lui-même.

Après avoir béatement fumé une cigarette, il entreprit de délacer ses rangers. Un pullulement de visions lascives l'envahit. Pierre Chaabi pensa à la France et ce fut une fois de plus des femmes qu'il vit, des femmes plus ou moins belles, plus ou moins faciles à conquérir. Par association d'idées, il en venait fréquemment à parler de ce pays qu'il considérait comme sa seconde patrie comme on parle d'une épouse ou d'une maîtresse, avec les mêmes expressions, la même passion. La Marianne de Pierre Chaabi sentait un peu l'étable et la fleur de rocaille. Mi-rogomme mi-femme du monde, elle ne se donnait qu'au plus méritant, au plus capable. Pas raciste, la France. En tout cas, pas avec un Libanais chrétien, fils d'un administrateur de sociétés, pas avec Pierre Chaabi, brillant élève de Saint-Cyr.

— Vous n'avez rien d'arabe, mon cher Pierre. Tenez, vous avez le plus pur type phénicien que je connaisse.

— Vous croyez, madame ?

Un projet précis le transporta dans le futur. Demain, il serait à Beyrouth avec des copains et des amies. Il danserait, flirterait avec Renata, la plus séduisante de la bande et aussi le meilleur parti.

Il s'allongea, brûla une seconde cigarette en songeant qu'un sommeil réparateur le mettrait en forme pour sa prochaine soirée. Cette chambre, qui puait l'air moisi et le tabac froid, l'enfermait dans une morose frustration, avec ses murs maculés de chiures de mouches et placardés de filles à poil découpées dans *Play Boy*.

Des considérations plus sérieuses lui firent provisoirement oublier son sort. En lui enjoignant de doubler la garde, le capitaine n'avait fait que mettre à exécution une requête du colonel, lequel s'était plié à une notice du grand état-major, prévenu par ses agents que des trains de camions, bondés de fedayin, partis le matin de Jordanie, avaient pénétré en territoire syrien et s'étaient rapprochés de la frontière libanaise.

Depuis, on s'attendait à une invasion en règle, en ignorant où et quand elle se produirait.

« Le haut commandement a bien fait de mettre le holà. Ces emmerdeurs commencent sérieusement à nous courir, médita Pierre Chaabi. Plus on leur en donne, plus ils en veulent. »

Il écrasa son mégot dans le cendrier posé sur sa table de nuit, se coula dans ses draps et mit ses mains sous sa nuque.

« Tout cela finira mal. Faudra bien un jour leur rabattre le caquet. »

Le lieutenant n'aimait pas les résistants palestiniens. Le gouvernement libanais s'était montré particulièrement compréhensif à leur égard, en tolérant leur installation sur les pentes de l'Hermon, d'où ils lançaient quelquefois des coups de main contre Israël, et en leur laissant l'usage des routes vicinales pour leur permettre d'approvisionner discrètement leurs bases opérationnelles. Mais les conséquences d'une telle tolérance étaient vite devenues insupportables. Chaque action des commandos entraînait irrémédiablement une riposte des Israéliens, qui faisaient payer très cher aux Libanais le prix d'une complicité officieuse souvent réticente. Les dirigeants avaient beau clamer leur innocence ou se répandre en protestations indignées auprès des instances internationales, les sionistes, intraitables, répliquaient : « Vous n'avez qu'à assurer l'ordre chez vous et contrôler vos Palestiniens. Tant qu'ils agiront impunément, nous ne ferons pas le détail. »

Et, de fait, remettant en vigueur l'antique loi du talion, ils répondaient aux coups des fedayin par des mesures de rétorsion incomparablement plus sévères contre les États qui les hébergeaient. Ainsi, le Liban avait dû subir plusieurs raids de représailles très meurtriers pour la population civile, qui accusait parfois l'armée d'incapacité. Avec douze mille hommes, dont cinq mille environ absorbés à des tâches administratives, celle-ci ne pouvait sérieusement envisager une opposition aux incursions israéliennes. Il lui était, en revanche, loisible de les éviter en réprimant la résistance palestinienne qui portait atteinte à sa souveraineté et excédait les officiers, obligés d'accepter la rage au cœur ses provocations et ses exigences. Ils n'attendaient que l'occasion d'en découdre.

À partir d'avril, la fréquence des incidents entre militaires et fedayin, qui n'avait cessé de s'accroître, ne pouvait logiquement aboutir qu'à un affrontement généralisé.

« Incapable, l'armée libanaise ! s'insurgea Pierre Chaabi. Ils verront, ils verront, ces putains de fellagha ! »

Ce n'était pas un lapsus. Pierre Chaabi identifiait inconsciemment sa guerre à celle que ses instructeurs français avaient menée en Algérie. Que pouvait-il avoir de commun avec ces Palestiniens issus de la plèbe, cette piétaille inculte, ces bandes indisciplinées de roturiers ? Les véritables amis de Pierre Chaabi et de la plupart de ses collègues, anciens élèves comme eux de Saint-Cyr ou de Saint-Maixent, de Saumur, de Polytechnique, de Sandhurst ou de West Point, se trouvaient en France, en Angleterre, aux États-Unis. Du colonel au sous-lieutenant, les officiers libanais avaient la même allure, le même port. Élégants, cultivés, raffinés, ils promenaient leur inséparable cravache sur les cartes d'état-major, déplaçaient sur les points stratégiques leurs blindés et leurs unités, comme des gradés de troupes coloniales.

« Petite, l'armée libanaise, supputait Pierre Chaabi, mais efficace. Que peuvent faire ces rigolos face à notre matériel et notre technique ? »

« Rien, absolument rien, se rétorquait-il. Ils ne doivent plus se déplacer chez nous comme dans un moulin. Nous sommes les plus forts. Le droit est de notre côté. »

Sur ce, le lieutenant Pierre Chaabi, qui la veille avait fait une virée dans les cabarets de Beyrouth, s'endormit en oubliant d'éteindre sa lampe de chevet.

*

S'il n'avait pas mésestimé à ce point l'adversaire, peut-être aurait-il revu son opinion, et le cours de sa destinée ne se serait pas interrompu brutalement à l'âge des plus belles espérances. S'il avait posé l'équation en ces termes : ici notre armée, puissante, pondéreuse, dotée d'un matériel perfectionné, là, des combattants de l'ombre, silencieux, qui se déplacent la nuit et frappent subitement, férocement, jamais le couteau de Shêrgo Bohtani ne lui aurait tranché le cou.

Cela se passa fort heureusement très vite et il n'eut pas le temps de souffrir. À trois heures, des déflagrations et des cris le tirèrent du lit.

— Aux armes ! Aux armes !

Il ouvrit la fenêtre. Des deux collines boisées qui coinçaient le poste comme les mors d'un étau, des nuées d'ombres se précipitaient en hurlant sur les chars et les AMX qui les fauchaient à bout portant. Fébrilement, il s'empara de ses vêtements, entendit tout près un bruit qui le mit sur ses gardes. Sa main glissa vers son étui à revolver. Il amorça une volte-face, fut pris au collet dans le mouvement par son agresseur qu'il ne put voir. Une violente brûlure lui déchira la gorge. À trois heures une, il rendait l'âme.

Shêrgo Bohtani, qui l'avait retenu dans sa chute, en personne attentionnée, attendit qu'il eût fini de gigoter. Après le dernier soubresaut, il essuya son poignard sur la veste du mort, s'écarta, l'examina d'un œil professionnel, lui subtilisa ses bottes de cuir, enjamba le rebord de la fenêtre et sauta dehors où patientait Sabri Sinjari, l'arme au poing.

— C'est quand même très con de se battre entre frères, plaida Yussuf en balançant une grenade dans la chambre du gros adjudant, qui fut réduit en charpie au moment où il enfilait son pantalon.

— Oui, très con, reconnut le prof, qui le couvrait.

Peu nombreux étaient ceux qui réalisaient le non-sens du moment présent. Les Libanais étaient attaqués avec autant d'ardeur que s'il se fut agi d'Israéliens. D'un côté comme de l'autre, le matériel opposé aux fedayin était sensiblement identique. Les hommes aussi : des soldats, des techniciens de la guerre mécanique, tout le contraire de rebelles, de terroristes, épithète utilisée aussi bien au Liban qu'en Israël pour désigner les fedayin, bêtes noires des armées conventionnelles.

« Ouais, c'est effectivement très con de se battre entre frères, mais ces gens-là ne sont que des faux frères, des traîtres », se consola secrètement le prof.

Il épuisa un chargeur sur des soldats qui se dissimulaient derrière les blindés, en emboîta un autre dans sa mitraillette.

— Et puis merde ! Regarde, on n'a pas le choix ! dit-il à Yussuf.

Il déplorait que cette intervention ait dû se dérouler deux jours seulement après la première traversée du

Jourdain, et eût pour sa part préféré que le deuxième combat du commando de Jaffa ne fût pas un combat qui, sous certains aspects, apparaissait comme fratricide. Les simples soldats qui, des tanks, des AMX, du poste, tiraient sur eux n'étaient que de pauvres couillons dressés comme des chiens à l'obéissance, qui croyaient certainement dur comme fer défendre une cause. Les mots échangés entre les détonations, même s'il ne s'agissait que d'obscènes jurons, de promesses de supplices infâmes, étaient ici et là exprimés en arabe, avec sensiblement le même accent. Abu Mansur savait pertinemment que, dans des circonstances différentes, il aurait pu communiquer avec les troupiers qui se trouvaient en face de lui, s'en faire des amis et, qui sait, les convertir. La majorité d'entre eux devait être de braves bougres, des fils de paysans, de travailleurs, qui avaient dû s'engager pour ne pas connaître le chômage.

Il refusa d'approfondir plus avant ces réflexions, et il y eut entre elles et les exhortations qui jaillirent de sa bouche un hiatus.

— Allez, les gars. Feu, feu sur les valets de l'impérialisme !

Lorsque le bureau exécutif de l'OLP, où Nayef siégeait aux côtés d'Arafat et de Kamal Nasser, avait appris les restrictions que le gouvernement libanais venait d'appliquer concernant les déplacements de fedayin dans la zone opérationnelle, à l'unanimité il avait préconisé l'épreuve de force.

La résistance ne pouvait se permettre de céder devant le Liban, autrement plus rien ne retiendrait Hussein de Jordanie, qui n'attendait qu'un prétexte et le quitus des États-Unis pour lui régler son compte.

Il fallait rapidement amener le Liban à résipiscence, infléchir sa politique générale, au besoin en provoquant une crise de gouvernement, voire une crise de régime. Pour déjouer les conspirations qui se tramaient dans leur dos, les Palestiniens pensaient n'avoir comme seule issue que la surenchère et l'intransigeance. C'était, à leur point de vue, une question de vie ou de mort.

Deux décisions avaient donc été arrêtées. Premièrement, rouvrir coûte que coûte les voies de passage frontalières dont l'armée venait de prendre le contrôle. Pour ce faire, toutes les forces palestiniennes disponibles basées en Syrie et en Jordanie (ALP, Al Assifa[1], Saïka, FDPLP, FPLP) avaient été mobilisées et expédiées en vitesse sur les lieux du litige. Secondement, en coordination avec la première décision, déclencher une vaste révolte armée des réfugiés de l'intérieur et des Libanais affiliés à leurs partis ou sympathisants.

C'est ainsi que le commando de Jaffa, sans avoir eu le temps de se retourner, avait été embarqué en coup de vent, avec les autres commandos du Front, dans les camions qui, en quelques heures, les avaient amenés à pied d'œuvre.

— Ce sera aussi dur là-bas que dans la vallée du Jourdain, leur avait dit Nayef. Gardez bien dans l'esprit que ce que veulent ces gens-là, c'est la liquidation physique de la résistance. Notre peau ! Traitez-les exactement comme des sionistes.

Les cent cinquante ex-recrues de la base de Samma, affectées à la fin du stage dans différentes unités, s'étaient retrouvées en cours de route et participaient à cette attaque.

---

1. Organisation militaire du Fatah.

Il y avait Guevara, Khalil le Turc, venus de Salt avec un commando composé presque exclusivement de non-Palestiniens, Abu Raïd, ses moniteurs et une quarantaine de fedayin qui, de la seconde colline, tentaient d'investir le poste par le flanc droit. La Saïka et le Fatah composant le gros des effectifs harcelaient plus en bas les bâtiments de la douane et les quartiers du régiment d'infanterie chargé de surveiller la frontière.

À la même heure, tout le long de la route stratégique parallèle à la Syrie, de Masna à Merjayoun, gros bourg construit au pied de l'Hermon, les Palestiniens occupaient de nombreuses agglomérations, assiégeaient les gendarmeries, les casernes, les forts. D'Ahya, hameau druse blotti sur une pente au bord d'un lac que domine de loin la citadelle de Rachaya, juchée sur un éperon rocheux réputé imprenable, un contingent d'Al Assifa, à l'aide d'artillerie légère et de mortiers, s'efforçait de faire des brèches dans les murailles.

Celles-ci avaient déjà connu, en 1925, une sanglante et historique bataille entre rebelles druses et militaires français.

— Foncez, mes braves, on les aura, ces porcs ! gueulait le truculent Abu Abid, aux premières lignes.

Bizarrerie historique : la garnison libanaise, qui, au reste, portait à quelques détails près l'uniforme de ses prédécesseurs, et les vagues successives de fedayin qui se jetaient sur les remparts rééditaient, à quarante-quatre ans d'intervalle, exactement le même scénario.

Plus au sud, aux portes d'Hasbaya, un éclat d'obus emporta la figure de Shimoun Zargavakian alors qu'il chargeait avec ses réguliers une place forte commandant l'entrée de la ville. Il tomba lourdement. Ses doigts semblèrent gratter le sol comme s'ils se dépêchaient de creuser

334

une tombe pour y enfouir pudiquement son corps à demi décapité. Il s'immobilisa dans une attitude horriblement contrefaite, vaincu, humilié par la mort elle-même.

À Masna, Abu Raïd, d'un coup de bazooka, mit un AMX hors de combat. Les autres blindés préférèrent se replier provisoirement sur les bâtiments de la douane, et l'avant-poste tomba aux mains des assaillants. Les Libanais, désorientés au début par la soudaineté de l'invasion palestinienne, se reprirent et, au fil de l'action, les rôles s'inversèrent. Des tirs intensifs d'artillerie et un renfort de blindés contribuèrent pour beaucoup au retournement de la situation.

Après une heure d'accrochages, les commandos du Front, assiégés à leur tour, essayaient de contenir les militaires massés derrière les chars et les AMX, qui progressaient en tirant sur l'avant-poste conquis.

— Ne gaspillez pas vos munitions, conseilla Abu Raïd. Les porteurs de lance-roquettes, à genoux ! Laissez-les venir.

Un jet de feu extraordinairement vorace siffla dans la nuit. Le cri de Sami resta inachevé. À la place qu'il occupait une seconde auparavant gisait une forme noire, ratatinée, qui n'impressionnait même pas ses camarades. Il y avait si peu de rapport entre lui et elle que ni Yussuf, ni Kayser, ni Hanna, ni Mahmud n'arrivaient à se persuader qu'il avait cessé de vivre et que cette chose charbonneuse, à leurs pieds, était son cadavre.

Au lieu d'accepter la réalité telle qu'elle se présentait, ils se livraient aux suppositions les plus excentriques, allant jusqu'à imaginer quelque substitution maléfique. La voix d'Abu Raïd les ramena sur terre :

— Kos rabbek ! Veulent nous cramer. Feu ! Et maintenant on se taille. Allez ! Ne traînez pas !

335

Les ondes de choc des explosions donnaient à l'air une densité pénible, secouaient les hommes, giflaient leurs tympans.

— Par la colline de droite, indiqua le prof.

Près des fermes, les meules de paille s'embrasaient. Le lance-flammes traçait dans le ciel sombre un arc fluorescent et, au milieu des champs, s'élevaient par endroits des fumerolles pâles.

Les fedayin se replièrent. Une guerre de poche, mais une guerre quand même, venait de débuter, qui se calmait avec l'apparition du jour. Elle avait pour cadre les hauts plateaux druses, leurs vallonnements de terre ocre, leurs escarpements bleutés parsemés de villages rupestres et de châteaux forts en ruines, que survolaient de lourds nuages plombés, annonçant les pluies froides et les neiges de l'hiver.

Partout, dans le reste du pays, l'anarchie se propageait, comme une réaction en chaîne. Forte du soutien inconditionnel de ses deux cent cinquante mille réfugiés, le dixième de la population, et du courant de sympathie dont elle bénéficiait parmi les éléments progressistes et la jeunesse libanaise, la résistance palestinienne était entrée en dissidence.

Le gouvernement venait de décréter l'état d'urgence. Des camps de réfugiés qui jouxtaient Beyrouth, des fedayin protégés par des sacs de sable faisaient feu sur l'armée, qui les encerclait afin de circonscrire les foyers de révolte et d'éviter leur propagation. En ville, des tireurs isolés s'en prenaient aux patrouilles qui longeaient prudemment les façades des immeubles et scrutaient les toits d'un œil inquiet. Les rues s'étaient vidées dès les premiers engagements et c'est dans une métropole complètement inanimée, aussi morte qu'un cimetière, que l'armée prit possession des carrefours et des centres nerveux. Ceinturant les édifices publics, les ministères, elle s'attela au plus urgent : l'assainissement de la ville résidentielle, remettant à plus tard le nettoyage des quartiers contaminés. Effrayés par les fusillades, les habitants se terrèrent chez eux huit jours durant.

*

Contenue dans la capitale, l'émeute se développa rapidement dans le nord du Liban, et plus spécialement à Tripoli, cité trompeuse, de paisible apparence, qui, face à la mer, s'étage en gradins, comme un théâtre antique, sur de lumineux coteaux avec, tout en haut, reine du paysage, la forteresse franque de Raymond de Toulouse, dont les épaisses murailles paraissent coiffer la vieille ville resserrée autour d'elle.

De ce pittoresque enchevêtrement de tuiles roses, de minarets, de coupoles, d'arcades, de terrasses, qu'accentuait la bigarrure du linge séchant sur les balcons, montait un fracas immense.

Tripoli, Tripoli l'insoumise, à quatre-vingt-dix pour cent musulmane, prenait parti, s'engageait corps et âme dans le conflit. Ses ruelles, impasses, venelles, escaliers, qui souvent se rétrécissent, forment de minces couloirs, pénètrent sous des voûtes profondes, grouillaient de jeunes gens armés qui couraient dresser des barricades dans la ville basse.

Pendant la nuit, un commando palestinien s'était retranché dans le château avec des tonnes de munitions et l'avait transformé en « fort Chabrol »... De chaque meurtrière, les fedayin tiraient comme des forcenés, par-dessus les

337

toits, sur la troupe qui cernait la cité. Les militaires, craignant de détériorer l'un des plus beaux vestiges de l'histoire médiévale, se cantonnaient dans de faibles répliques. Comme à Beyrouth, ils parèrent au plus pressé, dégagèrent les points névralgiques et investirent les secteurs infestés.

C'était un Libanais, âgé de trente ans, qui dirigeait la révolte : Farouk Mokkadem, que l'on surnommait déjà « le rebelle de Tripoli ». Grand, bien sanglé dans l'uniforme palestinien qu'il avait revêtu pour la circonstance, plein de fougue et d'allant, il mobilisait la jeunesse et la lançait dans la bataille. Enfant de la bourgeoisie, issu de l'une des plus vieilles familles locales, Mokkadem militait au sein du Fatah. Il s'exprimait avec passion et vigueur, citait volontiers le Malraux de *La Condition humaine* ou de *L'Espoir*. Lettré, ancien étudiant de la Sorbonne, récemment rentré de Paris, peut-être avait-il rapporté de France, outre sa licence, cet art consommé qu'il manifestait dans la conception des barricades. Mais ici, les pavés des étudiants et les matraques des CRS étaient remplacés par des fusils, des mitraillettes et des grenades. Ici, toute tricherie était exclue.

— L'homme arabe nouveau est né, proclamait-il. Ce que nous voulons au Liban, c'est une patrie, pas un hôtel. Le Liban actuel est un hôtel obsédé de tourisme, un hôtel à l'usage de la classe au pouvoir. Changeons cela !

Les notables tripolitains le traitaient entre eux de Don Quichotte. Dans leur monde de compromissions et de marchandages, il détonnait effectivement avec ses airs de paladin farfelu et ses tirades théâtrales.

— Ce que je veux ? Verser mon sang pour le pays ! Dans toutes les révolutions, c'est la même chose : les meilleurs se font tuer, ensuite les embusqués prennent le pouvoir !

Farouk Mokkadem fut, pour un temps, l'idole des adolescents, général en chef d'une armée de traîne-savates juvéniles, le héros de la rue qui appartenait aux moins de vingt ans, tandis que les politiciens de carrière, entourés de leurs coteries, faisaient de la récupération à outrance, recevaient dans leurs résidences, par fournées entières, leurs clients affolés et les éternels flatteurs qui naviguaient de l'un à l'autre, prêts à suivre celui qui aurait le vent en poupe, quel qu'il fût.

Au milieu de la nuit, dès les premiers heurts, un vieux ministre libanais, chef de file d'un clan local important, avait par avion quitté Beyrouth pour rejoindre sa circonscription, de crainte de se faire voler des voix par ses adversaires de droite ou de gauche, vivant sur place en permanence. Depuis, il pontifiait, en prenant l'air entendu du cuisinier qui détient le secret d'une recette exceptionnelle. La foule se bousculait à sa porte, et dans le parc ses partisans, en complet-veston élégant, levaient des yeux ulcérés sur la forteresse d'où les fedayin enfermés gaspillaient allègrement leurs balles dans un craquètement compact de moulin à café.

— Il y a des étrangers parmi eux, affirmaient les amis de monsieur le ministre, d'un ton confidentiel, aux journalistes qui attendaient d'être reçus en audience.

Et sous les regards soudain avides des reporters appâtés, ils confessaient, outrés :

— Ce sont les Syriens qui les mènent. Toute cette affaire est télécommandée de Damas.

À huit cents mètres de là, dans une autre villa, le leader d'un parti nationaliste, dit de gauche, un docteur circonspect et sagace, dans la plénitude de la cinquantaine, voyait monter son étoile et agissait en conséquence. Jamais autant de monde ne s'était rassemblé sur son perron. Ses salons ne désemplissaient pas et non seulement la presse nationale mais aussi la presse internationale braquaient sur sa personne ses projecteurs, ce qui était un signe évident d'ascension. Il avait le don pour manœuvrer les correspondants. En plus de l'entretien sobre, sans fioritures, qu'il leur accordait, il leur laissait l'illusion d'avoir risqué leur vie pour l'obtenir, ce qui, la gloriole aidant, rendait leur plume lyrique. Au beau milieu des interviews, les vigiles postés sur le balcon et dans le jardin se mettaient brusquement à pousser des cris et à tirer, en simulant à merveille l'énervement et la fureur.

— On nous attaque ? s'inquiétaient immanquablement les journalistes.

Le docteur haussait les épaules, écartait les mains d'un geste fataliste, les conviait à venir suivre l'incident de la fenêtre, laissait s'égrener quelques minutes sur le gros chapelet d'ambre qu'il tournait dans sa main, les invitait à regagner leur fauteuil, ce qu'ils faisaient promptement.

— Les provocateurs, les agents sionistes et les réactionnaires fourmillent, déplorait-il avec un accent de colère.

Il s'interrompait pour durcir sa voix davantage.

— Ils n'auront pas le dernier mot car nous sommes fermement décidés à lutter aux côtés de nos frères palestiniens jusqu'à la victoire.

En matière de phraséologie, le docteur connaissait les doses acceptables et ne les employait qu'à bon escient. Ça marchait presque à tous les coups !

Au nord de Tripoli, des chevaux de frise barraient la route d'Arida qui traversait le camp de réfugiés de Nahr el Bared. Au fond de tranchées creusées à cet effet, des combattants d'élite attendaient patiemment les blindés qui ne manqueraient pas de venir rouvrir cette nationale importante.

Plusieurs jours s'écoulèrent sans que fût remporté, de part ou d'autre, un succès décisif. Faute de pouvoir régler leurs différends sur le terrain, les belligérants durent se résoudre à rechercher un *modus vivendi* autour d'une table neutre. Nasser ayant proposé ses bons offices, une délégation libanaise conduite par le général Boustany, commandant en chef des forces armées, se prépara à partir pour Le Caire, afin d'y rencontrer Yasser Arafat qui, de son côté, s'apprêtait à quitter Damas, où il avait établi son QG.

Déjà, Beyrouth retournait à sa vocation véritable. Les risques d'épidémie dus à l'amoncellement des détritus dans les rues, la pénurie alimentaire, les plaintes des hôteliers et des commerçants, inquiets pour leur chiffre d'affaires, poussèrent le gouvernement à supprimer le couvre-feu durant la journée. Cette mesure toute simple, prise à point nommé, suffit à faire tomber la tension. Le brouhaha de la foule, la cacophonie des embouteillages succédèrent aussitôt aux mitraillades.

À Tripoli, la virulence du fort Chabrol s'était amenuisée. Des archères de la forteresse, les fedayin aux joues envahies de barbe surveillant les terrasses des immeubles fermaient leurs yeux ensommeillés, qu'agressait l'éblouissant miroitement de la mer. Les soldats libanais aux uniformes fripés n'étaient pas dans un meilleur état. Ils s'endormaient dans les tourelles des chars, relevaient de temps en temps leur tête alourdie qui tombait en avant.

Venus à bout des barricades de Mokkadem (lequel avait regroupé ses jeunes à Si Dennieh, un village du district), ils hésitaient devant le château qui continuait à leur poser des problèmes. Le battre en brèche était impossible. Le prendre d'assaut eût occasionné trop de pertes. Restait l'expectative, ponctuée de quelques ripostes, histoire de se tenir éveillé. Sur les places, de petits groupes de gens discutaient, dans l'attente d'une trêve que l'on sentait inévitable. Quelques boutiquiers avaient remonté leur rideau de fer. Leurs concurrents, jaloux, n'avaient pas tardé à en faire autant. Les cafetiers suivirent en disposant dehors, devant leur gargote, les traditionnelles petites chaises, les tables bancales et les jeux de jacquet. Bientôt, le crépitement des dés et des pions remplaça avantageusement celui des armes.

Les harangues passionnées ne portaient plus. La popularité de monsieur le ministre, censément réactionnaire, et de son ennemi intime, le docteur, assurément progressiste, s'était ternie. Ils avaient beau faire la navette entre Tripoli et Beyrouth, multiplier les consultations, le public s'amenuisait autour de leur demeure et, d'un matin à l'autre, dans leur hall, le nombre des fauteuils vides augmentait. Trop sollicités, les Tripolitains ne savaient plus à quel saint se vouer. Tant de fois flattés, tant de fois trahis, soûlés de palinodies et de promesses vaines, ils lâchaient pied.

Entre les grands barons conservateurs du régime, les deux Ba'as, celui de Damas et celui de Bagdad, les socialistes aux multiples tendances, les communistes, les gauchistes divers, que choisir ? Tous se targuaient de posséder la vérité, se tiraient mutuellement dans les pattes, aux sens propre et figuré du terme, déblatéraient à qui mieux mieux. Même les imams chiites ou sunnites, piétistes ardents, partisans de la guerre sainte contre les colporteurs de doctrines athées, ajoutaient leur grain de sel à cet indigeste saupiquet.

La paix gagnait les esprits brumeux, ivres encore du tumulte des fusils.

Tripoli ne pouvait plus être le centre de l'enjeu. L'affaire allait se jouer ailleurs, sans doute dans les montagnes druses, près de Rachaya où, sur un front instable, la guerre entre les Palestiniens venus de Jordanie et les meilleurs effectifs de l'armée libanaise atteignait son point culminant.

Du fort qui justifiait sa réputation d'invulnérabilité, l'artillerie lourde tonnait sans relâche. Ses obus s'écrasaient sur les pentes rocheuses, farcies de mortiers adverses. Les militaires avaient réussi à établir une base de blindés sur une ligne de crête qui, juste au-dessus de Ahya, bénéficiait d'une vue plongeante sur le secteur occupé par les fedayin : une vaste cuvette ayant pour fond les eaux bleues et tranquilles du lac qui s'étalait au pied du village. Des mitrailleuses lourdes tenaient à distance les rues en respect. Elles laissaient vaquer la population civile, mais ouvraient le feu sur tout fedayin et interdisaient de jour les déplacements motorisés sur la piste menant à Kfarkouk, autre bourgade blanche, tassée sur le pourtour crayeux de la berge opposée, où se trouvait le gros des forces palestiniennes.

À intervalles réguliers, comme des pachydermes secoués de quintes de toux, les chars canonnaient des cibles indistinctes. Quarante mètres en contrebas, dans l'ancien poste de gendarmerie placé près d'un ravin à pic, ce qui le rendait invisible de l'endroit occupé par les Libanais, la voix contenue d'Abu Abid roulait gravement, avec des accents d'amertume.

— Qu'est-ce qu'ils foutent, les cons de leur mère ! Qu'est-ce qu'ils foutent ?

Aziz, l'un de ses hommes, lui tendit une tasse de thé.

— Tiens, chef, ça te calmera.

— Me calmer ?

Le sang monta à la tête d'Abu Abid, enflamma sa face rougeaude de bon vivant. En lui sourdait une colère irraisonnée, qui s'irradiait dans tout son corps.

— Me calmer ! Mais, inaddin al mok ! Ça fait huit jours qu'on se casse la gueule sur ce putain de fort sans résultat. Et maintenant, ces ordures ont pris l'avantage. On ne peut même pas aller chier sans risquer de ramasser un pruneau dans le cul. En plus de ça, on nous laisse sans munitions. Avec ce qui nous reste, on n'a pas de quoi tenir une demi-heure si les autres cons là-haut passent à l'offensive.

Ses doigts se repliaient et s'écartaient dans une gesticu-lation rythmée sur ses paroles qu'il semblait jeter à la face d'Aziz. Celui-ci, prudent, s'était reculé d'un pas.

Des gosses jouaient autour du poste avec leurs cerceaux ou leurs poupées de chiffons et leurs rires égayaient l'air chargé de poudre. Les villageois qui pouvaient circuler sans essuyer de rafales venaient serrer la main des guéril-leros en position d'affût et échanger avec eux des lieux communs. Il était difficile, pour ne pas dire impossible, de lire dans leur regard le fond de leur pensée. Ils approu-vaient avec des hochements de tête les propos des fedayin, offraient des cigarettes, du lait ou des œufs, refusaient d'un air choqué l'argent qu'on leur tendait en retour et l'on ne pouvait absolument pas savoir si cette hospitalité était affectée ou sincère, si elle avait pour origine la sympathie ou la crainte.

Dans la salle de garde, Abu Abid prit le verre que lui tendait Aziz.

— Et cette saloperie de téléphone de campagne qui est en panne, rouspéta-t-il, en poussant l'appareil qui tomba par terre. Zubaïr ! Appelle Kfarkouk avec ta radio.

— Les batteries sont à plat, mon commandant, avoua piteusement Zubaïr.

— Merde, merde et merde ! tempêta Abu Abid, hors de lui.

Le thé brûlant se répandit sur sa tenue. Il jeta le verre contre le mur, avala sa salive, parvint à refouler le nouvel accès de fureur qui comprimait son plexus. Aziz, préve-nant, remplit un second verre et le lui offrit. Il l'accepta, le but d'un trait. Sa face prit une expression déterminée.

— Prépare la moto, dit-il.

— Mais on va se faire flinguer, protesta Aziz.

— Prépare la moto, s'obstina Abu Abid, sur le même ton contracté.

— Vaudrait mieux attendre la nuit, insinua Aziz, sans illusion.

— Si t'as les foies, fais-toi remplacer.

Aziz quitta la salle de garde et alla chercher la BMW de l'unité dans un appentis accolé à la maison.

Abu Abid appela son adjoint qui discutait avec des paysans.

— Tu as bien compris, Houari. Tu fais le tour des factionnaires et tu leur expliques le topo. Qu'ils nous couvrent pendant trois minutes, le temps qu'on soit hors de portée.

— D'accord, fit Houari. Dès qu'on est prêt, je lève la main.

Il sortit, contourna l'à-pic, grimpa la pente jusqu'aux hommes de guet qui n'avaient qu'à lever la tête pour voir, à vingt mètres au-dessus d'eux, les chars ennemis.

Aziz alluma le contact et mit au point mort. Il tourna légèrement la poignée d'accélérateur et, d'une détente sèche de la jambe, abaissa la pédale de démarrage.

Le moteur partit au premier essai. Il chevaucha l'engin, assura le guidon dans ses mains. Abu Abid passa sa Kalachnikov à la bretelle et monta derrière. Là-haut, sur la pente, Houari fit le signe convenu. Aziz lâcha l'embrayage et ouvrit les gaz à fond.

Les fedayin entamèrent les hostilités destinées à assurer la couverture. Surpris par leur tir subit, les Libanais ne remarquèrent pas immédiatement la moto qui partit plein pot, suivie d'une longue traînée de poussière pareille à la queue d'une comète.

Penchés au maximum, le conducteur et son passager n'entendaient que le bruit du moteur emballé et le frottement de l'air contre leur visage. Un soldat les vit et leva sa mitrailleuse. Devant eux, sur les côtés, devant encore, des trous se creusèrent dans la piste qui longeait le lac. Une sérénade enragée cingla leurs oreilles.

— Plus vite, plus vite. On se traîne ! s'écria Abu Abid malgré lui.

— Peux pas, j'suis à cent trente. Si j'augmente, on se casse la gueule, affirma Aziz qui sentait ses roues déraper sur les amoncellements de sable.

Une course à mort s'engagea entre la moto et les balles. Les deux fedayin s'attendaient à en prendre une dans le dos à chaque instant, et, sous leur peau, les muscles se durcissaient comme pour prévenir le choc qui devait immanquablement se produire. Ils en appréhendaient déjà la douleur quand ils comprirent, à la disparition des miaulements et des impacts, que les mitrailleuses ne pouvaient plus les atteindre.

— Tu as vu ! On est passé ! applaudit Abu Abid en redressant le buste.

— Ouais, on est passé, soupira Aziz d'une voix revêche qui trahit clairement son désaccord.

« Qu'est-ce que ça prouve ? » pensa-t-il à part lui, sans oser le dire. À sa grande surprise, ce fut à sa question non formulée qu'Abu Abid répondit :

— Ça prouve, eh, couillon, que cette nuit nous aurons des munitions.

Rigolard, il administra sur l'épaule de son jeune compagnon une grande claque qui fit dévier dangereusement la trajectoire de la moto.

— Fais gaffe, putain ! On va se foutre dans le lac, grogna Aziz.

Avec Abu Abid, c'était sans arrêt le régime de la douche écossaise. On était constamment tiraillé entre l'envie de le haïr et celle de l'aimer. Cela explique le sourire résigné qui vint sur les lèvres d'Aziz. Tout en conduisant, il reconnaissait que son chef n'était pas ordinaire mais que, pour rien au monde, il ne voudrait en changer.

La moto dépassa les premières maisons de Kfarkouk, pénétra dans la rue principale très animée et vint se garer sur la place centrale, devant un ancien bâtiment administratif que gardaient une dizaine d'hommes en tenue léopard, négligemment assis sur un petit mur d'enceinte.

Avant même qu'Aziz eût coupé les gaz, Abu Abid avait sauté à terre et fonçait comme un taureau sur le bureau de l'état-major des forces d'intervention d'Al Assifa. Son timbre puissant ne tarda pas à dominer la rumeur ambiante.

— Plus de promesses, Abu Lutof, ça fait vingt-quatre heures que j'attends des cartouches et des roquettes. Je ne quitterai Kfarkouk qu'avec le camion de livraison.

— On ne peut rien faire de jour !

— J'attendrai. J'attendrai le temps qu'il faudra !

Les villageois se montraient ici beaucoup plus détendus qu'à Ahya. Les femmes étaient dehors, ce qui traduisait un certain climat de confiance. Coiffés de la toque blanche des Druses, qui ressemble à la tiare des évêques orthodoxes, vêtus de gilets ajustés à la taille et de pantalons bouffants jusqu'aux genoux, les civils se partageaient avec les fedayin désœuvrés les terrasses des bistrots, battaient les cartes ou fumaient des pipes à eau. Un fellah rentrait du travail en portant sur l'épaule un lourd araire. Deux autres guidaient des couples de bœufs attelés à des tombereaux. Un jeune dandy local galopait sur un très beau pur-sang parmi les camions chargés de combattants épuisés, les jeeps des chefs de groupe, toujours pressées, et les gosses qui couraient dans tous les azimuts en piaillant comme des perruches.

Plusieurs salles de classe de l'école, à l'autre extrémité de la place, servaient de dortoir aux militants du Front démocratique. Couverts de boue, abrutis de fatigue, ils ronflaient, affalés sur des lits de camp.

Mobilisés toutes les nuits depuis leur entrée au Liban, ils avaient conquis des avant-postes, les avaient perdus, puis reconquis, au prix de combats éprouvants. Finalement, c'étaient les blindés qui avaient eu le dessus, les blindés qui proliféraient comme des mouches et qui empêchaient Yussuf, Kayser, Hanna, Mahmud d'avoir des rêves paisibles.

Un réflexe nerveux détendit la jambe de Guevara, qui gémissait faiblement en respirant. N'étant pas directement concerné par ce conflit particulier, il n'avait pu accepter l'idée de lever son arme contre les Libanais et encore moins de faire semblant de se battre. Comme il ne voulait pas se savoir inutile, il avait durant les missions fait le portefaix et s'était coltiné les fardeaux les plus lourds. Voilà pourquoi il souffrait, même dans son sommeil.

Latifah, secondée par deux militantes libanaises, avait arrangé une infirmerie dans le bureau du directeur, en vacances forcées. L'une des classes servait de QG à Abu Raïd, qui commandait toutes les unités du FDPLP engagées dans le secteur. En dix jours, il n'avait pas trouvé un instant pour se raser et sa barbe lui mangeait les joues. Au retour des affrontements nocturnes, il devait rédiger des rapports, contacter les chefs des autres organisations, éplucher avec eux les cartes, s'attribuer de nouveaux rôles. Cela fait, il réunissait ses cadres, les « briefait » sur le projet en cours, commentait les plans, répartissait les fonctions. Il avait atteint un tel degré de surmenage que, incapable d'idées claires, sa pensée se perdait dans de confuses élucubrations. Vautrés sur les pupitres, les chefs de commando s'efforçaient de l'écouter. Leur lassitude les faisait se ressembler. Les traits avachis, l'œil passif, ils ne comprenaient rien à l'exposé terne et décousu d'Abu Raïd qui, loin de les réveiller, les poussait dans une apathie proche de la narcose.

Le prof, comme les autres, flottait à la dérive. Une bonne minute s'était écoulée depuis qu'il avait pris la décision d'aller faire du thé et il n'arrivait toujours pas à s'extraire de sa chaise. Quand il y parvint enfin, ce fut une réelle évulsion qui réclama un effort anormal. Lourdement il s'écarta de la table et, d'une démarche maladroite, gagna l'estrade où soliloquait Abu Raïd.

— Plus personne ne te suit, rafiq, faisons une pause.

Cette interruption, qui tira le commandant de ses divagations, fut intégrée dans son subconscient, lequel, confondant les périodes, le ramena mentalement à l'époque des parties d'échecs, sous la tente du prof.

— Va pour la pause thé, approuva-t-il d'une voix traînante.

Comme s'il se raccordait à une conversation qui s'était déroulée six mois plus tôt, il brandit arbitrairement son doigt telle une arme de dissuasion sur la poitrine du prof et s'exclama :

— C'est la rhétorique qui nous coule, rafiq, la rhétorique…

« Ça y est, il perd les pédales », s'effraya Abu Mansur.

Dans le crâne d'Abu Raïd, une flèche de lumière résorba les brouillards du sommeil.

— Ne t'inquiète pas, rafiq, je vais très bien, affirma-t-il en s'apercevant que le prof le regardait avec des yeux ronds. Je dormais littéralement debout.

— On en est tous au même point, dit Abu Mansur, rassuré.

Ils quittèrent la salle, suivis de quelques cadres qui allumaient des cigarettes pour se tenir éveillés. Beaucoup restèrent à l'intérieur. La tête nichée dans leurs bras, ils s'étaient écroulés sur les pupitres.

Abu Raïd et le prof marchèrent côte à côte sous le préau de l'école puis s'assirent autour d'un brasero où des cendres vives chauffaient une bouilloire noircie par l'usage. Mirzuk et Ibrahim s'attelèrent à la préparation du breuvage. Insatisfait de sa phrase demeurée en suspens tout à l'heure, Abu Raïd y revint :

— Notre révolution se noie dans des torrents de salive. Tout ça, tu verras, finira gentiment autour d'une table, et on aura fait crever des tas de petits gars pour rien !

— C'est une question de point de vue, éluda le prof, qui n'avait pas le cœur d'engager un débat sur un sujet aussi brûlant.

Abu Raïd agita la main droite et articula :

— Parce qu'on a pris l'habitude d'accrocher le mot triomphe au mot révolution, on croit qu'il suffit de débarquer au Liban pour que le pouvoir s'effondre. Et comme ça ne marche pas, on déchante, on vomit sur les massacreurs, on crie « À l'assassin ! ». Eh bien, moi, veux-tu que je te dise, je pense qu'ils ont des couilles au cul, ces troufions libanais, et ils le défendent rudement bien leur régime pourri. Arafat a beau poser des conditions draconiennes comme préliminaires à toute négociation, il ira au Caire, il s'assiéra en face de Boustany et à la fin le chef des victimes et celui des bourreaux se donneront l'accolade. Je te le répète, c'est de la rhétorique !

Abu Raïd avait perdu trop de combattants pour des résultats globaux peu concluants et il lui était impossible d'évaluer les faits sereinement. Il blâmait la résistance, car il ne pouvait, tandis qu'il envoyait ses hommes se faire tuer pour de grands desseins, admettre les demi-mesures, les finasseries verbales. À ses yeux, dans l'immédiat, négocier avec l'ennemi équivalait à pactiser, à trahir... trahir tous ceux qui étaient tombés sur le terrain.

Le prof avait bien compris cela. Il essaya de modérer sa voix pour ne pas donner à sa contradiction le ton d'une leçon :

— La résistance n'est pas, hélas, pour le moment, ce que nous, marxistes, voudrions qu'elle soit.

Il prit le quart de thé que lui tendait Mirzuk, but quelques gorgées et, s'étonnant à part lui qu'un simple liquide chaud pût à ce point faire reculer l'engourdissement, il retourna à la discussion :

— Si nous étions majoritaires, nous remplacerions les improvisations par une stratégie bien définie, et la rhétorique, comme tu le dis, par notre dialectique, ce qui serait certainement plus efficace. Bien sûr, notre influence s'accroît à la base. Moins rapidement cependant que les contradictions opposant l'ensemble des Palestiniens aux classes dirigeantes arabes de Jordanie et du Liban. Aujourd'hui, la tête de la résistance est dépassée. On ne retient pas aussi aisément un peuple en armes, surtout s'il est quotidiennement confronté aux provocations de ceux qui ont intérêt à l'écraser. Cela prouve que nous représentons un mouvement en marche, un mouvement qui exigerait l'invention d'une solution aussi dynamique que lui. Les Boustany, les Hussein en sont bien incapables. C'est pourquoi tout accord avec les Palestiniens ne peut être qu'un accord de sursis.

Le prof porta son quart à ses lèvres. Une estafette survint tout essoufflée, avec un message plié en un minuscule rectangle. Abu Raïd en prit connaissance et sa physionomie s'égaya :

— Oh, les gars, la moitié du bureau exécutif vient d'arriver à Yanta. Nayef est avec eux. Prof, il veut te voir.

Sa voix avait retrouvé sa vigueur. Il fit un signe à ses deux meilleurs moniteurs :

— Mirzuk, Ibrahim, venez avec nous.

Les quatre hommes montèrent dans une jeep et se dirigèrent vers la troisième grande agglomération libanaise occupée par les fedayin, où les chefs de la résistance, en prévision des rencontres du Caire, étaient venus stimuler leurs troupes pour le dernier sursaut de cette guerre de poche.

À mi-parcours, une moto qui les doublait roula à leur hauteur le temps qu'Abu Abid, du Fatah, les salue d'un geste moqueur.

— Alors, mes agneaux, on est de sortie ? Salâm aleikum !

Le soir même, l'unité de cet increvable personnage, pourvue de nouvelles munitions, enlevait de haute lutte la ligne de crête au-dessus d'Ahya, après avoir abîmé trois tanks, mais achoppa une fois de plus contre la forteresse de Rachaya.

À l'est, près de Masna, Abu Raïd fit tomber le bordj conquis et perdu à six reprises où, dix jours plus tôt, le lieutenant Pierre Chaabi, ancien élève de Saint-Cyr, avait trouvé une mort sans gloire.

Le 2 novembre, un cessez-le-feu signé au Caire entra en vigueur à minuit précis. Le 15 du même mois, le corps expéditionnaire du Front démocratique retournait en Jordanie. Le 16, le commando de Jaffa réintégrait son poste, à Shunê, et reprenait ses activités originelles.

Chapitre XXI

Harcèlements, raids surprises, patrouilles, traversées du fleuve, guet-apens, le commando ne s'accorda pas une nuit de répit.

Une moitié des hommes dormait quand l'autre opérait et inversement. Les deux Kurdes n'eurent plus la possibilité de monter des actions personnelles. Chaque soir sur la brèche, ensemble ou séparément, ils pratiquaient avec les autres. Guides au flair sûr, compagnons aussi expérimentés que discrets, ils étaient plus que jamais nécessaires à tous, comme la nourriture et le sommeil. Le prof, naturellement, se référait à leur avis pour les décisions délicates et, dans les coups durs, leur laissait la direction des manœuvres.

— Si on ne les avait pas, on aurait déjà perdu la moitié de nos effectifs, reconnaissait-il avec humilité.

Le présent, le présent seul accaparait les militants tout entiers. Et dans ce présent, les nécessités de l'instant : courir vite, viser juste, ne pas quitter des yeux Shêrgo Bohtani ou Sinjari, poser son pied prudemment sur le sol, manger, boire, se soulager, dormir... Dormir. Leurs rêves, quand ils en avaient, n'étaient que le prolongement déformé de leur vie : des accrochages qui tournaient mal, des attaques qui avortaient, des fuites qui piétinaient. Et la

353

peur, comprimée, réduite par la dureté de leur existence sommaire, ne les assaillait qu'en songe.

Les contorsions d'Ahmed, le fou du village, qui, en d'autres temps, avaient déchaîné leurs rires, les laissaient indifférents. On eût dit qu'ils s'étaient retirés du monde diurne, que leurs yeux accoutumés aux ténèbres se fermaient sur les événements extérieurs à leur microcosme et que rien, excepté leur folle guérilla, ne pouvait les intéresser.

Au détriment du verbe, leurs qualités sensorielles s'étaient considérablement accrues et, à quelque chose près, ils se devinaient les uns les autres en fonction de ce que chacun éprouvait en soi-même, tant leur individualité s'était soudée au groupe.

*

Yussuf, dans la cour du poste, assis contre un muret, avait replié ses jambes. Une planche lui servait d'écritoire. En une heure, il n'avait inscrit que six mots : « Cher père, chère mère, chères sœurs… »

Que leur raconter ? Qu'en cette fin de novembre, en représailles à cent vingt attaques lancées en une semaine contre Israël par les fedayin, l'aviation sioniste avait bombardé Irbid et que son artillerie canonnait à tout moment les villages de la vallée ? Ou encore qu'en quinze jours, son commando avait participé à huit embuscades et perdu trois hommes ?

Non, cela les effraierait pour rien. La vue de sa feuille blanche le remplit d'aversion. Il la déchira, jeta les morceaux aux quatre vents et, d'un pas lent, prit le sentier du barrage où ses amis étaient allés laver leur linge. Son geste impulsif l'avait libéré d'une formalité qu'il subissait comme une contrainte. Tout ce qu'il pouvait dire d'utile à ses parents, il l'avait dit et redit dans ses lettres précédentes : « Je pense à vous, je vous aime… » Ces mots cent fois répétés lui apparaissaient depuis peu creux et futiles, comparés à l'émotion que lui apportait le souvenir des membres de sa famille, évoqué chaque jour fidèlement aux heures les plus quiètes. À quoi bon leur rabâcher ce qu'ils savaient déjà ? Comment leur apprendre ce qu'ils ignoraient ? Le dilemme était insoluble. C'était ce qu'il ressentait pour eux en son for intérieur qu'il aurait voulu faire connaître à ses parents. Et ce qu'il ressentait était inexprimable. Il aurait beau se creuser les méninges indéfiniment, il ne parviendrait pas à traduire la complexité de ses sentiments par de simples, de banales expressions. En cela résidait la cause de son incapacité à rédiger cette lettre : en l'exigence d'une sincérité qu'il ne trouvait plus dans le langage.

Il songea que sa famille allait s'inquiéter de son silence. « Sûr, demain je leur écris », se promit-il, pour se dédouaner des remords qui le dérangeaient.

L'air froid et sec de cet après-midi ensoleillé ventilait agréablement son visage aminci et creusé par les trop longues veilles d'affût et d'accrochages avec des ennemis qu'il n'avait pas encore eu l'occasion de découvrir en pleine lumière, qui n'étaient que des ombres dépourvues de traits, entrevues dans les fugitives lueurs des combats. S'il voulait se les figurer, sa mémoire, bien qu'il n'y crût plus, ressortait le tenace stéréotype infantile des grands blonds aux yeux clairs.

Il respira profondément l'odeur d'orange et de citron qui venait des vergers où les paysans, en chantonnant, terminaient la cueillette. Il aperçut un peu plus bas Hanna, Mahmud, Kayser et quelques autres. Torse nu, en caleçon, ils avaient étalé leurs uniformes trempés sur le gravier, au bord du lac artificiel, pour les faire sécher. Ils jouaient à s'asperger. Leurs corps mouillés fumaient comme s'ils sortaient d'un bain turc.

— Oh, les gars, visez l'émir qui se radine, brocarda Kayser.

— Cette putain d'eau ne doit pas faire plus de trois degrés, souffla Hanna, qui sautillait sur place et, en croisant les bras, se frappait sur les épaules pour se réchauffer.

Prestement, Yussuf se délesta de ses vêtements et fondit dans la mêlée.

Il allait y avoir trois semaines qu'il remettait chaque jour la rédaction de sa lettre au lendemain.

*

Ailleurs en Jordanie, le long de la frontière et des lignes de cessez-le-feu, des commandos palestiniens, en tout point semblables au commando de Jaffa, s'introduisaient comme lui subrepticement en territoire ennemi, employaient la technique du « frapper et fuir » qui mettait les nerfs des gardes sionistes à rude épreuve. À cette époque, Israël dressa un bilan des pertes palestiniennes pour l'année 1969 : cinq cent quatre-vingt-six fedayin auraient été abattus au cours de différents heurts, cinquante pour cent d'entre eux dans la vallée du Jourdain, seize pour cent dans le Golan, trente-quatre pour cent à la frontière libanaise. L'autre bilan, celui des pertes israéliennes, ne fut pas diffusé. À croire qu'il n'y en avait pas, qu'il ne pouvait y en avoir, étant reconnu une fois pour toutes que le gibier n'a jamais raison du chasseur.

Trois cent soixante-cinq jours par an, des pentes de l'Hermon à Akaba, port jordanien sur la mer Rouge, en passant par les deux rives du Jourdain, du lac de Galilée à la mer Morte, les fedayin foisonnaient comme des vers sur la croûte d'un fromage. Les stratèges israéliens, qui se targuaient officiellement d'avoir réussi à obtenir une parfaite étanchéité des frontières, reconnaissaient par-devers eux leur préoccupante porosité et, trois cent soixante-cinq jours par an, la « chasse au fed » était ouverte. Le fed, c'était l'animal parasite dont il fallait contrôler l'évolution, afin qu'il pût saper et affaiblir les pays arabes voisins sans pour autant nuire à Israël.

Dans cet esprit, et parce que les activités palestiniennes contre l'État sioniste avaient connu ces derniers mois un regain d'intensité, le 21 janvier, à dix-neuf heures, des forces d'intervention israéliennes, après un pilonnage en règle, pénétraient en Jordanie comme elles l'avaient déjà fait lors de la bataille de Karameh — un modèle du genre. Objectif : le village de Safi, au sud de la mer Morte, où était située la base d'un commando du Fatah qui avait, quelques jours plus tôt, lancé une attaque contre une usine de potasse en Israël. Les Jordaniens ne purent faire autrement que de participer, aux côtés des Palestiniens, à la défense de la localité. Durant vingt-quatre heures, les combats firent rage, puis les Israéliens se retirèrent et des deux côtés l'on rédigea des communiqués victorieux.

Début février, le 5 pour être exact, eut lieu au Caire un petit « sommet » arabe, avec le Syrien Atassi, Nemeyri le Soudanais, Nasser et Hussein. De quoi parla-t-on ? Le souverain hachémite obtint-il un blanc-seing du Raïs quant à certaines décisions qu'il se réservait de prendre ? Arracha-t-il la promesse d'une officieuse neutralité concernant les affaires du royaume ?

Toujours est-il que le 11 février 1970, le Conseil des ministres jordanien adoptait une série de dispositions visant à réglementer les mouvements palestiniens. Lorsque ceux-ci apprirent qu'on allait leur interdire de tirer sur Israël à partir des villes et villages jordaniens, de stocker des armes dans les agglomérations, d'en porter sur soi à Amman et dans tous les lieux publics, ils flairèrent le complot destiné à les anéantir.

L'attentat perpétré le même jour par des hommes de Habbache contre un avion d'El Al à Munich passa presque inaperçu dans la capitale jordanienne, où, en l'absence de Yasser Arafat, invité à Moscou, les dix organisations de résistance formèrent d'urgence un commandement commun de lutte et se tinrent sur le pied de guerre.

Le roi, loin de se laisser intimider, donna un tour de vis supplémentaire. Les camps de réfugiés furent privés d'eau, les lignes téléphoniques des QG palestiniens coupées. Les chefs de l'OLP battirent le rappel de leurs troupes stationnées en province.

*

Le commando de Jaffa dut quitter précipitamment Shunê pour Amman. Il campa sur le djebel Hussein, autour de la villa du Front démocratique, rapidement fortifiée avec des sacs de sable.

La population effrayée amassa des provisions et se barricada chez elle. Puis les commerçants, rue Hashimi, fermèrent boutique et un silence de mort recouvrit la capitale, le silence d'une veillée d'armes, sur fond de cliquetis et de moteurs emballés. Les jeeps de combat des réguliers de l'ALP et des fedayin, passant outre les interdictions royales, sillonnèrent les rues.

Le jeudi 13 février, au matin, l'inévitable eut lieu. Une patrouille mobile palestinienne vint en plein virage buter sur un barrage jordanien et fut exterminée par les bédouins placés en embuscade.

Les funérailles, célébrées le jour même en fin d'après-midi, donnèrent prétexte à un spectaculaire déploiement de forces palestiniennes qui, cette fois, fit réfléchir Hussein.

Debout sur plus de deux cent cinquante voitures équipées de mitrailleuses, les fedayin traversèrent toute la ville en tirant des salves qui ébranlèrent les murs et secouèrent les vitres des immeubles. Pas de pleureuses, pas de civils dans cet enterrement en plein climat de révolution, qui avait des airs de jugement dernier.

Dans le cortège, on retrouvait la plupart des protagonistes qui, deux mois auparavant, avaient accompagné jusqu'au cimetière les victimes de Koufr Assad et les fedayin tombés en territoire occupé. Un absent parmi les commandants d'unité : Shimoun Zargavakian.

Derrière les cercueils, les grands leaders, hermétiques, tendus : Kamal Nasser, Kamal Adwan, Habbache, Hawatmeh, Abu Yussef, Abu Lutof..., en armes eux aussi, comme de simples combattants.

Yussuf, Hanna, Mahmud, Kayser échangeaient des regards qui se voulaient détachés, mais ils ne pouvaient empêcher de poindre au fond de leurs prunelles la lancinante, l'angoissante question qui tourmentait leur esprit : « Lequel sera le prochain ? » Malgré eux, ils se comptaient. Deux déjà avaient disparu depuis le repas chez Jabri où le prof leur avait dévoilé son intention de former, avec sa troisième section, le commando de Jaffa.

Oui, lequel serait le prochain ? Ils revoyaient Boutros et Sami dans la bousculade. « La chaîne, faites la chaîne ! » criait Yussuf, au milieu des mégères qui tournoyaient tels des derviches, dans un déploiement aérien de voiles noirs. Cela, c'était il y a un siècle, très loin derrière soi.

— Allez, feu ! feu ! gueula le prof, du siège avant.

Il brassait, lui aussi, de funèbres pensées. Shêrgo Bohtani fit basculer la 12,7 et lâcha une longue rafale qui cogna l'air au rythme d'un marteau-pilon.

Au retour du cimetière, des hommes du FPIP qui se rendaient à leur siège du camp de Wahdate passèrent, à la sortie d'Amman, devant le poste militaire de Badia, un fortin sur le bord de la route. Coups de feu. Zigzags des jeeps. Carambolages. Vingt-trois morts. Des résistants accoururent en renfort, prirent le poste d'assaut, s'emparèrent d'une aile du bâtiment. Un commandant jordanien et un responsable palestinien s'interposèrent et mirent fin à l'engagement.

Peu de temps après, un communiqué royal annonçait la suspension des mesures édictées au Conseil des ministres à l'encontre des fedayin. Cela ne les apaisa guère. Ils passèrent la journée du 16 février à parcourir les rues de la ville à grands coups d'avertisseur. Veillée d'armes, le soir, pour le commando de Jaffa à la permanence du Front, en prévision d'une offensive jordanienne possible. Abu Raïd, descendu d'Adjlun avec Mirzuk et Ibrahim, organisa la défense, plaça des guetteurs sur la terrasse des immeubles du djebel Hussein.

Le 17 février, le roi lâchait du lest et dans un message radiotélévisé en appelait à la raison, stigmatisait ceux qui voulaient plonger le pays dans une guerre fratricide.

Réponse du CLAP[1] :

« Nous ne voulons pas être des citoyens de seconde zone et nous ne briguons pas le pouvoir en Jordanie. Notre vraie patrie est la Palestine. »

---

1. Commandement de lutte armée palestinienne.

Le chérif Nasser ben Djamil, oncle du roi, réprouva publiquement le revirement de son neveu. Le 20, les Palestiniens réclamèrent sa démission du poste de commandant en chef des forces armées. Le 21, trente-trois tribus de bédouins du Sud se réunirent dans le village d'Oum Remmeneh, à douze kilomètres d'Amman, et demandèrent au roi de frapper d'une main de fer les fauteurs de troubles. Le souverain hachémite tempéra leur ardeur. Tant qu'il n'avait pas tous les atouts en main, il préférait différer le règlement de comptes. Le jour viendrait où il abattrait ses cartes.

Le 23, Arafat, revenu de Moscou, participa à la signature d'un accord secret entre les Palestiniens et le roi, qui aboutit à la suppression des réglementations ministérielles à l'origine de la crise et à la démission du ministre de l'Intérieur, le général Mohammed Rassul al Keylani.

Hussein, qui paya de son prestige le rétablissement de la paix civile, dut décréter des promotions d'officiers pour atténuer les ressentiments de son armée. Il fit la tournée des popotes afin d'expliquer à ses troupes que son renoncement n'était que provisoire.

Aussitôt l'illusoire fraternité jordano-palestinienne replâtrée, la vie reprit à Amman où les fedayin, comme par le passé, circulèrent librement dans les rues avec leurs mitraillettes et leurs grenades.

Le même jour, l'explosion suspecte, en plein vol, d'un Coronado de la Swissair, faisant suite à une dizaine d'attentats commis en Europe au cours de l'année 1969 contre ce que le docteur Habbache nommait des « objectifs sionistes » (avions, aéroports, ambassades, agences de voyage), accrut les désaccords politiques et stratégiques existant entre les mouvements palestiniens.

— Cela nous porte préjudice, déclara Nayef. Le Front de libération du Vietnam s'est toujours refusé à ce genre d'action irréfléchie, et nous l'approuvons entièrement.

Le 26, le commando de Jaffa, en route pour Shunê, s'arrêta une demi-heure à Baqa'a, le temps pour les militants d'embrasser leurs parents et de les quitter, sans avoir eu le loisir de leur raconter quoi que ce fût, sur une impression déprimante d'inexorabilité. Yussuf ne put voir ses deux sœurs, mutées à l'hôpital du Fatah d'Amman. Il avait passé trois jours à deux cents mètres d'elles sans le savoir, et voici qu'il s'arrachait des bras de sa mère, de l'étreinte anxieuse de son père, courait vers le camion qui attendait à l'entrée du camp.

L'hiver passa, alterné d'aubes grises et pluvieuses, et de scintillants matins, parfois saupoudrés de givre. Les oueds grossirent puis, d'un coup, tombèrent à leur plus bas étiage. L'herbe poussa dru dans les bananeraies. Les fourrés reverdirent sur les rives du fleuve. Alors, les départs de raid, la nuit, se firent au chant des cigales, remplacé à l'approche de l'eau par la rauque et obsédante mélopée des grenouilles, qui coassaient jusqu'au lever du soleil.

Le 15 mai 1970, à vingt-trois heures, au cours d'une mission combinée avec Abu Abid, du Fatah, toujours basé à Koufr Assad, le commando se heurta à une patrouille jordanienne, près de Djisr al Hussein.

— Halte ! Où allez-vous ? interrogea la voix d'un officier, au moment où les fedayin quittaient leur véhicule pour s'enfoncer par les plantations jusqu'au Jourdain.

— En Israël, lâcha Abu Abid négligemment, comme s'il désignait un lieu de promenade.

— On ne passe pas, fit la voix. Retournez d'où vous venez.

— Merde, tu te fous de nous ou quoi ? s'étonna Abu Abid, irrité.

— On ne passe pas. Allez, demi-tour, cingla désagréablement la voix.

— On t'emmerde ! dit le prof. Allez les gars, en route.

Les fedayin repartirent. Une rafale claqua. Deux hommes touchés aux reins ployèrent sur leurs jambes. Les autres plongèrent dans les herbes et les taillis, sauf Masood qui claudiqua, désemparé, au milieu de la fusillade. Latifah et Yussuf rampèrent jusqu'à lui et le traînèrent à l'abri.

— Ces ordures m'ont placé une balle dans le cul, se plaignit-il, l'œil larmoyant de honte et de rage impuissante.

— Foutons-leur sur la gueule, par le Prophète ! décida Abu Abid. Feu ! Feu !

Il était fou de fureur devant ce qui venait de se passer et il se mettait à détester ces bédouins, à les détester avec un désir de cruauté dont son corps s'imbibait comme une éponge.

— On vous châtrera tous jusqu'au dernier, bande de bâtards, proféra-t-il, en dégoupillant une grenade.

Il la lança sur l'emplacement qu'ils occupaient, en se référant au point de départ des traçantes qui sifflaient autour de lui.

D'autres grenades volèrent, accompagnées d'insultes.

— Visez juste, les gars, fit le prof, au comble de l'indignation.

Et Yussuf visa juste, visa pour tuer. Il ne se souvenait pas d'avoir éprouvé auparavant une telle exécration, y compris vis-à-vis des Israéliens. Ce soir, il saisissait, mieux qu'au Liban ou à Amman lors des troubles, pourquoi

Nayef leur disait : « Il faut les traiter comme les sionistes. Ils sont pires qu'eux ! »

Yussuf visait pour tuer, et près de lui Hanna, Mahmud, Kayser, Gibraïl, Tahar et tous les autres se comportaient identiquement, dominés par une haine d'autant plus corrosive qu'elle avait sa source dans l'effondrement complet d'une illusion. Ils avaient la preuve que le mot « arabe » avait perdu tout son sens, que les liens raciaux ne pouvaient résister aux intérêts de classe et qu'autour d'eux le monde se liguait pour ruiner leurs efforts. Oui, tous les hommes du commando sans exception visaient pour tuer ces frères félons qui leur avaient tiré dans le dos, à six cents mètres des lignes israéliennes, alors qu'ils s'apprêtaient à les franchir pour aller se battre. Cet outrage au bon sens était une révélation. Dans l'esprit des bédouins, les ennemis, c'étaient eux.

L'échauffourée dura plus d'une heure. Elle fit trois morts parmi les hommes d'Abu Abid, un blessé dans le commando.

— C'est nous qui vous couperons les couilles un de ces jours, enculés de marxistes, promit l'un des soldats hachémites quand ils se retirèrent.

— Tas de castrats ! Tas d'eunuques ! rugit Abu Abid.

Les fedayin suivirent son exemple et abreuvèrent leurs agresseurs d'invectives.

— Les Israéliens doivent se taper sur les cuisses, dit Yussuf qui, aidé de Kayser, soulevait Masood.

— Dans la fesse, putain, dans la fesse ! Les chiens ! grogna Masood en traînant la patte.

— Bah, ne te plains pas, le consola Latifah qui marchait devant. Tu as la bonne blessure, veinard.

— Je m'fous de la bonne blessure, ronchonna Masood, que la perspective d'être séparé pour un temps de ses copains n'enchantait guère.

Les fedayin rentrèrent à Shunê, choqués par ce coup monté inqualifiable, ruminant une vengeance adéquate.

« Je trouverai le nom de cet officier, se jurait Abu Abid, et je le tuerai de mes mains. »

« Le dénouement est proche », songeait Abu Mansur avec inquiétude. Il se doutait que les bédouins une fois lâchés ne s'arrêteraient pas en chemin, comme les Libanais, et que l'affrontement serait total, impitoyable.

Adossé à la mitrailleuse, Shêrgo Bohtani, qui avait l'intention de faire sauter le poste gardant le barrage de l'oued Al Arab, échangea une phrase en kurde avec Sabri Sinjari pour le mettre au diapason de ses pensées.

À trois heures du matin, le 16 mai, une violente explosion réveilla les fedayin qui, croyant à une nouvelle traîtrise, s'emparèrent de leurs armes et se déployèrent en tirailleurs sur les pentes. Près du barrage, le poste jordanien embrasé étincelait sur l'étang.

L'été vint, qui tarit les rivières, dessécha les fourrés et les hautes herbes, fendilla la terre. Une écrasante chaleur stagna sur la vallée.

À la fin juin, Latifah fut mandée d'urgence par son frère, Abu Aqil, pour seconder provisoirement les infirmières de l'hôpital régional d'Irbid, surchargé de blessés. Étant acquis que les liens d'amitié ne devaient causer aucune indisponibilité à l'égard du Front, elle dut se séparer de ses compagnons. Elle le fit parfaitement, sans laisser transparaître sa tristesse et son désappointement, sans s'attendrir, avec le sourire et un mot gentil pour tout le monde.

La semaine qui suivit son départ, tous les militants sans exception ressentirent le vide créé par son absence. Pour certains, ce fut un véritable arrachement. Le prof, Yussuf, Hanna, Kayser, Mahmud étaient de ceux-là. Ils se sentaient amputés d'elle, amputés de ses regards, de ses rires, de ses traits moqueurs qui n'épargnaient pas leur orgueil d'homme, de ses conseils souvent très pertinents, et ils découvraient que, sans s'être permis un geste inconvenant, ils l'avaient aimée plus qu'une sœur, plus qu'une mère.

Début juillet, un nouveau commando formé par Abu Raïd à Adjlun vint remplacer à Shunê le commando de Jaffa, qui fut muté en Syrie dans le village de Jubaa, à la lisière du Golan occupé. Il établit ses quartiers dans une vieille ferme, achetée par le Front démocratique.

De la cour de la bâtisse, les fedayin pouvaient voir les hauteurs pierreuses, ravinées, couvertes de blocs erratiques et d'arbres rabougris qui arrêtaient l'uniforme platitude des terres céréalières. Leur crête constituait la ligne de démarcation entre les armées syrienne et israélienne. Sur l'autre versant, il y avait, selon le prof, de belles vallées couvertes de chênes verts, de saulaies, de vergers et des sources dont les eaux fraîches étaient canalisées jusqu'aux lavoirs des villages circassiens abandonnés depuis la guerre des Six Jours. À l'entendre, ces villages pourraient servir de relais au commando qui exercerait là-bas, sur un terrain inconnu, mais fort propice à la guérilla.

Jubaa n'avait pas été choisi à la légère par le Front. De là on se trouvait à vol d'oiseau à douze kilomètres seulement de Kuneitra, ville syrienne située, elle aussi, de l'autre côté de la montagne. Dépeuplée, semblable à une cité antique qui aurait été préservée de l'usure du temps, elle servait de QG à une division israélienne. Une route y aboutissait, une route stratégique qui permettait la liaison avec tous les postes sionistes du secteur.

Dans le premier mois qui suivit leur arrivée, les fedayin eurent une existence assez oisive, puis le prof les fit s'entraîner à courir sur des pentes très raides, avec tout leur barda.

— À quoi ça sert ? rechignèrent certains. On a déjà de l'exercice.

— Ça grimpe beaucoup plus ici que dans la vallée du Jourdain, leur expliqua le prof, vous verrez, et une fois nos coups faits, il faudra se débiner avant l'intervention des troupes héliportées. Vous en baverez, croyez-moi.

Au retour de leurs repérages, les deux Kurdes traçaient des plans, dessinaient des itinéraires, discutaient longuement avec Abu Mansur, que Yussuf soupçonnait de préparer une grosse affaire.

— Alors, prof, lui décocha-t-il au cours d'un repas, on conspire ? On veut monter son petit coup tout seul, sans mettre les copains dans le secret ? Ce n'est pas ce que tu appelles de l'individualisme petit-bourgeois, ça ?

Abu Mansur n'eut pas l'air très surpris. Il fit de la main un geste résigné :

— Autant que vous le sachiez. J'ai l'intention de capturer vivant le général israélien qui commande la garnison de Kuneitra. Avec votre participation, cela va de soi.

La nouvelle fit l'effet d'une bombe.

— Un général !

Yussuf dévisagea le prof d'un regard suspicieux, comme s'il doutait de sa raison.

— Rien que ça, fit-il d'un ton ironique. Et pourquoi pas Moshe Dayan, pendant que tu y es !

La voix du prof s'affermit.

— Je ne plaisante pas. Depuis un mois, Shêrgo Bohtani et Sabri Sinjari, d'un village circassien qui borde la route, voient passer sa voiture tous les jours à la même heure.

— Comment savent-ils que c'est sa voiture ?

— Au fanion qu'elle porte. Et puis, nous ne manquons pas d'informateurs.

Yussuf se frotta le nez. Il n'était pas dans les habitudes d'Abu Mansur d'agir à la légère. De toute évidence, il avait minutieusement préparé le coup avec les deux Kurdes. Mais la protection d'un général, dans ces zones-là, devait être drôlement efficace.

— Quelles sont nos chances ?

— Trente pour cent probablement, avoua le prof.

Ce chiffre n'angoissa personne. Les militants savaient qu'en pénétrant dans les territoires occupés, où que ce fût, leur vie était comme suspendue à un fil. Yussuf, qui étudiait Abu Mansur, crut comprendre que ce n'était pas la mutation à Jubaa qui avait fait naître ce projet dans la tête du prof, mais plutôt le projet qui avait entraîné la mutation.

— Il y a longtemps que tu y penses ? demanda-t-il.

— Nayef m'en a parlé vaguement en février dernier. On s'est décidé récemment.

— Et le manque d'infirmières à l'hôpital d'Irbid, c'était bidon ?

— Il fallait éloigner Latifah, qui aurait voulu nous suivre coûte que coûte.

Yussuf eut un sifflement admiratif.

— Ma foi, tu caches bien ton jeu.

Le repas était terminé. La cuisine se vida et les hommes se regroupèrent autour du puits pour se laver les mains.

— Gibraïl, c'est ton tour de thé !

Le prof prit un verre sur la margelle, le plongea dans le seau et se rinça la bouche. Il alla s'asseoir contre le mur de la ferme, près du brasero allumé par Gibraïl, et glissa une cigarette au coin de ses lèvres. Les fedayin firent cercle autour de lui.

— Kayser et Hanna, allez chercher la caisse en fer qui se trouve dans la remise, à côté du mortier.

Quand celle-ci fut déposée à ses pieds, il l'ouvrit. Elle était pleine de petits tubes noirs, longs d'une quinzaine de centimètres. Il en prit un.

— Vous voyez ceci : ce sont des silencieux, adaptables sur vos Kalachnikov.

— Des silencieux !

— Oui, parce qu'on n'enlève pas un général en faisant le ramdam. Tous les soirs, sa jeep passe devant le village abandonné entre dix-huit et dix-neuf heures pour se rendre à Kuneitra. En nous cachant dans les maisons, nous pouvons l'attendre sans difficulté. Il y a un virage devant les dernières demeures qui sont construites sur une avancée rocheuse. Si nous barrons la route juste après ce virage, la jeep sera surprise et frcinera brusquement. Nous sortirons et nous braquerons ses occupants avec ceci.

Il prit sa Kalachnikov qu'il avait posée sur la caisse, adapta le silencieux au bout du canon, fit jouer la culasse et tira en l'air une courte rafale, au bruit fort atténué.

— Pourquoi ne pas nous avoir parlé de ça plus tôt ?

— Pour éviter les fuites involontaires et pour que vous n'y réfléchissiez pas trop longtemps à l'avance.

— Quand commence-t-on les répétitions ? s'enquit Kayser.

— Dès demain, au retour de Shêrgo et de Sabri, qui en ce moment préparent notre itinéraire.

— Quand aura lieu le rapt ?

— Le 19 août. Nous partirons d'ici le 18 dans l'après-midi. Ça vous laisse vingt jours pour vous préparer. C'est beaucoup plus qu'il n'en faut.

*

Le 18 août au soir, les hommes, parfaitement au courant de leur tâche, montèrent dans le Ford et dans la jeep du prof qui, en louvoyant sur une mauvaise piste, prirent la direction des hauteurs. Près d'une position militaire syrienne, une sentinelle les arrêta et il fallut toute la persuasion et la patience d'Abu Mansur pour vaincre les réticences du soldat, puis du chef de poste, puis de l'adjudant de semaine, puis de l'officier de jour. Le libre passage fut obtenu après une heure de palabres fastidieuses.

Les alignements de blindés et de canons laissés loin derrière, la piste plongea dans un repli, sinua de val en val et échoua contre la montagne, où un chemin muletier la remplaça. Les véhicules furent poussés dans une anfractuosité et, colonne par un, le commando de Jaffa remonta le lit d'un oued qui s'engageait entre deux pitons où s'étaient nichés des postes de guet israéliens. Toutes les deux ou trois minutes, ils éclairaient leurs phares et les manipulaient autour de leur bunker, mais la distance entre eux étant trop grande, les faisceaux ne pouvaient se rejoindre et assurer une surveillance efficace. Le prof pensa qu'ils les faisaient fonctionner plus pour se protéger eux-mêmes que pour empêcher la pénétration en territoire occupé. La nuit était très claire, étoilée. Une lune parfaitement ronde resplendissait. Sa lumière se réverbérait sur les pierres du chemin qui luisaient faiblement. Elles étaient tièdes encore de la chaleur du jour. Un vent frais courait dans les chênes verts accrochés aux pentes.

Comme à l'ordinaire, Shêrgo Bohtani et Sabri Sinjari ouvraient la marche. Ils possédaient une connaissance instinctive des sols, pressentaient les déchaînements telluriques qui les avaient soulevés, les séismes qui les avaient tordus, les vents qui les avaient érodés, les eaux qui les avaient ravinés. Surrections, brèches, éboulis, déchirures vivaient sous leurs yeux, leur parlaient un langage. La roche collait à leur peau. Ils n'auraient pu dire pourquoi ils avaient choisi ce chemin plutôt qu'un autre, pourquoi ils avaient évité ce raccourci apparemment facile à escalader. Leurs impressions dictaient leur décision. Le premier jour où ils avaient attaqué ce versant, ils avaient su ce qu'ils trouveraient sur le versant opposé. Ils percevaient la montagne comme le fléchissement de leurs jambes. Avec eux, la géologie n'était pas une science, mais une infaillible intuition.

À l'approche du sommet, exactement entre les deux postes d'observation israéliens, les hommes virent s'étirer au-dessus d'eux, pâle, irréel dans la nuit bruissante, le hameau circassien de Bir Aajam. Les maisons grinçaient de toutes leurs fenêtres ouvertes, aux vitres brisées. Les portes battaient, poussées par les courants d'air. Il n'y avait âme qui vive dans cette sépulcrale solitude où des ombres inquiétantes hantaient les jardins et les ruelles, bougeaient, se dérobaient, guettaient, suscitant des tressaillements, de superstitieux frissons. Les yeux des fedayin finirent par découvrir la vérité : des chats errants effrayés, des chauves-souris dérangées, un grand duc en chasse, ou tout simplement un arbre sur le passage du vent.

Shêrgo Bohtani entra dans une maison et tout le commando s'enfila à sa suite. Un escalier de bois les amena dans une grande pièce qui s'ouvrait sur un jardin en terrasse.

— Interdit de fumer et de parler ! chuchota le prof. Roulez-vous dans vos couvertures et dormez. Demain, la journée sera rude.

Au matin, des lamentations s'insinuèrent dans le sommeil de Yussuf, de véritables lamentations humaines, cela au milieu de rumeurs de stade ou de théâtre. Il s'éveilla pour constater qu'il ne rêvait pas et, éberlué, sortit dans le jardin. Une aube sanguine montait du plateau. Les sanglots, les appels augmentaient, plus aigus, partiellement couverts par les vivats et les clameurs d'une foule nombreuse. Aucun attroupement ne confirmait cette impression de multitude. Le village restait figé dans une immobilité impressionnante. Une question effleura Yussuf, aussi insolite que ce chahut sans auteur : les spectres. Étaient-ce les spectres qui fuyaient Bir Aajam à l'approche du jour ?

Shêrgo Bohtani, accoté à un mur, les yeux fixés sur l'horizon, écoutait sans broncher la fin de ce concert matinal.

— Qu'est-ce que c'est ? interrogea Yussuf.

— Des oies sauvages, mais il y a aussi des faisans, des cailles, des râles. Il est l'heure. Allons réveiller les autres.

Les hommes s'étirèrent, plièrent leurs couvertures qu'ils rangèrent dans un coin de la pièce, pour les prendre au retour.

— Tout le monde est prêt ? murmura le prof. Alors en route !

Les Kurdes descendirent les escaliers, entraînant à leur suite tout le commando. Ils s'engagèrent sur le sentier pierreux qui traversait Bir Aajam entre deux rangées de murs élevés qui faisaient corps avec les maisons et abritaient des jardins haut perchés. Le fond de l'air était froid. Les hommes, non encore réchauffés par la marche, avaient la chair de poule.

Tac-tac...

Le commando s'agenouilla. Sur la crête, les Israéliens avaient, au bulldozer, déblayé une grande portion de terrain pour assurer la liaison entre les deux postes espions.

Une voie toute droite les raccordait l'un à l'autre. Shêrgo Bohtani, en rampant, la traversa, puis fit signe au prof de faire passer les hommes. Sabri Sinjari vint se mettre en queue de colonne. Courbés en deux pour soustraire le haut de leur buste à l'observation de l'ennemi, les fedayin serpentèrent dans un maquis ingrat de chênes verts, de taillis secs et de chardons. La première crête franchie, une seconde se dressa devant eux, de l'autre côté d'une vallée jalonnée de blockhaus trapus dont certains se trouvaient à une centaine de mètres seulement de leur point de passage. Le soleil, qui, à son lever, les avait ragaillardis, ne les lâchait plus. Sur leur peau ruisselait une sueur acide qui attaquait les écorchures produites par les buissons épineux et faisait fermenter les échauffements, les cloques dues au frottement de leur barda. La réflexion de la lumière sur les minéraux brûlants transperçait le globe de leurs yeux comme des aiguilles. Kayser se tordit la cheville sur une pierre instable et se mit à clopiner.

— Jamais nous ne reviendrons de là, souffla-t-il.

Peu à peu, l'hébétude leur fit à tous oublier le but de cette escalade qui tournait au martyre. Ils se suivaient en louchant sur la nuque de celui qui les précédait et, futilement, leur pensée s'occupait à répertorier les maux dont ils souffraient. Chaque bouffée d'air brûlait leur poitrine. Quelques-uns dérapaient, se retenaient à des arbustes, les lâchaient en étouffant une plainte et secouaient leurs mains couvertes d'échardes.

Mahmud voulait abandonner. « Je me couche à l'ombre d'un chêne et je les attends », se répétait-il, mais cet acte si simple, son cerveau le lui déniait. S'arrêter était impossible. Sa propre démarche lui échappait. Un pas... un autre... Il avait la sensation d'être prisonnier d'un corps plongé dans un sommeil somnambulique, d'un corps qui se déplaçait indépendamment de sa volonté, qui refusait d'obéir à ses ordres.

Quel était celui qui voulait continuer, en dehors des deux Kurdes et du prof ? Pris séparément, chacun des hommes était exactement dans la même disposition d'esprit que Mahmud. Comme lui, ils se laissaient porter vers l'avant par leurs jambes qui tenaient obstinément la cadence de la colonne dont ils n'étaient qu'un rouage. Tantôt sur de faibles pentes, tantôt sur d'étroites corniches, le commando avançait vers son but. Il lui fallut deux heures pour venir à bout de la seconde crête d'où l'on découvrait, nimbés de vapeur, de roux vallonnements qui s'échelonnaient à l'infini. La présence de la route, à huit cents mètres en contrebas, effaça la torpeur des hommes. Elle contournait un gros village désert comme le premier. Ses maisons aux tuiles rouges, aux façades roses ou vert clair, s'ajustaient sur la pente, parmi les peupliers, les saules, les cyprès et des jardins touffus.

— Du calme ! Colonne par un, exigea Abu Mansur.

Le commando coupa à travers un vignoble. À mi-versant, Tahar et onze hommes de couverture prirent position le long d'un des nombreux murets qui délimitaient les propriétés.

— Vous avez bien compris, leur rappela le prof. Vous vous séparez trois par trois. Il y a quatre postes autour du patelin. Chaque groupe règle ses hausses sur un poste. Si en bas on se fait repérer vous tirez jusqu'à ce qu'on arrive, d'accord ?

— D'accord, fit Tahar.

— Salâm. À ce soir.

Les emplacements israéliens étaient parfaitement visibles : concentrations de tentes aux parois ferlées qui formaient sur la terre brune des cônes clairs. L'un d'eux,

374

à vingt mètres au-delà de la route, était muni de blindés. En prêtant une attention suffisante, on pouvait entendre les voix des soldats. La colonne aborda l'entrée du village, se faufila dans l'une de ses rues. D'eux-mêmes allégeant leur pas, les fedayin évitèrent de remuer les pierres du chemin. Des rires et des bribes d'hébreu couraient dans l'air. Ils contournèrent la mosquée, se glissèrent dans un jardin, longèrent une saulaie où coulait une source, passèrent près d'un lavoir envahi de cresson.

Yussuf et Mahmud prirent leur gourde et la remplirent sans ralentir. Hanna trempa sa tête dans l'eau. Kayser se coucha au bord du bassin pour boire et comme lui les suivants voulurent se désaltérer. La colonne marqua le pas. Abu Mansur, furieux, vint les enguirlander à voix basse :

— Bande de connards ! C'est sur leur point d'eau que vous vous attardez. Vous tenez tant que ça à tomber nez à nez avec eux ? Contentez-vous de plonger vos gourdes. Yallah !

À nouveau la colonne se fondit dans des vergers de grenadiers, de figuiers, d'amandiers gagnés par les mauvaises herbes et les buissons. Enfin elle rallia la dernière maison du village, dont les fenêtres battantes surplombaient la route, distante d'une vingtaine de mètres.

Le prof désigna des sentinelles qui mangèrent à la hâte un peu de pain et de fromage avant d'aller prendre leur faction. Dehors, des camions roulaient vers Kuneitra. Yussuf détaillait l'intérieur de la demeure. Tout ici avait dû être propre, ordonné. Le grand salon, la salle à manger, les chambres à coucher. Cela se devinait à la qualité du mobilier, des moulures et des parquets. Qu'en restait-il ? Des canapés éventrés, des fauteuils crevés qui montraient lamentablement leurs ressorts, des plafonds affaissés, des murs crevassés. Dans la cuisine, les ustensiles traînaient à terre, et sur le carrelage d'une petite pièce peinte en rose des cahiers d'écolier, des livres de classe et, parmi eux, un manuel d'anglais annoté.

Il imaginait sans effort la famille qui avait vécu ici : un père assez corpulent, méticuleux, soigné, peut-être l'un des notables du village. Une mère dévouée à son mari et à ses enfants qui passait une partie de sa journée à briquer ses parquets. Des gosses bien élevés, studieux, dont les parents étaient fiers.

Qu'était-il advenu de ces gens tranquilles qui ne voulaient de mal à personne ? Leur vie devait être aujourd'hui à l'image de leur maison, dégradée, triste, malgré un reste de distinction qui persistait en dépit des plâtras et de la saleté.

Une porte métallique grinçait dans le jardin étouffé par les ronces.

— Résumons-nous, dit le prof. Gibraïl, Nizam, Hezar, Mahmud, vous serez postés ici, aux fenêtres. Hanna, Yussuf, Nouri, Bechir, avant le virage. Les autres barreront les accès au village, comme prévu. Shêrgo, Sabri et moi stopperons la voiture. Pas d'objection ?

Un murmure lui fit savoir que non.

— Ah, j'oubliais. Nous ne devons tirer à aucun prix, sauf si ça tourne mal, d'accord ?

Les hommes marquèrent leur assentiment en hochant la tête.

— Bon, en attendant, cassez la croûte et reposez-vous.

À dix-sept heures, le prof secoua ceux qui s'étaient endormis et leur servit une rasade de thé chaud qu'il avait emporté dans son inséparable bouteille thermos. À dix-sept heures trente, le commando se scinda en plusieurs groupes. À dix-sept heures cinquante-cinq, Abu Mansur, Shêrgo Bohtani et Sabri Sinjari étaient au bord de la route, avec un silencieux au bout de leur Kalachnikov et un tas de grosses pierres.

À dix-huit heures quinze, Yussuf vit poindre la jeep au sortir d'une côte. Il leva la main. De la fenêtre de la maison, Mahmud se tourna et reproduisit le même geste à l'intention du prof caché de l'autre côté du virage. Rapidement, les deux Kurdes firent rouler les rocs au milieu de la chaussée.

À dix-huit heures dix-huit, la jeep déboulait.

En un dixième de seconde, le prof enregistra le sursaut du chauffeur ainsi que son expression de refus. Il nota qu'il freinait et dans le même mouvement enclenchait en force la marche arrière. À peine arrivée, la jeep reculait. Sabri Sinjari s'élança pour la retenir. Il eût pu user de son arme, mais il fallait prendre le général vivant et tout faire pour le ramener en Syrie.

— Halte ! Halte ! Inaddin ! Halte !

L'officier assis près du conducteur sortit son colt. La balle de onze millimètres transperça la poitrine de Sabri, qui tomba à la renverse et boula sur le côté, tué sur le coup. La commotion fut extrême. Pendant un moment, il ne se passa rien, puis tout le monde tira en même temps.

Shêrgo Bohtani vida son chargeur dans le pare-brise de la jeep qui continuait de reculer. Celle-ci quitta l'asphalte et alla buter contre un monticule de terre. Il voulut la poursuivre, achever ses occupants. Trop tard : des blindés bourrés de soldats approchaient à vive allure.

Le prof le prit par le bras et lui montra le corps de son compatriote :

— Viens. Ne le laissons pas là.

Ils saisirent Sabri Sinjari aux épaules et aux pieds, et l'emportèrent. Se penchant en avant, ils rasèrent les murs. Les canons de tous les postes alentour convergeaient sur le village et les obus tombaient comme de la grêle. Près de la maison qui leur avait servi de planque, ils retrouvèrent plusieurs fedayin indécis qui s'étaient regroupés et attendaient.

— À vos postes, les enfants ! hurla le prof.

— Non, le contredit Shêrgo Bohtani. Non. « Frapper et fuir », c'est tout. L'affaire a foiré. Tant pis. Rassemble tes hommes et débine-toi.

Le Kurde se fit remettre par un fedayin son tube lance-roquettes et par un autre ses chargeurs et ses grenades.

— Que comptes-tu faire ? questionna le prof.

— Les retarder. File. Les half-tracks vont rappliquer.

Abu Mansur tendit les mains pour donner une dernière accolade à Shêrgo Bohtani. Celui-ci se détourna. Ses doigts fermaient les paupières de Sabri Sinjari. Il avait déjà, virtuellement, quitté le commando de Jaffa. Alourdi par tout son arsenal, il disparut en se dandinant dans les vergers, sans accorder un regard à ceux qu'il laissait en arrière.

Près de la route, il trouva Hanna, Bechir, Nouri et Yussuf qui, au FM et au bazooka, contenaient les sionistes.

— Place, fit-il. Le prof vous appelle.

— Tu comptes rester seul ?

Passant outre son habitude, Bohtani cria :

— Allez, déguerpissez, bordel !

Et il fut obéi.

Lorsque les quatre fedayin atteignirent la maison, le prof ordonna la retraite.

— Foutons le camp. Yussuf, prends la tête.

Il se mit lui-même en queue de colonne pour presser les traînards. Il n'y en eut pas, du moins dans le début. Les balles les frôlaient de très près. Les obus dégringo-laient à verse. Sans les murets qui clôturaient les champs, ils eussent été décimés. Le prof se retourna. En bas, un char brûlait.

Shêrgo Bohtani venait de le toucher de plein fouet. Il fonctionnait dans une sorte d'état second. Tandis qu'il se préparait à jeter une grenade, sa pensée était à Rawandouz. Sur sa gauche, un buisson bougea. Il se détendit, lança son projectile et se tapit dans de hautes herbes. Elles sentaient bon.

La rafale du sergent Ben Nathan le plia en deux au moment où il se soulevait pour épier les fourrés. Il retomba parmi les menthes. Des cercles concentriques pivotèrent à la base de son cerveau, et dans ces cercles le visage démultiplié de Sabri qui marmonnait :

— Des djach. Tu sais ce qu'on leur fait, aux djach...

Alors il se vit lui-même, souriant, délivré, en train de le réconforter.

— C'est fini, Sabri. L'expiation est terminée. Nous pouvons maintenant retourner au pays.

Un spasme brutal arc-bouta ses reins. Lentement, ses forces le quittèrent, et une grenade dégoupillée roula de sa main.

La nuit tomba sur le Golan. Des fusées éclairantes mon-taient en sifflant et répandaient dans leur chute de bla-fardes clartés qui laissaient après elles l'obscurité plus épaisse. La vigueur du commando de Jaffa s'était émous-sée dans les difficultés du retour. Les hommes suffo-quaient d'épuisement. Leurs poumons à l'agonie râlaient et sifflaient. Ils étaient au bord de la syncope, hoquetaient, écumaient, trébuchaient, se relevaient, tanguaient, avec au fond de la gorge un goût amer de cuivre et de sang. Des crampes poignardaient leurs jambes tremblantes.

Cependant, ils étaient saufs et entraient misérablement dans le village solitaire de Bir Aajam, toujours aussi fantomatique sous la lumière lunaire.

L'enfer était derrière eux.

Chapitre XXII

L'enfer était aussi devant. À Jubaa, un émissaire du Front attendait le commando. C'était Abu Aqil — le frère de Latifah —, qui avait ordre de le ramener à Irbid. Il comprit, à observer les physionomies abattues, que le rapt avait mal tourné. Il s'en doutait. La speakerine de la radio israélienne, dans la soirée, avait signalé l'accrochage sur le ton immanquablement dégagé qu'elle prenait pour rapporter les incidents de ce genre, afin de bien faire ressortir leur aspect mineur. Ne fournissant aucune indication sur les pertes sionistes, elle avait sans s'y attarder outre mesure précisé les pertes palestiniennes : deux morts.

Les deux Kurdes, déduisit Abu Aqil en ne les voyant pas parmi les autres. Il crut bon, avant d'exposer le motif de sa venue, de remonter le moral des hommes durement éprouvé par la faillite de leur tentative et la déroute qui s'était ensuivie.

— Radio Tel-Aviv a mentionné l'affaire.

Tous les regards se concentrèrent sur lui, terriblement interrogatifs.

Il bluffa :

— Il y a eu des morts dans la jeep.

De brèves lueurs de contentement s'allumèrent dans les yeux des fedayin et une jubilation hargneuse s'empara d'eux. D'emblée, ils jugèrent leur sort plus équitable, comme s'ils récoltaient le prix inespéré de leur effort et de leur souffrance.

— Des morts, reprirent-ils unanimement d'un ton las en contradiction avec la violence de leurs sentiments.

Puis ils songèrent à tout ce qu'ils venaient d'endurer, aux deux compagnons perdus qu'ils ne pourraient plus suivre pas à pas avec cette impression de sécurité que dégagent les hommes de trempe. Et ils se retrouvèrent, comme à leur arrivée, désenchantés, moulus, éreintés.

Abu Mansur toisa Abu Aqil avec insistance.

— Et le général ?

Sa voix était pressante, un peu fêlée.

— Pas de précision à ce sujet. Tu sais comment ils sont de l'autre côté, biaisa habilement Abu Aqil. Ils ne s'étendent jamais trop sur leurs échecs.

— Quand même, un général qui se fait tuer, c'est difficile à taire !

Abu Aqil haussa les épaules, écarta les deux mains, s'immobilisa quelques secondes dans cette attitude évasive.

— P't-être bien qu'il s'en est sorti, le salaud... Si ça se trouve, il était même pas dans la jeep.

Son buste se redressa d'un coup, les rides de son visage s'accusèrent.

— Et puis merde, fit-il, y a pas à être contrit ! Personne avant vous n'a osé ce que vous avez tenté. Pénétrer de dix kilomètres à l'intérieur des lignes israéliennes, rien que ça, faut le faire !

Le prof n'ayant pas l'air convaincu, il rompit les chiens.

Les fedayin s'étaient éparpillés dans la cour. Les préposés au thé, à la cuisine, préparaient des feux et récuraient les gamelles. Un groupe s'affairait autour du puits, buvait ou se douchait à grande eau. Les plus crevés étalaient leur couverture sous l'auvent de la ferme, se couchaient dans la position fœtale et s'endormaient sur l'heure. Trois fumeurs, assis en tailleur contre les murs de la façade, ne bougeaient que le bras qui tenait leur cigarette. Le repli sur eux-mêmes, joint au harassement, creusait leurs traits, glacés dans le halo livide des lampes à vapeur de pétrole.

— C'est moche pour Shêrgo et Sabri, dit Abu Aqil.

Il prit Abu Mansur par le bras et voulut l'entraîner près d'un brasero. Celui-ci résista à la pression de sa main. Son regard sembla fixer au-dedans de lui-même des instants définitivement révolus. Il reconstituait en effet les deux Kurdes qui encadraient sa colonne, ouvraient les pistes entre les postes sionistes, débusquaient les pièges, protégeaient avec une vigilance sans cesse en éveil le commando qui, sans eux, eût foncé tête baissée sur les pires embûches.

— On a perdu nos limiers, s'attrista-t-il. C'est comme si on nous avait ôté la vue et le flair. Nous sommes devenus aveugles.

Embarrassé, le frère de Latifah évitait les yeux du prof dont la pénombre accentuait le désarroi. Les apaisements qu'il voulait prodiguer se bloquaient dans sa gorge, l'étranglaient. Son silence se prolongea, atteignit le malaise. Cela l'obligea à parler.

— Je comprends, accorda-t-il, mais admettre l'irrémédiable, c'est admettre la défaite. Dans notre combat, nous sommes tous nécessaires. Personne, en particulier, n'est indispensable. Vous devez apprendre à vous passer des deux Kurdes. Apprendre à voir et à sentir par vous-mêmes.

Il n'était pas dans sa nature d'avoir recours aux conseils lénifiants pour réconforter un camarade. Il le faisait maladroitement, d'une voix gauche, avec la sensation de réciter des formules frelatées, apprises par cœur dans un médiocre grimoire.

« Le prof se reprendra d'ici peu », pensa-t-il, et sans transition il aborda le sujet qui avait motivé sa mission à Jubaa.

— Je dois vous ramener à Irbid dès demain.

— Dès demain, fit Abu Mansur intrigué, cela va donc si mal que ça ?

— Plus que tu ne le crois. Depuis le clash de juin, on est chaque jour au bord de l'affrontement généralisé. C'est la pagaille, l'anarchie. On se bat même entre Palestiniens.

— La bouffe est prête ! cria Yussuf en retirant du feu une marmite de cornes grecques à la tomate.

Les deux chefs entrèrent dans la ferme, s'assirent sur le sol en terre battue parmi les fedayin et se mirent à pêcher avec leur pain dans le plat collectif. Après le repas, Abu Aqil et le prof discutèrent de la dégradation des rapports entre Jordaniens et Palestiniens.

*

Lors de son départ pour Jubaa, le commando de Jaffa avait par transistor suivi l'évolution de la situation en Jordanie. Il était donc au courant des événements, notamment du clash de juin, qui avait alimenté les conversations des veillées. Les fedayin s'étaient même étonnés de ne pas être appelés à Amman, comme cela avait été le cas en février, mais la direction du Front, disposant des nouveaux effectifs formés à Adjlun par Abu Raïd, avait préféré ne pas interrompre la préparation de l'opération du

Golan déjà programmée, qui revêtait pour elle une grande importance.

Le second soir, après son arrivée en Syrie, Yussuf, écoutant comme tout le monde les commentaires de Radio-Damas sur les affrontements sanglants qui se déroulaient dans la capitale jordanienne, s'était brusquement tourné vers le prof :

— On peut dire qu'on est des bons, avait-il ricané. Nos frères se font massacrer et nous on se la coule douce. Bravo le commando de Jaffa ! Bravo, c'est le...

D'un regard excédé, plus percutant qu'une gifle, Abu Mansur lui avait cloué le bec.

— La Palestine est en face de nous, pas à Amman. Les sionistes voudraient bien que nous retournions toutes nos forces contre Hussein. Mais tu oublies une chose primordiale : nos armes doivent être dirigées contre Israël. Nos frères qui combattent en Jordanie le font pour que nous puissions exercer ce droit, non pour prendre le pouvoir. Si un jour la monarchie hachémite doit être renversée, elle le sera par les Jordaniens eux-mêmes, au besoin avec notre appui. Cependant, quelles que soient la gravité et l'issue du conflit qui nous oppose aux gouvernements arabes réactionnaires, nous devons poursuivre coûte que coûte notre lutte nationale. C'est pour ça que nous sommes ici.

Abu Mansur s'était exprimé avec un tel accent de répréhension, une telle vigueur que Yussuf, baissant les yeux, l'avait approuvé de la tête, comme un écolier coupable se faisant tancer par son maître. Puis, quelques semaines plus tard, lorsqu'en réponse à son trait direct sur les manigances des deux Kurdes et du prof, ce dernier avait enfin dévoilé l'objectif qui allait incomber au commando de Jaffa, le projet d'enlèvement du général israélien avait supplanté tous les autres thèmes dans les conversations vespérales.

Ce soir, Abu Aqil, qui récapitulait les faits récents, accaparait l'attention et éveillait la préoccupation chez ceux qui écoutaient. Ils étaient peu nombreux. L'épuisement avait eu raison des constitutions les plus robustes. Près du prof, Yussuf, Kayser, Hanna, Mahmud, Gibraïl combattaient vigoureusement leur sommeil pour ne rien perdre de ce qui se disait. Ils avaient consommé une quantité de thé énorme et malgré cela ils connaissaient de courtes absences qui avachissaient leurs épaules et plaquaient sur leur visage des expressions bizarrement hagardes. Les ronflements des dormeurs se perdaient dans le crépitement des insectes et le sifflement irrégulier du khamsin chargé de sable et de chaleur qui érodait le plateau. Les feux n'étaient plus que des braises sombres que le vent par instants attisait. Quand Abu Aqil se tut, ses auditeurs se roulèrent dans leur couverture avec la sensation oppressante de tomber, sans pouvoir se raccrocher à rien, dans un vide interminable aussi noir que le néant.

*

Les heurts de juin avaient été incomparablement plus sérieux que ceux de février. Au début de l'année 1970, Jordaniens et Palestiniens s'étaient contenus malgré certains débordements. Des deux côtés, des hommes, des officiers, des chefs, loin d'aggraver les querelles, se souvenant qu'ils étaient frères de race, avaient discuté entre eux, sur les lieux mêmes des engagements, et trouvé, en évitant de froisser leur susceptibilité réciproque, les moyens de clore

386

sans trop de casse des affrontements que leur conscience désapprouvait. Des deux côtés, l'on s'était fréquemment raisonné, l'on avait fait la part des choses bien que déjà les excités des deux camps se complussent dans l'extermination de l'adversaire.

En juin, rares furent ceux qui intercédèrent pour faire taire les armes. Une nette démarcation des belligérants caractérisa le choc opposant fedayin et soldats. Ce n'était plus une dispute entre gens de même famille, un excès regrettable, mais déjà une guerre éminemment passionnelle due chez les uns comme chez les autres à une trop grande accumulation de rancune. De nombreuses anicroches avaient, en divers endroits de Jordanie, entaché le précaire compromis de février. Beaucoup d'officiers bédouins, inconditionnellement royalistes, ne pouvaient digérer le camouflet infligé à Hussein par les fedayin, d'accord en cela avec le chérif Nasser ben Djamil dont ils louaient la fermeté. Ils passaient leur temps à mobiliser moralement les troupes contre l'athéisme rouge qui gangrenait le pays. Leur courroux perpétuellement remâché les poussait à adhérer à des complots visant non à abattre la monarchie, mais à rétablir son prestige.

Se sachant couverts en haut lieu par les faucons du royaume, ils n'hésitaient pas, quand l'occasion se présentait, à ouvrir le feu sur les commandos palestiniens, comme l'un d'eux l'avait fait, entre autres, sur le commando de Jaffa et celui d'Abu Abid du Fatah près de Djisr al Hussein, quelques jours avant qu'Abu Mansur et ses hommes n'eussent quitté Shunê pour le Golan syrien.

Ces coups bas imprévisibles poussaient à la vengeance ceux qui les avaient reçus et aggravaient les tensions au sein de la résistance en apportant des arguments aux leaders les moins conciliants, tenaillés par la volonté de détruire, une fois pour toutes, un régime incompatible avec leurs idéaux révolutionnaires.

À droite de Hussein et à gauche d'Arafat donc, les extrémistes s'activaient à faire éclater la fragile coexistence jordano-palestinienne, à détruire l'illusion que les liens culturels l'emportaient sur les principes antagoniques et qu'il existait pour régler définitivement les différends d'autres solutions que la lutte à mort. En juin, il n'y eut plus d'ambiguïté, plus de sentimentalisme. Personne n'entendit la grande voix de Nasser qui, du Caire, déplora « cette malheureuse tragédie qui relevait du suicide ».

L'acte premier eut lieu à quinze kilomètres au sud-est d'Amman.

Zarqa, une ville jordanienne typique, ramassée autour de sa vieille mosquée, fichée au faîte d'une colline. Les gourbis palestiniens qui débordent dans le bas dénaturent le site. Aussi loin que porte le regard on ne voit que des croupes bistres, des vals sablonneux où la végétation parcimonieuse suit fidèlement les lignes d'écoulement des eaux saisonnières. Plusieurs bivouacs quadrillent ce sol inclément. Les uns sont des bases de fedayin, les autres des cantonnements de soldats. Des camions de ravitaillement, des jeeps empanachées de poussière sillonnent les espaces nus.

Le 8 juin au matin, une patrouille palestinienne tombe nez à nez avec une patrouille jordanienne. Les hommes qui les composent se connaissent. Avant février, ils se lançaient des « Salâm », échangeaient des cigarettes. Après, ils s'évitaient et, quand ils ne pouvaient faire autrement que de se croiser, ils se fuyaient du regard, passaient en s'ignorant. Cette fois-ci, c'est plus fort qu'eux, on les a tellement montés les uns contre les autres qu'ils ne peuvent retenir les invectives. Les yeux ne se dérobent plus, brillent d'une haine ardente. À grands jets se déversent les pires outrages. Des gestes désordonnés s'ensuivent. Les mains se serrent sur les armes, les pointent en avant tandis que les lèvres continuent de cracher leurs scories. Un coup part et l'on se fusille sur place, sans chercher à s'abriter, avec un égarement tout à fait suicidaire : dix-neuf morts, trente blessés.

Cet accrochage sanglant mit le feu aux poudres. L'acte deux eut pour cadre Amman. Les jours suivants, on se battait autour du djebel Hussein et du camp de Wahdate. Les blindés firent mouvement, encerclèrent les positions palestiniennes, ouvrirent le feu sur tout ce qui bougeait. L'artillerie pilonna les QG des organisations de résistance. Le 9, les combats s'étendirent à toute la ville. Les fedayin dressèrent des barricades dans le centre, rue du Roi-Fayçal et rue Hashimi près de la mosquée El Hussein, assaillirent la prison, bombardèrent la centrale électrique. Un commando du FPLP s'empara de Morris Dreyer, premier secrétaire de l'ambassade américaine. « Sa liberté contre nos hommes, prisonniers à Zarqa ! » exigea George Habbache.

Kamal Nasser, porte-parole de l'OLP, le désapprouva et des réguliers de l'ALP vinrent libérer le diplomate.

Le mercredi, Hussein, qui n'avait pas ses arrières assurés — hésitant encore à endosser ouvertement une responsabilité historique dont il savait qu'elle pouvait lui décerner à perpétuité la triste réputation de liquidateur sanguinaire —, et Arafat, inquiet de la tournure que prenait le conflit — on dénombrait déjà plus de cinq cents tués —, convinrent d'un cessez-le-feu immédiat et de la formation de patrouilles mixtes (ALP-armée jordanienne) pour le faire respecter. À peine avaient-ils paraphé leur accord qu'un rebondissement stupéfiant, orchestré par George Habbache, le rendait caduc.

Deux de ses commandos venaient de faire irruption dans les halls de l'hôtel Jordan sur le djebel Amman et de l'hôtel Philadelphie près du théâtre romain, avec des caisses de dynamite, et retenaient les clients en otages (pour la plupart des journalistes étrangers en mission de reportage). Ils menaçaient de les faire sauter avec les édifices si le roi ne se débarrassait pas de son oncle, le chérif Nasser ben Djamil, accusé d'entretenir des milices spéciales chargées d'abattre les fedayin isolés, du commandant des blindés Zaïd ben Shaker, auquel ils imputaient les pertes civiles nombreuses, ses chars canonnant les camps sans ménagement, et de plusieurs officiers coupables d'après eux d'avoir fomenté les troubles et ordonné les massacres.

Habbache débordait Arafat, le contraignait, par son chantage, à l'intransigeance. De nouvelles conditions furent posées au souverain par le comité central palestinien. Excédé, Hussein laissa reprendre les combats. Ses meilleurs généraux bouillaient littéralement de fureur et d'impatience, voulaient en finir par tous les moyens, exterminer radicalement la vermine palestinienne dont les agissements invraisemblables, au cœur même de leur capitale, les couvraient de honte. Déférant à leurs vœux, les bédouins tiraient dans le tas sans distinguer les innocents des coupables, les croyants des athées. On leur eût dit « Tuez-les tous, Allah reconnaîtra les siens ! » qu'ils ne se fussent pas comportés différemment. Cette guerre prenait, à leurs yeux, un aspect de plus en plus mystique qui augmentait d'autant leur férocité et leur ferveur. Ils interrompaient la tuerie pour se prosterner aux heures des prières ; leurs oraisons accomplies, ils reprenaient les armes et s'engageaient de plus belle dans la bataille, poursuivaient leur œuvre purificatrice avec l'assentiment du Très Haut.

Leurs officiers voulaient aller vite en besogne et priaient le souverain de leur accorder des bombardements au napalm, des lance-flammes et de l'artillerie lourde. Mais celui-ci, qui entre-temps avait pu évaluer clairement la conjoncture, céda une fois de plus aux Palestiniens et limogea — comme l'avait exigé en premier lieu un gauchiste prêt à tout, même à faire, selon ses propos, de la Jordanie un enfer — les plus féaux serviteurs du royaume, ceux-là mêmes dont il avait refusé de se séparer en février et qui détenaient le pouvoir d'écraser la révolte, de restaurer l'autorité de la monarchie. Sa décision pourtant dénotait une grande sagesse, un esprit avisé. L'arsenal emmagasiné par les fedayin dans les caves d'Amman était considérable. Des tonnes d'armes et de munitions, six mille pièces antichars. Pour les déloger des positions qu'ils occupaient sur les toits des immeubles et dans les quartiers populaires, il lui fallait un armement approprié qu'il ne possédait pas en suffisance : des autos blindées, résistantes, rapides, pouvant transporter des sections d'assaut en n'importe quel point de la ville, des centaines de lance-flammes légers et très précis pour ne pas provoquer d'incendies inutiles, des fusils à répétition M16, d'un maniement facile, des mitrailleuses, un peu plus modernes que ses vieilles Thompson, et de nouveaux chars Centurion au cas où les Syriens et les Iraquiens s'aviseraient de porter secours aux Palestiniens.

Et s'il obtenait cela, il lui faudrait quand même reconquérir sa capitale rue par rue, la canonner, la bombarder, la meurtrir. Des enfants, des femmes, des vieillards périraient sous les décombres. L'opinion mondiale le réprouverait et les Palestiniens passeraient pour des victimes. En temporisant, Hussein avait tout à gagner. Les extrémistes tels qu'Habbache ou Djabril, prisonniers de leur dialectique infernale, allaient inévitablement perpétrer d'autres attentats spectaculaires : rapt d'avion, prise d'otages, qui discréditeraient à souhait la résistance et, lorsque le monde entier scandalisé par ces agissements en viendrait à espérer des châtiments exemplaires pour les terroristes, Hussein, en abattant la résistance, ne passerait plus pour un boucher mais pour un justicier, un homme d'ordre.

Là n'était pas l'unique raison qui l'avait poussé à s'incliner. Les armes dont il avait impérativement besoin, seuls les États-Unis pouvaient les lui fournir ainsi d'ailleurs que leur couverture militaire en cas d'intervention étrangère prolongée et menaçante (Syrie ou Iraq). En ce mois de juin, les événements de Jordanie dérangeaient passablement la Maison-Blanche, qui songeait à désamorcer la poudrière du Moyen-Orient et à rétablir une paix durable dans la région. Un plan, prévoyant en substance la restitution aux pays arabes concernés de la quasi-totalité des territoires occupés durant la guerre des Six Jours en échange de leur reconnaissance officielle de l'État d'Israël, avait été élaboré par le secrétaire d'État américain, William Rogers. Forts des avis du Suédois Gunnar Jarring, représentant des Nations unies au Proche-Orient, qui avait déjà longuement sondé Nasser, des envoyés américains étaient partis pour Le Caire.

Toute complication, pouvant entraver les prospections délicates qui s'effectuaient en cette période de diplomatie souterraine, eût indisposé les puissants protecteurs du royaume hachémite. Même l'assassinat de leur attaché militaire à Amman, exécuté chez lui au moment où Hussein concédait aux Palestiniens les limogeages des durs de son état-major, ne fit pas broncher les États-Unis.

L'armée jordanienne, stoppée en plein déploiement de forces, retourna dans les casernes en ruminant ses ressentiments. La capitale, lentement, revint à la vie, montrant aux quelques citadins qui, peureusement, sortaient de chez eux, en quête de provisions, ses façades grêlées d'impacts et ses trottoirs jonchés de douilles et de plâtras.

— Retournez dans vos bases, ne tirez plus, c'est fini, ne tirez plus pour l'amour du ciel, prêchaient les haut-parleurs des patrouilles mixtes aux snipers irréductibles postés sur les terrasses.

Quelques-uns parmi eux sortaient des allées comme s'ils tombaient des nues. Dans la pagaille, leurs chefs les avaient tout simplement oubliés. Laissés dans l'ignorance des dispositions prises en haut lieu, ils avaient continué en solitaires un duel suspendu, sans même s'apercevoir du retrait de leurs adversaires.

Les éboueurs, les cantonniers et les pompiers débarrassèrent Amman des souillures laissées par la crise. La réouverture des magasins fit sortir des maisons les ménagères en noir, les vieillards et les gosses, qui, copiant les grands, refaisaient la guerre pour rire. La population afflua dans les rues, comme le sang dans les artères d'un convalescent. Ce n'était qu'une apparence. L'accalmie, comparable à ces moments de répit des maladies récurrentes, ne dépassa pas le mois d'août, époque où Nasser et Hussein, après s'être concertés, acceptaient le plan de paix américain et un cessez-le-feu effectif avec l'État d'Israël.

Directement concernés par le conflit, les Palestiniens, écartés des tractations secrètes qui avaient abouti aux « accords Rogers », n'avaient même pas eu voix au chapitre. Ce fut pour presque tous la plus amère des trahisons, et pour d'autres, minoritaires au sein de la résistance, tels les partisans d'Ahmed Zaarur et de Issan Saratawi — nassériens inconditionnels qui obéissaient aux directives de l'Égypte —, une occasion de se féliciter. Lorsque le Front envoya Abu Aqil rechercher le commando de Jaffa à Jubaa, en Jordanie des fedayin se tuaient entre eux, dans l'hystérie d'une nouvelle montée de fièvre.

*

Sur le toit bétonné du QG du Front à Irbid, Hans Grubber, un volontaire allemand, assis derrière la plaque blindée d'une batterie de 12,7, s'amusait par courtes rafales à éteindre l'éclairage urbain.

— Ah ! Ah ! Ah ! Je fais le noir ! Je fais le noir ! s'ébaudissait-il sous l'emprise d'un sentiment de puissance qui le mettait dans un état d'ivresse barbare.

Ses excentricités passaient inaperçues dans la confusion des projectiles qui s'élevaient au-dessus de la ville comme les braises d'un volcan en éruption. Il n'y avait que quelques fedayin du commando de Jaffa en position de tir à ses côtés pour le juger. Ils le laissaient faire, quoiqu'ils ne comprissent pas très bien pourquoi il gâchait ainsi des balles précieuses.

Sans plus de précision, le prof leur avait signalé qu'il était un mitrailleur hors de pair et, à voir la façon dont les ampoules des lampadaires explosaient, cela ne faisait aucun doute. On eût dit des chandelles soufflées par le vent. Le Germain, âgé de vingt-cinq ans, entrecoupait ses rires d'incitations fébriles.

— Allez ! Allez, camarades. Pan ! pan ! Comme moi, good, good, very good, la guerre !

Yussuf le jaugea d'un regard en biais.

« Où a-t-on pu pêcher ce type ? se dit-il. C'est un dingue et on lui fourre une mitrailleuse entre les pattes. »

Il se préparait à descendre de la terrasse pour aller prévenir les responsables quand ce qu'il vit le laissa interdit.

Hans Grubber se perdait dans la topographie de la ville et les différents secteurs occupés par les nassériens. Avisant des silhouettes de fedayin, qui se détachaient à cinquante mètres sur sa droite, dans les ouvertures d'une bâtisse qui venait de s'allumer, il avait brusquement fait pivoter sa mitrailleuse et, la bouche fendue jusqu'aux oreilles, il arrosait consciencieusement l'annexe du Front.

— Good, good, camarade, comme des pigeons, comme des pigeons, commentait-il entre ses quintes homériques.

— Oh ! L'enculé ! mâchonna Yussuf.

Gibraïl, Hanna, Kayser, Mahmud, Nouri, Tahar, ainsi que Masood, remis de sa blessure à la fesse, s'étaient également levés. Ébahis, ils regardaient l'Allemand, lequel tout à son jeu les avait oubliés. Presque en même temps, ils se jetèrent sur lui, l'arrachèrent de son siège et le rouèrent de coups.

En bas, une jeep, surgie de la nuit, stoppa devant le QG. Abu Aqil et Abu Mansur en descendirent.

— Quel est l'abruti qui nous tire dessus ? hurla le prof dans tous ses états.

— C'est ce con-là, ce Grubber de mes deux, ragea Yussuf du haut de la terrasse, sans s'arrêter de bastonner le mitrailleur, qui saignait et glapissait comme un porc qu'on égorge.

Du sol, Abu Mansur distinguait les taches sombres de ses hommes qui s'acharnaient sur l'Allemand.

— Allez les gars, ça suffit comme ça, fit-il.

Constatant l'inefficacité de sa sommation, il grimpa quatre à quatre l'échelle d'accès au toit et se fâcha :

— Vous êtes complètement cinglés, vous voulez donc le lyncher ?

Comprimée en un point infime, leur intelligence ne réagissait plus aux paroles du prof qui résonnaient dans leurs oreilles, étrangères, incompréhensibles. Le souffle court, ils frappaient l'Allemand, le frappaient avec une régularité obtuse, sans même remarquer qu'il s'était évanoui. Abu Mansur tira Yussuf et Kayser en arrière et sa voix claqua, sèche, autoritaire.

— Khlas !

Elle creva l'accès de furie qui les dominait. S'écartant du corps inanimé, ils remirent machinalement leurs cheveux et leur keffié en place, puis baissèrent les yeux devant le prof qui les chapitrait vertement :

— Non mais ça va pas ! Avez-vous perdu la tête ?

Il désigna Hans Grubber.

— Transportez-le dans mon bureau.

Yussuf et Hanna soulevèrent l'Allemand. En bas, Abu Aqil essayait d'apaiser d'autres fedayin qui s'attroupaient en criant comme des enragés. Toute l'aigreur qu'ils avaient amassée ces derniers mois s'était spontanément transférée sur Grubber, symbole tangible d'un mal plus global qu'ils ne pouvaient conjurer. Poussés par une impérieuse nécessité, ils voulaient parachever le tabassage, dépecer la victime de leurs mains prêtes pour le sacrifice propitiatoire qu'ils réclamaient à tue-tête.

— À mort ! À mort ! Tuons-le ! Tuons-le !

Du toit, Abu Mansur considérait avec un mutisme indécis leurs visages d'aliénés dans la lumière tamisée qui s'échappait du poste par la porte et les fenêtres. Yussuf et Hanna passaient le corps de l'Allemand à Kayser, qui s'était avec Masood placé sur l'échelle pour le descendre. Il les arrêta :

— Attendez, attendez. Ils vont le massacrer.

Juste au-dessous, Abu Aqil repoussait des deux bras la meute hurlante.

— Allez, ça suffit comme ça. Regagnez vos emplacements !

Ceux de derrière contraignaient ceux de devant à avancer par petits pas. L'étau se resserrait autour du chef de secteur, qui vit le moment où il allait être débordé. Sans hésiter, il dégaina son revolver.

— Si vous ne reculez pas tout de suite, les prévint-il d'un ton comminatoire, je tire dans le tas.

Et pour les secouer, il fit feu deux fois au ras de leurs pieds. Des giclées de traçantes parties de divers points de la ville répliquèrent aux détonations. Oubliant Grubber dans l'instant, les fedayin, d'une commune détente, coururent vers les trous individuels qui composaient un périmètre de sécurité autour du terrain dévolu au Front. Retour à l'envoyeur par-dessus les toits des habitations. Des myriades de balles filaient dans tous les sens, rayaient le ciel noir, se croisaient, danses follettes comme un vol de lucioles. Qui tirait sur qui ? Bien malin qui eût pu le dire. À Irbid, depuis longtemps déjà, fedayin, soldats et policiers passaient des nuits blanches à guetter par les fentes pratiquées dans les sacs de sable de leur poste ou de leur demeure fortifiée l'ennemi omniprésent, les provocateurs, les traîtres, les sicaires. Qui tirait sur qui ? Le prof et Abu Aqil se le demandaient :

— Sans doute les bandes de Zaarur et de Saratawi. Ah, les fumiers ! Ah, les bandits ! s'indignait le chef de secteur. Des Palestiniens, ça !

— Pas sûr, rétorqua Abu Mansur, on dirait que ça vient du poste de police et de la caserne.

— Et cette série-là, en face, c'est eux, c'est bien les nassériens !

Le prof hocha la tête d'un air blasé :

— Bah, c'est un peu tout le monde. On ne se contrôle plus. Nous fonçons tête baissée dans l'absurde. Les Israéliens se marrent en nous voyant nous battre avec les bédouins. Les bédouins se marrent en nous voyant nous battre entre fedayin. La dynamique qui nous entraîne est conforme à notre profil.

— Tu sombres dans le défaitisme, signala Abu Aqil.

— Je ne crois pas. Notre victoire viendra. J'en suis sûr. Elle viendra le jour où les Palestiniens, cessant d'être un troupeau dispersé à la traîne de ceux qui décident et pensent pour eux, se rassembleront pour n'écouter qu'eux-mêmes.

Les deux chefs suivirent dans le QG Kayser et Masood qui portaient Hans Grubber. L'Allemand revenait à lui par paliers douloureux. Des râles de plus en plus gutturaux s'échappaient de ses lèvres tuméfiées.

— Allongez-le sur mon lit de camp, proposa le prof.

Il se pencha sur le blessé, ouvrit sa vareuse et l'ausculta.

— C'est une chance, fit-il, que vos Pataugas aient amorti les coups de pied que vous lui avez donnés. Je crois qu'il n'a que des contusions.

Yussuf l'observait d'un angle de la pièce. Il admettait qu'ils avaient eu tort de s'emporter quoiqu'il fût à peu près certain que n'importe qui d'autre à leur place ne se serait pas plus retenu. Ce type n'avait eu que ce qu'il méritait et la légèreté des responsables qui l'avaient engagé faisait naître en lui des réserves sur le sérieux du Front. Froissé, tracassé, il était dépassé par les interrogations de sa pensée qui ébréchaient ses certitudes. Il ne pouvait laisser le doute le ronger, remettre en cause les charpentes de sa vie. La déception eût été trop forte et puis, par quoi les eût-il remplacées ? Il sentait que, sans elles, il se retrouverait mou, invertébré, juste bon à végéter dans la craintive attente d'une mort aussi médiocre que son existence inutile. Il devait parler au prof, exiger des explications. Ce qu'il fit aussitôt l'examen de Grubber terminé.

— Pendant six mois, on nous en a fait baver à nous, avant de nous lâcher ! Que dirait Abu Raïd devant ce qui s'est passé ici tout à l'heure ? D'où vient-il ce Grubber ? Vous savez qui il est ? Pourquoi on l'a recruté ?

Son regard affrontait celui des deux chefs. Hanna, Gibraïl, Mahmud, Masood, Kayser, Rahim, Tahar, dispersés dans la pièce, se rapprochèrent de lui et ensemble ils firent front. Les questions que posait Yussuf les concernaient aussi. Toutes les épreuves subies lors de leur formation commune ressortaient par tranches des mémoires. À travers elles, le commandant avait forgé leur caractère, ébarbé les bavures de leur jeunesse, fabriqué des combattants adultes, responsables. Et avec juste raison, ils ressentaient comme un affront l'admission de cet Allemand suspect, tirant pour le plaisir, et qui manifestement se foutait pas mal des Palestiniens.

— C'est une belle connerie, consentit Abu Aqil, qui ne niait pas l'évidence. Il a débarqué dans le bordel de juin à Amman et a offert ses services. On l'a foutu sur un toit avec une Deteriof et il s'est très bien comporté. À la suite de quoi le Front l'a plus ou moins adopté et quand j'ai eu besoin d'un spécialiste en mitrailleuse, c'est lui qu'on m'a envoyé.

— Enfin, c'est pas vrai ! s'exclama Kayser. C'est peut-être un agent américain, un sioniste, en tout cas certainement un type qui n'aime pas les Arabes, vu la joie qu'il prend à nous canarder.

— Si c'était un espion, il n'aurait pas commis d'impair, objecta le prof.

Lui-même ne s'était pas méfié de l'Allemand, croyant qu'il était passé par la filière normale des stages qui permettaient de détecter rapidement les fumistes. Car il ne pouvait être rien d'autre. Les agents israéliens ou américains infiltrés dans la résistance ne se distinguaient en rien des fedayin. Il y en avait dans les commandos, parmi les responsables, peut-être au sein du comité central. Cela, il le tut pour ne pas aggraver le trouble de ses hommes.

— Ce n'est qu'un idiot qui se prend pour un mercenaire, affirma-t-il.

Son regard aigu se planta sur Yussuf comme s'il désirait atteindre le fond de sa conscience.

— Être internationaliste, c'est être ouvert à tous, rappela-t-il. Même s'il nous arrive de faire des erreurs, c'est préférable que de se murer dans un isolationnisme sectaire.

L'Allemand, qui était revenu à lui, préférait ne pas le montrer. Il s'attendait à être égorgé à tout instant. Son effroi se répercutait sur ses membres moulus en trémulations désordonnées. Des élancements tordaient ses côtes, l'obligeaient à de brèves et plaintives respirations. Sur son visage enflé, le nez avait l'aspect repoussant d'une figue trop mûre. De noirs hématomes cernaient ses yeux, qu'il se gardait bien d'ouvrir. « Qu'est-ce que je suis venu foutre ici, ils vont m'achever, ces sales métèques », se disait-il, et devant cette perspective son sang affolé refluait dans le bas de son corps.

Le prof se pencha sur lui, une seconde fois.

— Il faut aller chercher Latifah, décida-t-il, on ne peut pas le laisser comme ça, vous l'avez quand même méchamment amoché.

— Risquer de se faire descendre pour ce salaud, ça n'en vaut pas la peine, attendons le jour, conseilla Abu Aqil, et on l'enverra à l'hôpital.

À l'aube, les mitraillettes se turent. Hans Grubber fut chargé sur une jeep qui roula à tombeau ouvert dans les rues de la ville apaisée où les boutiquiers, comme si rien ne s'était passé, levaient tranquillement les rideaux de leurs échoppes.

— J'ai rien fait, j'ai rien fait, se défendit Hans Grubber quand on le descendit du véhicule.

Terrorisé, il gigotait dans les bras de ses porteurs, se débattait comme un beau diable, persuadé qu'on allait le tuer.

— Ta gueule ! cracha Yussuf avec mépris.

L'Allemand se retrouva dans une chambre blanche. Une jeune infirmière aussi muette que consciencieuse le soigna avec une telle indifférence dans le regard qu'il finit par ne plus oser lever les yeux sur elle. Dès qu'il fut rétabli, Latifah lui montra la porte du doigt et il comprit devant sa froideur qu'elle ne voulait pas de ses remerciements. Il rasa les murs comme un voleur, prit le bus pour Amman, puis le premier train en partance pour la frontière syrienne. En auto-stop, il s'enfonça vers le Sud-Est et les mirages du Népal où l'attendaient des illusions plus sereines.

Les nuits d'Irbid connurent de grands moments de folie où les mitrailleuses roulaient comme des éclats de rire. Les nassériens de Zaarur et de Saratawi avaient bon dos. C'était toujours eux les fauteurs de troubles, les affreux qui attendaient l'obscurité pour se mettre en chasse.

Leurs ombres malévoles emplissaient les ténèbres. Ils étaient partout et nulle part à la fois. Yussuf, sur le toit du QG, avait des hallucinations d'insomniaque :

— Kayser, regarde, ils approchent.

— Où ça, je vois rien ?

— Là, ça bouge derrière cette butte.

— Y a qu'à les allumer, c'est plus sûr.

Et les Kalachnikov hoquetaient, entraînant les autres, sous un ciel zébré de balles perdues. Au matin, la ville retrouvait ses esprits et les mêmes fedayin qui s'étaient privés de sommeil pour se quereller à distance se croisaient sous les tonnelles du café central sans que l'idée leur vînt de se chercher des noises.

*

Septembre se présenta sous de favorables auspices pour le roi Hussein. Le rejet systématique des « accords Rogers » par les organisations palestiniennes avait déplu à la Maison Blanche. Le plan de paix ne pouvait être mis en place que si le cessez-le-feu avec Israël était scrupuleusement respecté. Or, de Jordanie, la résistance, malgré ses difficultés intérieures, multipliait à loisir les incursions et les tirs dans l'intention avouée de saboter les négociations en cours. Il n'y avait qu'un moyen efficace de l'empêcher de nuire : la mater. L'humiliante patience du souverain hachémite allait être enfin payante. Les derniers jours du mois d'août, l'armée jordanienne resserra son étreinte autour des agglomérations et la tension monta.

Les mitraillettes jusqu'alors dirigées contre les groupes de Zaarur et de Saratawi changèrent de cible. Des mains nerveuses réglèrent les hausses sur les dispositifs militaires et des tirs sporadiques annoncèrent l'orage qui se préparait. Les ingrats nassériens, tiraillés entre le désir de plaire au Raïs et celui de se comporter malgré tout en Palestiniens, voyaient venir le moment où ils auraient à choisir entre la trahison ouverte, la neutralité qui équivalait à une traîtrise et l'engagement aux côtés de leurs frères rivaux. Presque tous feront amende honorable et iront se recoller à l'ample giron de la résistance, qui accueillera avec clémence ces fils égarés et repentis.

Dans les signes avant-coureurs de recrudescence, le Front diagnostiqua l'attaque décisive. Il fit appel à ses meilleurs éléments pour renforcer ses défenses dans la capitale jordanienne où se jouerait sans nul doute le sort de la bataille.

Latifah resta à Irbid avec son frère. Le commando de Jaffa partit par des routes secondaires à son rendez-vous fatidique, la nationale étant coupée en plusieurs endroits par des barrages de bédouins. Et le mardi 1ᵉʳ septembre, au soir, tous les anciens de Samma se retrouvèrent une fois de plus autour d'Abu Raïd sous une pluie de plomb qui, partant des casernements, criblait le djebel Hussein.

Ce même jour, dans l'après-midi, la Caravelle d'Alia (compagnie aérienne jordanienne) et le Boeing de la Middle East Air Line (compagnie libanaise) avaient débarqué à Amman des groupes étrangers, panachés de Noirs, de Bistres, de Blancs et de Jaunes, venus assister à la conférence mondiale sur la Palestine, prévue pour le lendemain. Il y avait parmi eux de vrais révolutionnaires, discrets, attentifs, des cuistres à cheveux longs qui remuaient beaucoup de vent et une faune anonyme de barbouzes russes, américaines, françaises, anglaises, chinoises, pourvues de faux papiers parfaitement en règle et de références indiscutables. Poings levés, ils saluaient leurs hôtes venus les attendre dans le hall de l'aéroport, ânonnaient le slogan de rigueur.

— Palestine vaincra ! Palestine vaincra !

Les marxistes y allèrent de *L'Internationale*, sous le regard contrarié de ceux qui ne l'étaient pas. Des haies de fedayin, arme à la bretelle, le buste caparaçonné de chargeurs et de grenades, encadraient les visiteurs qui se laissaient impressionner par leur regard poli, amical, voire quelque peu sarcastique. Des jeeps de combat escortèrent les minibus qui acheminaient ce petit monde bruyant et disparate à l'hôtel ou dans les centres d'hébergement.

— Quelle ville étonnante, notaient certains en découvrant des avenues encombrées de charrois de voitures et de passants.

Ils regardaient la foule des keffiés, des turbans et des voiles qui moussait sur les trottoirs, et croyaient vivre un rêve. Ils s'étaient attendus à tout sauf à cette tranquille indifférence. Amman démentait l'image qu'ils s'en étaient faite : une cité sinistre, paralysée de peur. Vers vingt-trois heures, le chambardement inimaginable de milliers de mitraillettes, répondant en même temps aux lentes et précises rafales des bédouins, les jeta sous leur lit où ils passèrent le restant de la nuit dans la crainte fondée de voir des projectiles entrer dans leur chambre.

Le matin, une rémission des combats leur permit de constater de visu qu'Amman avait pris le visage de la guerre : circulation arrêtée, boutiques closes, citadins murés chez eux et un peu partout des barricades avec des fedayin nerveux qui exploraient du regard les angles des rues mortes, semées de voitures calcinées. Quelques-uns aperçurent même des cadavres et purent s'en vanter auprès de leurs copains.

L'après-midi, ils se retrouvèrent à la conférence pour ovationner à tout rompre un Arafat conforme à sa légende, qui d'une voix mâle et sûre affirma :

— La révolution est plus forte que toutes les conspirations. Elle vaincra inéluctablement.

Défoulés, confiants, ils regagnèrent leur lieu d'hébergement, connurent une seconde nuit d'angoisse sous leur lit, après avoir pris soin de baisser leurs stores, tandis que dehors enflait le tonnerre.

Fort peu prolongèrent leur séjour. Reconduits sous escorte à l'aéroport, ils quittèrent Amman convaincus que la Palestine vaincrait, du moins le criaient-ils avec persévérance en marchant vers leur avion.

*

Soudain, coup de théâtre. Habbache, un instant oublié, lança ses commandos de choc sur l'Europe et de main de maître coordonna un spectaculaire carrousel de détournements aériens qui stupéfia le monde. Un seul ratage, contre un Boeing d'El Al qui disposait d'un équipage musclé. L'un des agresseurs fut abattu, en plein vol, l'autre maîtrisé et, à l'escale de Londres, saisi par la police britannique. C'était une jeune fille charmante, Leila Khaled, qui se verra promue par ses frères au rang de pasionaria. La Pan Am perdit un Jumbo Jet, évacué puis dynamité sur les pistes du Caire.

Les pilotes d'un DC 8 de la Swissair et d'un Boeing 707 de la TWA furent contraints de se poser en pleine nuit dans le désert près de Zarqa en se fiant aux feux de balisage approximatifs des fedayin, sur un terrain intemporel, prévu pour le pas feutré des chameaux. Tour de force dans la réussite parfaite des deux atterrissages techniquement impossibles. Plus tard, un Comet de la BOAC, car il fallait aussi un avion anglais pour faire relâcher la belle Leila, subira le même sort. Après leur avoir infligé trois jours de réflexion et de frugalité sous la canicule, Habbache, cédant à la pression de l'OLP, fit relâcher le gros des passagers et préparer le dynamitage des trois jets commerciaux qui, de toute façon, détonnaient déjà dans ce paysage inchangé depuis des millénaires. Le FPLP conserva une cinquantaine d'otages — des Juifs pour une grande part, jouissant de la double nationalité américano-israélienne — qui, terrorisés, connaîtront dans les retranchements du camp de Wahdate, avant d'être libérés, l'aventure de leur vie.

Transportés par convoi à l'hôtel Jordan, les plus chanceux, restitués à leur siècle durant le premier stade de la lutte finale, se jetèrent sur les toasts beurrés et les boissons que leur présentaient des serveurs zélés en veste blanche, puis courageusement affrontèrent les caméras de télévision du monde entier, qui daignaient pour un jour les élever au faîte de la célébrité. Privés durant leur séquestration de climatiseurs, de boissons fraîches, de shrimps'cocktails et de toilettes aseptisées, ils s'attendrissaient sur les bienfaits de la civilisation tandis que les objectifs, fort à propos, les délaissaient un instant pour cadrer les affiches touristiques collées sur les murs du hall derrière le réceptionniste :

« Bienvenue en Jordanie, terre hospitalière chargée d'Histoire et d'aventures, propice au bronzage. »

Non loin du palace, des centaines de gosses, ne craignant pas les bédouins renfermés qui montaient la garde sur leurs automitrailleuses, sautaient d'allégresse et chantaient sur des airs connus : « Nous avons fait atterrir les avions ! Ils sont à nous ! Ils sont à nous ! Puisse la révolution palestinienne vivre à jamais. »

Cette liesse était générale. La grande majorité des Palestiniens réagissait comme eux. Le sang-froid, la minutie, l'audace qui avaient permis le succès de ces rapts d'envergure les rendaient admiratifs et fiers. Même au sein du Front, qui taxait Habbache d'irresponsabilité, les fedayin cachaient mal leur assentiment.

Dans les jardins entourant la villa du djebel Hussein, les hommes du commando de Jaffa par petits groupes échangeaient à voix sourde leurs impressions. Pas rasés, bâillant à tout instant, ils laissaient poindre dans leurs yeux brouillés un engouement révélateur.

— Quelle gifle pour Hussein, chuchotait Yussuf.

Il était assis avec ses proches compagnons et tenait sa Kalachnikov coincée entre ses jambes repliées.

— Ouais, approuva Kayser, le monde entier doit être sur les dents.

— Les otages ne nous ont rien fait. Tout ça risque de se retourner contre nous, releva Hanna dans un moment de sagesse.

D'un petit rire sec, Mahmud rejeta sa réserve :

— Un peu plus un peu moins, au point où nous en sommes, qu'est-ce que ça change ?

Pris d'un énervement subit, Yussuf se cabra :

— On en a rien à foutre de tous ces gens qui se vautrent dans leur richesse comme des porcs dans une bauge. C'est eux et tous leurs semblables qui nous ont foutus dans la merde et qui nous y laissent patauger depuis plus de vingt ans. Qu'ils payent, qu'ils payent aussi !

Ils se levèrent et d'un pas pesant rallièrent le dortoir où, profitant de la trêve diurne, ils s'enfoncèrent pour de trop courtes heures dans un sommeil qui ne les quittait plus.

Les responsables du Front, rassemblés autour d'une table à l'étage supérieur, étalaient dans une ambiance saturée de fumée et d'irritabilité les divergences que par contrecoup Habbache avait fait éclore en leur sein. En quelques jours, l'axe droit et solide qui les rassemblait s'était passablement tordu et la ligne monolithique de l'organisation avait tendance à se désagréger en de nombreux chemins.

— Le FPLP entraîne la révolution dans le chaos, analysait le prof. Il lui saute à pieds joints sur le ventre pour la faire accoucher d'un enfant prématuré et débile.

Abu Raïd repoussa brusquement sa chaise et se dressa d'un bloc.

— La théorie n'a plus cours. Nous sommes au creux de la vague, prêts à être engloutis. Sois réaliste, compare les forces. Qu'avons-nous à opposer aux soixante mille hommes de l'armée royale équipée comme nous aimerions l'être de blindés et d'armement lourd, auxquels il faut ajouter sept mille cinq cents gendarmes, trente mille gardes nationaux ?

Il accorda au prof un temps de réflexion et compléta :

— Nos trente mille fedayin, trop jeunes, trop fraîchement formés pour se montrer à la hauteur de ce qui les attend, vingt mille miliciens adolescents qui savent à peine se servir de leurs mitraillettes et dix mille réguliers de l'ALP qui se partagent une poignée de blindés légers et de canons.

— Ça ne justifie pas les conneries d'Habbache, s'emporta le prof à son tour. Ses actes desservent notre cause, nous font passer aux yeux du monde pour des terroristes sans foi ni loi, des nihilistes assoiffés de violence. Il vient de saccager l'image, que nous étions difficilement parvenus à propager, d'un peuple opprimé qui lutte pour recouvrer sa dignité et sa patrie perdue.

— Qui a cru à cette image ? Nous a-t-on aidés, défendus ? Ce n'est pas Habbache qui nous fait accoucher avant l'heure d'une révolution immature, mais la pression du monde auquel il s'en prend.

La voix d'Abu Raïd gronda avec une violence exceptionnelle.

— C'est foutu, prof, tu le sais. Nos p'tits gars vont être exterminés dans le désintéressement général. En ce moment, en Europe, en Amérique, les gens se dorent sur les plages, dansent, rient, s'amusent, baisent. Quels moyens avons-nous de nous faire entendre par la voie légale ? Aucun. La trouille seule peut les sortir de leur aveuglement égoïste. Il faut qu'ils aient peur, peur pour eux, pour leur vie, qu'ils se sentent menacés par nous, chez eux même. Alors, peut-être, comprendront-ils la nécessité de nous restituer nos droits.

Émus, les responsables n'osèrent pas relancer le débat sur cette intervention qui, malgré leurs réticences, les avait remués dans leur fibre sensible. Il fut convenu qu'on attendrait un moment plus propice pour régler les controverses et clarifier la position de chacun.

Ce moment ne se présenta pas. Aux soubresauts du début succéda l'éclatement généralisé. La conflagration connut un apogée inouï. Ce fut une guerre totale, sans pitié, qui se déroula selon les prévisions établies. Des navires accostèrent au port d'Akaba et débarquèrent des cargaisons entières de chars centurions et d'autos blindées en état de fonctionnement immédiat. Les gros Packet américains assurèrent un pont aérien qui approvisionna régulièrement les bédouins occupés à encercler Amman en armement de plus en plus sophistiqué.

Quittant leurs positions, les fidèles défenseurs du royaume passèrent à l'offensive. Les dirigeants iraquiens de Bagdad agonirent Hussein d'épithètes ordurières, tout en se déballonnant devant sa détermination d'aller jusqu'au bout, et leurs soldats basés en Jordanie cédèrent poliment le passage aux colonnes de blindés hachémites qui montaient combattre, près de Ramtha, les Syriens plus conséquents.

Ceux-ci, debout dans les tourelles de leurs TU 52 soviétiques alignés sur des dunes ocre, surveillaient leur approche à la jumelle. Une bataille unique dans l'Histoire s'engagea. Sans couverture aérienne, sans déploiement de fantassins, à la manière de la chevalerie, les monstres d'acier se lancèrent en rangs serrés les uns contre les autres en se canonnant de plein fouet avec des obus à charges creuses qui perforaient les blindages. Il y eut dans les deux camps peu de rescapés. Après le duel, une bonne centaine de carcasses fumantes gisaient dans la plaine vallonnée.

Avertissement des Américains aux Russes : « Si les Syriens ne se retirent pas, nous intervenons directement aux côtés d'Hussein. » Semonce des Russes aux Syriens. Damas, prisonnière de l'aide de Moscou, fit reculer à contrecœur ses troupes d'invasion sur la ligne frontière, abandonnant à l'ALP les secteurs qu'elles venaient d'occuper.

Hussein avait enfin les coudées franches. En face de lui ne restaient que les Palestiniens.

Un matin, le prof et Abu Raïd convoquèrent Guevara, qui, depuis le début de la bataille, servait avec Khalil une batterie commandée par Mirzuk sur le djebel Ashrafieh.

On lui offrit du thé, une cigarette, puis brusquement Abu Raïd le prit aux épaules et lui dit :

— Tu dois partir.

Le Français, surpris, se dégagea de l'étreinte.

— Je vois, je suis de trop, fit-il.

Sa voix tremblait un peu et la déception ternissait son visage.

— C'est pas ça, seulement ça va mal.

— Je suis pas là en touriste, protesta Guevara.

Abu Raïd insista :

— Il faut que tu partes.

— Ici, j'existe, j'ai un but, un idéal, confessa le Français. Que ferai-je au milieu de tous ces veaux repus ? J'en ai soupé de l'étable.

— C'est mal ce que tu viens de dire, le blâma Abu Raïd. On ne crache pas sur son pays.

— Mais j'ai rien à y faire. C'est un pays de gavés qui n'écoute que son ventre.

Le flou visage de Deborah effleura la pensée du prof comme s'il provenait d'une planète située à des millions d'années-lumière.

— Ta place est là-bas, sur ton terrain de lutte, martela-t-il avec persuasion.

— Va, tu dois nous écouter, appuya Abu Raïd en le serrant fortement. Le Grand Soir est remis à plus tard.

Guevara obéit. Déchiré, il s'envola pour Paris où il disparut dans la clandestinité révolutionnaire.

Enfer. Enfer. Enfer.

Amman gémit, Amman s'embrase. Les fedayin se défendent pied à pied, maison par maison. Des mitrailleurs courent de toit en toit, tiraillent, se couchent, reviennent sur leurs pas, ajustent des autos blindées qui lâchent dans la rue des paquets de nettoycurs hachémites aussi tenaces que des guêpes. Les langues goulues des lance-flammes lèchent les terrasses. Des torches humaines se jettent dans le vide avec des cris horribles que la mort foudroie en pleine stridence.

Enfer. Enfer. Enfer.

Sur un toit, cinq fedayin du commando de Jaffa, coupés des leurs par un cordon d'ennemis qui se resserre, crèvent de faim et de soif. Privés d'eau et de nourriture depuis soixante-douze heures, ils ont connu toutes les étapes de la souffrance. Hâves, décharnés, ils épuisent leurs dernières cartouches sans avoir la force de se parler, avec des gestes lents et imprécis. C'est fini, il ne leur reste plus une balle. Leurs mains lâchent les mitraillettes inutiles et ils suivent d'un regard inexpressif, vide déjà, l'approche des tueurs qui viennent à la curée. Les longs poignards au manche serti de pierreries sortent des gaines. Les cadavres de Gibraïl, Masood, Mahmud, Bechir, Tahar sont longuement profanés comme s'ils étaient l'objet d'un meurtre rituel.

Enfer. Enfer. Enfer.

Yussuf, Hanna, Kayser ne se quittaient plus d'une seconde. À heure fixe, des camarades les relayaient et, assommés par le bruit, harassés, ils s'évadaient de la tourmente en dormant à poings fermés. Souvent, dans l'âpre fureur des combats, ils pensaient à leurs familles dont ils étaient sans nouvelles et ils avaient peur pour elles, peur qu'elles fussent ensevelies sous les obus qui tombaient de partout.

Un soir, Yussuf s'était rendu au dispensaire du Fatah pour y voir ses deux sœurs. Elles n'avaient pu lui accorder que quelques minutes, près d'une salle surchargée de blessés et de moribonds. Minutes fuyantes dans la poignante litanie des plaintes et des sanglots, où l'essentiel s'était dit par le regard. Il les avait embrassées et s'en était retourné à son poste le cœur lourd, certain qu'il ne les reverrait plus.

Enfer. Enfer. Enfer.

Fatima et Zoreh étaient cernées et les défenseurs du Fatah, des toits et des fenêtres, contenaient les bédouins. Ils avaient repoussé plusieurs assauts mais les ravages du lance-flammes affaiblissaient leur résistance.

Un craquement abasourdit Yussuf, Kayser et Hanna. L'onde de choc les renversa. Une pluie de gravats s'abattit

412

sur eux. Étourdis, ils essuyèrent de la main le sang qui coulait de leurs éraflures. Un trou crevait l'un des murs de la villa. De l'autre côté, les lambeaux d'Ibrahim s'étaient collés au plafond. Un éclat avait sérieusement entamé l'épaule de Nayef. Abu Raïd l'installa dans sa jeep et par le quartier palestinien réussit à se faufiler entre les lignes adverses. Une fois pansé à l'hôpital d'Ashrafieh, toujours sous le contrôle des fedayin, le chef du Front tint à retourner à son QG. Les bédouins voulaient sa peau à tout prix, car, quoique leader d'une organisation palestinienne, il était jordanien, natif de Salt et affilié à une tribu traditionnellement dévouée au trône. À ce titre, il passait à leurs yeux pour le plus ignoble des traîtres. La pression autour du djebel Hussein s'accrut.

Enfer. Enfer. Enfer.

Abu Abid du Fatah n'a plus que trois hommes valides pour défendre le dispensaire et l'ennemi attaque maintenant en masse. De la porte d'entrée, sa mitrailleuse tousse, vaporise à droite, à gauche, en face, sans succès. Il en vient de derrière, des toits, qui entrent par les fenêtres. Les voici dans la place. Le truculent guerrier abandonne sa mitrailleuse, ramasse la Kalachnikov d'un fedayin tué et court protéger Fatima et Zoreh, aux prises avec deux bédouins. Il fend le crâne du plus entreprenant d'un coup de crosse tandis que son pied écrase le bas-ventre du second. D'autres surgissent en nombre. Le colosse en assomme une bonne dizaine avant d'être recouvert par l'essaim, qui le supplicie férocement. Même regard trouble et cruel, même rictus sur le visage de ces séides qui égorgent les agonisants, mutilent les blessés, sourds aux hurlements de terreur et aux supplications. Plusieurs font la queue devant les deux infirmières maintenues plaquées au sol et, avec des éclairs lubriques dans les yeux, s'apprêtent pour le viol. Un dégoût sans borne, une horreur sans fond plongent Fatima et Zoreh dans l'inconscience.

*

Sur les instances répétées de son entourage, Nayef, habillé en civil, quitta de nuit le djebel Hussein dans l'intention de rejoindre Beyrouth, d'où il pourrait assurer la continuité du Front fortement saigné par les combats d'Irbid et d'Amman. Il réussit avec quelques-uns de ses lieutenants à franchir le cercle de feu qui comprimait la capitale et se terra pour un temps dans une cache secrète.

Les bédouins, qui le croyaient toujours dans son QG, voulaient s'en emparer. Les automitrailleuses, arborant sur leur capot le portrait du souverain frangé de lisérés aux couleurs du royaume, confluèrent sur le djebel Hussein et prirent la villa sous des feux croisés. Les lance-flammes vomirent leurs flots dévastateurs qui noircirent les pierres de taille de la bâtisse comme du charbon.

Yussuf, Hanna, Kayser, Rahim et Nouri, collés contre le mur du jardin, suffoquaient. L'air brûlant, irrespirable, desséchait leur gorge et leurs poumons. Des aiguillons térébrants réduisaient leur poitrine à l'état de pelote d'épingles et leur langue râpeuse était dure comme du bois. Le prof, qui en rampant venait leur dire de se replier dans la maison, fut touché aux reins. Il tendit ses deux bras, comme s'il effectuait une traction, puis les coudes plièrent et il ne bougea plus.

— Merde, fit Kayser, faut le tirer de là.

— J'y vais, s'offrit Yussuf, et il courut en terrain découvert.

414

Les Jordaniens n'actionnaient plus les lance-flammes, leurs automitrailleuses s'étaient tues et le remue-ménage des combats moins proches ressemblait à du silence. Des fenêtres de la villa, Abu Raïd et Mirzuk, venu le rejoindre, couvraient Yussuf. Prestement ils se montraient à droite, à gauche, tiraient, se dissimulaient, changeaient d'angle pour désorienter les bédouins. Des M 16 les ajustaient sans pouvoir les atteindre.

— Il est mort, le prof est mort, sanglota Yussuf, effondré.

Il tenait dans ses mains la tête d'Abu Mansur, quêtant désespérément du regard dans le fond de ses prunelles froides la lueur d'un adieu.

Devant ses hommes genou à terre, le colonel Ibrahim Majaj, en grand uniforme, se tenait debout et observait la villa du Front. Trente mètres de terrain vague le séparaient d'elle. C'était la distance idéale pour un assaut de qualité.

— Ils ne sont plus que trois ou quatre là-dedans, supposa-t-il.

Son stick se tendit, indiqua l'objectif.

— Allez, en avant, mes braves !

Et il s'élança le premier.

Kayser et Hanna, Rahim et Nouri déquillèrent cinq soldats de la vague qui roulait vers eux mais ne purent engager un second chargeur. Transpercés de toutes parts, piétinés, ils moururent comme ils étaient nés, sans le savoir.

Veillant le corps du prof, Yussuf coucha les quatre premiers bédouins qui sautèrent par-dessus la clôture. De l'intérieur, à la grenade, Abu Raïd et Mirzuk défendaient les trois autres faces de la maison. Il eût aimé les rejoindre, terminer avec eux sa vie en beauté, mais pas sans le prof, et, accroupi au milieu du jardin près de la dépouille, il guettait le haut du muret derrière lequel d'autres bédouins courbés se préparaient à bondir.

— Allez, encore un effort, éperonnait la voix d'Ibrahim Majaj.

En voilà six. Yussuf pressa sur la détente. Son arme se vida trop vite. Calmement les bédouins le mirent en joue. Il se leva, marcha à leur rencontre, l'œil fixe, le visage déformé :

— Vous, des Arabes ! écuma-t-il.

La salve claqua. Il tomba en arrière et quitta ce monde sur la plus terrible des haines.

Collé contre la façade, sur le perron, Ibrahim Majaj dégoupilla une grenade et, en se penchant, la lança dans le couloir. Mirzuk, qui courait de pièce en pièce pour interdire aux bédouins l'accès des fenêtres, buta sur elle, eut un mouvement de recul et fut tué par l'explosion. Blessé au bras et au crâne, Abu Raïd se réfugia dans le dortoir sans ouverture et, le dos au mur, tout près de la porte, il retint sa respiration.

Pistolet au poing, Ibrahim Majaj entra dans la maison en tête de ses bédouins, inspecta les locaux et à pas prudents pénétra dans la pièce obscure où se tenait le chef palestinien.

La porte se referma.

Abu Raïd se cala contre elle pour retenir les assaillants, qui n'osaient tirer de crainte d'abattre leur officier.

— Marhaba, colonel, souhaita-t-il, railleur.

Ses doigts avaient lâché la cuiller d'une grenade. Un instant surpris, Ibrahim Majaj fit feu par trois fois.

— On se connaît, je crois, dit-il à Abu Raïd, qui glissait lentement vers le sol.

416

Un sourire de triomphe s'amorça sur les lèvres du fedayin. Il se retenait d'expirer, pour mourir de sa mort à lui, qu'il serrait dans la main. Les bédouins en se ruant dans le dortoir empêchèrent la fuite du colonel, qui sauta avec deux d'entre eux.

C'était le 28 septembre au soir. Le même jour, à l'heure précise où Abu Raïd rendait l'âme, Gamal Abdel Nasser succombait au Caire d'une crise cardiaque.

Une étrange fatalité rapprochait les deux hommes jadis séparés par une distance infranchissable.

Table

Pour en savoir plus
sur les Presses de la Renaissance
(catalogue complet, auteurs, titres,
extraits de livres, revues de presse,
débats, conférences...),
vous pouvez consulter notre site Internet :

www.presses-renaissance.fr

Impression réalisée sur CAMERON par

BUSSIÈRE CAMEDAN IMPRIMERIES

GROUPE CPI

à Saint-Amand-Montrond (Cher)
en avril 2003

Numéro d'impression : 031937/1.
Dépôt légal : avril 2003.

Imprimé en France